Forces d'élite – 4

À vive allure

*Du même auteur
aux Éditions J'ai lu*

FORCES D'ÉLITE

1 – Au cœur de l'enfer
N° 10727

2 – Au prochain virage
N° 10912

3 – En pleine course
N° 11066

Julie Ann WALKER

FORCES D'ÉLITE – 4
À vive allure

*Traduit de l'anglais (États-Unis)
par Guillaume Le Pennec*

POUR elle

Si vous souhaitez être informée en avant-première
de nos parutions et tout savoir sur vos auteures préférées,
retrouvez-nous ici :

www.jailupourelle.com

Abonnez-vous à notre newsletter
et rejoignez-nous sur Facebook !

Titre original
THRILL RIDE

Éditeur original
Sourcebooks Casablanca, an imprint of Sourcebooks, Inc., Illinois

© Julie Ann Walker, 2013

Pour la traduction française
© Éditions J'ai lu, 2015

*À mon père,
l'homme qui m'a enseigné l'honneur,
la loyauté, l'intégrité et la persévérance.
Merci à toi, Papa, d'avoir toujours montré l'exemple.*

*Le monde s'incline devant ceux qui osent ;
et si parfois c'est lui qui l'emporte,
osez de nouveau et vous triompherez.*

William MAKEPEACE THACKERAY

Remerciements

Comme toujours, je me dois de saluer mon mari. L'année écoulée fut extraordinaire, pleine de hauts, de bas et même d'embardées. Mais tu as été à mes côtés à chaque instant. Mon cœur, mon inspiration, mon roc...

Un grand coup de chapeau à Catherine Mann, elle aussi auteur de *romantic suspense*. Cathy, tu as accepté de lire le manuscrit d'une parfaite inconnue puis, mieux encore, de soutenir publiquement le livre. J'en serai toujours à la fois honorée et reconnaissante.

Un « hourra » retentissant à l'intention des équipes de Sourcebooks. Il faut beaucoup de monde pour transformer une première série en best-seller et les heures que vous avez tous consacrées à chacun de mes ouvrages me laissent admirative et pleine d'humilité. Merci.

Enfin et surtout, merci à tous nos combattants, hommes et femmes, ceux qui portent l'uniforme comme ceux qui n'en portent pas. Vous protégez notre liberté et notre mode de vie pour que nous ayons une chance de vivre le rêve américain.

Prologue

QG de Black Knights Inc., Goose Island, Chicago, Illinois

— Ils disent que c'est un traître.

La phrase se répandit dans l'air comme une odeur déplaisante. Les individus assis autour de la grande table de réunion s'agitèrent sur leur siège, leur expression allant de l'incrédulité méfiante à la dénégation obstinée.

Vanessa Cordero appartenait à la deuxième catégorie. *Pas lui. Pas Rock.*

— Qui dit ça, exactement ? demanda Ozzie.

Sa tignasse de cheveux blonds et son tee-shirt *Star Trek* (le sous-titre indiquait « J'ai triomphé du Kobayashi Maru »), associés aux trois ordinateurs ultraportables disposés devant lui, ne laissaient aucun doute sur son statut de geek en chef.

— Communication officielle du département de la Défense, répondit Boss.

Il tira un siège et se laissa lourdement tomber dessus.

Frank « Boss » Knight, leur chef bien-aimé, était bâti comme un char Abrams. Quoique, à cet instant précis, il fasse plutôt penser à Atlas, tout le poids du monde pesant sur ses larges épaules.

— Le département de la Défense ? répéta Ozzie, sarcastique.

Le scepticisme se lisait sans mal sur ses traits juvéniles.

— Dans ce cas, c'est clair comme de l'eau boueuse, non ? ajouta-t-il.

Le département de la Défense chapeautait toutes les facettes du renseignement gouvernemental et militaire, de la NSA aux différentes branches de l'armée. Donc dire que l'information émanait d'eux était au mieux ambigu et au pire franchement énigmatique.

Boss serra les mâchoires. Il parut hésiter un instant avant d'ouvrir la chemise à soufflet qu'il avait coincée sous son bras. Il en tira plusieurs liasses de documents qu'il déposa au milieu de la table.

— Un exemplaire chacun, dit-il.

Vanessa eut presque peur de prendre le sien. Peur de ce que ces informations pourraient révéler et...

Non. Il ne ferait pas une chose pareille. Pas Rock.

Pas l'homme qui, toujours patient et rieur, avait entrepris de lui enseigner à préparer le roux parfait pour un gumbo cajun malgré l'échec lamentable de ses trois premières tentatives. Pas l'homme qui lui avait calmement appris à tenir le guidon d'une moto malgré son insistance à coucher la machine à terre. Pas l'homme qui l'avait soulevée dans ses bras et portée sur trois kilomètres jusqu'au quartier général de Black Knights Inc. la fois où elle s'était tordu la cheville lors d'une séance de jogging en groupe.

Pas Rock...

Le gémissement aigu d'une visseuse électrique se fit entendre en contrebas. Boss se leva pour s'approcher de la rampe. Situé au premier étage d'une ancienne fabrique de cigarettes mentholées, le poste de contrôle de BKI surplombait l'atelier de motos sur mesure installé au rez-de-chaussée. La couverture officielle de leur entreprise de sécurité au service du gouvernement. Comme Ozzie aimait à le répéter, ils étaient motards mécanos le jour et agents secrets au service de l'Oncle Sam la nuit.

Et l'un d'entre eux venait d'être accusé de trahison...

Un frisson remonta l'échine de Vanessa. Un agent qui décidait de faire cavalier seul était considéré comme le pire des traîtres.

Et quel traitement le gouvernement réservait-il à ce genre de cas, déjà ?

La mort. Pure et simple.

Saloperies. Quel cauchemar.

— Becky ! s'écria Boss pendant que l'équipe se distribuait les documents qu'il avait laissés sur la table. Ramène tes fesses ! On a un problème !

Comme chaque fois, sa voix de stentor fit grimacer Vanessa.

Un problème ? songea-t-elle.

Était-ce ainsi qu'il qualifiait une situation où tous les agents et autres opérateurs au service des États-Unis allaient prendre en chasse l'un des leurs ? Où les Black Knights eux-mêmes allaient sans doute se voir ordonner de se joindre à la traque ? Si oui, Vanessa n'avait pas envie de savoir ce que Boss aurait pu qualifier de « catastrophe »...

La visseuse se tut et, une seconde plus tard, on entendit le martèlement des chaussures coquées de Becky sur les marches métalliques de l'escalier. Le bruit sourd résonna à travers le bâtiment, jusqu'au creux de la poitrine oppressée de Vanessa. Et, oui, cette façon dont le plancher semblait soudain s'incliner sous elle avait sans doute un rapport avec le fait qu'elle n'avait pas repris son souffle depuis que Boss leur avait balancé la nouvelle telle une grenade dégoupillée.

Fermant les yeux, paupières plissées, elle inspira lentement l'oxygène que réclamait son corps.

Elle rouvrit un œil en entendant Becky arriver sur le palier. La queue-de-cheval blonde de la jeune femme était parsemée de copeaux de métal. Un succédané de paillettes pour mettre en valeur les taches de cambouis sur son tee-shirt, peut-être ?

Becky Reichert était celle grâce à qui leur couverture fonctionnait si bien. Car même si la plupart des gars se débrouillaient avec une clé à molette, Becky était le véritable génie derrière les magnifiques véhicules qui, aux yeux du public, prouvaient que l'entreprise était ce qu'elle était censée être : l'un des meilleurs ateliers de motos personnalisées au monde.

— Quelqu'un t'a déjà dit que tu beuglais comme un taureau blessé ? demanda Becky.

Mains sur les hanches, le bâtonnet d'une sucette dépassant entre ses lèvres, elle fusillait Boss du regard. À vrai dire, Vanessa partageait à cent pour cent son point de vue.

— Seulement toi, ma chérie.

Boss lui retira la sucette rouge vif de la bouche et se pencha pour lui donner un petit baiser.

Lorsqu'il se redressa, la lueur taquine dans le regard de Becky avait disparu. Elle avait décodé l'expression du visage de Boss, à savoir : « j'ai une folle envie de cogner dans quelque chose ».

— Qu'est-ce qui se passe, Frank ? souffla-t-elle. Il est arrivé un truc ?

— Le général Fuller vient de m'informer que Rock était officiellement considéré comme traître à la nation.

— C'est quoi ce délire ? s'exclama Becky.

Elle reprit la sucette que Boss tenait à la main et mordit violemment dedans, faisant payer à l'innocente friandise le prix de la surprise et de l'incrédulité.

— C'est la vérité, affirma Boss en tirant un siège pour sa fiancée. Et il va falloir faire la lumière sur tout ça.

Sourcils froncés, Mac plissa ses yeux presque violets en feuilletant la liasse de feuillets agrafés qu'il tenait à la main.

— Je ne suis pas sûr que ce qu'on va découvrir nous ravisse, annonça-t-il avec son accent traînant du Texas. Ces preuves pourraient s'avérer accablantes.

Le café que Vanessa venait d'avaler – qui passait déjà assez mal en temps normal car l'équipe avait tendance à boire un jus aussi épais que du sirop – s'était changé en acide de batterie dans son estomac. Si quelqu'un s'y connaissait en preuves accablantes, c'était bien Bryan « Mac » McMillan, ancien agent star du FBI.

Hésitante, Vanessa se détourna du visage inquiet de Mac pour examiner le document devant elle. Son malaise ne fit qu'augmenter tandis qu'elle parcourait une série de photos façons timbre-poste accompagnées de brèves légendes.

— Tous ces gens ? demanda-t-elle d'une voix rauque en tournant vers Boss un regard incrédule. Rock est censé avoir tué tous ces gens ?

— Ouaip, confirma-t-il avec un hochement de tête.

— Mais la plupart de ces décès ont l'air accidentels. Crise cardiaque, accident de voiture, noyade... Pourquoi mettent-ils ça sur le dos de Rock ?

— Un informateur aurait révélé l'existence d'une boîte postale au nom de Rock contenant des dossiers sur tous ces types, répondit Boss.

— Et il y a un paquet de façons de faire en sorte qu'un meurtre ait l'air accidentel, ajouta Ozzie.

— Voilà un truc intéressant, fit observer Mac, lèvres pincées. Chacun de ces hommes a un jour été kidnappé, sans jamais aucune demande de rançon. Ils ont tous réapparu brusquement et repris le cours de leur vie sans que la police locale puisse découvrir qui les avait enlevés.

— Ouais, moi aussi, j'ai trouvé ça très bizarre, confirma Boss. Et puisque c'est le seul indice dont nous disposons, j'ai demandé à Ozzie de vérifier si les dates de tout ou partie de ces kidnappings correspondent aux moments où Rock s'absentait soudain de BKI.

— Mais pourquoi aurait-il fait ça ?

Prenant conscience qu'elle avait parlé tout haut, Vanessa secoua la tête et reformula :

— Je veux dire, pourquoi prétendent-ils qu'il a fait ça ? Quelle motivation pourrait-il avoir pour tuer ces gens ?

15

— L'argent ? suggéra Ozzie sans détourner les yeux de ses écrans. D'après ce qui est écrit ici, ces types étaient tous très friqués. Les faire éliminer par Rock aurait pu s'avérer extrêmement lucratif pour certaines personnes. Des membres de leur famille, par exemple, ou des rivaux en affaires.

Vanessa secoua la tête. Rien dans cette histoire ne tenait debout, c'était de plus en plus évident.

— Impossible. Vous avez vu comment il s'habille ? Vous croyez vraiment qu'il se baladerait avec un vieux Levi's, des tee-shirts troués et ses bottes en croco usées s'il était plein aux as ?

Elle désigna le dossier du doigt et, constatant qu'elle tremblait, referma vivement la main et la cacha sous la table. Depuis qu'elle travaillait pour Black Knights Inc., sa règle numéro un était : « ne montrer aucune peur ». Les Black Knights étaient tous des agents endurcis et inflexibles qui pouvaient regarder la mort en face sans broncher. Elle n'avait aucune envie d'être perçue comme le maillon faible.

— Si encore on parlait de Christian, poursuivit-elle, j'aurais pu y croire. Sauf ton respect, Christian.

Elle fit une grimace à l'ancien membre des SAS qui, comme à son habitude, arborait un jean de créateur et un pull en cachemire qui coûtait sans doute plus que le crédit auto mensuel de l'essentiel de la population.

— Pas de souci, répondit Christian dont l'accent britannique élégant faisait office de baume apaisant sur les nerfs à fleur de peau de Vanessa. Il se trouve que je suis plutôt d'accord avec toi. Si Rock avait vraiment accumulé le butin associé à l'assassinat de ces hommes, pourquoi serait-il resté avec nous ? Logiquement, il serait en train de bronzer sur une plage lointaine en commandant des cocktails pleins de petits parasols à une poulette en bikini.

Vanessa balaya du regard les visages de ceux qu'elle en était venue à aimer comme une seconde famille. Leurs expressions n'étaient guère réconfortantes. Ils apparaissaient aussi perdus et effrayés qu'elle, suffisamment pour faire remonter le café acide dans son gosier.

Les Black Knights n'étaient pas censés avoir peur. *Des agents endurcis et inflexibles regardant la mort en face sans broncher, tu te rappelles ?*

Elle s'efforça de déglutir avant de reprendre la parole. Le silence était assourdissant… et accablant. Insupportable.

— Bon, si on sait une chose, c'est qu'il ne travaillait pas seul, dit-elle en se raccrochant à la première idée qui lui venait.

— Les coups de fil, dit Ozzie en cessant de pianoter sur son clavier. Il recevait toujours ces coups de fil chelous avant de disparaître. Ce qui veut dire qu'il avait un complice.

— Un complice ? s'exclama Becky. Attends une minute…

Elle retira une nouvelle sucette de sa bouche – violette, celle-ci – et la brandit sous le nez d'Ozzie.

— Tu parles comme si tu le croyais coupable !

Ozzie leva les mains en l'air.

— Je n'ai pas dit ça, répondit-il. Je note simplement qu'il était muet comme une carpe à propos de son second boulot, qu'il avait tendance à se volatiliser sans prévenir, qu'il bossait bel et bien avec quelqu'un et…

Le portable d'Ozzie émit un carillon et le jeune homme blêmit. Vanessa sentit son estomac se nouer.

Ozzie fit pivoter son ordinateur vers eux. L'écran était divisé en deux colonnes. La première indiquait les dates des enlèvements. La seconde celles où Rock avait disparu de la surface du globe. Les deux étaient parfaitement identiques.

Boss lâcha une salve de jurons qui aurait fait la fierté de n'importe quel marin.

— D'accord, dit-il ensuite. Il y a donc un lien entre ces hommes et l'autre boulot de Rock.

Un boulot qu'ils avaient tous imaginé être lié à quelque branche secrète de l'État. Un boulot qui, à en croire ces récentes révélations, n'avait en fait rien à voir avec le gouvernement.

Merdum !

Vanessa se sentait sur le point de s'évanouir. Le plancher ne se contentait plus d'osciller sous ses pieds, il tanguait désormais comme le pont d'un navire en pleine tempête. Elle appuya son front contre la table et tenta de respirer lentement tandis que de jolies petites étoiles caracolaient derrière ses paupières closes. De quoi dire adieu à sa façade de professionnelle imperturbable.

Est-ce vraiment possible ? Aurait-il pu faire un truc pareil ?

Rien qu'à cette idée, elle sentit ses tempes pulser en rythme avec son cœur qui battait la chamade.

— Quoi ? Pourquoi est-ce que vous donnez tous l'impression d'avoir vu un fantôme ?

La confusion était audible dans la voix de Becky.

— Notre gouvernement n'est pas autorisé à assassiner ses citoyens, répondit Boss d'une voix si rauque qu'on aurait pu croire qu'il avait récuré ses cordes vocales à la paille de fer. Et chacun de ces types, sans exception, était un Américain pur jus.

Un silence tendu s'abattit sur le groupe. Vanessa se redressa avec le sentiment que sa tête pesait une tonne.

— Sérieux ? Vous allez sérieusement envisager la possibilité qu'il soit coupable ? Rock Babineaux ? Ancien Navy SEAL, membre fondateur de BKI et Cajun enragé plus patriote que nous tous réunis ?

Rock Babineaux, homme spirituel, courageux et – le plus étonnant si l'on considérait sa formation et son métier des plus testostéronés – incroyablement humble et modeste ? Rock Babineaux, l'homme qui lui avait donné envie de jeter aux orties l'interdiction qu'elle s'était faite de sortir avec d'autres agents ?

Son regard éperdu croisa celui de Boss.

Je t'en supplie, ne nous mène pas sur cette voie ! S'il te plaît, dis-moi que Rock n'aurait jamais fait ça.

Elle retint son souffle en voyant s'agiter la pomme d'Adam du colosse. Puis elle poussa un soupir de soulagement lorsqu'il secoua la tête avec conviction.

— C'est qu'un ramassis de conneries. L'expérience m'a appris que quand tout est aussi clair et net que dans ce rapport, dit-il en posant un doigt balafré sur le document incriminé, c'est que quelque chose cloche. Rien n'est jamais aussi simple.

Vanessa se raccrocha à la certitude qu'elle percevait dans sa voix. Car, autant l'admettre, elle aussi avait brièvement succombé au doute.

Ozzie referma ses ordinateurs et posa les coudes sur la table.

— Je suis d'accord, Boss. Et il y a autre chose que je ne pige pas. Si on part du principe que le second boulot de Rock n'avait pas l'aval du gouvernement et que personne à part *El Jefe* et son état-major ne connaît la vérité sur notre organisation...

Cela faisait effectivement quatre ans que Black Knights était directement sous les ordres du Président et de son état-major. Leur supérieur immédiat, le général Pete Fuller, était d'ailleurs à la tête dudit état-major.

— Si c'est le cas, reprit Ozzie, comment le département de la Défense peut-il l'avoir désigné comme traître ? À leurs yeux, ce n'est qu'un ancien Navy SEAL reconverti en mécano. Donc, d'où ça sort ?

Boss lança un nouveau chapelet d'injures remettant en question la légitimité de la naissance de tous ceux qui travaillaient au département de la Défense. Hélas, son air de tueur laissait entendre que ce qu'il allait leur dire à présent ne rentrait clairement pas dans la catégorie des bonnes nouvelles.

Génial, songea Vanessa. *Je savais bien que j'aurais mieux fait de rester au lit ce matin.*

Après s'être cogné le petit orteil sur le chemin des toilettes, s'être retrouvée à court d'après-shampoing une fois sous la douche et presque électrocutée lorsque son sèche-cheveux avait choisi le suicide par combustion spontanée, elle avait eu le sentiment que la journée s'annonçait très, très mal.

Ce n'était rien de le dire...

— À la lecture du dossier, annonça Boss en feuilletant le sien, vous constaterez que le dernier individu que Rock est accusé d'avoir tué est un dénommé Fred Billingsworth. L'ami Fred était un détective privé du genre super secret. Une pointure. Ce qui signifie qu'il ne traquait pas les conjoints infidèles et les arnaqueurs à l'assurance, mais qu'il bossait exclusivement pour de puissantes corporations. Il semble que son dernier job ait été au service d'un groupe de soutien au Parti démocrate. Il était censé dénicher un maximum de ragots à propos des candidats potentiels à la présidence lors des prochaines élections. Comme vous pouvez l'imaginer étant donné la nature hautement sensible de ses recherches, l'enquête sur son décès a rapidement été reprise en main par le FBI. C'est là qu'ils ont reçu – je ne sais pas comment – l'info à propos de la boîte postale de Rock, laquelle contenait un dossier sur Billingsworth en plus des autres types. Quand le général Fuller l'a appris, il a été contraint d'informer les autorités concernées de la véritable nature de notre structure. Sans quoi l'enquête aurait pu nous retomber dessus.

Tous l'écoutaient avec le plus grand sérieux. L'une des principales raisons de l'efficacité des Black Knights depuis leur création tenait à la nature confidentielle de leurs activités. Seules quelques personnes de haut rang au sein du gouvernement savaient qui ils étaient vraiment.

— Quelles conséquences pour nous ? s'enquit Ozzie.

— Aucune, si l'on en croit le général, répondit Boss d'une voix où perçait le scepticisme. D'après lui, rien ne change.

L'équipe accueillit cette déclaration par une série de bruits moqueurs ou incrédules.

— Ce qui est fait est fait, maugréa Boss en secouant la tête. Pour l'heure, nous n'avons d'autre choix que de croire Fuller sur parole.

— Et qu'est-ce qu'on va faire pour Rock ? demanda Ozzie.

Vanessa reporta toute son attention sur Boss. Elle attendait désespérément une réponse à cette question.

— On va le retrouver, déclara Boss, narines palpitantes. Avant que d'autres ne le fassent.

1

*Aux abords de la forêt de nuages de Monteverde,
Costa Rica, six mois plus tard...*

Ça recommençait.

Ce picotement entre ses omoplates. L'impression que son cuir chevelu se contractait. Qu'il s'agisse d'instinct, d'intuition ou d'une réaction viscérale née d'une vie passée à surveiller ses arrières, Rock Babineaux savait une chose : il était observé.

Ami ou ennemi ?

Merde.

Il n'y avait en réalité qu'une seule option valable, non ? Après tout, il ne lui restait plus aucun ami.

Sans cesser de siroter son *refresco* – la boisson fruitée dont il était tombé amoureux lors de sa première visite au Costa Rica –, il scruta lentement les alentours de la petite *cantina* à ciel ouvert tout en enlevant discrètement, du bout du pouce, le cran de sûreté de l'un de ses 9 mm.

Où te caches-tu ? Où es-t... Ah, te voilà.

Dans le coin opposé, un homme occupait une petite table sous une treille en arche. Les épaisses plantes grimpantes qui recouvraient la structure offraient un semblant d'ombre à l'inconnu, mais Rock n'avait pas besoin de le voir clairement pour savoir qu'il faisait semblant de lire l'ouvrage qu'il avait entre les mains. En réalité, l'homme observait Rock derrière ses lunettes de soleil. Les verres miroirs scintillèrent dans la lumière du soir alors qu'il se penchait pour prendre une bouchée de son *ceviche*, un plat de poisson aux agrumes très couru dans la région.

Les mèches d'un noir de jais qui dépassaient de sous sa casquette et sa peau mate témoignaient de l'héritage hispanique de l'inconnu. Sa frêle silhouette – Rock aurait parié ses bottes en croco préférées que le type ne pesait pas plus de cinquante-cinq kilos tout mouillé – et sa barbe clairsemée témoignaient, elles, de sa jeunesse.

Mon Dieu*. *Ils envoient des bébés à mes trousses, maintenant ?*

Il sentit ses tripes se nouer sous l'effet de la résignation et un goût de bile remplacer celui du dîner qu'il s'était pourtant fait un tel plaisir de savourer après presque un mois à se nourrir de boîtes de conserve et de fruits cueillis à même les arbres.

Je peux oublier l'idée d'une soirée en ville peinarde.

Il déposa une liasse de billets colorés sur le bar, passa son lourd paquetage sur ses épaules et se tourna vers les frondaisons denses et vertes de la jungle à quelques mètres du flanc de la cantina en s'assurant que ses pistolets étaient facilement accessibles.

Même s'il n'avait aucune intention de s'en servir.

Ce n'était pas parce que tous les agents au service de l'Oncle Sam avaient reçu le feu vert pour lui loger une balle dans le crâne qu'il était prêt à faire de même. Après tout, ils ne faisaient qu'obéir aux ordres. Un truc qu'il connaissait bien, non ? C'était en obéissant aux ordres qu'il s'était retrouvé dans ce pétrin.

Pénétrant tête baissée dans la jungle – et instantanément trempé par l'eau qui ruisselait depuis les feuilles des arbres, les fougères et les plantes grimpantes qu'il

---

* Tous les termes suivis d'une astérisque sont en français dans le texte original. (*N.d.T.*)

frôlait –, il entreprit de tracer un chemin sinueux et presque invisible à la manière dont son père le lui avait enseigné. Il avançait d'un pas lent, régulier, en prenant soin de regarder où il mettait les pieds et en maîtrisant les mouvements de son corps afin de ne pas déranger les animaux autour de lui. L'oreille aux aguets, il écouta la symphonie des bourdonnements d'insectes, des cris d'oiseaux et des battements de tambour moites de l'eau s'écoulant dans les feuillages, à l'affût d'une fausse note dans son dos.

Mais les secondes se changèrent en minutes, les minutes finirent par former une heure, et rien ne vint perturber l'harmonie du chant de la forêt.

Me serais-je trompé ?

Le jeune homme de la cantina l'avait observé. Aucun doute là-dessus. Mais peut-être s'était-il simplement montré curieux face à ce gringo tatoué qui ne ressemblait pas aux vacanciers en visite dans la forêt de nuages de Monteverde. Le pantalon de treillis épais, le débardeur délavé et les bottes de marche usagées de Rock contrastaient avec le look touristique habituel à base de baskets Nike, de shorts de sport et de tee-shirt aux couleurs de marques de bière. Il avait passé les six derniers mois à vivre au cœur de la nature… et cela se voyait.

Donc, oui, peut-être n'était-ce qu'une question de curiosité.

Avec une grande inspiration de soulagement, il sourit en voyant un ara écarlate s'élancer depuis une liane basse pour s'élever vers le sommet de l'épaisse canopée. Son plumage éclatant resplendit sous l'un des rares rayons de soleil ayant réussi à se glisser à travers la cime des arbres et son cri puissant résonna à travers la forêt. Rajustant son paquetage, Rock essuya la sueur sur son front et fit mine de quitter le sentier.

C'est à ce moment que cela se produisit…

À une centaine de mètres derrière lui, un singe hurleur lança un cri d'alarme et tous les bruits de la jungle, à l'exception du murmure de l'eau, cessèrent brusquement.

L'homme vient d'entrer dans la forêt.

Bon, ce n'était clairement pas le moment de se prendre pour Bambi. Rock se libéra rapidement de son paquetage qu'il déposa contre un gros tronc humide et couvert de lierre. Il le dissimula derrière les frondes d'une fougère toute proche puis se dirigea en silence vers l'origine du hurlement du singe. Longeant le sentier, il se fondit dans les ombres de la jungle jusqu'à n'être plus qu'une ombre lui-même tandis que la forêt reprenait lentement vie. Les insectes furent les premiers à relancer leur chœur bourdonnant, suivis par les oiseaux chanteurs et les jacasseries grondantes d'une bande de singes nichés dans les hauteurs.

Rock n'était pas allé bien loin lorsqu'un mouvement capta son attention. Plaqué contre un tronc moussu dont il captait les effluves terreux tout près de son visage, il attendit. Cela ne prit pas longtemps : l'inconnu remontait la piste au pas de course.

T'es pressé d'éliminer ce bon vieux Rock, c'est ça ? Bon, désolé de te décevoir, fiston, mais c'est pas ton jour de chance.

Il demeura immobile, attendant pour quitter sa cachette que l'aspirant-assassin soit passé devant lui. Une fraction de seconde plus tard, il avait refermé son bras autour du cou du jeune homme et lui plaquait l'un de ses SIG au creux des reins.

Instinctivement, le type tenta de se dégager en se débattant comme un beau diable, mais Rock se contenta de le serrer plus fort. Ce qui arracha un couinement à sa proie. Un couinement franchement efféminé.

Hein ?

Sans relâcher sa prise sur le cou du jeune type, Rock rangea son 9 mm sous sa ceinture pour pouvoir lui arracher ses lunettes miroirs ridicules, puis sa casquette de base-ball. Il eut alors la surprise de voir se dérouler une longue queue-de-cheval brune. Rock fit pivoter son captif et faillit avoir une attaque en le dévisageant.

— Vanessa ? Mais qu'est-ce que tu fous là ?

Elle l'avait retrouvé !

Enfin, après des mois de recherches, elle l'avait retrouvé !

Et les accents cajuns onctueux de sa voix – évoquant des visions de toits de tôle et de balançoires sous les porches ensoleillés – étaient comme une caresse à ses oreilles.

— Je suis venue t'aider, répondit-elle avec enthousiasme.

Elle eut toutes les peines du monde à ne pas lui sauter au cou et passer les mains dans ses cheveux bruns taillés bien plus court qu'elle ne les avait jamais vus, comme s'il les avait coupés lui-même avec les moyens du bord. Ce qui était probablement le cas.

Reste professionnelle, Van. Tu es une pro.

Car, oui, impossible de nier qu'elle en pinçait un peu pour Rock. Comment aurait-il pu en être autrement ? Il était tellement... tellement... *naturel* était sans doute le mot le plus juste. Aucune trace du comportement de mâle alpha à l'ego boursouflé qui touchait tellement d'agents. Rien qu'un sens du devoir inébranlable et une absence de prétention rafraîchissante qui lui avait plu dès le tout début. Sans compter cette voix si soyeuse...

Mais quand elle lui avait envoyé les signaux appropriés, il lui avait fait comprendre de manière on ne peut plus claire qu'il n'avait pas de place dans sa vie pour une petite amie, et encore moins pour quelque chose de plus durable. Mais que, bien sûr, il restait disponible si elle avait simplement envie d'un tour de manège sous la couette. Ce qu'il lui avait signifié lors d'un barbecue, un soir, en expliquant sans la quitter de son regard de braise que se retrouver dans de beaux draps pouvait parfois s'avérer très agréable. Les draps en question étant évidemment les siens.

Mais elle avait déjà connu ça. Et même si cela ne se lisait pas sur sa figure, l'absence de bague à son annulaire ou même du moindre candidat sérieux à l'horizon parlait d'elle-même. Et, pour être honnête, à trente ans révolus, la situation commençait à la rendre un peu nerveuse. D'autant qu'elle avait toujours rêvé de fonder un jour sa propre famille.

Donc, oui chef, puisqu'elle était trop âgée et trop blasée pour se contenter de jouer au docteur avec un *bad boy* sexy – super sexy, même – la seule relation possible était strictement professionnelle. Non ? Si.

Bien sûr, c'était plus facile à dire qu'à faire. Surtout que le débardeur de Rock laissait paraître les reliefs bronzés de ses biceps tatoués et accentuait l'ampleur de ses larges épaules.

Bon sang, Cordero, reprends-toi !

Le ridicule qu'il y avait à se trouver là, au milieu de la jungle, à lutter contre son désir pour un homme recherché par toutes les agences gouvernementales américaines ne lui avait pas échappé. D'un autre côté, depuis le premier jour, Rock avait le don pour éveiller le ridicule en elle. Malgré son rôle de spécialiste des communications, elle se retrouvait toujours inexplicablement muette face à lui. Comme si on lui avait coupé la langue... Ce qui lui rappelait que la dernière fois qu'ils étaient partis en mission ensemble, c'était sa langue à lui qu'elle avait eu l'occasion de goûter...

Encore cette libido enflammée ! Le souvenir de ce baiser intense allait à l'encontre de son vœu de professionnalisme. Même si à l'époque il s'agissait d'un geste purement professionnel.

— Tu es venue seule ?

Il arborait une expression sévère, sa grimace de désapprobation soulignée par les contours affaissés de son bouc bien entretenu.

— Dans la forêt des nuages ? Oui.

Elle avait fait le trajet par elle-même, quatre heures de moto depuis la capitale.

Girl power !

— Mais les autres attendent à San José et...

— Putain !

Il se détourna et s'éloigna de quelques mètres sur le sentier en jurant dans un mélange d'anglais et de français. Puis il fit volte-face et revint vivement vers elle, l'éclat de ses yeux noisette visible même dans la pénombre épaisse de la forêt.

— Comment vous m'avez retrouvé ?

Une chose était certaine : ça n'avait pas été facile. Lorsque l'ordre de l'éliminer avait été transmis, il avait disparu plus vite que le vent et s'était montré presque aussi insaisissable depuis.

— On commençait à croire qu'on n'y arriverait pas, admit-elle en s'autorisant à le dévisager.

Elle repéra deux rides verticales entre ses sourcils foncés qui n'y étaient pas la dernière fois qu'elle l'avait vu. Il avait également maigri. Déjà doté d'un physique sec et musculeux au départ, il semblait avoir perdu toute trace de graisse superflue. De quoi lui donner, avec ses cheveux mal taillés et ses vêtements usés, l'air aussi imprévisible et féroce que les animaux exotiques habitant cette jungle. Et faire naître un frisson dans le ventre de Vanessa. Quoi qu'il en soit...

Reste professionnelle, lui répéta une petite voix dans sa tête.

J'essaie, vraiment, je fais de mon mieux ! répondit-elle en silence.

— Boss affirme qu'il n'a jamais connu quelqu'un qui couvre aussi bien ses traces.

Rock se contenta d'un grognement, mâchoires crispées.

— Pas assez bien, visiblement, puisque vous êtes arrivés jusqu'ici.

Bon, elle avait su qu'il ne l'accueillerait pas à bras ouverts, mais cette animosité manifeste la laissait quelque peu perplexe. Ne voulait-il pas de leur aide ?

— Uniquement parce qu'on a trouvé ce bol en bois dans ta chambre, au pays. Celui qui est accroché au-dessus de ta commode ?

Le voyant plisser un peu plus les yeux, elle prit cela pour une confirmation.

— Après des recherches minutieuses, on a découvert que l'artisan ne vend ses œuvres qu'ici, au magasin CASEM de Santa Elena. Sachant que tu n'avais jamais eu l'occasion de passer par là lors de tes missions pour BKI, Boss en a déduit que tu avais fait le voyage pour d'autres raisons. Une piste franchement ténue, mais c'était la seule qu'on avait.

Par chance, elle s'était avérée payante : Rock était devant elle, en chair et en os. Enfin.

— À partir de là, il ne nous restait plus qu'à trouver une excuse pour venir au Costa Rica afin de fouiner un peu et...

— Une excuse ?

Une grosse goutte d'eau s'écrasa sur la joue de Vanessa depuis une feuille au-dessus de sa tête. Elle retint son souffle en voyant Rock tendre instinctivement la main pour l'essuyer. La peau de son pouce était rugueuse et Dieu qu'il sentait bon. Un parfum de feuillages, de savon décapant et de transpiration d'homme en pleine santé.

Une odeur parfaitement en phase avec son apparence. Brute de décoffrage. Sauvage et excitante. L'expression qu'il arborait à présent rappelait à Vanessa le jour où il avait interrogé les tueurs à gages envoyés par un mafieux de Las Vegas pour éliminer les Black Knights. Il lui avait paru las, fatigué – mener un interrogatoire semblait toujours l'épuiser psychologiquement – mais cette lassitude ajoutait un air de danger à ses traits. De quoi le rendre plus attirant que jamais aux yeux de Vanessa. Car c'était l'air d'un homme qui allait au bout de son devoir, d'un homme que le monde avait continuellement mis à l'épreuve, d'un homme qui savait exactement comment faire face à tout ce qui se présentait sur son chemin. Que ce soit une arme, un terroriste, une femme...

Franchement, Van, calme-toi !

— Le FBI et la CIA sont au courant de notre existence maintenant, lui dit-elle.

Il serra les mâchoires et ses joues se creusèrent, lui conférant un air dur et intransigeant.

— Quand la chasse à l'homme a été lancée, ton association avec Black Knights Inc. a été découverte. Le général Fuller s'est trouvé contraint de révéler la vérité à notre sujet. Depuis, les types de la CIA sont sur notre dos pour essayer de te localiser.

— Fait chier ! cracha Rock avant de s'éloigner de nouveau de quelques pas.

Quelques mois plus tôt, elle aurait été parfaitement d'accord avec lui. Mais elle avait depuis eu l'occasion de constater que ce rapprochement forcé avec la CIA avait aussi de bons côtés. Pour tout dire, l'agence et ses myriades de canaux d'information s'étaient avérés très utiles durant leurs récentes missions. Et même si les deux groupes n'étaient pas d'accord quant à la culpabilité d'un certain Richard « Rock » Babineaux, cela ne les empêchait pas d'œuvrer pour les mêmes intérêts et de s'entraider quand ils le pouvaient dans le reste de leurs activités.

— Ils étaient persuadés que nous savions où tu étais, ce qui est plutôt marrant vu qu'on n'en avait pas la moindre idée, lui lança-t-elle tout en admirant le balancement souple de ses hanches alors qu'il revenait vers elle. Il se mouvait comme une machine efficace et bien huilée, sans le moindre gâchis d'énergie.

— Mais depuis à peu près un mois, ils ont arrêté de nous mettre la pression. D'après ce qu'Ozzie a pu trouver en piratant leurs rapports, ils ont plus ou moins abandonné l'idée qu'on puisse les aider à te localiser.

« Plus ou moins », si l'on oubliait la camionnette de surveillance à San José. Mais elle jugeait préférable de garder cette info par-devers elle... au moins pour le moment. D'autant qu'elle devinait déjà qu'il allait être difficile de le convaincre de rentrer avec elle.

— Mais nous n'avons pas voulu prendre de risques. Donc après avoir identifié l'origine du bol et pour qu'ils ne devinent pas que nous tenions une piste, nous avons cherché une bonne raison de venir ici.

— Et quelle raison avez-vous trouvée ? s'enquit Rock.

Il donnait toujours l'impression d'avoir plus envie de l'assommer et de la renvoyer chez elle que de tomber à genoux en remerciant le ciel qu'ils soient de son côté et l'aient retrouvé. Elle fit de son mieux pour ne pas se sentir blessée, malgré toutes les difficultés qu'elle avait affrontées pour le localiser.

— Eve dispose d'une maison de vacances à San José. Tu te souviens d'Eve, n'est-ce pas ? demanda-t-elle.

Une question probablement idiote pour qui savait qu'Eve Edens était non seulement l'une des héritières les plus connues de Chicago mais également un vrai canon. Quiconque avait déjà posé les yeux sur elle ne risquait pas de l'oublier de sitôt.

— Oui*. Je me souviens d'Eve, répondit-il.

Au temps pour Vanessa et son espoir qu'il soit resté aveugle aux charmes ravageurs de la jeune femme.

— Eh bien, vu que Boss et Becky n'ont jamais eu droit à leur lune de miel, reprit-elle en tâchant de chasser la vague de jalousie ridicule qui montait en elle, on s'est dit que ce serait chouette et, plus important encore, crédible que certains d'entre nous viennent ici passer des vacances festives et...

Mais Rock avait levé la main pour l'interrompre.

— Attends... Boss et Becky se sont mariés ?

L'expression de détresse qui passa brièvement sur ses traits rugueux serra le cœur de Vanessa. Boss et Rock étaient amis depuis leur formation chez les SEAL et elle savait qu'il aimait Becky comme une sœur. Donc, oui, avoir raté leur mariage devait lui faire un coup.

La tristesse et le regret qu'elle lisait sur son visage aidèrent à dissiper certains de ses doutes. Car, alors que les jours se changeaient en semaines puis en mois, elle devait avouer – honteusement – qu'elle avait commencé à tergiverser à propos de l'innocence de Rock.

Mais un individu capable de faire ce qu'ils l'accusaient d'avoir fait n'aurait pas été aussi affecté à l'idée de rater une simple cérémonie de mariage, n'est-ce pas ? Non. Non, certainement pas.

Le retour de ses certitudes passées apportait à Vanessa un très net soulagement.

— Oui, ils se sont mariés, confirma-t-elle en résistant à l'envie de lui pincer gentiment le biceps. Il y a deux mois, ils sont allés voir un juge de paix. Mais pour ce qui est de la fête et de la réception, ils attendent que ton histoire soit réglée et que tu puisses te joindre aux festivités.

Rock baissa les yeux vers ses bottes de marche.

— Tu n'aurais pas dû venir ici. Tu t'es mise en danger, ainsi que tous les Black Knights que tu as amenés avec toi. En grand danger.

Vanessa s'avança d'un pas et posa une main persuasive sur son avant-bras.

— Rentre à la maison avec moi, Rock !

Elle sentit les muscles frémir à son contact sous la peau bronzée et les poils dressés de Rock lui chatouillèrent la paume. Une idiote aurait pu trouver cela sexy en diable. Par chance, Vanessa n'était pas une idiote. Quoique...

En le voyant tordre la bouche – cette bouche si belle et si parfaitement proportionnée qu'elle aurait eu sa place sur une sculpture de la Renaissance – elle songea que sa confiance dans ses propres facultés mentales était très exagérée.

— On peut t'aider, insista-t-elle, immédiatement consternée par la sonorité rauque de sa voix. On va découvrir qui t'a fait accuser et trouver le meilleur moyen de...

33

— Qu'est-ce qui te fait croire qu'on m'a accusé à tort ? demanda-t-il.

Son expression était aussi vide qu'un tableau noir que l'on vient d'effacer.

— Parce que je te connais. Je sais que jamais tu ne...

— Tu ne sais rien de rien à mon sujet, *chère*[1], chuchota-t-il en reculant hors de portée.

---

1. Terme affectueux souvent employé en français cajun. (*N.d.T.*)

2

— Fais demi-tour et va-t'en ! gronda Rock.

Il fusilla du regard Vanessa qui semblait décidée à s'accrocher à lui comme une moule à son rocher.

— Non ! répliqua-t-elle en croisant les bras.

Menton redressé, elle affichait l'air buté d'une mule refusant de bouger. Il aurait sans doute fallu un marteau-piqueur et deux catcheurs professionnels pour réussir à la déloger de là.

— Les Black Knights m'ont donné pour mission de te ramener à la maison. Et c'est ce que je vais faire.

La maison ? Il n'avait plus de maison. Plus maintenant. Pas depuis cette mission fatidique. Pas depuis qu'il avait commencé à poser des questions...

Non*.

À présent, il ne disposait plus que d'une cabane solitaire dans les arbres au cœur de la jungle. Et encore, ce n'était plus vrai : puisque les Black Knights l'avaient retrouvé, il allait devoir lever le camp. Pour leur sécurité autant que la sienne.

Il prit la jeune femme par les épaules et la secoua brièvement afin qu'elle comprenne qu'il était sérieux.

— Je ne le répéterai pas, dit-il. Il faut que tu repartes.

Impossible d'ignorer la douceur de sa chair sous ses doigts ni son parfum de chewing-gum à la menthe et de draps propres et frais malgré la transpiration visible sur la peau mate de sa poitrine et de son cou. Il relâcha sa prise et recula vivement.

Tout chez Vanessa était en forme de cœur : son visage, sa bouche et même son cul haut et ferme qui aurait pu convaincre un athée de l'existence de Dieu. Elle était menue, exotique et, même déguisée en homme et affublée d'une fausse barbe, elle restait la femme la plus désirable qu'il ait jamais vue.

Ce qui leur faisait une belle jambe à tous les deux.

Car s'ils n'avaient déjà aucun avenir avant ce fiasco, leurs chances étaient désormais plus infinitésimales encore. Car il savait pertinemment que Vanessa était en quête d'un avenir. Cela se lisait dans ses grands yeux sombres chaque fois qu'elle le regardait. Il pouvait presque capter les visions de robes blanches et de fleurs d'oranger qui dansaient dans sa jolie petite tête.

Et si les choses avaient été différentes...

Mais non. Inutile de se lancer dans les « et si ». C'était un truc à vous rendre fou.

— Je ne repartirai pas sans toi, déclara-t-elle, mâchoires crispées. Tu ne veux vraiment pas de notre aide ?

Mon Dieu...

La seule idée de voir les Black Knights impliqués dans ce merdier lui nouait les tripes et lui donnait des sueurs froides.

— Vous ne pouvez pas m'aider, *chère*.

Il était de plus en plus convaincu que personne ne le pouvait.

— Le mieux serait d'oublier que vous m'avez connu, ajouta-t-il.

Mais Vanessa avait l'air plus déterminée que la plupart des haut gradés qu'il avait croisés au fil de sa carrière.

— Impossible ! déclara-t-elle en secouant la tête avec colère.

Le geste fit glisser sa queue-de-cheval noire en travers de son épaule. Quelques mèches restèrent plaquées à l'humidité au creux de son cou et Rock eut le plus grand mal à ne pas tendre le bras pour les décoller.

La toucher ne faisait que lui rappeler tout ce qu'il avait perdu au cours de sa vie, tout ce à quoi il avait renoncé quand ces pertes l'avaient poussé à accepter de devenir l'Interrogateur au service du Projet et...

— Il y a forcément quelque chose qu'on puisse faire pour toi, insista-t-elle.

— Non, rien, grogna Rock.

Il lui décocha alors le regard qu'il avait perfectionné au fil des années en interrogeant des sales types aux mains plus sales encore. Un regard qui leur ratatinait les balloches à coup sûr.

— Si, forcément ! rétorqua-t-elle, visiblement insensible à son expression.

Eh ben voilà, c'est ce qui arrive quand tu t'imagines que ton œillade qui tue va marcher sur quelqu'un qui n'a rien qui pendouille entre les jambes...

Ils se fusillèrent mutuellement des yeux pendant de longues secondes, à la façon d'un duel de regards à l'ancienne. Mais si ce genre de jeu d'enfants était habituellement sans conséquences, cette fois les enjeux étaient on ne peut plus élevés. Car la mort suivait Rock aussi sûrement que les jaguars de la jungle leurs proies. Il y avait de bonnes chances pour qu'il ne sorte pas vivant de cette histoire. Le mieux qu'il puisse faire était donc de garder ses amis en sécurité pendant qu'il cherchait à découvrir qui l'avait trahi, pourquoi et comment le leur faire payer.

— Je te donne une dernière chance, *chère*. Fais demi-tour et retourne d'où tu viens.

— Sinon quoi ?

Elle le défiait de tout son être, sa colère digne d'un... d'un quoi ? Comment la décrire ? Comme une minette sexy et super énervée. *Oui*. Malgré la lueur de menace

37

furieuse qui brillait dans son regard, elle restait à croquer. Autant dire qu'elle n'était pas à la hauteur du pétrin dans lequel il se trouvait.

Évidemment, elle l'ignorait. Tout dans sa posture cherchait à mettre Rock au pied du mur.

Alors c'est comme ça, hein ?

— Très bien.

Il pivota sur lui-même et remonta le sentier jusqu'à son paquetage. Le dégageant de derrière la fougère, il le secoua avec force pour s'assurer d'évacuer d'éventuelles bébêtes puis le passa sur ses épaules et quitta le sentier pour s'enfoncer d'un pas assuré parmi les arbres.

Elle ne lui avait pas laissé d'autre choix : il allait simplement la distancer.

Il enjamba les buissons, esquiva les racines et se faufila au milieu des rideaux de lianes, progressant au cœur de la forêt aussi rapidement et silencieusement qu'un fantôme.

Mais, à son grand désarroi, il se rendit compte trente minutes plus tard qu'elle était toujours derrière lui, piétinant la végétation à une cinquantaine de mètres en arrière au milieu des cris d'animaux alarmés.

Cette fille combinait la ténacité d'un bouledogue avec l'ouïe fine d'une chauve-souris.

C'est bien ma veine.

D'accord, la semer allait s'avérer difficile. Car s'il la conduisait trop loin dans la jungle, elle ne serait plus en mesure de retrouver le sentier.

Allons-y pour les arbres, dans ce cas...

S'il escaladait l'un des énormes troncs, il n'aurait plus qu'à attendre. Attendre qu'elle passe en dessous. Attendre qu'elle le cherche partout. Attendre qu'elle finisse par abandonner et repartir. Ce qui se produirait forcément tôt ou tard.

Elle venait certes de prouver que sous son apparence d'adorable Latina se trouvait une femme forte ayant plus de tripes que beaucoup d'hommes. Mais même la spécialiste des communications endurcie qu'était

Vanessa Cordero ne voudrait pas passer la nuit toute seule au cœur de la jungle.

Oui, c'était le meilleur plan possible.

À ceci près que le plan en question tomba immédiatement à l'eau. À peine avait-il tendu le bras pour saisir la branche de l'un des gigantesques arbres que les ténèbres l'enveloppèrent.

C'était typique de la forêt des nuages. La nuit vous tombait dessus comme la hache du bourreau.

— Bon sang ! jura-t-il.

Il scruta les alentours en se demandant si Vanessa serait capable de retrouver le sentier et le chemin de Santa Elena dans l'obscurité.

On pouvait en douter dans la mesure où lui-même y voyait à peine à trois mètres devant lui. Et elle n'avait pas paru transporter le moindre matériel. Ni eau, ni nourriture, ni lampe torche...

Tout ceci fut confirmé une seconde plus tard quand la voix hésitante de Vanessa se fit entendre parmi les feuillages.

— Rock ?

Son ton apeuré fit à Rock l'effet d'un crochet à l'estomac.

— Je... je ne vois pas où je vais.

Tout en la maudissant, en se maudissant et en maudissant le salopard répondant au nom de code de Rwanda Don qui l'avait mis dans ce pétrin, il sortit la lampe de poche rangée dans son pantalon et repartit en sens inverse. Il n'avait pas fait trois pas qu'elle l'appela de nouveau, la peur dans sa voix désormais teintée de panique.

— Rock ? Je... j'entends un truc qui se déplace derrière moi, mais je... je ne vois pas ce que c'est.

— Ne bouge pas ! lui cria-t-il.

La jungle grouillait d'innombrables bestioles à quatre, six ou huit pattes – voire sans pattes du tout ! – susceptibles de lui faire du mal. Abandonnant son paquetage pour pouvoir mettre le turbo, Rock s'élança au pas de course dans la direction d'où provenait sa voix. Les plantes et les feuillages paraissaient plus gris que verts dans l'éclat mouvant de sa lampe.

Le trajet lui parut prendre une éternité, mais il finit par la rejoindre. Balayant les alentours à l'aide de sa torche, il l'appela d'une voix forte :

— Vanessa ? Où es-tu ?

Puis sa lampe s'arrêta sur le visage terrifié de la jeune femme. Parmi les lianes étrangleuses qui enserraient l'arbre derrière elle se mouvait une forme longiligne d'un jaune vif que Rock identifia tout de suite. Une vipère de Schlegel.

À cette vue, son sang se glaça. Car si le venin de ce serpent ne tuait pas instantanément, une morsure à la main pouvait sans mal causer la perte d'un doigt et une morsure sur une veine importante – comme, disons, celle qui pulsait rapidement le long du joli cou de Vanessa à quelques centimètres des mâchoires de la bête – provoquerait de graves dommages à de nombreux organes.

Il s'avança vers elle avec lenteur, en s'assurant de ne faire aucun geste menaçant.

— Ne bouge pas, siffla-t-il comme elle faisait mine de faire un pas soulagé dans sa direction. Ne bouge pas d'un poil !

Elle se figea instantanément.

Pour une fois, elle obéit.

— P... pourquoi dois-je rester immobile ? demanda-t-elle.

La voix pleine de trémolos, elle écarquillait les yeux dans la lumière de la torche. Sans cesser de se rapprocher, il tira doucement l'un des SIG à sa ceinture.

— Ne... bouge... pas...

— Rock, je...

Elle n'eut pas l'occasion d'en dire plus car la vipère s'était redressée, obligeant Rock à agir sur-le-champ. Il leva son arme.

Il allait la tuer !

Elle distingua la silhouette du pistolet dans l'étroit rayon de lumière et, l'espace d'un battement de cœur, avant que la peur n'ait l'occasion de l'envahir, elle ressentit une seule et unique émotion.

L'indignation.

Elle n'arrivait pas à croire qu'il allait vraiment...

Boum !

Le 9 mm émit une déflagration si puissante qu'elle sentit ses dents vibrer. Elle s'attendit à ressentir une explosion de douleur suivie de près par le spectre de la mort mais ne perçut que la chute d'un objet dans les feuilles à ses pieds.

Elle s'écarta instinctivement et baissa les yeux vers l'endroit où Rock avait braqué sa torche, laissant voir le corps jaune du serpent mortellement blessé qui se tortillait à terre. Rock la rejoignit en deux enjambées, saisit la bête ensanglantée et lui trancha prestement la tête à l'aide d'un couteau Bowie qu'il avait dissimulé quelque part sur lui.

— Je...

Vanessa tenta de ravaler le cœur qu'elle avait au bord des lèvres depuis l'instant où le canon du grand pistolet noir s'était braqué vers elle.

— J'ai cru que tu allais...

Elle fut incapable de terminer sa phrase. Le décor plongé dans l'ombre s'était mis à tournoyer et elle savait que si elle n'agissait pas rapidement, elle serait aspirée par les ténèbres.

La tête entre les jambes. Baisse-toi avec la tête entre les jambes...

Elle se plia en deux et agrippa ses mollets. Une position étirée qui bloquait les contractions rapides de son diaphragme pour prévenir les risques d'hyperventilation et d'évanouissement.

Ça l'impressionnerait sûrement, non ? Si je m'effondrais comme une masse devant lui ?

Euh, non. La réponse à cette question était clairement NON.

Elle conserva cette position de taco humain pendant quelques secondes, appuyant sa joue contre ses genoux jusqu'à ce que les étoiles cessent de tournoyer dans son champ de vision. Puis elle se redressa.

Dans la faible lumière offerte par la lampe, elle distingua l'expression d'inquiétude sur les traits de Rock.

— Ça va aller ? demanda-t-il.

— Oui, je...

Elle s'efforça d'inspirer calmement, consternée de constater qu'elle tremblait de tout son corps. On était loin de la façade d'agent coriace et imperturbable qu'elle tentait d'adopter depuis son arrivée chez BKI.

— Ça va, parvint-elle finalement à dire.

— Tu croyais que j'allais faire quoi ?

— Oh, heu...

Elle se mordit la lèvre et plissa les yeux quand il braqua la lumière sur elle.

— T'as pensé que j'allais te tirer dessus, c'est ça ?

— Arrête, j'y vois plus rien ! aboya-t-elle en levant une main devant son visage.

Une bonne excuse pour, un : dissimuler son expression aux yeux de Rock qui venait de la prendre en flagrant délit et, deux : changer de sujet.

— Nom d'un chien ! C'est vraiment ce que t'as cru ! s'exclama-t-il, incrédule.

Il se retourna et s'éloigna de quelques pas. Vanessa cligna les yeux pour tâcher d'y voir dans la pénombre – plus dense encore parce qu'on venait de lui braquer une torche en pleine tête – et suivit du regard les sautillements du rayon lumineux. Puis, d'un coup, il tourna de nouveau la lampe vers son visage et elle se retrouva de nouveau aveuglée.

— Donc tu crois tout ce qu'on t'a raconté à mon sujet ? Tu t'imagines que je...

— Non ! l'interrompit-elle.

Elle fit un pas vers lui, les mains tendues dans un geste implorant.

— Je n'y crois pas du tout.

Il resta silencieux pendant un long moment. Le chœur des grenouilles et des insectes bourdonnants fit de son mieux pour combler ce vide gênant avant qu'il ne déclare :

— Tu mens très mal.

— Rock, je...

Elle se tut. Que pouvait-elle dire de plus ? L'espace d'un instant, elle avait effectivement cru qu'il allait l'abattre.

— Tu penses pouvoir tenir le rythme ?

La question, si soudaine et hors contexte, la laissa momentanément décontenancée.

— Je... je me suis pas trop mal débrouillée jusqu'ici, non ?

Pour toute réponse, Rock se contenta d'un grognement.

Le temps des discussions était révolu et Vanessa devait à présent mobiliser son énergie à le suivre en restant au plus près de lui et de la lampe qu'il tenait à la main.

L'obscurité, cet abîme noir et ténébreux... Cela ravivait beaucoup trop de souvenirs en elle.

Elle frissonna et trébucha sur une épaisse racine, agitant vainement les bras pour tenter de garder l'équilibre. Toutefois, avant qu'elle ne s'écrase gracieusement face contre terre, Rock la rattrapa par les aisselles et l'aida à se redresser en s'appuyant contre son torse viril.

Le temps suspendit brutalement son vol. C'était comme si quelqu'un avait incliné le sablier sur le flanc et que les grains de sable avaient cessé de tomber. Oubliée la clameur de la forêt. Oubliée l'humidité oppressante. Oubliée l'insupportable obscurité. Il n'y avait plus qu'eux deux, serrés l'un contre l'autre, leurs visages à quelques centimètres l'un de l'autre, leurs souffles mêlés.

Embrasse-moi.

La pensée traversa son esprit, inattendue et malvenue. Elle savait qu'il ne fallait pas. Qu'il n'allait pas changer d'avis quant à ce qu'il pouvait lui offrir. Qu'elle ne ferait que perdre son temps à espérer.

Mais là, à cet instant précis, elle avait envie de savoir ce que cela ferait de le tenir entre ses bras. De ressentir sa passion, de goûter l'essence de son être et de partager la sienne avec lui.

Il se pencha à peine. Ses lèvres pleines étaient si proches, son souffle doux si chaud...

Et puis il la fit pivoter loin de lui et lui déposa la lampe au creux de la main.

— Prends la torche, dit-il. Mais veille à la maintenir au niveau de mes pieds.

Sur ces mots, il se détourna et elle n'eut d'autre choix que de lui emboîter le pas malgré ses genoux qui tremblaient d'émotion.

— Nous pensons l'avoir repéré.

Rwanda Don – le nom de code faisait souvent sourire – s'inclina inconsciemment en avant, les doigts serrés autour du téléphone portable prépayé.

— Où ? Comment ?

— Au Costa Rica, annonça l'agent de la CIA qui travaillait sur le Projet depuis le début.

Un frisson d'excitation parcourut l'échine de R.D.

— Ils ont placé un émetteur sur Vanessa Cordero. D'après les derniers rapports, cela fait plusieurs heures qu'elle se trouve dans la forêt de nuages de Monteverde. Et de l'avis général, la seule raison qu'elle aurait d'y rester serait de l'avoir retrouvé.

Serait-ce possible ? Après tant de mois ?

— Ils vont passer à l'action ?

— C'est ce qui est prévu, répondit l'agent sur un ton suffisant.

Difficile, en effet, de ne pas saisir cette chance. Ils étaient à deux doigts d'atteindre leur objectif : capturer ou tuer Richard « Rock » Babineaux pour s'assurer que leurs activités secrètes – et illégales – des dernières années ne sortent jamais de l'ombre.

Faites qu'il soit tué. Je vous en prie, faites qu'il meure.

La simple idée des accusations que Rock pourrait lancer une fois capturé – et de la possible investigation qui pourrait suivre – suffisait à retourner l'estomac de R.D. Même si d'éventuels enquêteurs feraient sans doute chou blanc.

Nous avons pris toutes les précautions pour couvrir nos traces.

Mais seulement après que Billingsworth, ce fouille-merde, avait commencé à poser trop de questions sur l'origine de certains financements, obligeant R.D. et l'agent de la CIA à faire le ménage. Ce qui avait occasionné la perte rageante de grosses sommes essentielles pour les futurs plans de R.D.

Ceci dit, il y avait tout de même une certaine satisfaction, un peu amère certes, à penser que la seule personne connaissant la véritable origine de cet argent était désormais décédée, grâce à l'intervention de deux membres du Projet.

R.D. inspira à fond pour reprendre son calme.

— Tenez-moi au courant de l'évolution de la situation.

Le profond soupir à l'autre bout de la ligne l'agaça.

— Ça a toujours été notre accord.

— Oui. En effet.

Sur ces mots, R.D. raccrocha et se renfonça dans son siège. Pour la première fois depuis des mois, l'optimisme redevenait possible.

Mieux valait néanmoins ne pas s'emballer. Rock était une vraie anguille. Et si quelqu'un pouvait se glisser entre les mailles du large filet déployé par la CIA, c'était bien lui.

Elle avait réellement cru qu'il s'apprêtait à la tuer...

Rock appuya une main contre sa poitrine douloureuse en retournant vers l'emplacement où il avait déposé son paquetage. Durant les six mois écoulés, il s'était torturé l'esprit à l'idée que les Black Knights puissent le croire coupable. Ceci dit, pourquoi auraient-ils pensé autrement ? Ils avaient forcément vu les preuves rassemblées contre lui. Mais, jusqu'à cet instant précis, il n'avait pas imaginé à quel point il serait cruel d'être témoin de leurs présomptions.

Et malgré tout cela, malgré son cœur brisé d'avoir perdu leur respect et leur confiance, qu'avait-il failli faire ?

Il était passé à deux doigts d'embrasser Vanessa Cordero.

Ce qui illustrait parfaitement le genre d'imbécile* qu'il pouvait être, tombé plus bas qu'un crapaud au fond d'un puits à sec. En l'embrassant, il aurait fait empirer une situation bien assez difficile comme cela en faisant naître chez elle un espoir qui n'avait pas lieu d'être.

Lançant un bref coup d'œil par-dessus son épaule, il oublia bien vite sa tristesse en découvrant les blancs de ses grands yeux qui brillaient tels deux phares dans l'obscurité. Même sans sa capacité affûtée à cerner les gens et à déchiffrer les plus infimes mimiques faciales, il aurait tout de suite vu qu'elle était morte de peur. Une terreur qui n'avait rien à voir avec les cris irréels d'une chouette mouchetée toute proche, car la rumeur étrange et presque fantastique de la jungle n'avait pas paru la déranger avant le coucher du soleil.

Oui, c'était visible comme le nez au milieu de la figure : Vanessa Cordero avait peur du noir.

Pourquoi* ? À vrai dire, la raison exacte n'était pas vraiment importante. Il ne pouvait de toute façon pas faire comme si de rien n'était.

Rock s'arrêta près de son paquetage et réfléchit aux possibilités qui s'offraient à lui.

Première option : la ramener jusqu'à Santa Elena, ce qui se traduirait par deux heures de marche à travers la jungle aussi obscure qu'épaisse à l'écouter retenir son souffle tous les trois pas sous l'effet de la terreur.

Deuxième option : l'escorter jusqu'à sa cabane, à seulement quinze minutes de là, puis la laisser refaire le trajet inverse le lendemain matin.

Ce qui signifiait aussi qu'il devrait passer la nuit auprès d'elle. Seuls dans un espace plutôt confiné. Alors qu'il n'avait pas eu de compagnie féminine depuis très, très longtemps...

Ce fut Vanessa qui prit la décision pour lui. Lorsqu'une série de claquements retentit derrière eux, elle bondit sur son dos, les cuisses serrées autour de sa taille, et referma ses bras sur sa gorge avec une telle force qu'il se retrouva les yeux exorbités, incapable de respirer.

Qu'est-ce que... ?

Il n'eut pas le temps de terminer sa pensée qu'un deuxième bruit la fit grimper sur lui à la manière d'un chat escaladant un arbre, exploitant ses genoux, son ceinturon et ses épaules comme autant de prises improvisées. Il pouvait soit l'aider, soit prendre le risque de se faire étrangler...

Il passa les mains sous ses jolies fesses – *par tous les saints !* – et la souleva par-derrière. Sans bien comprendre ce qui lui arrivait, il se retrouva l'instant d'après avec la jeune femme assise sur ses épaules, braquant sa lampe vers la canopée d'une main et s'agrippant violemment aux racines de ses cheveux de l'autre.

— C'était quoi ? souffla-t-elle.

Alors qu'il clignait les paupières pour chasser les larmes qui lui étaient montées aux yeux, il sentit céder plusieurs mèches de cheveux. D'accord, il avait déjà fantasmé d'avoir la tête entre les cuisses de Vanessa, mais jamais de cette manière-là !

— Ce n'était qu'un oiseau, lui assura-t-il.

Avec des gestes doux, il défit la prise de ses doigts crispés dans ses cheveux et frotta son cuir chevelu endolori au passage. Puis il l'agrippa par la taille – en tâchant de ne pas s'appesantir sur le plaisir qu'il ressentait au contact de sa chair ferme à travers le tissu – et la fit redescendre à terre. À peine ses orteils avaient-ils touché le sol qu'elle se cramponna à son bras comme un oiseau de proie.

D'accord. Direction la cabane, donc.

Parce que la pauvre finirait sans doute dans une camisole de force s'il tentait de faire tout le chemin jusqu'à Santa Elena dans l'obscurité.

— Un oiseau ? reprit-elle d'une voix où perçait la crainte. Quel genre d'oiseau peut émettre un son pareil ? On dirait des bruits d'ossements.

C'était vrai. Et Rock devait l'admettre : le son était plutôt flippant même pour quelqu'un n'ayant pas peur du noir. Pour Vanessa ? Un pur cauchemar, de toute évidence, du genre à vous faire grimper sur le premier truc vertical qui se présente.

— Ça s'appelle une pénélope unicolore. Et ce que tu as entendu, c'est le bruit que font ses plumes quand elle s'envole, lui expliqua-t-il sur un ton rassurant.

— Tu plaisantes ? demanda-t-elle en braquant le faisceau sur lui.

Rock leva une main pour se protéger les yeux.

— *Non*, répondit-il en se baissant pour reprendre ses affaires.

Il les secoua pour faire bonne mesure puis remit le paquetage sur ses épaules avec un soupir résigné. Une nuit. Il pourrait survivre à une nuit près d'elle.

— Reste bien derrière moi, dit-il.

— Où va-t-on ?

La voix de Vanessa tremblait toujours. Et elle continuait à explorer les alentours à l'aide de la lampe de poche.

— On va rejoindre ma cabane pour la nuit. Demain, tu repartiras pour Santa Elena puis vers San José.
— Et tu m'accompagneras ?
Non. Mais il en avait fini avec cette discussion. Il opta donc pour la seule réponse qu'il pouvait lui donner : son silence.

3

L'absence de réponse de Rock n'avait pas échappé à Vanessa, mais le moment était mal choisi pour s'inquiéter à ce sujet. Elle était déjà bien assez occupée à tenter de maîtriser à la fois son souffle et les battements affolés de son cœur tout en soutenant la cadence.

Elle avait l'impression que les ténèbres se refermaient sur elle comme une main géante et étouffante bien décidée à l'empêcher de respirer.

Bon sang, Van, reprends-toi ! Tu ne crois pas que tu t'es déjà assez ridiculisée comme ça ?

Cependant, difficile d'imaginer plus ridicule que le moment où elle avait grimpé sur le dos du pauvre Rock quand l'effrayant volatile avait pris son essor.

Le déroulement de la scène n'était toujours pas très clair dans son esprit.

Elle était là, regard et torche braqués sur les bottes de Rock, concentrant toutes ses forces à ne pas penser à l'obscurité qui l'enveloppait. Et puis, en un clin d'œil, elle s'était retrouvée juchée sur ses épaules.

Et tu voudrais le convaincre que tu es venue le sauver. C'est clair que jusque-là ta présence l'a beaucoup aidé !

Avec un soupir consterné, elle se contenta de mettre un pied devant l'autre en esquivant les plantes grimpantes traîtresses et autres racines d'arbres géantes.

Elle n'aurait pas su dire combien de temps s'était écoulé – cela aurait pu se compter aussi bien en minutes qu'en heures – mais soudain Rock s'immobilisa. Inclinant la lumière vers son visage, elle découvrit qu'il levait la tête, le regard braqué vers les hauteurs.

Seigneur, j'espère que ce n'est pas un autre de ces oiseaux...

D'un geste hésitant, elle fit courir le faisceau de la lampe le long de l'énorme tronc face à eux jusqu'à découvrir ce qui retenait l'attention de Rock. L'éclairage faiblissait avec la distance mais, même ainsi, elle n'eut aucun mal à distinguer les proportions de la structure perchée dans les branches.

Ah, d'accord, c'est donc ça qu'il appelle une « cabane » !

Il devait avoir remarqué sa stupéfaction.

— Je ne savais pas combien de temps j'allais devoir vivre ici, donc je me suis dit qu'il valait mieux que je m'installe confortablement.

C'est ça, confortablement.

L'immense structure en bois qui enjambait l'espace entre deux arbres gigantesques était équipée de volets aux fenêtres, d'un pont en corde et... non ? Si, c'était bien une douche extérieure qu'elle apercevait sur une plate-forme, alimentée par l'un des grands réservoirs d'eau de pluie en plastique disposés sur le toit de chaume.

Et dire qu'elle avait eu pitié de lui, l'imaginant terré depuis six mois dans une hutte grossière et minuscule. Une hutte ? Tu parles ! Cet endroit était le Hilton des cabanes, Robinson Crusoé dans un quatre-étoiles.

— Il y a aussi la télé câblée et Internet ? demanda-t-elle, pince-sans-rire.

Elle n'arrivait pas à détacher les yeux du bâtiment, impressionnée par l'ingéniosité de Rock.

— Rien d'aussi sophistiqué.

Il lui fit faire le tour des larges racines plates de l'arbre jusqu'à arriver devant une longue échelle fixée au tronc à l'aide d'épais boulons d'acier.

— Après toi, dit-il avec un petit mouvement du menton.

Vanessa se mordit la lèvre et leva de nouveau sa lampe vers les hauteurs de l'arbre. C'était haut, très haut. D'habitude, elle n'était pas sujette au vertige. Mais d'habitude, on ne lui demandait pas de grimper le long d'un colosse de la forêt vierge tel un singe-araignée sans harnais ni câble de sécurité. Donc, ouais…

Douze mètres. C'était la hauteur à laquelle elle estimait que se trouvait la cabane.

Gloups.

Par contre, après l'épisode du serpent, des bruits d'osselets de l'oiseau et de la séance de grimpette précipitée sur les épaules de Rock, elle refusait de laisser paraître son appréhension. Elle espérait qu'il n'était pas trop tard pour reprendre le rôle de la « fille sans peur venue à la rescousse de l'agent menacé de mort ». Aussi, avec un hochement de tête beaucoup plus assuré qu'elle ne l'était vraiment, elle coinça la lampe entre ses dents et saisit le premier échelon.

Garde les yeux sur l'objectif, rien que sur l'objectif, se conseilla-t-elle intérieurement en gravissant l'échelle une main après l'autre.

Mais lorsqu'elle arriva à ce qu'elle estimait être la mi-parcours, le mantra se changea en :

Ne regarde pas en bas, pas en bas, pas en bas…

Merde. Elle venait de regarder en bas.

Si cela lui avait paru haut depuis le sol, c'était mille fois pire une fois dans l'arbre. Sa vision lui jouait des tours. Pour un peu, on se serait cru dans un film, quand la caméra zoome brusquement en arrière en étirant le champ visuel. Alors qu'elle était sur le point de céder à une nouvelle mini-crise de panique, la torche illumina Rock qui la suivait à quelques mètres en arrière. D'un seul coup, l'idée de se briser tous les os si elle perdait prise s'envola. À vrai dire, toutes ses pensées s'envolèrent. Car la lumière jaune jouait sur les reliefs de ses muscles en mouvement, chaque creux, chaque bosse, chaque plat parfaitement visible. Le genre de spectacle à vous liquéfier une cervelle féminine.

Tous les Black Knights étaient en excellente condition physique. Mais Rock ? Rock était presque inhumain.

Pas un gramme de graisse n'était visible sur ses épaules et ses bras nus tandis qu'il se hissait le long du tronc, son lourd paquetage sur le dos. Il évoquait une étude anatomique toute en peau tendue et tatouée, os solides et musculature sèche et harmonieuse. Une étude de la silhouette masculine parfaite...

Une bonne chose que Vanessa ait eu besoin de ses deux mains pour s'accrocher à l'échelle, sans quoi elle se serait sans doute éventé le visage. Puis, aussi vite que ses synapses s'étaient déconnectées, sa matière grise se ralluma et la première pensée qui lui traversa l'esprit fut :

Aucun homme ne devrait être aussi sexy en débardeur. C'est de la pure injustice.

Écœurée par son incapacité à contrôler sa libido quand elle était avec lui, elle fit mine de reprendre l'ascension. Mais au même moment, Rock leva la tête et ses yeux captèrent l'éclat de la lampe. Elle se retrouva de nouveau béate.

La plupart des gens n'auraient pas considéré Rock comme un bel homme. À l'exception de ses tatouages, il n'avait rien d'immédiatement remarquable. Au premier coup d'œil, il avait un visage ordinaire, facile à oublier. Mais il y avait quelque chose chez lui... Quelque chose de plus que ses cheveux d'un brun sombre aux reflets auburn, de plus que son nez droit banal et ses épais sourcils foncés. Peut-être s'agissait-il de ses pommettes hautes ou de sa mâchoire carrée. Ou, plus probablement, de ses lèvres.

Dieu que sa bouche était belle, avec sa lèvre supérieure parfaitement dessinée au-dessus d'une lèvre inférieure délicieuse et rebondie.

Vanessa avait nourri bon nombre de fantasmes à propos de ces lèvres. Dont quelques-uns envahissaient à présent son cerveau ralenti.

— Il y a un problème, *chère* ? demanda-t-il, interrompant le fil scabreux de ses pensées.

Cela ne fit que rappeler à Vanessa l'effet que sa voix avait sur sa tranquillité d'esprit. Sans doute était-ce le goût qu'elle avait toujours eu pour les langues, pour les tonalités et les inflexions, qui rendait le baryton fluide de Rock absolument délicieux à ses oreilles, surtout mâtiné des voyelles rallongées de son accent du Sud.

Elle frissonna sans pouvoir attribuer cela à la fraîcheur du soir : la chaleur et l'humidité oppressante de la jungle ne s'étaient pas dissipées d'un iota. Ce frisson n'avait donc rien à voir avec la température et tout avec Rock. À son contact, elle se mettait à vibrer plus fort qu'un marteau-piqueur.

Même dans la pénombre, elle vit qu'il haussait toujours plus les sourcils. L'espace d'un instant, elle craignit que l'expression de son visage n'ait trahi ses pensées. Puis elle se souvint qu'il lui avait posé une question.

Ah oui, il lui avait demandé s'il y avait un problème.

Et sa réponse ? *Carrément, qu'il y a un problème !*

Le problème était que le seul homme sur toute la planète à la rendre complètement gaga ne partagerait jamais ses sentiments.

Mais elle ne pouvait évidemment pas lui dire une chose pareille. Elle se contenta donc de se détourner pour reprendre sa progression verticale.

Et, tout en grimpant, elle se rappela qu'elle était venue pour l'aider, pour le ramener avec elle afin que les Black Knights puissent le soutenir. Et certainement pas pour lui sauter dessus, si craquant soit-il.

Ne regarde pas son cul, ne regarde pas son cul. Vraiment, ne reg...

Mon Dieu !

Il avait regardé son cul.

Comme avait-il pu la prendre pour un homme, même une nanoseconde ? Cela resterait à jamais un mystère.

Car Vanessa Cordero affichait la silhouette de Latina par excellence, avec une taille étroite qui s'évasait de manière spectaculaire vers des hanches larges et des fesses rondes et fermes.

Merde*, elle semblait tout droit sortie d'un clip de rap !

Quand elle parvint au sommet et se hissa sur le palier, retirant ce cul superbe de sous ses yeux affamés, il hésita entre le soulagement et l'appréhension. Car même s'il pouvait enfin penser à autre chose qu'à son envie de mordre dans chacune de ces demi-lunes, il savait que sous peu les fesses en question réchaufferaient son lit tandis que lui se tournerait et se retournerait sur un matelas posé par terre.

Peut-être ne laverait-il plus jamais ses draps après ça...

— Tu as besoin d'un coup de main pour ton paquetage ?

La question interrompit les pensées lubriques de Rock. Vanessa se penchait vers lui depuis le haut de l'échelle. À la vue de la fausse barbe recouvrant ses joues, il se rappela d'une question qui n'avait cessé de le tarabuster.

Il fit non de la tête et elle s'écarta pour le laisser grimper jusqu'au palier. À peine s'était-il redressé qu'il demanda :

— Pourquoi ce déguisement ? Si la CIA a abandonné l'idée que vous saviez où je me trouvais, pourquoi as-tu ressenti le besoin de te grimer en Che Guevara ?

Vanessa porta la main aux poils fins collés au niveau de ses joues et de son menton. Avec une grimace, elle entreprit de les arracher par petites touffes.

— Simple précaution au cas où, répondit-elle.

Elle frotta son visage désormais imberbe en grattant quelques résidus de colle récalcitrants.

Mon Dieu, pourquoi fallait-il qu'elle soit si belle ?

— Rien ne nous garantit qu'ils aient laissé tomber. Tu connais la CIA. Difficile de faire plus rusés et retors qu'eux. Donc j'ai discrètement quitté San José il y a une

55

semaine sous le nom de Ricardo Ramirez. Et c'est sous cette identité que je te cherche à Santa Elena depuis.

— Mais pourquoi n'es-tu pas venue me parler directement à la cantina ?

— T'es parano à ce point ? demanda-t-elle, poings sur les hanches. Tu n'as pas confiance en moi ? Tu crois vraiment que je serais venue ici pour autre chose que pour t'aider ?

Rock retira son paquetage et l'appuya contre le mur de la cabane. Il déferait le tout plus tard. Pour l'heure, il avait besoin d'une boisson bien fraîche et d'une douche plus rafraîchissante encore. Bien entendu, dans la mesure où air conditionné et réfrigérateur ne cadraient pas avec l'ambiance « Tarzan » de son nouveau logement, les chances d'obtenir l'une comme l'autre étaient plus qu'infime. Mais on pouvait toujours rêver... et espérer. D'un autre côté, il avait un jour entendu un proverbe qui affirmait « espère dans une main et chie dans l'autre, tu verras laquelle se remplit le plus vite ».

Ouvrant la porte de la cabane, il fit signe à Vanessa d'entrer.

Elle hésita pendant un court instant, attendant toujours qu'il réponde à sa dernière salve de questions. Mais lorsqu'il devint évident qu'il n'avait aucune intention de le faire, elle haussa les épaules et franchit le seuil.

Il la suivit en prenant bien soin de ne *pas* reluquer son cul. Bon, d'accord, il y avait peut-être jeté un bref coup d'œil. Il n'était qu'un homme, après tout.

Une fois à l'intérieur, Vanessa balaya les lieux d'un regard curieux et Rock sut ce qu'elle voyait. Un sommier assemblé à la va-vite supportant un épais matelas gonflable recouvert de draps froissés. Une table en bois dégrossi accompagnée d'une unique chaise. Un réchaud à kérosène posé sur un trépied. Des ustensiles de cuisine empilés sur une étagère. Une pyramide de boîtes de conserve et de rations alimentaires de l'armée américaine. Un petit tonneau d'eau... et une énorme quantité de renseignements.

Les moindres surfaces verticales de la cabane étaient recouvertes avec les informations qu'il avait pu rassembler sur lui-même, ses missions, ses cibles. Malheureusement, malgré tous ses efforts au cours des six mois écoulés, l'identité réelle de Rwanda Don restait un mystère. Peut être que s'il avait gardé ses dossiers...

Mais non. C'était à cause des dossiers en question qu'il se trouvait à présent dans le pétrin. Il aurait dû les détruire, après quoi il...

— Tu n'as pas chômé, murmura Vanessa.

Elle s'approcha de la table pour saisir une grande photo de Fred Billingsworth. Le dernier homme que Rock avait interrogé. Le dernier à avoir rendu l'âme.

Et le *seul* innocent...

Une étrange expression passa sur les traits de Vanessa tandis qu'elle étudiait le cliché. Rock comprit qu'elle se débattait avec l'idée que, *oui*, malgré ce qu'elle pensait savoir de lui et son envie de le croire innocent, il avait peut-être réellement tué tous ces hommes.

— Pourquoi n'es-tu pas venue vers moi à la cantina ? demanda-t-il de nouveau.

Il ne doutait pas qu'elle était venue pour l'aider ; il suffisait d'un regard à son visage honnête et ouvert pour savoir qu'elle disait la vérité. Mais il voulait plus que cela. Il voulait s'assurer de ses motivations.

D'une part parce qu'il était entraîné à creuser dans la psyché de ses interlocuteurs pour voir ce qui les animait. D'autre part parce que cela lui donnerait une meilleure idée des galères que les Black Knights avaient connues par sa faute.

— Parce qu'il fallait que je sois sûre de mon coup.

Elle reposa la photo et croisa les bras, l'air renfrogné.

— Et puis je me suis dit que si par je ne sais quel miracle j'étais suivie, il valait mieux que je reste en arrière pour voir si quelqu'un te pistait dans la jungle.

D'accord. BKI avait dû subir de grosses pressions pour qu'elle se montre aussi prudente. Rock eut le cœur serré à l'idée que ses actes aient pu causer autant de problèmes à ses compagnons.

— Après avoir patienté un bon moment sans repérer qui que ce soit, je t'ai emboîté le pas. Mais je pense que j'ai un peu trop attendu, car j'ai bien failli perdre ta trace.

— Si seulement, soupira-t-il.

Il tira les pistolets passés à sa ceinture et s'avança vers l'étagère qui accueillait ses rares ustensiles de cuisine. Il rangea les deux 9 mm dans une cocotte et verrouilla le couvercle. Des sapajous s'introduisaient parfois dans la cabane pour jouer avec ses affaires et il n'avait aucune envie de se faire accidentellement trouer la peau par un primate excité de la gâchette. En se retournant, il vit que Vanessa faisait la moue, la tête inclinée sur le côté.

— Et si j'avais effectivement perdu ta trace, combien de temps aurais-je dû attendre dans cette cantina avant ton prochain passage ?

— Un mois, admit-il. Voire plus.

Elle secoua la tête, incrédule, et soupira à son tour.

— Eh ben ! Heureusement que j'avais révisé mon maleku.

— Hein ?

— C'est un vieux Maleku qui m'a indiqué la cantina. J'imagine qu'il avait dû t'y voir passer une ou deux fois.

De fait, Rock n'était pas surpris que les Black Knights aient envoyé Vanessa pour le retrouver. Ils avaient compris que seul quelqu'un doté de ses compétences linguistiques serait capable de déchiffrer les nombreux dialectes chibchas employés par les habitants de la région.

Mais alors qu'il ouvrait la bouche pour la questionner plus avant, un bruit discret, sorte de bourdonnement grave, fit soudain se dresser les poils sur sa nuque.

Maison de vacances d'Eve Edens, San José, Costa Rica...

— Oh, merde !

L'exclamation de Billy fit violemment sursauter Eve. Une ambiance pesante avait régné dans la maison jusqu'à ce que, quelques heures plus tôt, Vanessa Cordero appelle pour leur dire qu'elle avait enfin localisé Rock. Depuis lors, les choses s'étaient détendues, apaisées. Raison pour laquelle l'emportement soudain de Billy avait failli lui flanquer une crise cardiaque. C'était comme entendre un coup de feu en plein milieu d'un pique-nique.

Portant instinctivement la main à sa gorge, elle lâcha le verre de chardonnay qu'elle était en train de remplir. Elle ne prêta cependant aucune attention au verre brisé ni au liquide doré qui se répandit sur le plan de travail en granit, trop occupée à contempler Billy – « Wild Bill » Reichert pour les membres des forces spéciales – plaquer un doigt rageur sur l'écran de son téléphone avant de bondir par-dessus le sofa pour foncer vers le hall.

L'instinct d'Eve lui soufflait de ne pas bouger. Mais, à peine un mois auparavant, son coach privé d'autodéfense l'avait informée, sans prendre de gants, qu'il fallait qu'elle « ait du cran ». Ce qui, selon elle, signifiait que lorsque tout son for intérieur lui hurlait de se figer et de cesser de respirer – de jouer au lapin terrifié, en somme –, elle devait au contraire s'inspirer de sa meilleure amie, Becky Reichert, et envoyer au diable sa réserve naturelle.

Donc... QFB ? Que ferait Becky ? Becky se serait déjà précipitée derrière Billy, c'était certain.

Avec un soupir sonore, Eve s'élança à la suite de Billy qu'elle rattrapa alors qu'il s'apprêtait à ouvrir la porte de la chambre que Boss et Becky étaient en train de baptiser.

Oh non. Mauvaise idée.

Car si une chose était susceptible de marquer un homme à vie, c'était bien de voir sa petite sœur prise *in flagrante delicto* avec le colosse poilu qui se trouvait être à la fois son beau-frère et son patron.

Elle saisit le poignet de Billy avant qu'il puisse tourner la poignée et...

Chaude. Sa peau était toujours si chaude. C'était l'un des souvenirs qu'elle avait de lui. La chaleur qu'il dégageait.

Et même si cela faisait plus de dix ans qu'elle ne s'était pas trouvée dans ses bras, le simple contact de sa peau ravivait des souvenirs aussi clairs que s'ils dataient de la veille...

Son grand sourire tandis que le vent agitait sa tignasse brune le jour où ils avaient embarqué sur un petit skiff sur le lac Michigan. L'étincelle de joie dans son regard chaleureux le soir où elle l'avait enfin laissé déboutonner son chemisier sur la banquette arrière de sa voiture. Le chagrin qui se lisait sur son jeune et beau visage le fameux matin où il lui avait annoncé qu'il partait...

Ce dernier souvenir – et la tristesse profonde qui l'accompagnait systématiquement – la ramena brusquement au présent.

— Ne fais pas ça, lui dit-elle.

Le regard dur de Billy faillit lui couper le souffle. Mais elle devait prouver qu'elle avait du cran ; elle tint bon.

— Crie-leur ce que tu as à dire à travers la porte, conseilla-t-elle. Ils t'entendront.

Il hésita une fraction de seconde. Son expression s'adoucit et il la dévisagea de ses yeux couleur de chocolat comme si...

Mais à l'instant même où elle songeait qu'il allait peut-être – soyons fous ! – lui dire quelque chose de gentil, dans le genre « merci de m'avoir empêché de voir un truc qui m'aurait obligé à me récurer la cervelle ensuite », il se détourna pour beugler à travers le panneau de bois sombre :

— On a un problème ! Habillez-vous et ramenez-vous, fissa !

Des jurons chuchotés leur parvinrent depuis la chambre, suivis du grincement d'un matelas et de bruits de pas étouffés. Eve ne s'aperçut qu'elle tenait toujours le poignet de Billy que lorsqu'il baissa les yeux vers sa main avant de plonger son regard dans le sien.

Elle se sentit rougir avant d'avoir – enfin ! – la présence d'esprit de le relâcher.

C'était toujours ainsi depuis que Becky les avait remis en présence l'un de l'autre six mois plus tôt. Les conversations guindées, les regards circonspects. Les petites piques. Et... l'électricité dans l'air.

Oh que oui !

Elle avait évidemment fait de son mieux pour limiter la casse en l'évitant coûte que coûte. Et une femme intelligente en aurait fait une règle absolue. Malheureusement, et malgré ce que ses professeurs avaient pu dire, Eve était bien forcée de constater qu'elle n'était pas si intelligente que cela. Car quand Becky l'avait appelée en lui demandant à emprunter sa maison de San José afin d'y célébrer son récent mariage – et de s'en servir comme couverture pour une opération clandestine –, Eve avait sauté sur l'occasion de se joindre à eux. Pour voir comment tout cela se passait.

Là, c'est sûr, tu as du cran.

Son prof d'autodéfense aurait été très fier.

Il faut dire que sur le moment, elle n'avait pas mesuré les conséquences qu'aurait la proximité de Billy Reichert sur son système nerveux et...

La porte de la chambre s'ouvrit à la volée, brisant net le fil de ses pensées. Boss et Becky se tenaient sur le seuil, tous deux vêtus de peignoirs de bain blancs, leurs chevelures en bataille dignes de rescapés d'un ouragan.

À son grand dam, Eve se sentit rougir encore un peu plus.

— Qu'est-ce qui se passe ? demanda Boss en passant une main sur ses joues mal rasées.

— Ozzie vient d'intercepter un ordre de la CIA requérant l'envoi de deux hélicos furtifs au-dessus de la forêt de nuages de Monteverde, l'informa Billy.

Boss agrippa le chambranle de la porte avec assez de force pour faire craquer le bois.

— Putain !
— Et Vanessa ? demanda Becky.
— Elle a désactivé son appareil… Au cas où.

Billy inclina son téléphone dans un geste indiquant qu'il était devenu inutile.

— Des options ? demanda Boss, mâchoire crispée.
— J'en vois aucune, admit Billy, visiblement inquiet. Il va falloir attendre de voir si Rock a autant de ressources qu'on l'imagine. D'ici là, je pense qu'on ferait bien d'appeler la cavalerie. Quelque chose me dit qu'on va avoir besoin de tous les renforts possibles !

— Bien reçu, dit Boss.

Il retourna dans la chambre, récupéra le téléphone qu'il avait laissé sur la table de nuit et composa immédiatement un numéro.

— Combien ?

Becky avait posé la question en dévisageant son frère, l'air tendu. Même Eve comprit sans mal ce qu'elle demandait. Une question de probabilités. Face à combien d'agents Rock Babineaux allait-il se retrouver ?

— Huit, répondit Billy.

Becky se détendit visiblement.

— Ce n'est pas si terrible. Vanessa et lui sauront faire face à…

— Par escouade, l'interrompit Billy. Il y a deux escouades.
— Oh, merde... souffla Becky.
Eve fut frappée par un sentiment déconcertant de déjà-vu.

4

— Qu'est-ce qu'il y a ?

L'expression de Rock avait suffi à gâter le *ceviche* dans l'estomac de Vanessa.

— Ils sont ici, chuchota-t-il.

Elle eut un bref flash-back d'une scène du film *Poltergeist*[1] une fraction de seconde avant qu'il la prenne par la taille et bondisse vers la porte ouverte. À peine avaient-ils franchi le seuil que l'enfer se déchaîna.

Une grenade incapacitante détona à l'intérieur, aveuglant momentanément Vanessa. Malgré les tintements aigus dans ses oreilles, elle entendit Rock crier « accroche-toi ! » et referma ses bras autour de son cou, presque soulagée de ne pas voir ce qui allait se passer.

Elle se félicita d'avoir obéi quand il saisit une corde qu'elle n'avait pas vue, suspendue à une branche en hauteur, et se laissa tomber de la plate-forme.

Et puis... rien. Rien que l'air humide et lourd de la jungle entre elle et une chute de douze mètres vers la mort.

---

[1]. « Ils sont ici » est une célèbre réplique du film *Poltergeist*, sorti en 1982, et de son récent remake datant de 2015. (*N.d.T.*)

Ravalant un cri de terreur, elle enroula ses jambes autour de la taille de Rock et, quoique encore à moitié frappée de cécité, ferma désespérément les yeux.

C'est un cauchemar, ce n'est pas vrai...

Et pourtant, si, ça l'était.

Elle fendait l'air de la jungle à la manière de Tarzan – ou de Jane ? – tandis que les balles sifflaient autour de sa tête. Malgré les effets de la grenade, elle restait douloureusement consciente du déplacement d'air au niveau de ses tympans quand un tir la ratait de quelques centimètres seulement.

Nom d'un chien, ils voulaient la tuer !

Ces salopards essaient bel et bien de...

Elle n'eut pas le temps de terminer cette pensée. Rock s'était laissé tomber sur une petite plate-forme fixée à un énorme tronc à l'opposé de la cabane. Il atterrit avec une telle force que Vanessa eut l'impression que ses dents allaient se déchausser. Une bonne chose qu'elle ait serré les mâchoires !

Uniquement animée par son instinct, elle s'apprêta à lâcher prise mais suspendit son geste en constatant que Rock s'élançait sur la plate-forme d'à peine trente centimètres de large pour faire le tour de l'arbre. Il s'y arrêta près d'une échelle semblable à celle qu'ils avaient utilisée pour accéder à la cabane.

— Passe dans mon dos, *chère*, lui commanda-t-il.

Son ton était incroyablement calme quand on savait qu'un groupe d'hommes vêtus de noir descendaient en rappel le long de cordes déroulées depuis le ciel tout en leur tirant dessus. Certes, leur position actuelle derrière le tronc épais les mettait à l'abri, mais elle savait que ce n'était que très provisoire. À présent que les effets de la grenade s'étaient dissipés, elle captait le bourdonnement lancinant qui avait alerté Rock du début des ennuis. Levant la tête, elle distingua derrière la cime mouvante des arbres les formes non pas d'un mais de deux mythiques hélicoptères Chinook dont les puissants projecteurs fouillaient la forêt en contrebas, transformant la cabane de Rock en ornement de Noël géant.

J'y crois pas !

Elle faillit s'étrangler.

Il existait au sein de la communauté des forces spéciales une légende que l'on pouvait résumer ainsi : quand un agent commet une erreur aux proportions monstrueuses, alors peu importe qui il est et où il se trouve : surgit du ciel un mystérieux Chinook noir, signe indéniable que la communauté n'a désormais plus besoin des services de l'agent en question. Quand le Chinook noir et furtif se présente devant chez vous, une chose est sûre : l'heure est venue de dire adieu à la vie, façon aller simple pour l'enfer.

Sauf que je refuse de poinçonner mon billet.

Vanessa se laissa tomber sur l'étroite passerelle et contourna Rock à la hâte jusqu'à se retrouver dans son dos. Puis elle passa de nouveau ses bras autour de son cou et se cramponna à lui. Il lui laissa à peine le temps d'ajuster sa prise avant de saisir les montants de l'échelle qui les ramènerait à terre.

Sauf qu'il ne se servit pas des barreaux pour descendre. Oh non. Cela aurait été bien trop naturel. Non, il plaqua ses bottes à l'extérieur de chacun des montants et, une fois de plus...

La chute.

Pendant d'interminables secondes, ils filèrent droit vers le sol, l'air sifflant à leurs oreilles, au milieu du kaléidoscope des couleurs adoucies par la pénombre des luxuriantes broméliacées qui poussaient sur le tronc. Puis Vanessa sentit Rock bander tous ses muscles et un grondement sourd résonner dans sa poitrine tandis qu'il resserrait sa prise sur les montants de l'échelle. Miraculeusement, leur allure ralentit. Puis, à sa grande stupeur, au lieu de s'écraser par terre à une vitesse mortelle, ils atterrirent avec un bruit mat et maîtrisé.

Tout en reprenant appui sur ses pieds, elle s'émerveilla de la force de son compagnon. En une fraction de seconde, celui-ci la prit fermement par la main et s'écria « cours ! » avant de s'élancer avec elle au milieu de la végétation.

Trente mètres au nord, vingt mètres à l'ouest. À l'intérieur d'un arbre mort dont les racines sortent du sol tels de petits doigts bruns…
Oui, c'était l'endroit où se trouvait sa cache d'armes la plus proche. Car, *Dieu merci*, son vieux père n'avait pas élevé un imbécile.

Rock continua à courir en tirant Vanessa derrière lui, les battements de son cœur aussi réguliers qu'un métronome malgré le danger. Il compta mentalement ses pas tout en se maudissant intérieurement de l'avoir mêlée à tout cela.

La pauvre était morte de peur, prenant conscience pour la première fois de la gravité de la situation. Elle regrettait probablement de tout son être sa décision de venir le retrouver.

Comment l'en blâmer ? Impossible, mon commandant !

Car éviter de peu une lobotomie par balle, comme ils l'avaient fait, aurait fait flipper n'importe qui, y compris un vieux renard comme lui entraîné à garder son sang-froid même quand le monde explosait tout autour. Donc, *oui*, si lui était nerveux – et il l'était au vu du nombre invraisemblable de mecs qui tombaient du ciel – Vanessa devait être absolument terrifiée.

Car pour être honnête, si ses compétences de spécialiste des communications ne faisaient aucun doute, elle n'y connaissait rien lorsqu'il s'agissait d'affronter une situation de combat réel. Et c'était exactement ce dans quoi ils étaient désormais plongés. Un combat on ne peut plus réel.

Comme pour lui donner raison, une balle vint s'écraser dans une racine à vingt centimètres à peine de son visage, projetant un nuage d'éclats de bois acérés. Vanessa poussa un cri aigu à l'instant même où l'un de ces éclats s'enfonça dans le cou de Rock. Il sentit le sang couler mais n'y prêta pas attention. Il devait récupérer son équipement et mettre Vanessa en sécurité dans l'une de ses cachettes. Au plus vite.

— Attention à la souche ! s'exclama-t-il.

Lui-même avait à peine eu le temps d'apercevoir les restes de l'arbre abattu avant d'être obligé de sauter par-dessus. À sa grande surprise, Vanessa l'imita instantanément, bondissant par-dessus l'obstacle telle une gymnaste olympique tandis que le crépitement des armes automatiques résonnait à travers la jungle.

De longues rigoles de sueur s'écoulaient le long du visage et du cou de Rock, accompagnées d'une sensation de brûlure au niveau de sa blessure. Il ne s'y arrêta pas. Ils n'avaient qu'une minuscule fenêtre de temps – celle du chaos causé par les deux équipes héliportées qui descendaient à toute vitesse depuis la canopée – pour parvenir à s'enfuir. Et cette fenêtre rapetissait un peu plus à chaque seconde, à chaque paire de bottes adverses qui touchait terre.

— On va dans la mauvaise direction ! lui cria Vanessa. Santa Elena est à l'est !

Si seulement c'était aussi simple. L'un des préceptes fondamentaux de la guerre était *ne jamais repartir par là où l'on est arrivé...*

— C'est exactement ce qu'ils attendent qu'on fasse, répondit-il d'une voix forte pour couvrir les bruits de coups de feu.

Sans cesser de courir, il fit soudain un pas de côté pour éviter de foncer la tête la première dans une liane qui pendait près du sol. Le brusque changement de direction fit trébucher Vanessa mais, en véritable agent entraîné, elle retrouva immédiatement son équilibre et lui emboîta le pas.

Et puis, d'un coup, ils eurent l'impression que leurs poursuivants avaient perdu leur trace. Les balles avaient cessé de laminer les feuillages autour d'eux et se concentraient, semblait-il, en direction de l'ouest.

Mais cela ne durerait pas longtemps. Il ne faisait aucun doute que les types en noir étaient équipés de lunettes de vision nocturne, ce qui leur conférait l'avantage dans ce jeu du chat et de la souris.

— Où va-t-on ? demanda Vanessa, haletante.

Elle soutenait à présent son allure, slalomant avec lui au milieu d'un épais rideau de lianes.

Cette fichue jungle aura notre peau plus vite encore que ces commandos en hélicos...

— On y est presque, lui assura-t-il dans un murmure.

À présent que les rafales s'étaient tues, ils devaient faire le moins de bruit possible.

Tout en se frayant un chemin à travers les plantes grimpantes et en jurant dans sa barbe, Rock tendit la main pour prendre la sienne. Il se sentait mieux quand il était en contact avec elle et, *oui*, il mettrait ça sur le compte de l'obscurité et du besoin de savoir en permanence où elle se trouvait. Plutôt que de l'idée... eh bien... qu'il aimait la toucher.

— Presque où ? siffla-t-elle avant de jurer quand une plante couverte d'épines s'accrocha à sa queue-de-cheval et la tira en arrière telle une marionnette au bout de son fil.

Rock dégaina son couteau Bowie en une demi-seconde. Il tendit le bras pour la libérer, au prix de plusieurs centimètres de cheveux qui retombèrent à terre.

Dommage. Elle avait les plus beaux cheveux qu'il ait jamais vus. Aussi noirs et brillants que le plumage d'un corbeau. Mais ils n'avaient pas le temps de s'arrêter.

Il fut de nouveau surpris de ne pas l'entendre émettre la moindre protestation. Au lieu de quoi elle murmura un « merci » puis rentra le menton et reprit sa progression en se lançant dans un sprint qu'il eut du mal à suivre.

— Par ici.

Il la guida vers la droite, où se trouvait la cache d'armes. *Ils y étaient arrivés !*

Lâchant sa main, il se pencha pour passer la tête dans le creux de l'arbre sans se soucier de l'odeur de feuillages en décomposition qui assaillit ses narines. Il en retira bientôt le paquetage qu'il avait caché là.

— Qu'est-ce que tu fiches ? demanda-t-elle lorsqu'il se redressa.

— Les agents, surtout ceux qui ont grandi dans le bayou, cachent toujours du matos comme les écureuils leurs noisettes, répondit-il en guise d'explication.

Il déchira le plastique qui protégeait le tout de l'humidité et plongea les mains à l'intérieur du sac pour s'assurer que ses deux SIG étaient bien là où il les avait laissés, chargés et prêts à servir.

Glissant les pistolets à sa ceinture, il passa le paquetage sur son dos et se tourna vers Vanessa.

— Quoi ?

Même dans l'obscurité, elle avait reconnu l'expression sur son visage.

— T'as un émetteur sur toi, *chère*.

Elle secoua la tête avant même qu'il ait fini de prononcer sa phrase.

— Non. Impossible. J'ai vérifié mes vêtements avant de quitter San José. Il n'y avait rien qui...

— Alors ils te l'ont mis après ton arrivée à Santa Elena, l'interrompit-il.

Il profita de ce bref instant de répit pour reprendre son souffle et passer mentalement en revue leurs très réduites options. Réduites ? Tu parles. Une seule. Ils n'avaient qu'une seule possibilité. Et ça n'allait pas être facile.

— Il n'y a que comme ça qu'ils ont pu nous traquer. Et tu sais pourquoi ils semblent nous avoir perdus maintenant ? Parce que tu es hors de portée. Ce qui veut dire qu'on parle d'un dispositif assez sommaire. Genre un autocollant ou...

— Non, je...

Vanessa s'interrompit brusquement. Rock vit le blanc de ses yeux briller dans la nuit alors qu'elle les écarquillait en grand. Elle sortit son téléphone portable de sa poche.

— Il y a eu ce petit garçon... Il m'est rentré dedans au magasin CASEM ce matin, expliqua-t-elle rapidement.

Elle lui tendit son iPhone et son cœur se serra en voyant que sa main tremblait. La pauvre était bien plus effrayée qu'elle ne le laissait paraître.

Maudit sois-tu, Rwanda Don, pour ce que tu nous fais subir !

— L'écran est réglé sur une faible intensité, souffla-t-elle en pivotant sur elle-même. Éclaire-moi pour voir si j'ai un truc accroché dans le dos.

Promettant silencieusement une vengeance lente et méthodique à Rwanda Don, Rock alluma l'écran de l'appareil et se servit de sa faible lumière pour examiner le dos de Vanessa.

Là. Accroché à sa poche arrière. Un minuscule autocollant métallisé.

Un mauvais pressentiment s'empara de lui. Il retira l'autocollant et le tint près de l'écran pour mieux voir. Et... c'était bien ce qu'il pensait.

— Oh, merde, souffla Vanessa en faisant volte-face.

Comme tu dis, ne put s'empêcher de songer Rock.

Car la face arrière de l'autocollant laissait voir le minuscule circuit indicateur d'un appareil à radiofréquence. Une technologie des plus basiques, avec un rayon d'action d'à peine cent mètres, mais c'était suffisant. Plus que suffisant, même. Quiconque avait déjà déclenché une alarme dans un magasin savait à quel point les puces RFID fonctionnaient bien.

Vanessa se mit à secouer la tête.

— Oh purée. Oh purée. Je suis vraiment désolée, je...

— Ça n'est plus important, dit-il.

Et comme pour souligner son propos, une balle s'écrasa sur l'arbre derrière lequel ils étaient cachés.

71

Empochant rapidement le téléphone de Vanessa, Rock se baissa pour ramasser un petit caillou. Après y avoir collé l'étiquette RFID, il balança son projectile au loin. Deux secondes plus tard, les tirs se déplacèrent dans la direction correspondante.

— Profitons-en, dit-il en tendant de nouveau la main vers la sienne.

Lorsqu'elle passa sans hésiter les doigts dans les siens, il fit de son mieux, vraiment, pour ne pas y accorder trop d'importance. Et autant l'avouer, il n'y parvint pas. Loin de là. Car malgré la situation, malgré le danger de mort qui les menaçait, il était bon d'avoir quelqu'un auprès de lui. Bon de l'avoir *elle* à ses côtés.

Cela faisait bien trop longtemps qu'il était seul...

Bien évidemment, la peur du noir de Vanessa et leur tentative d'échapper à des hommes masqués qui tiraient d'abord et discutaient ensuite expliquaient sans doute en grande partie qu'elle soit d'accord pour lui tenir la main. Mais au point où il en était, il n'allait pas faire la fine bouche.

— Où va-t-on ? murmura-t-elle en scrutant tant bien que mal les alentours plongés dans l'ombre.

Elle n'allait pas aimer la réponse à cette question. Il se contenta donc de serrer ses doigts dans un geste rassurant et quitta le couvert de l'arbre.

Il s'élança au pas de course, guettant les bruits des équipes qui quadrillaient la jungle derrière eux, et se fraya un chemin au sein de l'épaisse végétation. Son sens aigu de l'orientation et les rares repères visibles au cœur de la forêt d'un vert grisâtre l'aidaient à garder le cap.

Deux ou trois interminables minutes plus tard, ils atteignirent leur destination : une berge escarpée donnant sur la rivière. Lorsqu'ils émergèrent de la forêt, le clair de lune qui inondait la trouée dans la canopée leur fit l'effet d'un projecteur braqué sur eux.

— Merde !

Rock se rendait soudain compte que ce n'était pas forcément l'idée du siècle.

— Je n'ai pas pensé à te poser la question avant... Tu sais nager ?

— Attends, tu as devant toi la championne de plongée en piscine du lycée McLane de Fresno, répondit-elle.

Rock laissa échapper un petit soupir de soulagement. Il se demanda s'il existait quelque chose que cette femme ne sache pas faire. Jusque-là, elle était parvenue à le localiser là où les meilleurs agents de l'Oncle Sam avaient échoué, l'avait suivi dans la jungle même lorsqu'il avait tenté de la semer et avait distancé l'escouade d'assassins chargés de rapporter la tête de Rock sur un plateau.

Franchement impressionnant.

— Si on avait un peu plus de temps, je crois bien que je te claquerai un baiser ! lâcha-t-il sans réfléchir.

Et ce fut comme si son souhait avait été exaucé. Car le temps suspendit sa course, le monde cessa de tourner et elle lui fit face. Dans ses yeux sombres, il lut de l'espoir, du désir et quelque chose qu'il n'osait pas nommer.

— Rock, je...

Elle ne termina pas sa phrase mais fit un pas hésitant dans sa direction. Rock sentit sa tête s'incliner vers elle, comme mû par une volonté propre.

Juste là. Sa délicieuse bouche en forme de cœur était juste là et, *mon Dieu* que son souffle était chaud. Elle pressa sa cuisse contre la sienne et il se pencha pour...

Le craquement d'une brindille brisée dans leur dos les fit bondir en arrière et dévaler prestement la berge. Se tenant l'un l'autre pour tenter de garder l'équilibre, ils glissèrent et dérapèrent le long de la pente. Arrivé en bas, ils se retrouvèrent dans l'eau fraîche et vive de la rivière.

Renversé comme elle par le courant, Rock dut lâcher les doigts de Vanessa. Immédiatement, le contact doux et chaud de sa petite main confiante au creux de la sienne lui manqua. Mais il n'eut qu'un instant pour songer à quel point cette idée était stupide – à peine moins stupide que s'il l'avait réellement embrassée – car le courant gagna en force, balayant toutes ses pensées à l'exception d'une seule : survivre.

Pendant plusieurs minutes, ils tâchèrent tant bien que mal de flotter tandis que la rivière les emportait là où elle en avait envie. Et même si l'eau apportait un répit bienvenu à la chaleur stagnante de la jungle, Rock n'était pas en mesure d'apprécier cette séance de trempette ni son effet refroidissant sur sa libido surchauffée, car son paquetage n'avait de cesse de l'entraîner vers le fond.

Luttant à la fois contre ce poids mort et le courant, il scrutait la rive nord à la recherche de l'endroit où les rochers émergeaient de l'eau. L'emplacement idéal pour quitter la rivière sans laisser de traces de pas révélatrices.

Où est-il ? Où est-il ? Où...
Ah, le voilà !

— Va vers les rochers ! réussit-il à lancer malgré l'eau qui s'engouffrait dans sa bouche.

Une bonne chose qu'il soit un ancien Navy SEAL aussi à l'aise dans l'élément liquide que sur la terre ferme, sans quoi le paquetage qui tirait sur ses épaules l'aurait déjà fait sombrer pour servir de nourriture aux poissons. En l'état actuel des choses, il était obligé de battre furieusement des jambes pour maintenir sa tête hors de l'eau.

— Le courant est trop fort ! haleta Vanessa qui luttait elle aussi contre la force des flots.

Non. Ils ne pouvaient pas se permettre de rater cette occasion. Leur unique chance de survie dans cette situation résidait dans la fuite. Et la première étape pour y parvenir consistait à s'extraire de cette rivière sans se faire repérer.

Les muscles des jambes de Rock le brûlaient et ses épaules menaçaient de se déboîter à force de résister au puissant courant. Arrivé à la hauteur de Vanessa, il la saisit par le col et la tira derrière lui en progressant lentement, méthodiquement, vers la berge et les rochers qui se rapprochaient à grande vitesse.

Elle fit de son mieux pour l'y aider, mais elle était trop légère pour affronter la rivière par elle-même.

Ceci dit, ils n'auraient pas de deuxième chance. Et le moment à saisir était... *maintenant !*

Après avoir rempli ses poumons, Rock se laissa couler d'une cinquantaine de centimètres et passa le bras autour des hanches de Vanessa. À la seconde où ses bottes touchèrent la vase, il se propulsa vers le haut de toutes les forces qui lui restaient, catapultant sa compagne vers les rochers avant d'empoigner de justesse l'une des branches épaisses tendues au-dessus de la surface.

Le courant s'empara instantanément de ses jambes pour tenter de l'attirer en aval, mais il serra les dents et se cramponna comme un fou jusqu'à parvenir à enrouler son bras libre autour de la branche. Dans un effort qui fit pulser la veine sur son front en rythme avec les battements de son cœur, il finit par arracher une jambe à l'emprise de la rivière pour la hisser à son tour sur la branche. Libérer sa seconde jambe s'avéra beaucoup moins difficile et il se retrouva très vite suspendu la tête en bas, les eaux rageuses filant sous lui.

Un soupir de soulagement s'échappa de ses poumons quand, après avoir précipitamment essuyé l'eau dans ses yeux, il vit Vanessa s'avancer en rampant sur les rochers. Sa tête oscillait entre ses épaules comme celle d'un ivrogne dans la rue et elle recracha un tonneau entier d'eau de la rivière, mais l'important était qu'elle soit en vie. Ils avaient réussi !

Bon, alors alléluia et faites passer les munitions !

Il aurait volontiers pris un moment pour s'auto-congratuler – lorsqu'il avait élaboré ce plan d'évasion, il n'avait pas prévu d'être accompagné d'une femme – s'il n'avait pas été trop occupé à remonter centimètre par centimètre le long de la branche pour rejoindre la rive.

Avec précautions, de façon à ne laisser aucune trace de leur passage, il se laissa tomber sur une grande pierre plate.

— Ça va, ma petite* ? haleta-t-il en s'accroupissant près de la jeune femme qui toussait toujours.

Elle releva les yeux vers lui, ses cheveux noirs – que la rivière avait libérés de leur queue-de-cheval – collés à son visage et le long de son cou, ses lèvres pleines légèrement tremblantes.

Mais il y avait du feu dans son regard et Rock dut une nouvelle fois le reconnaître : Vanessa Cordero était une vraie dure à cuire. Ce qu'elle confirma d'ailleurs en répondant :

— Ouais, je... (Nouvelle quinte de toux.) Ça va... avant de se redresser en titubant.

— Repose-toi le temps de reprendre ton souffle, *chère*.

— Non, je suis prête, affirma-t-elle en clignant les yeux pour chasser l'eau qui ruisselait sur sa figure.

— T'es sûre ?

Il se pencha pour la dévisager et fut de nouveau frappé de voir à quel point elle était belle sous le clair de lune. Et boum ! Sa libido revint à la charge. Parce que, bon, ce n'était pas comme s'il venait juste d'échapper à la noyade, hein ? Ni manqué se faire exploser la cervelle. Deux fois.

Nom d'un chien ! Pas étonnant que les femmes secouent la tête en faisant « tss tss » quand la conversation portait sur les hommes. D'une manière générale, ils n'avaient pas franchement évolué depuis l'âge des cavernes.

— Ça ira, insista-t-elle.

Et pour le prouver, elle entreprit d'escalader la berge rocailleuse. Ce qui, bien entendu, offrit à Rock une vue imprenable sur son magnifique postérieur et...

Un authentique homme des cavernes !

Il aurait presque été tenté de saisir la branche morte la plus proche pour l'assommer avant de l'emporter dans sa grotte pour une nuit de plaisir.

Et si ridicule que soit cette idée, il sentit son membre – également connu sous le sobriquet de « mono-neurone » – se raidir avec intérêt.

— Putain, c'est vraiment n'importe quoi, siffla-t-il dans sa barbe.

Il se dégoûtait, la situation le dégoûtait, mais il était surtout écœuré par son incapacité à contrôler ses pensées lubriques quand Vanessa était dans les parages. Jamais une femme n'avait causé chez lui de réactions aussi fortes. C'était peut-être une histoire d'alchimie, de phéromones ou... Merde, c'était peut-être simplement parce qu'elle aussi paraissait craquer pour lui. Ce qui, soyons honnêtes, était déjà difficilement concevable en soi. Car elle aurait mérité de figurer en pages centrales d'un magazine pour hommes tandis que lui... Disons qu'il n'avait vraiment rien de remarquable.

— Tu as dit quelque chose ?

Elle s'était tournée pour le regarder, le forçant à revenir au présent.

— Non, rien... grommela-t-il en entamant à son tour l'escalade.

De toute façon, il n'aurait pas à s'inquiéter longtemps de ce qu'elle pouvait ressentir pour lui car dès qu'elle découvrirait ce qu'il avait en tête pour eux, tous les sentiments doux et chauds qu'elle pouvait nourrir à son égard allaient se refroidir plus vite qu'un crachat sur la banquise en pleine tempête de neige.

Arrivé au sommet de la corniche, il la prit par la main – *oui, c'est toujours aussi agréable* – et la tira vers un gigantesque arbre abattu. Écartant les fougères devant la base creuse du tronc, il désigna du menton le petit espace plongé dans le noir.

— Après toi !

Et, comme il s'y était attendu, elle se mit à secouer vigoureusement la tête.

— Non. Oh... Oh, non, murmura-t-elle en reculant avec la détermination d'une vieille mule qui sait qu'on la destine à l'abattoir.

5

Impossible. Impensable. Jamais elle n'accepterait de ramper à l'intérieur de cet arbre.

— Avant que tu détales comme un lapin, *chère*, laisse-moi préciser que j'ai entièrement bâché l'intérieur et qu'il se trouve que j'ai fait hier ma ronde hebdomadaire. Ce qui veut dire que j'ai aspergé le tout de répulsif à insectes il y a moins de trente-six heures. Crois-moi, il n'y a rien là-dedans qui soit pire que les types qui nous traquent.

Il avait sans doute raison. Mais cette cachette ressemblait à un trou noir, une gueule géante et prête à la dévorer. Et avec le bruit de l'eau tout près, cela lui rappelait...

Son champ de vision se rétrécit et elle sentit sa tête se détacher de ses épaules en flottant. Et puis, soudain, Rock fut auprès d'elle, sa chaleur et sa solidité toute masculine la ramenant à la réalité alors qu'il passait un bras massif autour de ses épaules.

— C'est notre seule solution, lui chuchota-t-il à l'oreille avant de le guider en douceur vers l'arbre évidé.

— Mais, mais...

Un millier de pensées envahirent l'esprit de Vanessa, dont la certitude que si elle s'enfonçait dans cet abîme, elle mourrait exactement comme...

— Ils pourront toujours nous voir en utilisant des lentilles infrarouges, non ?

Elle se cramponna à cette idée comme quelqu'un en train de se noyer s'accroche à une bouée.

La noyade… Nom d'un chien, pourquoi avait-il fallu qu'elle pense à la noyade ?

— L'infrarouge ne fonctionne pas dans la jungle. Notre température corporelle se confond avec la température extérieure.

Évidemment…

Mais elle le savait déjà, non ? Difficile de s'en souvenir avec son cerveau qui flottait quelque part au niveau de la cime des arbres. À chaque pas supplémentaire vers cette cavité béante, son cœur menaçait de jaillir hors de sa poitrine telle une créature extraterrestre dans un film avec Sigourney Weaver. Ce qui ferait un truc marrant de plus à régler pour Rock, non ?

— On n'a pas le choix, dit-il encore. Ils nous surpassent en puissance de feu et en équipement.

Sur ces mots, il la porta quasiment jusqu'à l'ouverture dans l'arbre abattu. Elle eut l'impression que les ténèbres à l'intérieur du tronc se tendaient vers elle pour l'attirer à l'intérieur.

Mon Dieu. Oh, mon Dieu…

— Ils repéreront nos traces dans la rivière et sauront de quel côté on est partis, ajouta Rock.

Sa voix demeurait d'un calme imperturbable alors que Vanessa, elle, était au bord de la crise de nerfs.

— Ça devrait leur prendre un moment pour arriver jusqu'ici. Au moins une heure, sans doute. Ils vont quadriller les berges pour trouver l'endroit où nous sommes sortis de l'eau. Quand ils ne trouveront rien, ils passeront la jungle au peigne fin. Et laisse-moi te dire une chose : avec leurs lunettes de vision nocturne, ils ont clairement l'avantage. Il faut qu'on reste cachés ici jusqu'au lever du jour. C'est le seul moyen d'équilibrer les chances. Lorsque arrivera le matin, ils seront éparpillés un peu partout à se gratter la tête en se demandant si l'on a réussi à rejoindre l'une des agglomérations du coin. Et c'est là qu'on tentera le coup.

Ouais. Tout ceci paraissait très logique. À une minuscule, microscopique exception près : elle allait devoir passer le reste de la nuit recroquevillée à l'intérieur de cet arbre. Dans le noir. Avec le bruit de la rivière juste à côté...

Une main posée sur le dessus du crâne de Vanessa, Rock l'aida – ou la força, c'est selon – à se baisser pour pénétrer dans l'ouverture.

Oh, mon Dieu... Oh, mon Dieu...

— Je sais que tu as peur, dit-il. Mais je ne te quitterai pas d'une semelle. Il ne t'arrivera rien, je te le promets.

À l'intérieur du tronc évidé, l'obscurité était absolue. Elle ne voyait même pas ses propres bras tendus devant elle, et encore moins la bâche qu'elle sentit sous ses genoux quand Rock l'incita à avancer. Ils remontèrent sur la longueur du tronc et les parois se refermèrent sur elle, menaçant de l'étouffer. Elle aurait dû être réconfortée par l'odeur vaguement chimique des lieux, preuve qu'elle ne risquait guère d'être assaillie par une armée de bestioles, mais cela ne faisait qu'accentuer son sentiment de claustrophobie.

— Tu n'as... tu n'as pas une lampe torche dans ton paquetage ?

Quelque chose, n'importe quoi, pour repousser un peu les ténèbres.

— Je sais ! s'exclama-t-elle. Tu pourrais... Tu pourrais utiliser mon téléphone en guise de lampe, proposa-t-elle.

— *Non.*

Même sans le voir, elle sut qu'il secouait la tête.

— Ça risque de se voir à travers les feuillages à la base et de nous faire repérer. Et même si je pense que nous sommes en sécurité pour le moment, je ne veux pas prendre de risques. Ne tentons pas le diable si ce n'est pas nécessaire.

D'accord. Pas de lumière. Elle allait y arriver. Elle allait y arriver. Elle allait…

Oh, non ! Je crois que je ne vais pas y arriver…

— Tu t'en sors très bien, *chère*, lui susurra-t-il doucement.

Sa voix grave parut apaiser légèrement la tension de Vanessa. Très, très légèrement.

— Maintenant, allonge-toi ici, dit-il en l'aidant à s'incliner sur le flanc dans l'espace confiné. Je reviens tout de suite.

— *Quoi ?* s'écria-t-elle.

Elle se cogna la tête contre le tronc en tentant de se redresser en position assise. Elle entendit crisser la bâche mais refusa de s'inquiéter d'avoir fait du bruit. Pas alors que la seule personne à même de l'aider à rester saine d'esprit menaçait de la laisser seule. *Dans le noir !*

— Comment ça, tu reviens tout de suite ?

Elle tendit la main dans l'obscurité et fut soulagée de sentir l'avant-bras de Rock sous ses doigts. Elle suivit le tracé de ses muscles, passa par-dessus son biceps gonflé et son épaule massive jusqu'à refermer sa main derrière sa nuque pour l'attirer vers elle. Appuyant son front contre le sien, elle expliqua d'une voix haletante :

— Tu ne peux pas… Tu ne peux pas me laisser ici.

Rock lui prit le visage entre ses mains calleuses. Elle sentit la caresse de son souffle sur ses lèvres et se dit que si elle n'avait pas été terrifiée, elle aurait sans doute fondu sur place. En l'occurrence, elle monopolisait déjà toutes ses ressources pour ne pas s'évanouir.

— Il faut que j'aille dissimuler nos traces, des rochers jusqu'ici, lui dit-il en frottant doucement ses joues du bout de ses pouces. Je reviens tout de suite. Promis.

Et sur ces mots, il s'écarta d'elle. La sensation de terreur qui s'était relâchée pendant qu'elle était dans ses bras s'abattit de nouveau sur elle, dix fois plus forte qu'avant.

— Rock, je…

— C'est quoi, ta chanson préférée ? demanda-t-il.

Ce soudain changement de sujet, ajouté à l'obscurité et à la peur presque paralysante qui l'étreignait, lui fit tourner la tête. Encore un peu plus qu'elle ne tournait déjà. Car, pour tout dire, elle avait l'impression d'être au centre d'un manège qu'un salopard de la pire espèce faisait tourner de plus en plus vite...

Son estomac était tellement contracté qu'il devait ressembler à une corde à nœuds.

— Je ne...

Elle secoua la tête en se demandant s'il y avait des lucioles à l'intérieur du tronc ou si ces lueurs clignotantes n'étaient que le fruit de son cerveau en surchauffe. Il faut dire qu'elle retenait son souffle et que sa bonne vieille matière grise ne devait plus avoir beaucoup d'oxygène en réserve.

— Qu'est-ce que tu chantes quand tu es toute seule sous la douche ? insista-t-il.

— Heu... Je dirais...

Elle eut beau triturer sa cervelle sous-oxygénée, une seule réponse lui vint à l'esprit. Elle se força à inspirer profondément et, oui, les lucioles s'évanouirent. Mais le monde autour continuait à tournoyer, hors de contrôle.

— Je dirais que je chante généralement *Sweet Child O' Mine*.

Elle fut surprise par le gloussement rauque qui accueillit sa réponse. Sérieusement ? Il se mettait à rire après lui avoir demandé ce qu'elle fredonnait sous la douche ? Dans un moment pareil ? Était-il devenu fou ?

— Guns N' Roses, hein ? Quelqu'un a passé un peu trop de temps auprès d'Ozzie, commenta-t-il.

Et voilà ! La simple évocation du geek technophile des Black Knights – et de son penchant pour les groupes chevelus des années 1980 – éveilla en elle un tel sentiment de manque et d'insécurité que les larmes lui montèrent aux yeux. Que n'aurait-elle donné, à cet instant précis, pour entendre Boss et Becky se disputer, pour voir Steady Soto, le nez plongé dans une revue médicale, marquer inconsciemment le rythme de la musique ou même pour avaler une gorgée du truc infâme qui passait pour du café dans leur atelier. Au lieu de quoi elle était coincée là, à l'intérieur d'un arbre en décomposition. Et plongée dans le noir le plus complet.

Son pouls, vaguement ralenti par ces souvenirs familiers, fut pris d'un nouvel emballement. Puis le son de la voix douce de Rock lui parvint depuis l'obscurité.

« *She's got a smile that seems to me…* »

Elle l'avait déjà entendu auparavant ; elle savait qu'il chantait comme un dieu. Chaque fois qu'il avait sorti sa guitare pour entonner quelques chansons près du brasero dans la cour du QG de Black Knights Inc., elle était restée comme hypnotisée. Mais ici ? Dans l'atmosphère confinée de ce tronc creux ? Franchement, son superbe baryton était une vraie bénédiction. Elle ferma les yeux et se concentra de tout son être sur le son de sa voix.

Et, étonnamment, cela lui fit du bien. Les battements de son cœur s'apaisèrent, ses poumons s'emplirent d'oxygène et le monde autour d'elle cessa de se prendre pour un manège.

— Allez, *ma petite*, chante avec moi, lança Rock d'une voix enjôleuse.

Vanessa obtempéra, guère surprise par la sonorité vacillante de sa voix lorsqu'elle se joignit à lui pour le deuxième couplet. Le temps qu'ils parviennent au refrain, elle se sentait beaucoup mieux. Beaucoup plus forte.

— C'est bien, dit-il. Maintenant, tu continues à chanter. Et dis-toi que quand tu arriveras aux dernières mesures, je serai revenu.

Il disparut dans l'obscurité et la voix de Vanessa se brisa. Mais elle entendit le murmure de Rock dans le noir :

— Continue à chanter, *chère*.

Ramenant ses genoux contre sa poitrine pour se rouler en boule, elle reprit sa chanson. Elle chanta, encore et encore, uniquement concentrée sur les paroles et le rythme du morceau. Tendant l'oreille, elle entendit le bruissement des feuillages indiquant qu'à l'extérieur Rock œuvrait à dissimuler les traces de leur passage. Et, au moment où l'ultime « *sweet child o' mine* » s'échappait de ses lèvres, elle perçut sa présence auprès d'elle. Ce qui ne l'empêcha pas de sursauter quand il passa un bras autour de ses épaules dans un geste rassurant.

— Tout va bien, murmura-t-il sur un ton apaisant avant de rapidement s'écarter.

Un cliquetis informa Vanessa qu'il vérifiait l'état de ses SIG, sans doute pour vider pistolets et chargeurs de l'eau qui s'y trouvait. Une série de frottements lui fit comprendre qu'il avait dû trouver une sorte de chiffon et essuyait rapidement ses 9 mm.

C'était la règle première pour n'importe quel agent : prendre d'abord soin de ses armes et ensuite de la fille hystérique prête à faire une crise de nerfs.

Elle luttait, elle essayait vraiment de rester calme. Mais l'obscurité était toujours là, étouffante. Alors qu'elle se sentait sur le point de craquer, le paquetage de Rock retomba sur la bâche avec un bruit mat. Une seconde plus tard, il la prit par les épaules pour qu'elle s'incline en arrière et s'allonge auprès de lui. L'enveloppant de ses bras, il pressa la joue de la jeune femme contre son torse. Bien que trempé, son débardeur était chaud. Il s'en dégageait un mélange d'odeur virile, de savon et d'eau claire de la jungle.

— Comment as-tu su qu'il fallait faire ça ? chuchota-t-elle, sa voix amplifiée par les parois du tronc évidé.

— Faire quoi ?

— Me faire chanter. Comment as-tu su que ça m'aiderait ?

Il resta un moment sans rien dire. Lorsqu'il reprit la parole, il s'exprima avec lenteur :

— C'est... Ça fait partie de ce que j'ai appris, de ma formation. J'ai fait des études de psychologie à la fac et après ça on m'a, disons, inculqué la discipline nécessaire pour observer les gens, déceler leurs moindres réactions, deviner ce qui les anime. J'ai donc déduit que tu étais sensible aux sons à la façon dont tu grimaces quand Becky allume son moulin à café ou dont tu sursautes quand Boss beugle avec sa grosse voix de basse.

» Ton, hauteur, résonance, tu réagis à toutes ces variations subtiles. Évidemment, même sans cette pratique, j'aurais su que tu avais l'oreille fine. Je veux dire, impossible d'être aussi douée dans l'apprentissage des langues sans ce genre de sensibilité. Mais c'est plus que ça. Tu *ressens* réellement les sons.

» Comme d'autres personnes ressentent le plaisir ou la douleur, les bruits déclenchent chez toi une réaction viscérale, physique.

Vanessa s'immobilisa et faillit retenir sa respiration. C'était la première fois que quelqu'un lui décrivait la chose ainsi. Et c'était tellement juste qu'elle se demanda pourquoi elle n'y avait jamais pensé avant.

— Raison pour laquelle la musique, l'harmonie, t'apaise, poursuivit Rock. Tu n'as sans doute pas conscience de la façon dont tes épaules se détendent quand quelqu'un allume la radio, surtout quand c'est une chanson que tu aimes. Ton attitude tout entière se modifie, tu deviens plus calme, plus sereine.

Étonnant. Il était vraiment étonnant.

— Qui... qui t'a enseigné ça ? demanda-t-elle. Qui t'a appris comment repérer toutes ces choses ?

— À vrai dire, je ne sais pas.

— Quoi ?

Elle se redressa pour se tourner vers lui, ce qui était complètement idiot puisqu'elle ne voyait rien.

Et soudain l'obscurité s'abattit de nouveau sur elle, s'immisçant en elle pour écraser son cœur et ses poumons de son poing ténébreux.

Oh non... Non. Je vous en supplie, pas encore !

La peur la rendait faible et inutile, et elle détestait cela. Mais, malgré ses efforts, impossible de s'en défaire.

Rock avait dû percevoir le changement chez elle car il ramena sa tête contre lui et murmura :

— Chuuuut. Ça va aller. Tout va bien.

Ouais. Tu parles. Lui allait peut-être bien. Mais elle non. Ce qu'il comprit sans doute en l'entendant claquer des dents.

— Tu veux m'en parler ? proposa-t-il immédiatement.

— Parler de quoi ?

Elle serra les poings pour tenter de maintenir ses mauvais souvenirs à l'écart.

— De ce qui t'est arrivé pour que tu aies si peur du noir, murmura-t-il.

Il parlait si doucement qu'elle n'aurait pas entendu ses paroles si son oreille ne s'était pas trouvée à quelques centimètres de sa bouche.

— Tu veux m'en parler ? répéta-t-il.

Non. Elle n'en avait aucune envie. Elle ne parlait pas de l'accident. Jamais. À personne. Raison pour laquelle elle fut si surprise de s'entendre répondre :

— J'étais avec mes parents quand ils sont morts dans un accident de voiture il y a cinq ans.

Les mots étaient sortis dans un souffle hésitant.

Houlà. Avait-elle vraiment dit ça ? À voix haute ?

Elle attendit que Rock réponde, qu'il lui sorte la tirade qu'elle avait si souvent entendue de la part de tant de gens, surtout les jours suivant l'accident... « Je suis vraiment navré, Vanessa. Ça a dû être terrible pour toi... » Navré ? Terrible ? Des mots bien loin du compte. Et parce que les mots étaient tous si inefficaces, parce qu'ils n'avaient aucun sens vu que personne ne pouvait rien changer à ce qui s'était produit, ils étaient devenus comme un poignard qui s'enfonçait dans son cerveau et réduisait son sang-froid en charpie chaque fois que quelqu'un les prononçait.

Mais plusieurs secondes s'écoulèrent sans que Rock ne dise rien. Il se contenta de la serrer un peu plus fort contre lui, contre son flanc chaud et solide, tout en traçant du bout du pouce de petits cercles concentriques sur le tissu de sa manche.

Alors, oui...

Peut-être qu'elle pouvait... Peut-être qu'elle pouvait se risquer à lui parler.

— Nous étions...

Elle passa la langue sur ses lèvres soudain très sèches, tentant en vain de ralentir le flot d'images qui se déversaient dans son esprit.

— Nous étions à Doylestown, en Pennsylvanie, pour rendre visite à ma tante durant les fêtes de Noël. Sur le chemin du retour vers l'hôtel, on... on a été surpris par une plaque de verglas sur un pont. Mon père était au volant.

Elle se remémora le hurlement de sa mère quand ils avaient fracassé la rampe de sécurité et basculé dans le vide, se souvint de l'expression horrifiée et pleine d'un immense regret de son père quand elle avait croisé son regard dans le rétroviseur.

— Nous sommes tombés du pont dans la rivière. J'étais sur le siège arrière et c'est...

Sa voix s'était enrouée et elle dut ravaler la boule de chagrin et de tourment qui s'était formée dans sa gorge.

— C'est la seule chose qui m'a sauvée, termina-t-elle.

De nouveau, Rock ne dit rien. Il la tint simplement contre lui et continua de tracer ce petit cercle sur son bras. Le mouvement, accompagné du léger froissement du tissu, avait quelque chose d'apaisant, de presque hypnotique. Cela lui donna la force de poursuivre, malgré les souvenirs tellement présents que sa peau se couvrait de chair de poule.

— Le nez de la voiture s'est enfoncé dans le lit de la rivière, à la verticale. L'eau faisait à peu près deux mètres de profondeur, avec un courant lent et une épaisse couche de glace sur le dessus. L'impact m'a projetée contre la portière et fait perdre connaissance.

Et, oh, l'horreur qu'elle avait connue au réveil. En sachant...

— Quand j'ai repris conscience, j'étais suspendue par la ceinture de sécurité. J'avais le bras cassé et l'eau n'était qu'à trente centimètres de mon visage.

Elle entendit Rock exhaler lentement dans l'obscurité. Il avait sans doute deviné ce qui allait suivre.

— Je savais que mes parents étaient sous l'eau, mais ma ceinture était coincée. Malgré tous mes efforts, je n'ai pas réussi à me libérer. Et avec la méchante fracture de mon bras, impossible de me faufiler entre les sangles. Je me suis débattue comme une folle pendant un long moment...

Sa voix se brisa. Le souvenir de la douleur terrible dans son bras – qui n'était pourtant rien par rapport à celle qui enserrait son cœur – s'abattit sur elle comme une vague puissante. Même si son esprit rationnel lui avait répété qu'elle ne pouvait rien faire pour ses parents, un instinct animal l'avait poussée à lutter de toutes ses forces. À cet instant, elle avait compris comment des animaux sauvages peuvent se ronger la patte pour échapper au piège d'un chasseur. Dans ces situations, le désir de vivre était aussi instinctif qu'intense. Et celui de sauver ceux qu'elle aimait plus fort encore. Mais elle s'était retrouvée impuissante. Horriblement, pathétiquement impuissante...

— Mais je n'ai pas pu me libérer, dit-elle enfin. Alors j'ai... Je suis restée là, suspendue, en attendant de mourir de froid.

Il inclina le menton pour déposer un petit baiser au sommet de son crâne mais n'émit pas le moindre son. Ni paroles de compassion ni condoléances. C'était comme s'il avait saisi que c'était la première fois qu'elle trouvait le courage de parler de l'accident, de le revivre. Comme s'il comprenait que la plus petite chose, le moindre mot ou mouvement soudain, risquait de la faire flancher.

— Je... je suis restée dans cette position pendant une heure, dans l'obscurité totale, à écouter le clapotis de l'eau en dessous, tout en sachant que...

Elle fut forcée de s'arrêter, de prendre un moment pour ralentir sa respiration si rapide que l'excès d'oxygène lui faisait tourner la tête. Car si elle ne reprenait pas immédiatement le contrôle, l'arrêt suivant du train fou de ses émotions se ferait dans la gare de Tombe-dans-les-pommes. Elle ferma donc les yeux et retint son souffle en comptant lentement jusqu'à dix.

C'était une astuce qu'elle avait apprise enfant et qui fonctionnait bien plus souvent qu'on aurait pu le croire. Lorsqu'elle arriva au chiffre neuf, sa tête ne lui donnait plus l'impression de vouloir s'envoler.

— Tout en sachant que mes parents étaient morts, là, à quelques centimètres, termina-t-elle.

Et elle avait hurlé. Hurlé jusqu'à avoir un goût de sang dans la gorge. Hurlé pour appeler à l'aide. Hurlé d'horreur. Hurlé contre l'insupportable chagrin qui envahissait son âme tel un mal infect. Simplement... hurlé...

Mais nul ne l'avait entendue. Et lorsqu'elle n'avait plus eu la force de crier, quand sa gorge ravagée n'avait plus été en mesure d'émettre le moindre son, elle avait continué à hurler silencieusement dans sa tête.

— Finalement, une voiture qui passait a remarqué la rambarde défoncée et prévenu les autorités. Les pompiers m'ont libérée et sortie de la rivière. Pour mes parents, par contre, c'était évidemment trop tard.

Elle termina son récit sur un ton précipité :

— Et depuis cette nuit-là, chaque fois qu'il fait noir, j'ai l'impression d'être de retour dans cette voiture. Coincée. Incapable de rien voir mais consciente malgré tout que les deux personnes que j'aime le plus au monde sont mortes, perdues à jamais.

Voilà. Elle l'avait fait. Elle avait raconté son histoire. Elle n'arrivait pas à croire qu'elle avait trouvé le courage d'aller au bout. Elle était en train de se féliciter intérieurement en laissant échapper un soupire soulagé quand Rock prit enfin la parole. Mais les mots qu'il prononça n'étaient pas ceux qu'elle avait imaginés.

— Continue. Il y a autre chose.

Autre chose ? Il n'y avait rien d'autre. Elle lui avait dit...

— Dis-m'en plus sur le noir, ajouta-t-il.

Et malgré la chaleur étouffante qui régnait à l'intérieur du tronc, un frisson glacé lui parcourut l'échine.

Elle déglutit bruyamment, la gorge sèche. Rock lui prit la main pour la poser à plat sur sa poitrine afin qu'elle puisse percevoir les battements de son pouls contre sa paume. Cela la remit d'aplomb. Et lorsqu'elle pressa l'oreille contre son torse, la pulsation lente et stable de son cœur l'ancra suffisamment pour qu'elle admette, tremblante :

— Je... j'ai le sentiment que le noir est... Je sais pas, qu'il veut ma peau ou un truc comme ça. Comme s'il m'avait ratée cette nuit-là dans la rivière et qu'il... qu'il attendait de finir le boulot.

C'est en prononçant ces mots qu'elle prit conscience que c'était ce dont elle avait peur.

Le sang qui battait furieusement à ses tempes parut se figer et elle s'immobilisa, plongée dans son for intérieur. Plus elle examinait ses émotions, plus elle épluchait les couches épaisses de sa psyché et plus elle comprenait que, oui, oui, c'était exactement ce qui la hantait depuis cinq ans.

Ce qui expliquait aussi pourquoi elle avait placé des veilleuses sur les deux niveaux de sa chambre à mezzanine chez BKI, pourquoi elle attrapait des sueurs froides chaque fois qu'elle se retrouvait dehors dans la nuit, et pourquoi elle avait disséminé des lampes torches à travers l'atelier. Parce qu'elle craignait... quoi ? Que l'obscurité soit *vivante* ? Animée d'une conscience cherchant expressément à lui nuire ?

Bon sang ! Était-elle devenue folle ?

D'un seul coup, les doigts ténébreux qui enserraient son cœur et ses poumons se retirèrent. Et le poids de l'obscurité autour d'elle lui parut soudain moins oppressant.

Nom d'un chien ! Il n'en fallait pas plus ? Mettez un nom dessus et hop, la peur disparaissait ? Elle chercha de nouveau en elle, en quête de cette terreur paralysante, de cette sensation de menace imminente, mais... rien.

Oh, elle n'était pas à l'aise dans l'obscurité, loin de là. Cela ravivait toujours les souvenirs vivaces de cette soirée fatidique. Mais elle pouvait désormais se remémorer l'expérience tout entière sans risquer de défaillir de peur. Elle pouvait poser dessus un regard rationnel et n'y voir que la tragédie déchirante qu'elle était...

Nom de nom de nom de Dieu !

— Comment tu fais ça ? souffla-t-elle.

— Comme je te l'ai dit, j'ai été formé.

— C'est plus que ça, chuchota Vanessa, à la fois reconnaissante et impressionnée. C'est un don.

Elle le sentit hausser les épaules.

Ils restèrent silencieux pendant plusieurs longues secondes après cette révélation. Puis Rock murmura :

— Je suis désolé pour tes parents. C'est dur de se retrouver orpheline, à n'importe quel âge.

Orpheline... Et, ouaip, il n'en fallut pas plus pour faire céder le barrage.

Des larmes qu'elle n'avait pas eu conscience de retenir lui montèrent brusquement aux yeux. Tournant la tête vers lui, elle serra le tissu moite de son débardeur au creux de ses poings et tenta de se maîtriser. Mais elle n'en fut pas capable. D'autant moins quand Rock lui chuchota d'une voix douce :

— Tu peux te laisser aller, *chère*. Il n'y a personne d'autre que toi et moi ici.

Et voilà. Comment aurait-elle pu s'obstiner à jouer les dures après ça ?

Alors Vanessa fit quelque chose qu'elle ne s'autorisait jamais – jamais ! – devant qui que ce soit...

Elle pleura.

Il ne s'agissait pas de ces lents sanglots tragiques, façon lèvres tremblantes et larmes de crocodile, comme la plupart des actrices savaient les déclencher sur commande. Oh non. Elle donnait carrément dans le torrent de larmes, avec yeux rougis et morve au nez.

C'était à la fois humiliant et libérateur.

Humiliant parce qu'il fallait que ça tombe sur Rock. Le seul homme sur terre qu'elle aurait voulu impressionner par sa grâce, son maintien et sa force. Libérateur parce que prononcer enfin ces mots à voix haute, raconter son histoire et admettre l'origine de sa peur la soulageait d'une manière qu'elle n'aurait jamais pu imaginer. Laisser quelqu'un partager l'horreur de son expérience et accepter qu'on lui tende un miroir pour qu'elle puisse admettre l'idiotie de sa peur irrationnelle la libérait du poids de la honte qu'elle portait sans le savoir depuis tout ce temps, tel un gros rocher de deux tonnes.

S'écartant de Rock, elle se frotta les yeux et le nez d'une main tremblante.

— Merci, lâcha-t-elle dans un souffle.

— De rien*, répondit-il.

Sentant son souffle sur son visage, elle sut que sa bouche était là, juste devant elle. Seigneur.

Impossible de distinguer quoi que ce soit au cœur des ténèbres. Mais, pour la première fois depuis des années, cela ne la terrifiait plus. Et elle avait perçu le mouvement de ses lèvres, la chaleur de son haleine.

D'un seul coup, elle oublia le côté inconvenant de la situation. Peu importe qu'il lui ait clairement indiqué qu'il ne pourrait jamais rien se passer de durable entre eux. Elle se fichait même de savoir qu'au-dehors des hommes quadrillaient la jungle en guettant l'occasion de leur mettre une balle dans la tête. À cet instant, tout ce qui comptait à ses yeux était que Rock était là, contre elle, là où elle avait toujours voulu qu'il soit.

Abandonnant toute réflexion, elle passa la main dans sa courte chevelure et écrasa ses lèvres contre sa bouche virile. Sa barbe de trois jours lui chatouilla le nez et le menton ; elle perçut l'arôme de la papaye qu'il avait mangée au dîner et…

D'accord, c'était clairement une grosse erreur.

Car Rock était aussi réactif qu'un mur de briques. Il ne bougea pas, parut même ne pas respirer. Et ses lèvres restèrent aussi fermées que s'il les avait tartinées de colle forte.

Oui, dans le *Grand Livre des Baisers*, celui-ci serait sans aucun doute classé « pire au monde ».

Mais alors qu'elle s'apprêtait à s'écarter pour lui demander d'excuser cette manœuvre incroyablement débile, elle sentit la bouche de Rock s'adoucir et l'extrémité de sa langue venir caresser la jointure de ses lèvres. Un désir puissant s'éveilla au creux de son ventre et elle entrouvrit instinctivement la bouche pour l'accueillir. Sa façon de lui sucer la langue, par contre, était parfaitement volontaire. Et ce baiser qui avait commencé tout en douceur devint soudain tumultueux.

Un grondement profond monta du poitrail de Rock, déclenchant de délicieuses vibrations contre les seins de Vanessa. Il fit glisser un bras vers sa taille pour l'attirer au-dessus de lui. Elle se retrouva à califourchon sur ses hanches minces, son entrejambe plaqué contre la preuve indéniable de son désir. Et, sans autre préambule, le feu passa du rouge au vert et ils décollèrent !

Dents, langues et mains emmêlées. Qui suçaient, léchaient, caressaient…

Il lui prit les fesses à deux mains et les écrasa contre son érection. Les sensations de friction étaient incroyables, si délicieuses qu'elle sentit ses orteils se recroqueviller dans ses bottes.

Constatant qu'elle était plus qu'heureuse de participer à cette séance de frotti-frotta, il libéra ses fesses pour passer une main entre eux afin de pouvoir défaire les boutons de la chemise de Vanessa. Elle se redressa légèrement pour laisser passer ses doigts et ensuite…

Le bonheur absolu.

S'immisçant sous le bandage élastique dont elle s'était entouré la poitrine pour l'aplatir, le pouce calleux de Rock vint taquiner le petit mamelon rond de son sein. Il le pinça gentiment pour le faire durcir et fut récompensé par un gémissement de désir.

C'était ce qu'elle attendait depuis des mois : dépasser les barrières qu'il dressait face à elle, l'inciter à baisser la garde. Parce qu'elle avait toujours su qu'entre eux ce serait ainsi. Explosif et délicieux. Et...

Un bruissement se fit soudain entendre à l'extérieur. Ce qui ne pouvait vouloir dire qu'une chose : ils n'étaient plus seuls dans cette partie de la jungle...

6

— Nom d'un chien, Eve... gronda Bill alors que la maîtresse de maison déposait devant eux une assiette pleine de mini-sandwichs de pain de mie, tous débarrassés de leur croûte.

Il referma son exemplaire de *Ne tirez pas sur l'oiseau moqueur* qu'il était en train de lire... ou, plus exactement, qu'il essayait de lire. Habituellement, se plonger dans un classique de la littérature l'aidait à se détendre. Mais il avait fini par comprendre qu'à part une bonne lobotomie, rien ne pourrait vraiment apaiser l'anxiété qui l'étreignait dès qu'il se retrouvait à quelques mètres d'Eve.

— On n'est pas à un cocktail, tu peux arrêter de jouer les hôtesses aux petits soins, grogna-t-il.

— Laisse-la tranquille, Billy ! s'agaça Becky, assise de l'autre côté du canapé.

Son expression furieuse le couronnait « roi des connards » plus efficacement que tous les mots qu'elle aurait pu dire. Ce qui ne l'empêcha pas d'ajouter :

— Et arrête de te comporter comme un connard.

— C'est rien, Becky, dit Eve de cette voix cultivée qui avait toujours...

Qui faisait toujours un effet bœuf à Bill.

C'était bien ça le plus drôle, non ? Elle avait beau l'avoir jeté plus de dix ans auparavant, il n'avait toujours pas rencontré une autre femme capable de le toucher comme le faisait Eve Edens.

Il avait pourtant essayé. Surtout durant les six mois écoulés depuis qu'elle était brusquement revenue dans sa vie...

Oh que oui. C'était officiel : il était en train de devancer à la fois Ozzie et Steady en matière de conquêtes féminines, ce qui n'était pas peu dire quand on savait qu'il n'y avait sans doute plus une seule barmaid ou hôtesse de Chicago à ne pas avoir fait, disons, « un tour en moto » avec l'un ou l'autre des deux Black Knights. Et qu'en retirait Bill ?

Rien. Nada. Peau de balle.

Pas une des femmes à avoir partagé son lit durant les six derniers mois – sans parler des très, très nombreuses autres qu'il avait rencontrées au fil des dix ans précédents – n'avait réussi à lui inspirer le genre de passion qu'Eve déclenchait chez lui rien qu'en entrant dans la pièce.

— Avec moi, Billy ne peut pas s'en empêcher, termina-t-elle avec un petit sourire triste à son intention.

Ouais, bon, il se comportait effectivement comme le roi des connards. Car ce n'était pas vraiment sa faute si Bill s'était montré trop jeune et trop naïf, incapable de comprendre qu'elle cherchait simplement à vivre quelques frissons avec le mauvais garçon des bas quartiers avant de se choisir quelqu'un de plus conforme à son univers.

Chienlit !

— Mais laisse-moi clarifier les choses, reprit-elle en soutenant son regard.

Et ça, c'était nouveau. L'Eve qu'il avait connue dix ans plus tôt était aussi timide qu'une petite souris au milieu d'un refuge pour chats. La nouvelle Eve, par contre, affichait un cran inédit. Et – évidemment ! – cela ne faisait qu'augmenter son désir pour elle.

— Je cuisine parce que ça me détend, dit-elle. Et tu ne me vois pas te reprocher de lire ce livre en te balançant qu'on n'est pas dans... dans une fichue bibliothèque.

Ça, c'était l'Eve qu'il connaissait bien, celle qui rougissait chaque fois qu'elle lâchait un semblant de juron.

— Tu as raison, lui dit-il en croisant sans hésiter son regard. Je suis désolé, je n'ai pas à m'en prendre à toi.

Eve lui avait toujours fait penser à une poupée de porcelaine. Peau laiteuse, cheveux d'un noir de jais, des yeux aussi clairs et profonds que des saphirs et une fragilité qui réveillait l'homme de Néandertal en lui.

Elle afficha un air aussi stupéfait que si une deuxième tête venait de sortir de l'oreille de Bill. Manière de rappeler que, ouais, d'accord, il avait sans doute un peu tardé à lui présenter les nombreuses excuses qu'il lui devait.

— Bon... Je... D'accord, alors très bien, bredouilla-t-elle avant de faire volte-face pour repartir vers la cuisine.

Il la regarda partir en s'abandonnant au plaisir de contempler les mouvements gracieux de ses longues jambes bronzées. Du moins jusqu'à ce que sa sœur l'interrompe.

— Je ne comprends pas pourquoi tu te sens obligé de faire ça, dit-elle.

Tournant le regard vers elle, il constata que Becky arborait « l'expression ». Celle qui l'informait qu'il était bon pour un sermon. Il tenta de la prendre de vitesse.

— Tu m'as entendu m'excuser, non ?

— Je t'ai entendu. Mais je ne suis pas sûre d'y croire. Comment se fait-il que tu n'aies pas simplement tourné la page ? Ça remonte à une éternité.

— Peut-être que je reste trop bloqué sur mes rancunes, admit-il.

Il savait cependant que ce n'était qu'une partie de la vérité. Car, malgré tous ses efforts, il était surtout resté bloqué sur Eve.

— Ouais. Et peut-être que tu te comportes simplement comme un connard.

Il haussa les épaules puis réprima un sourire. Car il savait exactement comment mettre un terme à la pluie de critiques que lui réservait sa sœur. Se raclant la gorge, il prit sa plus belle voix d'orateur pour lancer :

— On ne peut comprendre vraiment une personne sans avoir envisagé la situation de son point de vue, sans s'être glissé dans sa peau pour voir le monde par ses yeux.

Becky leva les yeux au ciel.

— Et c'est de qui, cette citation ?

Bill saisit le livre posé sur ses genoux et tourna la couverture vers elle.

Atticus Finch, cocotte. Un homme d'une remarquable sagesse.

— C'est vraiment agaçant cette habitude que tu as.

— Laquelle ? Agir comme un connard ou citer des classiques de la littérature ?

— Les deux.

Il lui fit un clin d'œil et eut la satisfaction de voir poindre un sourire derrière sa moue boudeuse. Elle ne restait jamais fâchée contre lui très longtemps. C'était tout le caractère de Becky : quoique capable d'exploser plus vite qu'un bâton de dynamite, sa colère s'éteignait tout aussi rapidement.

Elle tendit la main vers l'un des sandwichs qu'Eve avait apportés au moment même où Boss entra dans le salon. Bill se redressa immédiatement, alarmé. Même dans les bons jours, le visage couturé de Boss arborait une expression orageuse. Mais à présent ? À présent, il faisait penser à une tornade de force maximale.

Immédiatement, Bill sentit l'angoisse lui tordre l'estomac. Il songea qu'il ne faudrait sans doute pas longtemps avant que son ulcère se réveille.

— Le général Fuller a confirmé une opération de la CIA au-dessus de la forêt de nuages de Monteverde, annonça Boss. Il dit qu'il ne peut rien y faire. Sa recommandation serait qu'on persuade Rock de se rendre.

Ouais, bien sûr.

— Peu probable, commenta Bill avec un reniflement de dédain. Même si on avait un moyen de le joindre, Rock préférerait être abattu dans la jungle d'une balle dans le crâne plutôt que de pourrir en cellule.

— La probabilité qu'il meure d'une balle dans la tête augmente à chaque seconde, gronda Boss. Ces équipes ont ordre de tirer à vue.

— Putain !

Bill secoua la tête et se demanda, une fois de plus, comment on avait pu en arriver là. Rock n'avait tout de même pas pu...

— Toujours aucun message de Vanessa ? demanda Boss, interrompant le fil de ses pensées.

Bill jeta un coup d'œil vers l'écran noir de son téléphone à l'autre bout de la table.

— Non, dit-il. Il semble que son portable soit toujours éteint.

Boss hocha la tête et se passa une main dans les cheveux. Puis il pivota sur lui-même pour balayer la pièce du regard, comme si elle recelait la réponse à la question qu'il posa ensuite :

— Quelqu'un a une idée de la façon dont ils – je veux dire la CIA – les ont trouvés ?

— Si je devais émettre une hypothèse, lança Bill en passant un doigt sous son menton, je dirais que malgré son déguisement et toutes ses précautions, Vanessa a été suivie. Et qu'ils ont trouvé un moyen de placer un émetteur sur elle durant son passage à Santa Elena.

— Je pense la même chose, confirma Boss. J'ai l'impression qu'on a sous-estimé ces fichus espions, hein ?

— On dirait bien, admit Bill. Et c'est pour ça qu'on devrait faire venir Zoelner, qu'il nous fasse un topo sur leurs méthodes, ajouta-t-il en faisant référence à l'ancien agent de la CIA désormais au service de Black Knights Inc. T'as pu le joindre ?

En plus du général, Boss avait lancé un appel à tous les Black Knights, enjoignant tous ceux qui n'étaient pas actuellement en mission à ramener leurs fesses au Costa Rica, *pronto*.

— Non. Il est injoignable, quelque part en Syrie. Et même s'il parvenait à passer la frontière turque, il lui faudrait presque quarante heures pour arriver jusqu'ici. Et sans vouloir me la jouer Han Solo, j'ai le mauvais pressentiment que tout ceci sera terminé bien avant. Merde !

Il serra les mâchoires au point de faire blanchir la cicatrice qui remontait depuis le coin de ses lèvres.

— Je savais qu'on n'aurait jamais dû laisser Vanessa y aller toute seule. Elle n'est pas formée pour ce genre de trucs !

— Attends, Frank ! intervint Becky. Tu sais très bien que c'était la meilleure option sur le moment. On ne pouvait pas tous partir en balade du côté de Santa Elena pour la suivre. Et elle avait raison : c'était la seule d'entre nous à même de parler les dialectes locaux, de se mêler à la population et de poser les bonnes questions.

Boss avait failli faire une syncope quand Vanessa avait décidé de jouer les justicières solitaires et qu'elle s'était mis en tête de traquer Rock par elle-même avant qu'ils aient défini ensemble les détails d'une stratégie d'exfiltration. Mais la suivre aurait forcément attiré l'attention. Ils n'avaient donc pas eu d'autre choix que de la laisser faire. Et, ô miracle, elle avait effectivement trouvé Rock.

Malheureusement, il semblait bien que la CIA l'ait trouvée, elle.

Boss avait raison. Elle n'était pas formée pour ce type d'opération. Mais ils ne pouvaient plus rien y changer à présent.

Le chef des Black Knights laissa échapper un profond soupir.

— Ah ouais ? dit-il. Et maintenant, je me retrouve avec non pas un mais deux agents qui risquent leur peau.

— Rock ne laissera jamais rien arriver à Vanessa, affirma Bill.

Pour lui, cela ne faisait aucun doute, tout comme il ne faisait aucun doute qu'Eve était dans la cuisine en train de pester contre lui. Peu importait ce que Rock avait pu faire – plus justement, peu importait ce dont le gouvernement l'accusait –, il ne permettrait qu'une femme sous sa protection soit blessée.

— Il mourra plutôt que de les laisser lui faire du mal.

— Ouais, grimaça Boss. Et c'est exactement ce que je crains.

Snap. Crac. Les bruits de pas au milieu de la végétation se rapprochaient.

Et Rock était de nouveau parfaitement immobile. Il était toujours allongé sous Vanessa, mais son torse qui, quelques instants auparavant, haletait sous l'effet de la passion paraissait complètement figé.

Vanessa l'imita, inspirant une goulée d'air silencieuse, le cœur comprimé par la peur.

Rock s'était-il trompé ? Les tueurs à leurs trousses étaient-ils déjà arrivés jusqu'à eux ? Ou bien s'agissait-il d'un simple animal passant dans le coin ?

L'air à l'intérieur du tronc évidé lui paraissait trop épais pour être respirable, comme si elle emplissait ses poumons de mélasse.

Schic. Tic.

Quoi que ce puisse être, c'était gros ! Comme en guise de confirmation, un bruit de reniflement résonna à ses oreilles, suivi par une sorte de grondement rauque.

Un jaguar.

Vanessa sentit son estomac se contracter et ses cheveux se dresser sur sa tête.

Un « simple » animal ? Avait-elle vraiment été assez bête pour penser ce genre de chose ? Car rien n'était « simple » quand on se retrouvait face à un fauve de cent kilos aux crocs acérés et aux griffes aiguisées comme des rasoirs.

— Ne bouge pas, murmura Rock.

Ça tombait bien, elle n'avait pas franchement prévu de le faire.

Lorsqu'il glissa les doigts sous sa cuisse, elle entretint, l'espace d'une seconde, l'idée folle qu'il allait tenter de reprendre là où ils en étaient restés. Et s'ils étaient sur le point d'être dévorés par un grand fauve, elle ne pouvait pas vraiment l'en blâmer. Au moins mourraient-ils heureux, en faisant quelque chose d'agréable...

Puis elle sentit le contact de l'acier froid d'un pistolet contre l'intérieur de sa jambe. D'accord, ils avaient donc de bonnes chances de survivre au jaguar. Deux balles du SIG de Rock s'en assureraient. Malheureusement, les coups de feu rameuteraient forcément les équipes de commandos qui quadrillaient actuellement la jungle à leur recherche.

De toute évidence, la chance n'était pas décidée à tourner en leur faveur. La situation était toujours perdant/perdant.

— Il a senti le sang, murmura Rock.

Le sang ? Quel sang ?

— De quoi tu parles ? souffla-t-elle.

Dans l'obscurité de l'arbre creux, ses paroles quasi silencieuses seraient presque passées pour un cri.

— De mon cou.

Hein ?

Prenant soin de ne faire aucun bruit, elle leva la main pour tâter le cou en question. Ses doigts s'arrêtèrent sur une longue et profonde entaille toute poisseuse de sang.

— Mon Dieu, Rock, tu as été touché ? Pourquoi tu ne m'as rien dit ? siffla-t-elle.

Elle le sentit secouer la tête.

— Non. C'était juste un éclat issu d'un tronc.

Comme si ça changeait vraiment la donne. Balle ou éclat de bois, il n'y avait pas de différence quand on se faisait trancher la jugulaire.

— Je vais avoir besoin que tu te dégages de moi, dit-il. Lentement. Il est en train de contourner le tronc jusqu'à l'accès à la base.

Ce qui n'était pas bon. Car s'ils avaient pu se glisser à l'intérieur de l'arbre, le jaguar n'aurait aucun mal à faire de même. L'idée de se retrouver avec un fauve dans cet espace exigu était trop horrible pour qu'elle ose y songer.

Vanessa pivota précautionneusement sur le flanc pour libérer Rock. À peine avait-elle terminé la manœuvre qu'elle le sentit ramper en direction de l'entrée du tronc creux.

— Fais attention, chuchota-t-elle.

Elle leva immédiatement les yeux au ciel.

Tu parles d'un conseil ridicule !

Comme s'il risquait de se montrer imprudent…

— Ne crie pas, répliqua-t-il.

À ces mots, le cœur de Vanessa – qui s'était tout juste remis du choc initial pour recommencer à battre – se figea en pleine course. Elle eut même l'impression d'entendre le *scriiiitch* correspondant résonner dans les ténèbres.

Quand quelqu'un vous prévient de ne pas crier, c'est souvent que la suite mérite des hurlements.

Elle se mordit la lèvre jusqu'à en avoir les larmes aux yeux, mais sans jamais desserrer la mâchoire. Elle préférait encore se mordre jusqu'au sang que de laisser échapper le moindre petit bruit.

Les secondes défilèrent avec lenteur, tandis que les reniflements allaient crescendo à l'entrée de leur cachette. Vanessa crut devenir folle à attendre que se produise l'événement face auquel elle ne devait pas crier. Puis elle entendit un impact sonore suivi d'un miaulement à vous fendre les tympans.

Voilà ce contre quoi Rock l'avait mise en garde. Car le feulement de colère qui résonna au-dehors lui couvrit les bras de chair de poule et l'obligea à ravaler le gémissement aigu qui enflait dans sa gorge.

— Après ce coup de botte dans le museau, je pense qu'il réfléchira à deux fois avant de fourrer de nouveau son nez ici, lança Rock.

Elle perçut le frottement de son pantalon de treillis sur la bâche comme il revenait vers elle.

— Maintenant, il va falloir que je ressorte pour effacer les traces du fauve. Si les types de la CIA ont entendu son feulement, ils vont se demander s'il y a un lien avec nous.

— Ou... ouais, d'accord, dit-elle malgré son cœur battant la chamade.

— Tu t'en sortiras ici toute seule ?

Elle entendit la note d'inquiétude dans la voix de Rock.

— Oui, répondit-elle avec fierté.

Fierté qui grandit encore quand elle constata que c'était la vérité. Pendant des années, elle avait vécu dans la crainte permanente d'une situation de ce genre dans un endroit comme celui-ci. Mais dix minutes de psychanalyse à la Rock avaient suffi à, si ce n'est la guérir, au moins apaiser grandement ses peurs.

Bien entendu, elle restait terrifiée à l'idée que Rock risque sa vie en quittant l'arbre creux pour effacer les traces du jaguar.

Pendant tout le temps qu'il passa dehors, à découvert, l'esprit de Vanessa ne cessa de l'accabler de visions d'horreur où un fauve bondissait depuis l'arbre le plus proche pour planter ses crocs dans la jugulaire de Rock. La scène tournait en boucle dans sa tête. Fauve. Bond. Griffes. Crocs. Sang.

Et, au moment même où elle jugea que c'en était trop, qu'il fallait qu'elle sorte à son tour pour s'assurer qu'il allait bien, les plantes à l'entrée du tronc bruissèrent et l'air s'épaissit tandis que Rock se glissait à l'intérieur.

— Il est... commença-t-elle.

Elle s'arrêta bien vite en découvrant que quelqu'un lui avait vidé un seau de sable dans la gorge. Elle déglutit et tâcha de sécréter assez de salive pour triompher de la sécheresse avant de faire une nouvelle tentative.

— Il est parti ?

— Pour le moment.

Elle ferma les yeux et murmura des remerciements silencieux dans l'obscurité.

— Il y a un point positif à sa petite visite, ajouta Rock. Maintenant, on sait que les tueurs sont encore loin d'ici. Ce fauve ne s'approcherait jamais à moins de cent mètres d'un groupe d'hommes aussi important.

Bon, s'il fallait trouver un bon côté à la chose, celui-là n'était pas si mal. Laissant échapper un soupir, Vanessa inclina la tête de gauche à droite pour dénouer sa nuque raidie puis tendit la main vers lui dans le noir. À présent qu'ils avaient évité une crise, il était temps d'en prévenir une autre.

— J'imagine que c'est le bon moment pour panser ta blessure avant que tu ne te vides de ton sang, dit-elle.

7

Quand la petite main de Vanessa se posa sur son avant-bras, Rock tenta vainement de rester indifférent aux décharges électriques que le contact de sa paume chaude et douce déclenchait à travers son corps.

Il n'aurait jamais dû l'embrasser. Et envisager de recommencer était la dernière chose à faire. Pourtant, c'était exactement ce qui lui venait à l'esprit.

Il pensait à l'embrasser. À l'embrasser... et à un paquet d'autres trucs.

Mon Dieu, elle s'était montrée si passionnée entre ses bras. Comme dévorée par les flammes du désir. Sexy, ardente et... tellement féminine. Elle était douce partout où il fallait, ferme partout ailleurs et il n'en revenait toujours pas qu'elle lui accorde ne serait-ce qu'assez d'attention pour lui donner l'heure.

Oh, non pas qu'il n'ait pas l'habitude d'éveiller l'intérêt chez les femmes, y compris les belles femmes. Il n'avait certes pas le charme de surfeur de Serpent ni le profil de star d'Ozzie, mais il avait eu son content de jolies filles* au fil des ans, surtout durant ses années chez les SEAL.

Oui, ça avait été une époque bénie. Les années où les filles traînant du côté de la base n'avaient aucun mal à faire fi de son accent cajun et de son physique un peu

107

trop noueux pour pouvoir dire qu'elles s'étaient envoyé un authentique Navy SEAL.

Malheureusement, depuis qu'ils avaient lancé Black Knights Inc., le rythme de ses, disons, « conquêtes féminines » avait considérablement ralenti. Et plus récemment, depuis qu'il était devenu un fugitif – non, ce n'était pas vrai ; c'était depuis qu'ils avaient embauché Vanessa –, le rythme s'était tout bonnement arrêté. Car chaque fois qu'il tentait de lever une fille dans un bar ou une cantina locale, il était arrêté par des visions de cheveux d'un noir d'encre, d'yeux au regard intense et d'un postérieur impossible à oublier.

Et ça lui faisait bien plus peur que n'importe quoi d'autre. Car si ce jaguar ne s'était pas pointé, il serait sans doute à cet instant précis enfoncé jusqu'à la garde au cœur de son accueillante féminité. Ce qui aurait sans nul doute constitué l'une des expériences les plus agréables de sa triste vie, mais aussi une erreur à tous les niveaux. Car malgré l'attitude de Vanessa qui semblait supplier « prends-moi fort, cow-boy, ici et maintenant ! » – ce qui, figurez-vous, était justement la spécialité de Rock – il était tout à fait conscient qu'au plus profond d'elle-même, Vanessa était de ces filles en quête de « l'amour éternel ».

Donc, s'il s'était abandonné à la vague de désir qui s'était momentanément emparée d'eux, il lui aurait donné l'espoir d'un futur possible alors même que c'était tout à fait impensable.

Il écarta son bras pour éviter son contact et secoua la tête bien qu'elle ne puisse le voir.

— C'est juste une égratignure, lâcha-t-il sur un ton bourru. C'est déjà en train de coaguler.

Sa voix rauque lui fit l'effet d'un crissement de gond rouillé.

— Certes, rétorqua-t-elle, mais dans la jungle, la moindre entaille peut déboucher sur une infection majeure. Il va falloir nettoyer, sécher et bander la plaie.

Elle disait vrai. Mais si elle posait de nouveau les mains sur lui... Seigneur, il savait qu'il ne pourrait pas résister.

— Bon, d'accord. Mais je vais le faire moi-même, dit-il.

Elle émit un « tss-tss » moqueur et sa main atterrit de nouveau sur l'avant-bras de Rock pour remonter le long de son bras nu avec une lenteur insupportable. L'érection que Rock était parvenu à maîtriser à l'arrivée du jaguar reprit soudain vie.

Merde. Cette fille finira par causer ma perte !

Il lui saisit le poignet et l'écarta en tâchant de ne pas prêter attention à son hoquet de surprise.

— Je suis sérieux, affirma-t-il sur un ton qui coupait court à toute discussion. Je le ferai tout seul.

Le silence fracassant qui s'ensuivit lui fit comprendre, mieux que n'auraient pu le faire n'importe quelles paroles, qu'il l'avait froissée.

Bon... Si elle le considérait comme un gigantesque salaud, elle serait ravie de le voir lui tourner le dos une fois qu'il aurait ramené son joli cul auprès des Black Knights. Mieux valait la vexer tout de suite que de lui briser le cœur plus tard.

— Comme tu voudras, souffla-t-elle finalement.

À sa voix, il sut qu'il avait bel et bien remporté sa médaille de salaud du jour. Un bruissement lui fit comprendre qu'elle avait saisi son paquetage, mais elle prit Rock par surprise en le lui balançant contre la poitrine. Ses poumons se vidèrent avec un « ouf ! » sonore et, malgré lui, il sentit un sourire naître sur ses lèvres.

Mon Dieu, qu'elle lui plaisait. Elle était même quasiment parfaite. Car en plus d'être coriace, belle et vigoureuse, elle avait des tripes. S'il était Superman, cette combinaison constituait sa kryptonite. Raison de plus pour ne pas succomber à la tentation d'un nouveau baiser.

Parce que, bon sang, qu'est-ce qu'elle embrasse bien !

Il était déjà allé beaucoup trop loin avec elle.

— Merci, lâcha-t-il dans un râle avant de piocher les lingettes antibiotiques et les bandages autoadhésifs qu'il avait stockés dans son paquetage.

— Oh, mais de rien.

Le sarcasme était audible dans la voix de Vanessa et il songea, en ouvrant un paquet de lingettes, que puisqu'elle était déjà en colère, c'était sans doute le moment d'y aller à fond.

— À propos de ce baiser… dit-il.

Il s'interrompit avec un sifflement en passant la compresse antibiotique sur son entaille. Cela brûlait comme les feux de l'enfer. Logique, puisque c'était sans doute là qu'il finirait.

— Ouais ? Quoi ?

Il était trop occupé à réprimer des larmes de douleur pour répondre immédiatement. Et ravi, pour une fois, qu'il fasse trop noir à l'intérieur du tronc pour qu'elle constate quel genre de chochotte il était vraiment.

Mince, à moi les bains moussants et les tampons hygiéniques, je crois que j'ai gagné ma place dans la grande fête des œstrogènes.

— Ça ne devrait pas se reproduire, finit-il par dire.

— T'inquiète pas pour ça, répliqua Vanessa. Vu comment tu te comportes, je ne risque pas d'avoir envie de t'embrasser de nouveau. Et tu auras de la chance si je ne t'étouffe pas dans ton sommeil.

Rock sourit.

Marrante. Un adjectif qu'il avait oublié d'ajouter à la liste des raisons pour lesquelles il la trouvait parfaite. Coriace, belle, vigoureuse, pleine de cran… et marrante. Trop injuste !

Il dut faire un gros effort pour garder un ton sévère.

— Je suis sérieux.

— Moi aussi, répondit-elle du tac au tac.

— Vanessa, lâcha-t-il comme un avertissement.

— Richard.

Elle imitait son intonation, mais l'entendre ainsi prononcer son véritable prénom lui retournait les tripes.

Personne ne l'appelait Richard. Plus maintenant. Pas depuis ses parents. Pas depuis Lacy...

Ne trouvant plus ses mots, il se concentra sur sa tâche. Après avoir soigneusement préparé la première bande adhésive, il tâtonna pour trouver les bords de la plaie sur son cou et y appliquer le pansement. Tout en appuyant la compresse cicatrisante sur la blessure, il se demanda ce que faisait Vanessa. Elle était à présent terriblement calme. Trop calme.

À quoi pense-t-elle ?

Lorsqu'elle reprit la parole, ceci dit, il conclut qu'il aurait préféré qu'elle garde ses pensées pour elle-même.

— Par simple curiosité, s'enquit-elle, pourquoi on ne pourrait pas recommencer ?

Il savait ce qu'elle voulait dire mais demanda malgré tout :

— Recommencer quoi ?

— À s'embrasser.

Ces simples mots, sortis de cette bouche en cœur, avaient quelque chose d'intime, de caressant, comme un doigt courant doucement le long de son membre, comme une langue glissant...

Nom d'un chien !

Il était vraiment irrécupérable.

— Parce que nous sommes collègues, répondit-il.

Il regretta immédiatement ces paroles. L'excuse était tellement bidon qu'elle ouvrait un boulevard à Vanessa pour argumenter. Et, *oui*, comme il fallait s'y attendre...

— C'est ridicule, se vexa-t-elle. Regarde Boss et Becky. Et aux dernières nouvelles, nous n'étions plus des collègues. Ça fait des mois que Black Knights Inc. ne t'a pas versé de solde.

Elle le tenait. Ne restait donc que... la vérité. Même s'il savait à quel point ce serait douloureux.

— Bon, alors dans ce cas, on ne peut pas recommencer parce que tu as des petits cœurs roses dans les yeux, *chère*. Et comme je ne suis pas du genre à profiter d'une

111

femme, on va éviter d'avoir les mains baladeuses. Les mains… et le reste.

— Qui dit que tu profiterais de moi ?

Elle était aussi entêtée qu'un chien accroché à son os. Têtue, obstinée… *merveilleuse*.

— Moi, insista-t-il. Il est peu probable que je sorte vivant de ce merdier et…

— Pfff ! l'interrompit-elle. Ne sois pas ridicule. Bien sûr que tu vas t'en sortir vivant. Maintenant qu'on t'a trouvé, on va tous t'aider à t'innocenter. Et une fois que ce sera fait…

— Qu'est-ce qui te rend si sûre que je puisse l'être ? demanda-t-il sur un ton qu'il voulait sans ambiguïté.

Le silence qui suivit résonna plus fort qu'un coup de feu à l'intérieur du tronc évidé.

— Je ne crois pas ce qu'ils racontent à ton sujet, finit-elle par répondre après de longues secondes.

Mais Rock perçut la note d'hésitation dans sa voix. Bien. Tant qu'un doute subsistait, il serait beaucoup plus facile pour elle de l'abandonner une fois qu'il l'aurait ramenée à San José.

— Et tu essaies de changer de sujet, ajouta-t-elle.

Pris en flagrant délit.

— Nous discutions de la raison pour laquelle nous ne pourrions pas nous laisser aller à… à ce truc qui se passe entre nous.

Ce truc.

Seigneur, au secours ! Pour lui, c'était bien plus qu'un « truc ». C'était une foutue obsession dont il n'arrivait pas à se libérer. À peu près la moitié des pensées qui lui passaient à travers la tête avaient à voir avec son envie de découvrir intimement le corps de Vanessa. Dans ses moindres détails…

La forme de ses hanches. La douceur de sa peau derrière les genoux. Le goût de son désir quand il l'embrassait là où elle était humide et chaude. Il voulait savoir comment elle réagissait quand on lui faisait l'amour. Si elle halèterait quand il lui embrasserait les seins. De quelle façon elle se cambrerait lorsqu'il entrerait en elle. Comment elle se mouvrait sous lui, au-dessus de lui. Il voulait la connaître. Tout connaître. Tout son être...

Raison pour laquelle il fallait tuer cette relation dans l'œuf. Pour son bien à elle autant qu'à lui. Il était temps, comme son cher père le disait autrefois, d'assener le coup de grâce.

— Alors permets-moi d'être très clair, *chère*... dit-il, le cœur battant à l'idée de la souffrance qu'il allait infliger.

C'était l'une des caractéristiques de la vérité. Elle pouvait blesser.

— Tu t'attaches à l'idée romantique que si nous nous laissions aller à ce « truc », comme tu l'appelles, il pourrait ensuite se développer pour devenir autre chose. Mais je peux t'assurer que ça n'arrivera pas.

— Pourquoi ?

La question n'avait rien de timide ; elle voulait savoir. Cette femme avait le cœur d'un lion et il se prit à souhaiter – oh que oui ! – que les choses aient pu se passer différemment.

— Car si je ne doute pas de pouvoir t'offrir les meilleures sensations de ta vie, je peux aussi te garantir que ça s'arrêtera là. Tu vois, ma belle*, quoi qu'il advienne, tu ne peux pas te permettre de tomber amoureuse de moi.

— Pourquoi ?

Ce mot, de nouveau.

— Parce que jamais je ne tomberai amoureux de toi.

— Ils ont perdu la trace des cibles.

Ce n'était pas les nouvelles que Rwanda Don avait espéré entendre en décrochant le téléphone. Son poing se resserra autour du portable jetable avec une telle force que le plastique bon marché émit d'inquiétants craquements.

— Que voulez-vous dire ? Qu'est-il arrivé à la puce RFID de Vanessa Cordero ?

— On l'a retrouvée collée à un caillou à une soixantaine de mètres de la cabane de Babineaux, expliqua l'agent de la CIA. Il a dû la découvrir et s'en débarrasser. Et pendant que nos équipes étaient occupées à suivre le signal du dispositif, Cordero et lui ont réussi à s'éclipser.

S'éclipser.

Exactement comme R.D. l'avait craint.

Fichu Rock ! Ce type était malin, très malin. Ce qui représentait une menace pour la tranquillité d'esprit de R.D.

— Une idée de la direction qu'ils ont prise ?

— Leur piste conduisait à la rivière, mais nos hommes n'ont pas trouvé le point de sortie. On peut supposer que Babineaux et Cordero se sont laissé emporter par le courant jusqu'à Santa Elena… ou qu'ils se sont noyés. Certaines sections de la rivière sont très dangereuses.

— Non.

R.D. n'avait pas énormément de certitudes, mais une chose était claire : jamais Richard « Rock » Babineaux, ancien Navy SEAL de renom, ne se noierait.

— Vous savez aussi bien que moi qu'il ne s'est pas noyé. Il est toujours là, quelque part.

— Mmff, répondit évasivement l'agent. Ils ont appelé une équipe de soutien pour fouiller Santa Elena et les deux autres commandos passent la jungle au peigne fin. Ne vous inquiétez pas : si Babineaux et Cordero sont encore en vie, ils les débusqueront. Il reste encore trois heures avant le lever du soleil là-bas et ils ne pourront pas se cacher éternellement.

R.D. commençait à en douter.

Commençait ? Tu parles. La possibilité même que Rock puisse être appréhendé l'avait toujours fait douter. Ce type était trop bien équipé et trop bien entraîné. Pour dire les choses simplement, il « avait la forêt dans le sang ». Une mignonne petite expression militaire pour dire qu'il s'agissait d'un véritable prodige en matière de reconnaissance, de combat et de survie dans la jungle.

Par principe, R.D. n'avait pas beaucoup de respect pour les militaires. Ils étaient trop nombreux, trop bruyants, trop dispendieux, toujours prêts à la guerre totale quand quelques balles dans la tête de personnes bien spécifiques pouvaient assurer le même résultat. Mais, de temps à autre, l'Oncle Sam accouchait d'un spécimen à l'intelligence et aux capacités hors du commun.

Malheureusement pour R.D. et l'agent de la CIA qui avait personnellement soutenu le Projet même après que son organisation avait décidé d'y mettre un terme, Rock Babineaux faisait partie de ces rares individus.

— Il y a autre chose, annonça l'agent. La cabane de Rock contenait une chiée d'informations.

Le germe de la peur, qui avait pris racine dans le ventre de R.D. quand celui-ci avait appris que non seulement Rock était encore vivant mais qu'il avait réussi à disparaître tel un putain de fantôme, s'épanouit soudain en une fleur de terreur glacée.

— Qu...

Saisissant un verre d'eau sur son bureau, R.D. but une petite gorgée avant de reprendre.

— Quel genre d'informations ?

— D'énormes quantités de renseignements à propos de ses cibles, répondit l'agent d'une voix où perçait le malaise. Des milliers de documents reliés entre eux par des fils rouges. On se serait cru dans le film *Un homme d'exception*. Très inquiétant.

— Je veux une copie de chacun de ces documents et...

— Attendez, attendez... l'interrompit l'agent, sur un ton d'alarme. Vous savez que je vous apprécie et que j'estime que l'agence a commis une erreur en mettant fin au Projet il y a des années. Et j'étais ravi de vous aider jusqu'à maintenant. Mais cet accord entre nous est arrivé à son terme. C'est terminé. Je ne vous tiens au courant que par respect et parce que...

— Vous me tenez au courant parce que votre carrière est en jeu, tout autant que la mienne. Et vous m'avez offert votre aide parce que vous êtes gourmand et que le Projet pouvait vous rapporter beaucoup d'argent. Alors n'essayez pas de me faire le coup du grand seigneur. Vous oubliez à qui vous parlez.

— Très bien.

L'agent avait craché ces mots comme un morceau de viande rance.

— Mais, reprit-il, c'est une chose de vous informer de nos activités, c'en est une autre de vous faire discrètement passer des copies de documents top secret. C'est moi qui prends tous les risques, là.

R.D. soupira d'exaspération.

— Je sais que depuis que nous avons sacrifié les fonds que nous avions saisis...

— Volés, l'interrompit l'agent. Ayez le cran de dire les choses comme elles sont. Nous avons volé ces fonds.

Une veine était apparue sur la tempe de R.D.

— D'accord. Je sais que depuis que nous avons dû sacrifier les fonds volés aux cibles du Projet en en faisant anonymement don à des organisations caritatives...

— Un beau gâchis, si vous voulez mon avis, maugréa l'agent.

R.D. aurait voulu pouvoir passer les mains à travers le téléphone et étrangler ce salopard.

— Vous voulez bien cesser de m'interrompre ?

— Pourquoi a-t-il fallu que vous utilisiez cet argent pour la campagne ? Vous savez que ces trucs sont systématiquement vérifiés. C'était une erreur stu...

R.D. n'y tint plus :

— La ferme ! Nous en avons déjà parlé. J'ai pris soin de couvrir mes traces. L'argent a transité par des sources légitimes...

— Pas assez légitimes, visiblement, vu que Billingsworth a flairé le coup fourré et a mis son nez dans nos affaires.

En effet. Et c'était bien dommage.

— Ce qui est fait est fait, gronda R.D. Il ne nous reste plus qu'à remettre de l'ordre dans tout ça. Ce qui me ramène à notre collaboration : si m'aider et partager vos informations avec moi ne vous rapporte plus rien financièrement parlant, cela reste dans votre intérêt personnel. Il me faut ces infos. Vous n'avez pas le temps d'étudier chaque élément pour vous assurer que Rock n'a rien trouvé qui nous implique. Moi si. Faites-moi transmettre ces documents.

— Rien ne m'implique, annonça l'agent d'une voix empreinte d'une certitude glaçante. C'est le meurtrier de *votre* frère jumeau la première cible du Projet. C'est *votre* utilisation des fonds à des fins de campagne qui a fini par nécessiter l'élimination de Billingsworth.

R.D. dut faire appel à toute sa maîtrise pour garder son calme.

— Auriez-vous oublié que c'est vous qui avez orienté la CIA vers la boîte postale de Rock après qu'il a commencé à fouiner un peu trop ? Soyez sûr d'une chose, cher partenaire : si je dois tomber pour cette histoire, j'emporterai tout le monde dans ma chute.

— C'est une menace ?

R.D. se pencha en avant et soupira dans le combiné.

— Faites-moi simplement passer les infos, d'accord ?

— Je ferai ce que je pourrai, déclara l'agent d'une voix où R.D. détecta un soupçon d'indécision.

Merde !

Pas question de tout laisser s'écrouler maintenant.

— Nous devons nous soutenir mutuellement dans cette affaire. Je...

Ce que R.D. s'apprêtait à faire lui restait tellement en travers de la gorge que sa voix se fit rauque.

117

— Il me reste une partie de la police d'assurance vie de mon frère, si cela peut vous aider à prendre la bonne décision.

— Combien ? demanda l'agent, avec curiosité.

Une boule de haine se forma au creux de l'estomac de R.D.

— Combien vous faut-il ?

8

Vanessa se réveilla en sursaut en sentant une main sur son épaule. Elle aurait sans doute poussé un petit cri de surprise si une paume chaude ne s'était pas immédiatement plaquée en travers de sa bouche.

Qui ? Où...

Elle n'avait pas fini de formuler sa question que déjà les souvenirs lui revinrent en masse. Elle se trouvait à l'intérieur d'un tronc creux, au cœur de la forêt tropicale du Costa Rica, et pourchassée par la CIA. Le tout en compagnie d'un homme qui n'avait pas hésité à lui dire que, même si elle lui faisait assez d'effet pour avoir envie de la laisser, disons, « lui faire les cuivres », il n'envisagerait certainement pas d'entamer une quelconque relation durable avec elle. Car, et c'était là le pompon, il ne pourrait *jamais* – avec un J majuscule, même, à en croire le ton qu'il avait employé – tomber amoureux d'elle.

Après qu'il lui eut balancé ça la veille au soir, elle était restée dans le noir sans dire un mot. Franchement, que pouvait-on répondre à une déclaration pareille ? « Aïe » ? Car oui, ça lui avait fait tellement mal qu'elle s'était retrouvée incapable de respirer pendant plusieurs longues secondes.

Mais admettre sa peine n'aurait fait qu'ajouter à son humiliation. Elle avait donc fait la seule chose qui lui était venue à l'esprit : se reprendre, recoller les morceaux de sa fierté et lancer :

— Bon, ben comme ça, c'est clair !

Immédiatement suivi de :

— T'aurais pas quelque chose à manger dans ton paquetage ?

Elle n'avait pas faim, évidemment. C'était même le contraire. La barre de céréales qu'il lui avait tendue lui avait donné l'impression d'avaler une poignée de copeaux de bois trempés dans la sauce au piment. Mais, Dieu merci, elle y était parvenue. Car elle était bien décidée à ne pas le laisser voir à quel point il l'avait blessée.

Aussi, pour rester dans le ton, repoussa-t-elle vivement la main qui lui couvrait la bouche pour murmurer, d'une voix ferme qui heureusement ne trahissait rien de son orgueil blessé :

— Merdum, j'arrive pas à croire que j'ai réussi à dormir !

Surtout alors que tu étais allongé près de moi, chacune de tes respirations dans l'obscurité me rappelant que, quels que soient mes fantasmes, tu ne seras jamais l'homme que j'attends.

Ouais, mieux valait garder cette partie-là pour elle.

— C'est l'effet post-adrénaline, murmura Rock d'une voix tout aussi stable et ferme.

Eh ben c'est génial ! Tout roule comme sur des roulettes après notre petite discussion à cœur ouvert d'hier soir.

Super. Parfait.

Saloperie !

Elle se redressa en position assise et, clignant les yeux telle une chouette, tenta de refouler le sentiment d'humiliation qui menaçait de l'étouffer. L'intérieur du tronc n'était plus plongé dans le noir absolu. Un soupçon de lumière filtrait dans les minuscules interstices des feuillages épais qui couvraient l'entrée. Et même si Vanessa avait pu nommer sa peur – et au passage trouver un moyen de l'atténuer – cette lueur au cœur des ténèbres constituait un répit bienvenu.

Bon, il y a au moins un truc qui semble aller dans mon sens...

— Il faut qu'on se mette en route, déclara Rock, déjà occupé à récupérer l'emballage des pansements et de la barre de céréales pour les fourrer dans son paquetage.

Vanessa se doutait qu'il ne s'agissait pas tant d'éviter de polluer la jungle que de respecter la règle numéro un pour qui voulait se montrer plus rusé qu'un poursuivant : ne lui fournir aucune piste à suivre.

Si, pour une raison ou une autre, les hommes qui en avaient après eux tombaient sur ce tronc, Rock ne voulait rien laisser qui indique qu'ils y avaient passé la nuit.

Ce qui convenait très bien à Vanessa. Elle aimait autant qu'il ne reste aucune trace de leur passage, rien qui témoigne que c'était l'endroit où elle s'était offerte corps et âme avant d'être rejetée sans ménagement.

Un foyer de honte et d'indignation brûlait toujours sa poitrine, mais ce n'était rien comparé aux ouvriers qui jouaient du marteau-piqueur sous son crâne.

— J'ai un mal de tête de la taille de l'Empire State Building, admit-elle en portant la main à sa tempe.

— Déshydratation et coup de chaleur, expliqua Rock.

Il passa le paquetage sur ses épaules et vérifia les chargeurs de ses SIG avant de les replacer dans la crosse d'un coup de paume. Le geste fit frémir les tatouages en forme de crânes stylisés surmontant des lames croisées et les mots « mer, air et terre » inscrits sur chacun de ses biceps massifs et mit en valeur le dessin à base de fil barbelé et de roses à épines qui faisait le tour de ses avant-bras musclés.

Grrrr. Franchement, pourquoi fallait-il qu'il soit si sexy ?

Il avait une voix magnifique, une louche généreuse de délicieux charme du Sud, un petit côté dangereux qui ne pouvait qu'attiser l'intérêt des filles *et* un corps d'Adonis. Sans oublier que, tandis qu'elle sentait comme quelqu'un ayant passé la nuit dans des vêtements humides à l'intérieur d'un tronc creux, lui parvenait encore à émettre... bon, pas nécessairement une odeur de propre, mais des effluves indéniablement attirants et masculins. Assez masculins pour qu'elle sente le désir s'agiter dans son ventre et ses orteils frétiller à l'abri de ses bottes.

Saloperies de saloperies ! C'est vraiment injuste !

— Apparemment, tu as réponse à tout ce matin, maugréa-t-elle.

Elle regretta immédiatement ces paroles. C'était le genre de commentaire acerbe qui prouvait que son attitude façon « hé, je m'en fiche que tu veuilles simplement me sauter pour mieux me larguer ensuite » n'était qu'une façade.

— Excuse-moi, se hâta-t-elle d'ajouter en se massant le front du bout du pouce. Les migraines me transforment en Schtroumpf Grognon.

— Prends ça, dit Rock en lui tendant sa gourde.

Ils l'avaient vidée la veille au soir. Enfin, plus exactement, Vanessa l'avait vidée ; c'était le seul moyen qu'elle avait trouvé pour faire passer la barre de céréales aux copeaux de bois pimentés. Rock était visiblement déjà retourné à la rivière pour la remplir.

Heureusement que Vanessa n'était pas du genre à dormir comme un bébé pendant qu'un groupe de tueurs de la CIA remontait sa piste... La honte ! Elle n'avait pas entendu Rock s'en aller ni revenir.

Ceci dit, le Cajun savait se montrer incroyablement furtif. Peut-être pas au niveau de Spectre, le tireur d'élite des Black Knights capable de vous flanquer la trouille de votre vie tant il était silencieux, mais clairement parmi les meilleurs. Et Vanessa devait l'admettre, elle était loin d'en faire partie.

Portant la gourde à ses lèvres, elle hésita en se rappelant les organismes microscopiques qui pullulaient dans l'eau de la jungle, la plupart assez méchants pour transformer une personne en bonne santé en machine à suer, chier et se convulser.

— Tu as mis des comprimés d'iode dedans ? demanda-t-elle.

Le regard que Rock lui décocha semblait remettre en cause la validité de ses deux diplômes universitaires.

— Ce n'est pas ma première fois dans la jungle, *chère*, répliqua-t-il d'une voix où perçait l'agacement.

D'accord, elle n'était pas seule à être de mauvaise humeur ce matin.

Haussant les sourcils, elle le dévisagea par-dessus la gourde tout en laissant l'eau fraîche au goût légèrement chimique humecter son gosier parcheminé.

— Pardon, dit-il avec une grimace. Apparemment, jouer à cache-cache avec deux escouades de tueurs *me* transforme en Schtroumpf Grognon.

Oui... il y avait ça.

D'accord, il était temps d'admettre qu'il y avait des sujets d'inquiétude autrement plus sérieux que son ego blessé. Au premier rang de leurs soucis figurait le groupe d'agents bien décidés à loger une balle dans le crâne de Rock... et le sien aussi, à en juger par la fusillade de la veille.

Voilà ce qui arrivait quand on frayait avec un traître supposé... Car elle croyait toujours à ce « supposé », n'est-ce pas ?

Oui. Oui, j'ai foi en lui.

Même si, durant le peu de temps qu'ils avaient passé ensemble, il avait lâché deux remarques énigmatiques – « tu ne sais rien de rien à mon sujet » et « qu'est-ce qui te rend si sûre que mon nom puisse effectivement être blanchi ? » – qui avaient fait renaître chez elle l'ombre d'un minuscule commencement de doute.

Elle détestait ce sentiment. Détestait regarder cet homme qui avait su gagner son respect et son affection – oui, son affection, car même s'il l'avait repoussée la veille avec toute la subtilité d'un bulldozer, il s'était au moins montré honnête et c'était quelque chose qu'elle appréciait – en se demandant si elle s'était potentiellement trompée à son sujet. S'il était potentiellement capable de tuer de sang-froid...

— T'es prête ? demanda-t-il.

Elle prit une profonde inspiration et rassembla son courage.

— Autant que je puisse l'être, j'imagine.

Elle plongea son regard dans le sien, à la recherche d'un indice qui lui prouverait qu'elle avait tort de douter. Mais l'expression de Rock demeurait indéchiffrable.

— Alors, allons-y, dit-il en se détournant.

Même dans la pénombre, elle capta une lueur chagrine dans l'œil de Rock. Quelque chose en elle – quelque chose d'un peu cruel – se réjouit qu'il ressente au moins un début de malaise suite à leur discussion de la veille. Après avoir dynamité ses espoirs comme on rase un immeuble avant un chantier, ce n'était que justice qu'il soit ébranlé par l'onde de choc, non ?

Et pourquoi est-ce que j'ai toutes ces métaphores de BTP dans la tête depuis ce matin ?

De là à dire que son cerveau était « fermé pour travaux », il n'y avait qu'un pas. Rock avait sans doute raison : elle avait dû prendre un coup de chaleur.

Il appuya un doigt sur ses lèvres dans un geste appelant au silence – avait-elle réfléchi à haute voix ? – puis fila jusqu'à la base du tronc. Elle le suivit, progressant en crabe dans l'espace étroit, puis attendit qu'il écarte les feuillages à l'entrée. Il s'y prit avec lenteur, perçant d'abord le rideau de verdure du bout des canons de ses 9 mm. Après ce qui parut durer une éternité, il remit les armes à sa ceinture et émergea de leur cachette en écartant fougères et arbustes.

Vanessa lui emboîta immédiatement le pas. Malgré le peu de soleil filtrant à travers l'épaisse canopée, le contraste lumineux entre l'intérieur du tronc et le dehors lui fit plisser les yeux et cligner les paupières.

Alors qu'elle levait une main pour se protéger les yeux, une ombre apparut dans sa vision périphérique.

Elle eut à peine le temps de pivoter sur elle-même que Rock passait à l'action avec une rapidité extraordinaire. D'un coup de pied retourné, il fit voler le fusil-mitrailleur M4 des mains de l'agent vêtu de noir puis esquiva des manchettes qui visaient sa tête avant de décocher une série de coups de poing qui retentirent de manière bruyante et obscène au milieu des bruits de la jungle.

L'agent répondit par une série d'attaques dignes de Jet Li, mais Rock les contra systématiquement en se baissant, esquivant, parant…

Pendant quelques secondes, Vanessa contempla la scène, bouchée bée. Mais elle recouvra rapidement ses esprits et contourna les deux hommes pour récupérer l'arme tombée à terre. Agrippant le fusil, elle suivit les étapes qu'elle avait apprises à l'entraînement.

Un : frapper le chargeur de la paume pour s'assurer qu'il est parfaitement en place.

Deux : tirer le levier de chargement et s'assurer qu'une balle ou une douille s'éjecte.

Trois : lâcher le levier et actionner le mécanisme de retour de culasse.

Quatre : se tourner et tirer.

Mais lorsqu'elle pivota sur elle-même pour braquer le M4 sur leur agresseur, ce fut pour constater que son aide n'était plus nécessaire. Rock immobilisait l'agent à l'aide d'un étranglement tout en lui tordant violemment le bras dans le dos. Dressé sur la pointe des pieds, le commando tentait de se libérer en lançant de sa main libre des coups inefficaces que Rock ne semblait même pas sentir.

Le cœur de Vanessa s'était emballé, le pouls battant à ses oreilles. Si bien qu'elle fut à la fois stupéfaite et impressionnée d'entendre Rock dire, sur un ton remarquablement calme :

— Ça fait un mal de chien, hein ?

Leur assaillant répondit par un grognement aigu. Il avait le visage rouge et les yeux exorbités.

— Combien de temps avant que ton équipe arrive ? demanda Rock.

Comme l'autre se contenta d'un « va te faire foutre » crispé, Rock lui tordit encore un peu plus le bras.

Vanessa ne put retenir une grimace de compassion en voyant ses traits déformés par la douleur.

— J'te baise ! répliqua l'homme.

— Désolé, t'es pas mon genre.

Rock relâcha suffisamment la pression pour que le teint du commando cesse de se violacer, mais pas assez pour lui laisser une chance de s'échapper ou de reprendre son souffle et tenter une contre-attaque.

C'était assez incroyable de voir avec quelle aisance et quelle rapidité Rock avait neutralisé la menace. Vite fait, bien fait. Le tout sans faire couler de sang, seulement les larmes d'un agent de la CIA en mauvaise posture.

— Comme je n'entends aucun de tes petits copains foncer à ton secours, malgré tout le boucan que tu fais, j'en déduis que tu es tout seul par ici. Si je devais émettre une hypothèse, je dirais que vous avez tellement élargi les recherches que vous êtes à, quoi ? Vingt ou trente minutes les uns des autres ? Après tout, la jungle est vaste, *non* ?

Le visage de l'agent devait avoir confirmé à Rock qu'il avait tapé dans le mille car un sourire entendu apparut sur ses lèvres avant qu'il poursuive :

— À présent, mon ami*, voici comment je vois les choses. D'après moi, tu as trois possibilités. Un : je peux veiller à ce que tu ne puisses jamais tirer de nouveau avec ce bras, ce qui aura un impact indéniable sur le reste de ta carrière. Deux : je peux laisser ma copine ici présente te mettre une balle dans la jambe qui garantira que tu ne marcheras plus pendant au moins six mois. Avec, là encore, un impact non négligeable sur ta carrière.

L'agent tourna ses yeux rougis et exorbités vers Vanessa. Elle haussa un sourcil pour confirmer qu'elle n'hésiterait pas à faire exactement ce que Rock avait dit.

— Ou trois : tu peux être un gentil garçon et cesser de lutter afin qu'on puisse te ligoter sans perdre de temps.

— Vous... vous n'allez pas me tuer ? haleta l'homme, dont le front était couvert de sueur.

— Allons, pourquoi je ferais ça ? répondit Rock, sourcils froncés. Tu n'as fait que suivre les ordres.

Vanessa vit l'homme scruter les alentours avant d'incliner vivement le cou en arrière pour croiser le regard de Rock. Il dut y trouver ce qu'il cherchait car il esquissa un bref hochement de tête en disant :

— D'accord. Ligotez-moi.

— Bon choix, commenta Rock avec un clin d'œil.

Il se tourna vers Vanessa.

— À présent, *chère*, j'aurais besoin que tu récupères en vitesse mon paquet de liens en plastique dans la poche centrale de mon paquetage.

Passant la sangle du M4 sur son épaule, Vanessa se sentit un peu comme Rambo – sans le bandana rouge de la mort – et fit ce que Rock lui demandait.

Moins de quatre-vingt-dix secondes plus tard, l'agent se retrouva ligoté à un petit arbre, pieds et poings liés par les attaches en plastique et la bouche recouverte d'un gros morceau de Scotch.

Vanessa s'écarta de leur agresseur maîtrisé et se tourna vers Rock. Même s'ils étaient encore dans les ennuis jusqu'au cou, elle se sentait envahie par un merveilleux sentiment de légèreté.

— Quoi ? grogna-t-il.

Les coins de son bouc s'affaissèrent autour d'une lèvre inférieure vaguement boudeuse.

— Pourquoi tu me souris comme un opossum qui vient de se dégoter une patate douce ? demanda-t-il.

— Tu n'as *pas* tué ces hommes, n'est-ce pas ? Tu n'es vraiment pas coupable.

Il laissa échapper un profond soupir et passa une main dans sa barbe avant de plisser les yeux pour observer les feuillages au loin.

— Bien sûr que non, dit-il à mi-voix.

— Je le savais ! lança Vanessa en levant le poing en l'air.

Un poing levé, carrément. Rock ne put retenir un sourire en coin. À part le fumeur de joints à la fin de *Breakfast Club*, il n'avait jamais vu quelqu'un faire ça.

— Je savais que ces accusations étaient montées de toutes pièces, reprit-elle.

Elle poussa le commando ligoté du bout du pied et tendit le doigt vers Rock.

— Quand vos copains vous trouveront, dites-leur de laisser Rock tranquille. Il est innocent. Franchement, s'il avait vraiment abattu tous ces types, vous pensez qu'il y aurait réfléchi à deux fois avant de vous tuer ? Non.

Elle secoua la tête, absolument sûre d'elle.

— Et autre chose...

— On n'a pas le temps, l'interrompit Rock qui la sentait prête à se lancer dans une diatribe enflammée. Il faut qu'on se tire, tout de suite.

Vanessa cligna les yeux, prise de court.

— Oh. Heu... ouais, bien sûr.

Mais au lieu de le rejoindre, elle donna un nouveau coup de talon dans la jambe de l'agent.

— Je suis sérieuse, siffla-t-elle. Vous leur direz, d'accord ?

En la voyant ainsi, avec ses beaux cheveux noirs – à présent raccourcis au couteau – jusqu'aux épaules et son fusil sanglé dans le dos, en train de prendre sa défense comme une tigresse déterminée à l'innocenter, il se sentit craquer... juste un peu.

Mon Dieu, cette fille, c'est vraiment quelque chose !

Mais il secoua la tête et se rappela toute la douleur qui accompagnait immanquablement le fait d'aimer quelqu'un, se remémora les yeux enfoncés et la peau cireuse de Lacy durant les derniers mois jusqu'à sentir sa résolution se durcir de nouveau.

Visiblement satisfaite de voir l'agent hocher vigoureusement la tête, Vanessa rejoignit Rock d'un pas tranquille, l'air triomphant. Et lorsqu'elle leva les yeux vers lui, la lueur rêveuse dans son regard l'inquiéta plus que si elle avait jeté une grenade dans sa direction.

— Sors cette idée de ta jolie caboche ! lui lança-t-il comme un avertissement.

Après quoi, il rajusta son paquetage et s'enfonça dans la jungle.

— Quelle idée ? s'enquit-elle en lui emboîtant le pas.

— Celle qui susurre « oh, Rock, tu es mon chevalier blanc, mon héros », répondit-il avec une horrible voix de fausset.

— Pfff. *Primo*, figure-toi que j'ai connu un paquet de héros dans ma vie, alors ne va pas t'imaginer que tu es si spécial que ça.

La réplique le prit de court. Car pour la première fois, il prit conscience que Vanessa avait passé l'essentiel de sa carrière en tant que spécialiste en linguistique et communication au sein des forces spéciales. C'est-à-dire entourée d'hommes non seulement remplis à ras bord de testostérone mais aussi capables de choper à peu près tout ce qui bougeait. Il se demanda combien de ces « héros » elle avait invités dans son lit.

Cette pensée fut suivie d'une décharge de jalousie si intense qu'il perdit littéralement l'équilibre. S'il n'y avait pas eu cette liane à laquelle se raccrocher, il serait tombé face contre terre. Cramponné à la plante qui n'avait rien demandé, il s'efforça de respirer à fond pour briser l'étau qui lui broyait la poitrine.

La simple vision de Vanessa cambrée sous un salopard éructant suffit à lui faire voir rouge. Il savait pourtant que c'était complètement ridicule. Il n'avait aucun

129

droit sur elle et ne voulait pas en avoir. Mais il n'arrivait pas à chasser ces images de son esprit ni cette envie dévorante d'arracher la tête à cet amant imaginaire.

— Et *secundo*, poursuivit Vanessa, sans se rendre compte qu'il était sur le point d'avoir un anévrisme, ton armure de chevalier n'est plus très blanche. Si tu veux tout savoir, elle est même un peu miteuse sur les bords. Sans vouloir te chercher des noises, l'usage d'une machine à laver et d'une bonne giclée d'eau de Cologne ne te ferait pas de mal.

Et d'un coup d'un seul, le monstre jaloux perché sur l'épaule de Rock disparut tandis qu'un éclat de rire surpris s'échappait de sa gorge.

— Eh ben... souffla-t-il.

Il traversa une zone particulièrement touffue et fit la grimace en entendant une plante craquer sous sa semelle. Ce qui, dans leur situation, revenait à agiter de grands drapeaux à l'intention de leurs poursuivants. Heureusement, si ses calculs à propos des équipiers de l'agent qu'ils avaient neutralisé étaient bons, ils disposaient d'assez d'avance pour rejoindre l'ancienne route de Rio Verde et récupérer la vieille moto de cross Bultaco Metisse de 1966 qu'il y avait dissimulée avant que les tueurs ne les rattrapent.

— Ne mâche pas tes mots, surtout, dit-il. Je tiens à ce que tu exprimes librement tes sentiments.

Vanessa émit un reniflement moqueur.

— J'ai bien vu qu'il fallait que je te fasse descendre des grands chevaux sur lesquels tu t'étais perché. Je ne voudrais pas que tu commences à souffrir du mal des hauteurs, tout ça, tout ça.

Il prit le risque de lui jeter un coup d'œil par-dessus son épaule et...

Grosse erreur.

Car elle avait les joues rougies par la chaleur, les paupières mi-closes de lassitude, la chevelure défaite et emmêlée d'avoir séché sans être brossée et il prit conscience...

C'est à ça qu'elle ressemble après avoir fait l'amour... Chaude, rougissante et les cheveux en bataille et... merde, merde, merde !

— Tu sais que t'es vraiment belle ?

Les mots avaient jailli entre ses lèvres comme s'ils étaient montés sur ressort.

La déclaration, soudaine et dénuée de sa finesse habituelle, prit Vanessa par surprise. Elle s'arrêta net et redressa vivement le menton, telle une marionnette dont on aurait brusquement tiré les fils.

Autour d'eux, la jungle pépiait, bourdonnait et ruisselait. L'odeur des feuillages humides et des orchidées exotiques emplissait l'air. Vanessa le dévisagea pendant un long moment, ses grands yeux sombres en quête d'un signe à interpréter. Mais lorsqu'il devint évident qu'il n'allait rien révéler de plus, elle haussa les épaules et reprit sa marche en écartant une longue liane qui pendait en travers du chemin.

— Je ne te comprends pas, dit elle à mi-voix.

— Tu ne serais pas la première, répliqua-t-il avant de lâcher un juron en trébuchant sur une racine.

Nom d'un chien ! Cela faisait deux fois en autant de minutes qu'il manquait chuter. Un phénomène lourd de sens pour un homme aux réflexes habituellement plus vifs que ceux d'un chat.

Mais cette femme – cet incroyable petit bout de femme – lui retournait le cerveau et l'empêchait de se concentrer au point...

— Sérieusement, reprit-elle, tu te la joues « reste loin de moi, Van, ou je te briserai le cœur » et l'instant d'après tu me balances que je suis belle. C'est quoi ce délire ? Tu serais pas une sorte de sadique, dans ton genre ?

Non. Plutôt un masochiste. En ce qui la concernait, en tout cas. Ce qui ne faisait qu'ajouter une raison de plus à la très longue liste des raisons pour lesquelles il était impératif qu'il la tienne à l'écart.

— Je ne t'ai pas dit ça pour te faire du tort, *ma belle*, admit-il en sortant son couteau pour trancher une liane.

Leurs réserves d'eau étaient dangereusement basses. Et hormis le troupeau de tueurs lancés à leurs trousses, la déshydratation constituait le plus grand danger de la jungle.

Dévissant le bouchon de sa gourde, il saisit l'extrémité de la liane et l'inséra dans l'ouverture pour y déverser l'eau dont elle était chargée. Une fois la gourde pleine, il y ajouta deux cachets d'iode avant de refermer le bouchon et de raccrocher la gourde dans son dos.

Vanessa resta silencieuse pendant toute l'opération mais, une fois qu'ils furent repartis, elle posa la question :

— Alors pourquoi tu m'as dit ça ?

Pourquoi, en effet...

Il envisagea toutes les réponses possibles avant d'opter pour la vérité.

— Sans doute parce qu'il y a de bonnes chances pour que je ne sorte pas vivant de cette histoire et que je... *merde*...

L'air autour de lui semblait plus lourd. Il allait pleuvoir. Bientôt.

— Je me dis... Je crois que je voulais que tu saches que même si ce que j'ai dit hier soir est vrai, ça n'a rien à voir avec toi et tout à voir avec moi.

— Tu n'arrêtes pas de répéter que tu ne t'en sortiras pas vivant, s'agaça-t-elle dans son dos. Mais je ne pige pas. Si tu n'as pas tué ces hommes, alors il y a forcément un moyen de te disculper. Il existe sûrement des preuves que tu n'as pas...

Rock s'arrêta, fit volte-face et surprit Vanessa en l'empoignant par les épaules. Il n'était normalement pas du genre à toucher une femme sans sa permission mais, à cet instant, il voulait être certain qu'elle comprenait ce qu'il disait. Ce qui impliquait d'avoir toute son attention.

À en juger par ses yeux écarquillés et sa bouche entrouverte, c'était le cas.

— Je ne suis peut-être pas celui qui a appuyé sur la détente, *chère*, mais ils n'en sont pas moins morts par ma faute, gronda-t-il en espérant qu'elle lirait la vérité sur son visage.

Pile au même moment, la pluie s'abattit sur eux.

9

Le cœur de Vanessa s'était mis à battre la chamade après la déclaration de Rock. Elle se tint là, sans rien dire, trempée jusqu'aux os par le torrent venu du ciel.

Morts par sa faute ? Qu'est-ce que ça veut dire ?

Avait-il... avait-il participé d'une manière ou d'une autre à ces meurtres ? Peut-être en... embauchant celui qui les avait commis ?

Mais ça n'avait aucun sens. Elle n'était plus très sûre de grand-chose à propos de Rock – cet homme était une énigme enveloppée dans un mystère et recouverte d'une barbe de trois jours – mais elle avait une certitude : il n'était pas du style à laisser quelqu'un d'autre faire le sale boulot.

Alors... quoi ? D'où sortait cette étrange déclaration ?

Elle allait lui demander de s'expliquer quand elle s'aperçut qu'il s'était déjà retourné et s'éloignait à grands pas. Vanessa n'eut d'autre choix que de serrer les dents et de s'élancer à sa suite. Seules deux pensées tournoyaient à présent dans son esprit.

Est-il innocent ? Ou est-il coupable ?

Elle avait fait tellement d'allers-retours sur ces questions durant les seize heures écoulées qu'elle avait l'impression d'être un yo-yo.

Mais même après l'avoir rattrapé, elle ne put lui demander ce qu'il avait voulu dire tant suivre son allure à travers la jungle monopolisait toute son énergie. Elle mettait les pieds dans ses empreintes, évitait ce qu'il évitait et s'arrêtait pour boire quelques gorgées d'eau iodée au goulot de la gourde quand il le faisait.

Pendant une heure, peut-être deux – elle avait perdu la notion exacte du temps – ils se frayèrent péniblement un passage dans la végétation. Il pleuvait toujours, sans que cela dissipe toutefois la chaleur étouffante.

Les lianes s'accrochaient à leurs vêtements et leurs cheveux, les plantes agrippaient leurs chevilles et les racines des arbres se dressaient pour saisir les orteils imprudents.

Les muscles de Vanessa étaient de plus en plus endoloris, son estomac se manifestait avec force grondements et autres borborygmes et le mal de crâne avec lequel elle s'était réveillée s'obstinait, têtu comme une mule, à lui ruer dans la cervelle toutes les deux minutes.

Elle était sur le point de réclamer une pause – ses jambes semblaient changées en marmelade et elle avait trébuché trois fois durant les cinq dernières minutes – quand soudain la jungle s'ouvrit devant elle, révélant qu'ils se trouvaient à flanc de montagne. Le sol à leur pied formait une pente escarpée avec, à dix mètres en contrebas, le long ruban sinueux d'une route fendant la végétation.

Sans la protection de la canopée, la pluie s'abattait sur eux tel un épais rideau. Vanessa sentit l'eau s'immiscer dans ses yeux et sa bouche mais elle s'en moquait. Cela faisait tellement de bien d'être sortie de la jungle, à l'air libre. Elle prit une profonde inspiration et tendit largement les bras en savourant la liberté de pouvoir s'étirer sans se heurter à des lianes, fougères, buissons et autres troncs...

— Tu te prends pour qui, là ? cria Rock, debout près d'elle. La reine du monde ?

Malgré le vacarme du crépitement de l'eau sur les feuillages qui étouffait sa voix et dissimulait partiellement ses traits, elle distingua son petit sourire en coin.

Vanessa n'était pas d'humeur à plaisanter, même quand la référence incluait le très délicieux Leonardo DiCaprio. Elle se tourna pour le fusiller du regard... quand la corniche de terre sur laquelle elle se tenait céda sous ses pieds.

Avec un cri que n'aurait pas renié une cow-girl sur un cheval sauvage, elle dévala le flanc de la montagne telle la version rustique d'un toboggan de parc aquatique. À ceci près que son derrière ne reposait pas sur une surface de plastique lisse, loin de là. Ce toboggan donnait plutôt dans le torrent boueux parsemé de racines glissantes et de cailloux.

Elle rebondit, dérapa et rebondit de nouveau. Chaque fois qu'elle atterrissait sur les fesses, ses dents s'entrechoquaient violemment. Son mal de tête enfla jusqu'à faire la taille d'un porte-avions.

Lorsqu'elle s'écrasa sur la route, à plat ventre, bras et jambes écartés, avec la bouche pleine de boue et le M4 qui lui rentrait dans le flanc, elle songea qu'il aurait été plus simple – et indéniablement moins douloureux – de simplement se mettre en travers de la trajectoire d'une des balles qui visaient sa tête la veille au soir.

— Bleurg... éructa-t-elle en recrachant toute la boue qu'elle avait dans la bouche.

Elle parvint ensuite, et non sans douleur, à se retourner sur le dos et ferma les yeux en laissant la pluie lui laver le visage et s'immiscer entre ses lèvres entrouvertes.

Elle se tourna pour cracher au moment même où Rock atterrissait auprès d'elle en lâchant un « humpf » sonore.

Avec des gestes lents qui donnaient l'impression que son corps entier lui faisait mal, il se mit à genoux et essuya d'un geste brusque la boue et l'eau qui lui maculaient le visage. Puis il secoua la tête pour se débarrasser de la terre humide agglutinée dans ses cheveux courts.

— Ça, c'était pas prévu... souffla-t-il.

— C'est le moins qu'on puisse dire, renchérit Vanessa.

Toujours allongée sur le dos, elle n'était pas certaine de pouvoir se relever.

— Et franchement, ça semblait beaucoup plus marrant dans *À la poursuite du diamant vert*, commenta-t-elle en clignant vainement les yeux pour chasser les gouttes de pluie.

— Ça va ?

Elle redressa péniblement le menton – c'était confirmé, sa caboche pesait désormais une tonne – pour lui adresser un regard noir qui remettait en cause non seulement son intelligence mais aussi sa santé mentale.

— Question stupide, désolé, admit-il avec une grimace. Laisse-moi préciser ma pensée : des fractures ou autres dégâts irréparables ?

— Ma fierté compte ?

— Je suis sérieux.

— Moi aussi, affirma-t-elle en s'asseyant lentement.

Toute l'horreur des dernières vingt-quatre heures, associée à l'inquiétude et au stress des six mois écoulés, lui fit brusquement monter les larmes aux yeux.

Génial ! C'est vraiment le moment idéal pour s'effondrer.

Elle se prit à espérer que Rock ne remarquerait rien sous cette pluie battante. Mais sa lèvre inférieure eut la mauvaise idée de trembler et, d'un coup, elle se retrouva de nouveau dans ses bras.

— Ah, Vanessa... Je suis vraiment désolé de te faire vivre tout ça, dit-il d'une voix douce en lui caressant gentiment l'arrière du crâne.

Tout ça ? Y incluait-il la façon dont il l'avait rejetée la veille ? Le fait que jamais – avec un J majuscule – il ne l'aimerait ?

Et voilà qu'elle pleurait carrément. Encore des larmes, nom d'un chien, et pour une tout autre raison !

Il devait vraiment la voir comme une espèce de pleureuse hystérique.

Elle qui était soi-disant venue l'aider n'était en réalité parvenue qu'à guider ses ennemis jusqu'à chez lui et à se laisser aller contre lui. Deux fois.

Allez, Van, reprends-toi !

Malgré tous ses efforts, elle fut incapable de réprimer les larmes qui coulaient le long de ses joues, plus chaudes que les gouttes de pluie. Et c'est à ce moment qu'elle prit conscience – là, dans la boue, au cœur d'une jungle lointaine, et poursuivie par des tueurs à la solde du gouvernement – qu'elle n'aurait pas voulu être ailleurs.

Car peu importaient les coups qu'elle avait encaissés, son besoin désespéré de prendre une douche ou la peur ressentie en se faisant tirer dessus, rien ne comptait plus qu'être avec Rock.

À cette pensée, ses larmes s'évanouirent plus vite qu'un mirage dans le désert et elle se figea entre ses bras.

Non, non, non. Ça ne peut pas m'arriver.

Son imitation de planche à pain géante n'avait pas échappé à Rock. Il lui redressa le menton et écarta les mèches de cheveux détrempées devant ses yeux.

— Quoi ? demanda-t-il.

Il la dévisageait de ses superbes yeux noisette tandis que l'eau ruisselait le long de son nez parfait, ses lèvres à croquer esquissant une moue interrogative.

— Qu'est-ce qu'il y a ? Qu'est-ce qui ne va pas ?

Qu'est-ce qui ne va pas ? *Qu'est-ce qui ne va pas ?*

Elle venait de comprendre qu'elle *l'aimait*. Voilà ce qui n'allait pas !

Elle l'aimait pour son courage et son honnêteté, pour sa loyauté envers ses amis. Elle l'aimait pour sa force et sa détermination et, oui, même pour son obstination. Elle l'aimait comme elle n'avait jamais aimé aucun autre homme, et il était bien décidé à... non, pire, absolument convaincu de ne jamais l'aimer. Ce qui était tout à fait acceptable tant que l'idée d'être ensemble tenait plus du fantasme que du sentiment, plus du désir que d'un semblant d'amour. La nuit précédente, son orgueil en avait pris un coup quand il lui avait fait cette déclaration. Mais à présent...

Mon Dieu...

Les paroles de Rock résonnèrent de nouveau dans sa tête : « jamais je ne tomberai amoureux de toi ». Et cette fois, les mots, aussi tranchants et mortels qu'un coup de poignard, lui transpercèrent le cœur.

Des sanglots brûlants remontèrent dans sa gorge, mais elle refusa de céder aux larmes. Si elle les laissait couler alors qu'il la regardait droit dans les yeux, il saurait, il se servirait de son incroyable talent pour comprendre ce qui se passait...

— Ce n'est rien, dit-elle en s'extrayant de son étreinte.

Elle eut l'impression d'y laisser son cœur.

J'ai une migraine infernale, ajouta-t-elle en guise d'explication.

Ignorant les protestations de son corps fourbu, elle se releva et déplaça le M4 dont le chargeur menaçait de lui perforer le rein gauche.

À ce moment, l'averse cessa aussi vite qu'elle était survenue. Dans le silence relatif qui suivit, elle sentit que Rock l'observait.

Elle tenta de prendre l'air nonchalant en étirant sa nuque douloureuse puis se plongea longuement dans l'examen d'un bouton manquant à sa chemise. À ce moment, le soleil fit son apparition et le monde autour d'eux se transforma en sauna. Son corps déjà humide se couvrit immédiatement de transpiration, mais Rock, lui, ne bougea pas d'un pouce. Il continuait à l'observer, sans doute pour tenter de lire dans son esprit.

Elle se pencha pour renouer les lacets de sa botte, puis remit soigneusement l'ourlet de son pantalon à l'intérieur de sa chaussette. Alors qu'elle commençait à être à court de distractions pour ne pas avoir à regarder Rock, elle vit du coin de l'œil qu'il se relevait.

Lorsqu'il fit un pas vers elle, son cœur – qui devait se prendre pour un haricot sauteur – lui remonta dans le gosier.

Non, non, non. N'insiste pas pour que je te réponde, supplia-t-elle intérieurement son compagnon.

Comme s'il avait capté ses pensées, Rock se dirigea finalement vers le bas-côté de cette démarche nonchalante si typique des hommes du Sud. Intriguée, elle inclina la tête pour le regarder écarter la végétation luxuriante du bord de la route comme pour y chercher un trésor caché.

Qu'est-ce qu'il… ?

La curiosité relégua brièvement sa peine de cœur à l'arrière-plan, ou en tout cas lui permit de penser à autre chose, et elle se surprit à boiter dans sa direction. Oui, elle allait avoir les fesses couvertes de bleus pendant au moins une semaine.

— Qu'est-ce que tu cherches ? demanda-t-elle.

— Une *cipó cabeludo*, répondit-il en repoussant une énorme fougère.

— Une quoi ?

— C'est une plante qui… Ah, en voilà une.

Il se redressa, l'air triomphant, et lui tendit une… Était-ce une feuille ?

Oui. Oui, c'était bien ça.

Sourcils froncés, Vanessa examina la feuille en forme de larme, verte et luisante au creux de sa paume.

— Heu… D'accord…

— Mâche-la, lui dit-il.

Elle tourna la tête et lui décocha un regard en biais, l'air sceptique.

— Tu m'as prise pour un ruminant, c'est ça ?

Le sourire qu'il lui rendit la fit frissonner. Car même si la plupart des gens n'auraient pas qualifié Rock de beau gosse, tout le monde était obligé de reconnaître que lorsqu'il souriait, il était franchement magnifique. Ces lèvres parfaites, ces yeux brillants…

— Mâche-la, insista-t-il.

— Et pourquoi ferais-je un truc pareil ?

— À cause de ton mal de tête. Ça apaisera la douleur.

Il lui fit un clin d'œil et passa un bras par-dessus ses épaules, comme s'ils étaient les meilleurs amis du monde.

Et soudain, elle sentit son petit cœur se serrer de nouveau. Se serrer jusqu'à éclater en mille morceaux. Elle avait l'impression d'avoir une boule de verre brisé battant contre son sternum. Et elle savait qu'aucune plante au monde ne pourrait y faire quoi que ce soit...

Bam ! Bam ! Bam !

Bill faillit renverser le verre de citronnade qu'il tenait à la main. Et du coin de l'œil, il vit Eve sursauter violemment tandis que quelqu'un tapait du poing contre la porte de derrière.

— Quel est le con qui... ?

Mais il n'eut pas le temps d'en dire plus avant qu'Ozzie débarque dans la pièce, suivi de près par Steady et Spectre.

— On a cru comprendre que vous tentiez de remonter le Rio de Caca sans rame ni PQ, annonça Ozzie avec son sens habituel de l'allégorie subtile. Mais pas de panique, la cavalerie arrive !

— Que Dieu nous protège, marmonna Becky en se levant.

Elle était occupée à télécharger sur son ordinateur portable toutes les informations qu'elle pouvait trouver sur les cibles supposées de Rock. Une piste qu'ils avaient déjà explorée en vain, mais elle avait besoin de s'occuper. Car aucun d'eux, y compris Becky, n'avait l'habitude de se tourner les pouces face à une situation critique.

— Avec le QI que t'as, je comprends pas comment tu fais pour t'emmêler à ce point les pinceaux dans tes métaphores ! lança-t-elle à Ozzie.

— C'est un don, répliqua-t-il.

Un grand sourire apparut sur son visage quand il aperçut Eve dans la cuisine. Il laissa tomber son sac marin sur le sol carrelé et plaqua une main contre sa poitrine.

— Franchement, Eve, chaque fois que je te vois, j'ai l'impression que tu es de plus en plus belle ! déclara-t-il sur le ton enjôleur qu'il employait toujours, Bill le savait, lorsqu'il draguait.

Eve rougit et porta la main à sa gorge tandis qu'Ozzie contournait le plan de travail pour la soulever dans les airs et déposer une bise sonore sur sa joue. Après quoi il la serra contre lui jusqu'à ce qu'elle tente de se dégager en souriant.

— Repose-moi, espèce de grosse brute ! dit-elle en riant, une lueur amusée dans ses yeux bleu saphir.

Bill, lui, serrait les mâchoires avec assez de force pour pulvériser ses plombages. Il s'attendit presque à voir de petits éclats de métal lui sortir par les oreilles sous l'effet d'une explosion de colère.

— Je te reposerai quand tu auras accepté de m'épouser, répondit Ozzie, le nez enfoui dans le cou d'Eve.

Celle-ci se débattit dans ses bras.

— Tu demandes en mariage toutes les filles que tu croises ! gloussa-t-elle. Maintenant, repose-moi !

— Ouais ! s'exclama Bill.

Lâchant le rapport qu'il était en train de lire sur les dernières innovations en matière d'explosifs, il reposa bruyamment son verre sur la table basse et se leva du canapé en lançant à Ozzie un regard capable de déclencher une combustion spontanée.

— Repose-la !

Ozzie obtempéra tout en haussant vers Bill un sourcil interrogateur. Sa tignasse de cheveux blond-roux était encore plus hirsute que d'habitude. Sans doute, songea Bill, parce qu'en recevant l'ordre de Boss de le rejoindre au plus vite, les mecs avaient sauté dans le premier vol militaire qu'ils avaient pu trouver. Ce qui signifiait qu'ils avaient passé le plus gros de la nuit dans les entrailles glacées d'un avion-cargo en tâchant de se trouver une place pas trop inconfortable au milieu de la cargaison et des filets de sécurité qui la maintenait en place.

Ozzie refit le tour du plan de travail pour piocher quelque chose dans son sac.

— Eh ben, qui a pissé dans tes Corn-Flakes ? demanda-t-il.

Bill ne put réprimer un début de sourire.

— Y a encore des gens qui emploient cette expression ?

— Ouais, moi ! affirma Ozzie avec un vigoureux hochement de tête. C'est indémodable comme vanne.

Un appareil photo numérique à la main, il entreprit de photographier la salle de séjour luxueusement décorée d'Eve.

Bill sursauta quand la voix de Spectre se fit entendre à quelques centimètres de son oreille. Ce type méritait vraiment son surnom.

— Lâche du lest au gamin, Wild Bill, dit-il. Le pauvre souffre d'un double excès de témérité et de testostérone. Et on sait tous que ce cocktail-là est fatal.

Bill se tourna vers Spectre – un homme connu pour son côté réservé et taciturne – et avait de grands yeux stupéfaits au-dessus d'une mâchoire qui devait bien lui pendre jusqu'au nombril.

— Mes oreilles m'auraient-elles trahi ? finit-il par demander. Ou est-ce que tu viens bel et bien d'aligner, genre, vingt mots à la suite ? Mais que t'a fait Ali pour te changer à ce point ?

— À mon avis, la question est plutôt de savoir ce que lui a fait à Ali, intervint Ozzie.

La sangle de l'appareil photo enroulée autour de son poignet, il parapha sa saillie d'un roulement de batterie imaginaire. *Ba-da-boum !*

— Purée…

Bill secoua la tête et échangea un regard de commisération avec Spectre.

— T'as passé combien d'heures enfermé avec lui ?

— Trop, répondit Spectre. Notre petit génie est dans une phase Pat Benatar. Cet idiot a chanté *Heartbreaker* pendant tout le trajet. Je te jure que si j'entends encore un seul « *doncha mess around with me* », je me tire une balle dans le crâne. Après quoi je *lui* tirerai une balle dans le crâne.

Ozzie ouvrit la bouche pour pointer du doigt l'absurdité d'un tel plan, mais Spectre leva son index en guise d'avertissement :

— N'y songe même pas, gamin !

— « *Heartbreaker, dream maker, love taker* », chantonna Steady en laissant tomber son sac.

Il gratifia Spectre d'un sourire sadique avant de se hisser d'un bond sur l'un des grands tabourets de la cuisine. Même débraillé et ni rasé ni douché, Carlos « Steady » Soto avait toujours l'air de sortir d'une pub dans *GQ*.

Pour tout dire, confrontée à son charisme latin, Becky l'avait un jour accusé d'être assez beau pour faire fondre les balles de ses ennemis.

— Quoi ? demanda-t-il en affichant ce que Bill supposait être un air innocent, appuyé par un haussement d'épaules. Je n'ai pas chanté la partie qui mérite une balle dans la tête.

— Voilà un vrai pote ! s'exclama Ozzie en faisant claquer sa main sur la paume de Steady.

Après quoi les deux hommes entrechoquèrent leur poing dans un geste complice.

Bill aperçut sa sœur debout au milieu de la pièce, les mains sur les hanches, le sourire aux lèvres.

Elle adorait avoir « ses gars », comme elle les appelait, réunis au même endroit, et savourait avec délectation les piques et autres vannes qu'ils s'échangeaient.

Une fois de plus, Bill se félicita d'avoir suggéré à Boss, des années plus tôt, de faire appel à Becky et son atelier de création de motos en tant que couverture pour les activités de Black Knights Inc.

Depuis son plus jeune âge, il avait compris que ce qui rendait sa petite sœur heureuse faisait aussi son bonheur à lui. À l'exception d'une chose : sa meilleure amie, Eve. Et puisqu'on en parlait...

Il se retourna pour la voir se pencher à l'intérieur du réfrigérateur afin d'en extraire tous les plats qu'elle avait préparés durant les derniers jours.

Ce goût pour la cuisine était nouveau. À l'époque où il sortait avec elle, elle n'aurait pas su faire bouillir de l'eau et encore moins préparer une délicieuse plâtrée de *linguine* au poulet.

Tu as fait du chemin, hein, ma douce ?

Et, l'espace d'un instant, il oublia toutes les peines de cœur qu'elle lui avait causées pour ne plus ressentir qu'une grande fierté. La fierté de la voir échapper au stéréotype de la jeune femme riche gâtée pourrie pour devenir quelqu'un. La fierté de constater qu'elle avait su vaincre la timidité presque paralysante qui l'affectait durant l'adolescence.

Puis elle pivota sur elle-même et leurs regards se croisèrent comme on croise le fer. Bill fut même surpris de ne pas entendre un « tching » sonore résonner à travers la pièce. Et une fois de plus, les souvenirs cruels vinrent lui taillader le cerveau comme autant de coups de baïonnette.

Il ne réussit pourtant pas à détourner les yeux et tous deux restèrent ainsi, immobiles, pendant de longues secondes. La tension entre eux en devenait presque palpable. Ou peut-être palpable tout court car Ozzie s'exclama soudain :

— Hé ! Arrêtez ça, tous les deux, vous allez faire grossir mon engin !

Pile les mots qu'il fallait pour rompre le charme.

Bill tourna la tête, le cœur transpercé d'une douleur lancinante. Au même moment, Boss fit son apparition.

— Je me disais bien que ça sentait le vestiaire et la connerie par ici ! s'exclama-t-il avec l'un de ses sourires en coin caractéristiques.

Il donna une tape dans le dos à Steady et un coup de poing affectueux dans l'épaule d'Ozzie avant de serrer la main de Spectre et de passer finalement le bras sur les épaules de Becky.

— Mais je suis content que vous soyez là, les gars. On va avoir besoin de toutes…

L'expression débonnaire sur le visage d'Ozzie avait disparu. Il passa vivement le doigt devant sa gorge et Boss s'interrompit.

En plus d'être un casse-couilles de première, Ozzie était également un agent d'exception et un authentique génie pour tout ce qui touchait à la technique et à l'électronique. En l'occurrence, il contemplait à présent l'écran de son appareil numérique avec dans les yeux une lueur de pur dégoût.

D'un geste circulaire de la main, il indiqua qu'ils devaient continuer à parler et Boss reprit :

— On va… on va devoir rassembler autant de bouches à nourrir que possible si on veut avoir une chance de terminer tous les plats qu'Eve nous a concoctés.

Ozzie hocha la tête et fit de nouveau tourner son doigt tout en se penchant pour sortir un carnet et un crayon de son sac. Becky reprit la balle au bond :

— Puisqu'on en parle, qu'est-ce qu'il y a au menu ce soir, Eve ?

— Heu… Je…

Prise de court, la jeune femme regardait autour d'elle. Ses yeux atterrirent sur Bill qui hocha lentement la tête avec un clin d'œil d'encouragement.

— Je t'en prie, dis-moi que tu nous refais ta super salade de pâtes méditerranéenne ! dit-il en écarquillant les yeux pour lui faire signe d'entrer dans son jeu.

— Oh, en fait, je… je… bégaya-t-elle d'abord.

Mais elle se reprit rapidement. Ses épaules se redressèrent, son expression s'affermit et elle se tint bien droite.

— Je n'avais pas prévu ça, je pensais plutôt commencer par une salade verte suivie de lasagnes avec du pain à l'ail. Qu'est-ce que vous en pensez, tous ?

Ils émirent divers bruits et commentaires indécis tandis qu'Ozzie griffonnait sur son carnet. Puis il tourna vers eux la page où étaient inscrits deux mots : MICRO OPTIQUE.

Oh, merde.

Pendant une fraction de seconde, le silence s'abattit sur la pièce. Puis tous continuèrent à donner le change en débattant des mérites des lasagnes et de la salade de pâtes. En sachant désormais qu'ils étaient épiés par leurs petits amis de la CIA...

10

— Tu ne vas pas les appeler pour les prévenir de notre arrivée ? cria Vanessa par-dessus l'épaule de Rock.

Cela faisait déjà trois heures et demie qu'ils filaient à grande vitesse, d'abord sur la piste pleine d'ornières qui serpentait dans la jungle puis sur la route défoncée menant à San José. Le tout juchés sur la vieille moto rouillée que Rock avait miraculeusement sortie de nulle part.

D'accord, peut-être pas de nulle part. Il l'avait extirpée de taillis dans la jungle, sur le bas-côté opposé à celui où il avait trouvé la feuille à mâcher. Laquelle, au passage, avait fait merveille.

Rock avait plongé au milieu de la végétation, écarté d'épaisses lianes et était ressorti avec ce qui ressemblait à une vieille moto tout-terrain mais tenait en réalité plutôt de l'empilement de rouages et d'acier rouillé rattachés à un moteur gémissant dont la place était à la casse.

Comparé aux peintures brillantes et aux chromes éclatants des machines faites main de chez BKI, cet engin aurait eu honte de se faire appeler « moto ».

Quant au trajet... Disons que si son derrière avait souffert en dévalant le flanc de la colline, ce n'était rien par rapport à ce qu'il subissait une fois calé à l'arrière de la moto qu'elle avait affectueusement surnommée le Tank Rouillé.

— Non ! lui répondit Rock. Je vais te déposer au parc de La Sabana. De là, tu pourras prendre un bus ou les appeler pour qu'ils viennent te chercher !

Quoi ?

Après tout ce qu'ils avaient traversé dans les dernières vingt-quatre heures, il était toujours décidé à se débrouiller sans elle ? Et sans l'aide des Black Knights ?

— Tu plaisantes ? aboya-t-elle.

Elle fut obligée de serrer les dents tandis qu'il se penchait pour prendre un virage. Au bruit que faisait la vieille bécane, Vanessa s'attendit presque à la voir se désintégrer sous leurs fesses, ou exploser dans un nuage de particules oxydées. Mais Rock redressa le guidon sans que le Tank Rouillé tombe en pièces, si bien que Vanessa put poursuivre :

— On peut vraiment t'aider, Rock ! Viens avec moi !

Il secoua la tête avant de négocier un deuxième virage, dans le sens inverse celui-là. Elle serra de nouveau les mâchoires et raffermit sa prise autour des flancs de Rock, le visage pressé contre son dos. Elle se surprit à éprouver une puissante envie d'y déposer un baiser, d'appuyer ses lèvres contre son échine pour sentir les contractions de ses muscles virils. S'enivrer de son parfum, de sa chaleur, de…

C'était officiel : elle était foutue.

Car peu importaient les choses blessantes qu'il avait pu dire ou son implication dans une histoire où il risquait sa peau, et peut-être même celle de chacun d'eux. Peu importait qu'il soit têtu, obstiné et trop prompt à vouloir tout gérer seul, ou qu'il semble décidé à se débarrasser d'elle comme on balance un plat à emporter périmé à la poubelle. Peu importait même qu'il ait juré qu'il ne ressentirait jamais ce qu'elle-même ressentait désormais pour lui.

La seule chose qui comptait, c'était qu'elle l'aimait. Qu'elle l'aimait de tout son être. Pour cette raison, elle l'aiderait, qu'il estime ou non en avoir besoin. Et s'il y avait une chose dont elle ne doutait pas, c'était que Rock avait plus de chances de s'en tirer avec les Black Knights que sans.

À la sortie du virage, elle s'avança un peu plus sur la selle, resserra ses cuisses contre ses hanches et pressa ses seins contre son dos, tout cela en tâchant – sans grand succès – d'ignorer l'explosion d'excitation qu'une proximité aussi intime, rehaussée par les vibrations du Tank Rouillé, déclenchait dans son ventre. Sentir Rock se raidir en retour l'y aida néanmoins en partie.

Première manœuvre effectuée. Passons à la deuxième...

Pressant sa paume à plat sur les tablettes de chocolat de Rock, elle prit soin d'écarter suffisamment les doigts pour que son auriculaire se retrouve à un centimètre à peine de son pénis. Le feu dans son bas-ventre s'embrasa de plus belle. Mais, comme prévu, Rock inspira profondément, tendu comme un arc par ce rapprochement sensuel, ce qui permit à Vanessa de rester concentrée sur son plan.

Et... deuxième manœuvre effectuée. Troisième ?

Profitant de cette distraction éhontée, elle passa subrepticement une main dans la poche de Rock pour récupérer son téléphone et le glisser dans la sienne.

Mission accomplie.

Elle se hâta ensuite de reculer de quelques centimètres sur la selle en éloignant son autre main de toute zone sensible. Rock se détendit visiblement.

Pour tout dire, il n'était pas le seul. Les sensations qu'elle avait éprouvées ainsi blottie contre lui, dur, chaud et tellement masculin, lui avaient fait tourner la tête. C'en était presque ridicule. Il avait vu juste sur un point : elle en pinçait vraiment pour lui. Un simple contact, un simple regard et elle était prête à arracher sa petite culotte pour le chevaucher toute la nuit.

Étant bien entendu que s'il s'y était refusé précédemment, il ne risquait pas de changer d'avis lorsqu'ils arriveraient à destination dans une demi-heure environ.

Elle sentit le remords lui nouer l'estomac à l'idée de ce qu'elle s'apprêtait à faire, mais il était hors de question de flancher.

C'est la seule solution, se dit-elle malgré la petite voix agaçante dans un coin de son crâne qui lui susurrait que Rock ne le lui pardonnerait jamais.

Eh bien, si c'est le cas, tant pis. Je préfère que Rock me déteste en étant vivant plutôt que de m'apprécier en étant mort...

La petite voix en profita pour pointer du doigt l'idiotie du raisonnement : *Comment Rock pourrait-il t'apprécier s'il était mort ?* C'est à ce point précis de son débat intérieur qu'elle conseilla à la petite voix perturbatrice d'aller se faire voir.

Sa décision prise, elle se mit à gigoter sur la selle comme si celle-ci était couverte de poil à gratter *made in jungle*. Comme elle l'espérait, Rock ne tarda pas à lui jeter un regard inquiet par-dessus son épaule.

— Qu'est-ce qui t'arrive ? lança-t-il d'une voix forte pour couvrir le vrombissement suraigu du moteur. Tu t'agites comme si t'avais une colonie de fourmis rouges dans la culotte !

Elle adopta une expression d'embarras mêlé de contrariété.

— Désolée ! cria-t-elle. C'est rien !

Le long regard que Rock lui adressa avant de reporter son attention sur la route montrait qu'il n'en croyait pas un mot.

Vanessa se mordit la lèvre inférieure et continua à se tortiller sur le cuir usé de la selle. La manœuvre ravivait violemment les bleus qui lui couvraient les fesses, mais elle s'efforça de souffrir en silence.

Rock se retourna de nouveau, sourcils froncés.

— Bon, ça suffit ! C'est quoi, le problème ?

— Je dois faire pipi ! répondit-elle en veillant à grimacer de manière convaincante.

— Tu ne peux pas te retenir ?

La voyant secouer la tête, il poussa un profond soupir puis scruta la route étroite qui s'ouvrait devant eux. Au bout d'un kilomètre, Rock ralentit après avoir repéré un chemin de terre qui s'ouvrait sur leur droite. Il y engagea leur vieille bécane et roula sur une courte distance, jusqu'à ce que la forêt se referme autour d'eux. Il s'arrêta alors et coupa le contact.

Dieu que ça fait du bien !

Les oreilles de Vanessa étaient tellement soulagées qu'elle fut presque étonnée de ne pas les sentir entamer une danse de joie de chaque côté de sa tête.

— Je fais vite, promit-elle en mettant pied à terre.

Rock sortit de son paquetage une pochette de lingettes antiseptiques qu'il lui tendit.

— Tiens...

— T'es sérieux ? demanda-t-elle en haussant un sourcil. Ça risque de me brûler, non ?

— Mais non*. Ce n'est pas pour...

Il baissa les yeux vers l'entrejambe de Vanessa avant de détourner vivement le regard. Était-ce un début de rougissement qu'elle détectait sur ses joues ?

— ... pour ça, termina-t-il en se raclant la gorge.

Oui, il avait bel et bien rougi.

Ça alors. Qui l'eût cru ?

Le petit diable dans le for intérieur de Vanessa ne put s'empêcher d'insister :

— Ah oui ? Pour quoi, alors ?

Tourné vers elle, Rock fit courir son regard sur son visage taché de boue.

— Pour... faire un brin de toilette. Pas que tu en aies besoin. Tu es très bien. Tu es toujours très bien. Tu pourrais être couverte de fumier que tu serais toujours très bien. Même si tu t'ébattais dans une mangeoire à cochons, ça n'y changerait rien. Je me suis simplement dit que...

Il s'interrompit, soudain conscient de parler pour ne rien dire. Vanessa ne put s'empêcher de sourire jusqu'aux oreilles.

— Laisse tomber, maugréa-t-il.

Il fit mine de lui reprendre les lingettes, mais elle les tint hors de sa portée.

— Non, non, dit-elle. Je les prends.

En toute franchise, l'idée de pouvoir se débarbouiller un peu lui paraissait divine.

— Et tu pourrais envisager de faire la même chose, ajouta-t-elle en désignant la paume crasseuse qu'il tendait vers elle. Certains mécanos ont les mains plus propres que ça.

Rock baissa les yeux vers ses doigts tout noirs, sourcils froncés, puis lâcha une grossièreté en français avant de cacher son poing derrière son dos.

— Mais rassure-toi : je continuerais à te trouver très bien, moi aussi, même si tu étais couvert de fumier ou de bouillie pour les cochons, lança-t-elle, ravie de le voir bouche bée.

Jugeant que c'était le moment idéal, elle n'attendit pas sa réponse pour tourner les talons et s'éloigner au milieu des arbres. Elle fut immédiatement assaillie par le bourdonnement des insectes, les chants des oiseaux et les cris de singes alarmés. Ceci dit, par comparaison avec la pollution sonore du Tank Rouillé, la cacophonie de la jungle avait tout d'une symphonie.

Et c'était exactement ce dont elle avait besoin pour les quelques minutes à venir ; les bruits de la forêt vierge étoufferaient sans mal le son de sa voix.

Elle parcourut une trentaine de mètres à travers la végétation. Appuyée contre un arbre, elle huma la riche odeur des feuillages humides, un parfum bienvenu après les émanations nauséabondes de la moto qu'elle avait inhalées durant les trois dernières heures. Elle ouvrit la pochette de lingettes que Rock lui avait donnée et se nettoya les mains et le visage. Le tissu sentait l'hôpital mais surtout le propre. Désireuse d'exploiter les lingettes au maximum, Vanessa en profita pour s'essuyer également sous les bras.

Elle n'avait déjà que trop attendu ; elle sortit le téléphone de sa poche et l'alluma du bout du pouce.

Oh, regardez-moi ça ! Trois belles barres de réception !

Pourtant, elle hésitait encore. Si elle allait jusqu'au bout...

Une myriade de pensées lui traversa l'esprit, toutes avec le même résultat : Rock allait perdre le peu de confiance qu'il plaçait en elle.

Mais c'est faire ce qui est juste, se dit-elle.

Inspirant avec force pour se donner du courage, elle prit une seconde de plus pour maîtriser les tremblements dans ses doigts – *il va te tuer pour ça*, insistait sa petite voix intérieure – puis composa un numéro qu'elle connaissait par cœur.

Une série de bips et de clics confirmèrent la connexion sécurisée. Il était désormais trop tard pour reculer.

Si ça se trouve, je suis en train de rêver...

Eve examina tour à tour les visages qui l'entouraient et en conclut que, non, tout ceci était réel.

Elle se trouvait bel et bien coincée dans le dressing de la chambre principale avec une demi-douzaine d'agents secrets endurcis. Face à elle, Ozzie – les doigts posés sur ses nuisettes en soie – la gratifia d'un mouvement de sourcils suggestifs.

— Très mignon, commenta-t-il d'un air appréciateur.

— Heu... merci, répondit-elle avant de rouler des yeux tout en lui lançant un clin d'œil qui semblait dire « j'ai plein d'idées sur la manière dont tu pourrais me remercier, jolies miches ».

Car, oui, il l'avait un jour appelée ainsi. « Jolies miches ». Qui osait sortir des trucs pareils ? Ozzie, apparemment.

Ceci dit, malgré elle et malgré la tendance qu'il avait à employer des petits noms ridiculement dégradants, Eve ne pouvait pas s'empêcher d'apprécier Ozzie. Il était si... si... « facile » était sans doute le bon mot.

C'était facile de s'entendre avec lui. Facile de rire de ses frasques. Facile de ne pas le prendre au sérieux.

À l'inverse de Billy... avec qui *tout* était sérieux.

Quand on parle du loup... À la même seconde, Billy donna une tape sur la main d'Ozzie comme il aurait pu le faire avec un enfant désobéissant.

— Arrête avec ça !
— Pourquoi ? demanda Ozzie dans un faux murmure.
— Parce que c'est agaçant.
— C'est toi qu'es agaçant, répliqua Ozzie.
— Bon sang ! siffla Billy.

Il donna une nouvelle tape sur la main d'Ozzie qui faisait mine de porter la nuisette à son nez pour en respirer le parfum.

— Je t'ai dit d'arrêter !

Et même en sachant qu'Ozzie cherchait à provoquer une réaction de sa part, de celle de Billy ou de quiconque aurait envie de s'en mêler, Eve sentit ses joues s'enflammer. Cette combinaison de peau claire prompte à rougir et de timidité quasi débilitante avait toujours été un fléau dans son existence. Mais elle travaillait très dure à changer les choses...

— Rabat-joie, chuchota Ozzie avec une moue boudeuse.

Il se frotta la main comme si Billy lui avait réellement fait mal.

— La ferme, tous les deux ! ordonna Boss.

Malgré elle et son désir « d'avoir du cran », sa voix grave – rendue plus terrible encore par le peu d'espace – la fit sursauter.

Elle eut un second sursaut quand Billy posa doucement la main sur son épaule.

— Du calme, Eve. On n'a rien à craindre.

Nom de nom. À la manière dont elle bondissait dans tous les sens, on aurait pu croire qu'elle avait les pieds sur un câble électrique. Tous ceux qui se trouvaient avec elle dans le dressing devaient penser qu'elle était la pire mauviette du monde. Oui, elle pouvait presque voir l'affiche de cirque vantant ses talents...

Approchez, approchez ! Venez voir la femme si peureuse qu'elle se prend pour un kangourou !

Génial. Vraiment... génial.

Elle s'efforça de respirer à fond et se promit de s'assener un coup sur la tête si elle sursautait de nouveau sans raison. Un peu de thérapie par aversion n'avait jamais tué personne... Puis elle embrassa le groupe du regard tandis qu'une partie de son esprit notait que le contact doux et chaud de la main de Billy lui manquait à présent qu'il l'avait retirée.

— On n'a vraiment rien à craindre ? demanda-t-elle. Parce que si c'est le cas, je ne comprends pas pourquoi nous sommes tous entassés dans le dressing. Et, au passage, c'est quoi, un micro optique ?

Quand Ozzie leur avait présenté ces deux mots inscrits sur son carnet, ils s'étaient tous mis, pour la plus grande perplexité d'Eve, à déblatérer à propos de nourriture. Cela avait duré deux bonnes minutes jusqu'à ce que Steady – le médecin interne des Black Knights, d'après ce qu'elle avait compris – connecte son iPod à la station d'écoute d'Eve. Quelques secondes plus tard, le rythme endiablé d'une chanson de *Los Lobos* avait résonné à travers la maison et Boss avait fait signe à tout le monde de le suivre.

Jusqu'ici. Dans le dressing d'Eve.

— Un micro optique est un dispositif d'écoute de haute technologie indétectable non seulement à l'œil nu mais aussi à l'aide des détecteurs de micro habituels, expliqua Ozzie.

C'était étonnant de voir avec quelle facilité il passait du pitre de service à l'ingénieur spécialisé. S'il avait porté des lunettes, il les aurait sans doute remontées sur son nez avant la tirade suivante.

— Il projette un rayon lumineux à haute puissance sur une vitre afin de capter les vibrations du verre. Vibrations qu'il transforme ensuite en paroles audibles.

Mais, même si ça fait très « James Bond », le micro optique a un défaut majeur.

Eve haussa un sourcil ; elle avait envie de se pincer. Qui aurait pu croire que la riche débutante de Chicago dont le seizième anniversaire avait fait la une des gazettes mondaines se retrouvait désormais dans un dressing en compagnie d'un groupe de combattants clandestins au service du gouvernement, espionnée par... Oui, d'ailleurs, qui exactement les espionnait ?

Ce serait sa question suivante.

— Quand on éteint le filtre infrarouge d'un appareil numérique, poursuivit Ozzie, le rayon lumineux apparaît comme un point rouge sur les photos.

Il lui tendit son appareil, dont l'écran affichait une image de sa salle de séjour. Et là, au centre de la fenêtre du séjour, se trouvait un gros point lumineux.

— Vu les tendances paranos de Boss, je savais...

— Ce n'est de la parano que si personne n'en a après toi, l'interrompit Boss.

Ozzie sourit comme un gamin devant l'air bourru de son patron.

— Comme je disais, reprit-il, vu les tendances paranos de Boss, je savais que vous aviez forcément passé la baraque au détecteur de micros. Et je n'arrivais donc pas à comprendre comment ils avaient pu remonter la piste de Vanessa. Je savais qu'ils n'avaient pas pu la marquer à sa sortie de la maison. On est tous trop vigilants pour ça. Et j'ai vu son déguisement de Ricardo Ramirez : une vraie petite merveille. Donc aucune chance qu'ils aient compris qui elle était rien qu'en la voyant. Ce qui signifiait qu'ils devaient savoir qui, où et quand chercher. Ce qui n'était possible que s'ils avaient trouvé le moyen de surveiller les allées et venues ici. C'est là que ça a fait tilt : un micro optique.

Eve avait besoin de savoir.

— Qui c'est, « ils » ? demanda-t-elle.

— La CIA, répondirent Becky, Boss, Ozzie et Billy dans un bel ensemble tandis que Steady marmonnait simplement « l'Agence ».

Houlà ! Elle porta la main à son front, prise de vertiges.

Nom d'un... !

Elle savait que le gouvernement américain en avait après Rock. Cela lui avait été clairement signifié quand Becky l'avait contactée pour voir s'il était possible d'utiliser sa maison de vacances comme quartier général. Mais elle n'avait pas compris qu'en acceptant d'aider les Black Knights à innocenter Rock, elle deviendrait une cible pour « l'Agence ». Ce qui démontrait sans doute à quel point elle était naïve et crédule.

— T'inquiète pas, Eve, lui dit Becky d'une voix rassurante en serrant ses doigts dans les siens.

— Heu...

Eve cligna les yeux, franchement sceptique. Cette fois, elle se fichait éperdument d'avoir l'air de manquer de cran.

— Comment pourrais-je ne pas m'inquiéter alors que la CIA en a après nous ?

— Ce n'est pas à nous qu'ils s'intéressent, la corrigea Becky. Seulement aux informations qu'ils pensent que nous détenons.

— Ça fait vraiment une différence ?

Elle attendait que l'un d'eux lui assure qu'elle n'était pas sur le point de se retrouver enfermée dans une prison fédérale. Non pas qu'elle doute de pouvoir y survivre, ceci dit. Entre son absence totale de connaissance du monde de la rue et son statut douteux de célébrité locale, elle était certaine de se retrouver sous l'aile – et sous les ordres – d'une dénommée Grosse Gégé, Dédé la Dingue ou autre Coco la Reine du couteau. Mais, pour être franche, Eve se sentait prête à tout pour éviter ce genre de scénario...

— Oui, car jusqu'à présent, nous n'avons rien fait d'illégal, répondit Boss.

Elle leva la tête vers son visage couturé de cicatrices. La certitude qu'elle lut dans son regard la rassura.

Jusqu'à présent...

Ouais, la petite précision ne lui avait pas échappé.

— Je suis étonné qu'un micro optique fonctionne sur ces fenêtres, dit Steady en se grattant la tête.

— Quoi ? Pourquoi ? Qu'est-ce qui cloche avec mes fenêtres ? demanda Eve en se tournant vers lui

— Ce sont des modèles à double vitrage avec les stores entre les deux panneaux de verre, expliqua Ozzie.

— Je ne voulais pas de ces traitements solaires qui obscurcissent la vue, répondit-elle, sur la défensive.

Non pas qu'elle ait vraiment pu en profiter durant ce voyage ; dès leur arrivée, tous les stores avaient été baissés. Ceci dit, quel était précisément le problème ?

— Bien vu, lui dit Ozzie avec un clin d'œil rassurant. Et ça rend également l'usage d'un micro optique plus délicat car le rayon doit passer au travers d'un panneau de verre et des stores en plastique avant d'atteindre la vitre sur laquelle il pourra capter les vibrations de nos voix. Difficile, confirma-t-il avec un hochement de tête à l'intention de Steady, mais pas impossible.

— *Mierda !* jura Steady en espagnol.

— Comme tu dis, renchérit Ozzie. On va avoir besoin de vibros.

Le brusque changement de sujet prit Eve de court. Elle cligna plusieurs fois les yeux et regarda autour d'elle en se demandant si elle avait mal entendu.

Comme personne ne réagissait aux propos d'Ozzie, elle opta pour une réplique à la fois traditionnelle et d'une grande éloquence :

— Quoi ?

— Des vibros, répéta Ozzie.

D'accord, elle avait donc bien entendu.

— Une fois scotchés aux fenêtres et allumés, leurs vibrations perturberont tous les micros optiques que l'Agence essaierait d'employer.

À ce moment, et au grand dam d'Eve, tous les regards convergèrent sur elle.

— Quoi ? Pourquoi vous me regardez comme ça ? demanda-t-elle, ventre noué.

Être ainsi l'objet de l'attention générale – surtout l'attention d'agents endurcis – la faisait se sentir tel un insecte passé au microscope. Comme si quelqu'un risquait à tout moment de lui arracher une aile, comme si elle était sur le point de...

— C'est ta maison, dit Steady.

— Oui. Et alors ?

— Et alors, où sont cachés tes sex-toys ? demanda-t-il, l'air impassible.

Même en plongeant la tête la première dans un tonneau d'eau glacée, elle n'aurait pas pu éteindre le feu brûlant qui remonta depuis sa poitrine et son cou pour lui embraser les joues.

— Je... Je... Je ne...

Elle secoua la tête et fut prise d'une quinte de toux, la gorge nouée par l'embarras.

Il venait sérieusement de lui demander où elle cachait ses *sex-toys* ? Comme s'il était évident qu'elle en possédait. Le plus humiliant, c'était qu'en effet, elle...

— J'ai apporté mister Blue avec nous, s'empressa d'annoncer Becky.

Eve se demanda si le dressing s'était mis à tanguer ou si c'était seulement dans sa tête.

— Mister Blue ? répéta Billy. J'imagine qu'il vaut mieux que je n'en sache pas plus...

— C'était la doublure de Frank jusqu'à ce qu'il se décide à prendre son courage à deux mains et faire de moi une honnête femme, répondit-elle en adressant un clin d'œil à Boss.

Le sujet n'avait pas l'air de déranger le colosse.

— Et maintenant, on aime s'en servir pour...

Billy leva une main impérieuse pour couper la parole à son chef.

— Non ! dit-il. J'avais raison : je ne veux pas le savoir. Par tous les diables, je ne vais jamais réussir à me retirer cette image de la tête !

Il frissonna comme si quelqu'un avait déversé un seau plein d'araignées sous son tee-shirt.

Steady décocha à Boss un petit coup de poing goguenard. Un sourire satisfait apparut sur le visage dur du leader des Black Knights. Il arborait l'expression d'un homme aussi confiant en sa virilité qu'en sa femme. Et lorsqu'il passa un bras autour des épaules de Becky, celle-ci leva vers lui un regard souriant et plein d'une intensité qu'Eve lui envia.

Elle aurait voulu avoir la même assurance, le même culot, la capacité d'admettre qu'elle...

De nouveau, les encouragements de son professeur d'autodéfense lui revinrent à l'esprit :

Il faut oser, Eve, avoir du cran. Sortez un peu de votre coquille. Le monde entier n'attend pas de vous juger.

C'était un bon conseil. Elle le savait. Mais la vérité était que le monde l'avait bel et bien jugée, et très durement.

Malheureusement, la vie d'un homme dépendait peut-être de ce qu'elle allait faire à présent. Elle ravala donc son humiliation, se redressa sur ses jambes flageolantes et reprit la parole pour avouer :

— J'ai un petit vibro en forme de rouge à lèvres dans mon sac et un autre dans la table de nuit de la chambre. Est-ce qu'ils vous seront utiles ?

Elle fut assaillie par une puissante envie de trouver un tas de sable pour y enfouir sa tête, surtout quand Billy haussa un sourcil interrogateur. Mais elle releva le menton et tint bon face à tous les regards curieux braqués sur son visage cramoisi.

11

— Eve, petite coquine que tu es ! gloussa Becky en sortant de sa poche une sucette Dum Dum à la cerise.

Bill observait la scène sans rien dire. Ses poumons étaient comme paralysés, ses tympans bourdonnaient et son membre gonflé se pressait contre sa braguette. L'idée d'Eve se donnant du plaisir à l'aide d'un petit vibromasseur avait fait grimper sa jauge d'excitation dans la zone rouge.

Il regarda sa sœur offrir la sucette à Eve avec la même révérence que si elle lui avait remis un nouveau-né.

— C'est pour quoi faire ? demanda Eve.

Bill n'avait pas besoin de la voir rougir pour savoir qu'elle était bien plus embarrassée par sa... heu... sa petite confession (un scoop majeur, ouais !) qu'elle ne le laissait paraître. Les trémolos dans sa voix et la façon dont elle tenta de s'en débarrasser en se raclant la gorge étaient des plus révélateurs.

C'était hyper touchant... et carrément sexy !

— Pour avoir prouvé une fois de plus à quel point tu déchires sous tes airs de gentille petite fille, expliqua Becky.

Eve s'empourpra encore plus, si c'était possible.

— Je ne vois pas en quoi admettre que j'ai deux...

Elle s'interrompit, ne sachant visiblement pas très bien comment terminer sa phrase.

Ozzie saisit l'occasion au vol :

— Appareils autoérotiques ? proposa-t-il.

Eve grimaça et s'éclaircit de nouveau la voix.

— Oui. Je ne vois pas en quoi admettre que j'en possède deux prouve que je déchire. Ça me donne plutôt l'impression d'être anormale. Mais merci du compliment.

Anormale ? Admettons. Mais c'était le genre d'anormalité que Bill se sentait prêt à soutenir... des deux mains même, voire plus. Avant qu'il ne puisse se maîtriser, une image s'imposa à l'esprit de Bill : Eve, allongée sur son grand matelas garni de plumes, la tête penchée en arrière contre le coussin blanc, ses cheveux noirs défaits et ses jambes interminables écartées. Rose, moite et ouverte, elle s'apprêtait à...

Bon Dieu !

Il dut secouer la tête pour dissiper ces pensées au risque de se retrouver avec une érection de la taille de la Trump Tower. Il allait d'ailleurs devoir rajuster discrètement son entrejambe s'il ne voulait pas souffrir rapidement le martyre.

Bien entendu, son geste ne s'avéra pas si discret que ça. Ozzie l'aperçut, baissa le regard vers sa braguette puis le remonta rapidement sur son visage pour lui décocher un grand sourire moqueur. Bill y répondit par une grimace qui ne pouvait s'interpréter que d'une seule manière : « Ouais, eh ben va te faire voir ! »

— Trois, annonça Spectre de sa voix grave.

Eve sursauta comme si elle avait reçu une décharge d'aiguillon électrique. Bill pouvait difficilement le lui reprocher : Spectre était doué d'une étonnante capacité de furtivité, d'une façon de se fondre dans le décor qui faisait qu'on oubliait sa présence.

Par chance, ce mouvement de peur et l'expression d'intense embarras qui se peignit sur les traits d'Eve firent provisoirement retomber l'excitation de Bill. Puis elle eut un geste qui lui permit d'oublier ses visions de matelas de plumes, de rouge à lèvres vibrant ou de position sexy. Paupières closes, elle leva vivement le bras et fit claquer sa paume contre son front.

Tous les regards se tournèrent vers elle, amusés ou consternés.

— Thérapie aversive, déclara-t-elle en guise d'explication. Mon prof d'autodéfense dit qu'il faut que... que je montre que j'ai du cran. Ce qui, selon moi, implique d'arrêter de sursauter à la moindre occasion, termina-t-elle en se mordant la lèvre inférieure.

Et malgré lui, Bill sentit la muraille qu'il avait érigée autour de son cœur – celle pour laquelle Eve avait fourni le mortier – commencer à céder. Surtout lorsqu'elle lui décocha un regard embarrassé et incertain mais... Qu'était donc cette lueur au plus profond de ses yeux ? Cela ressemblait beaucoup à la flamme qui brillait dans le regard des agents endurcis juste avant un saut dans l'inconnu et le danger. Cela ressemblait beaucoup à l'éclat de la détermination !

Waouh. T'es vraiment en train de te réaliser, hein, ma douce ?

Il ressentit de nouveau ce début de fierté envers elle. Car si la vie lui avait enseigné une chose, c'était que se regarder soi-même avec lucidité, exposer ses défauts et ses lacunes pour essayer d'y remédier réclamait un courage dont la plupart des gens s'avéraient incapables.

— Tu penses que ce genre de thérapie marcherait sur les habitudes super chiantes d'Ozzie ? demanda Becky.

— Quelles habitudes super chiantes ? s'exclama l'intéressé.

Tous les Black Knights émirent un grognement las.

— Sérieusement, reprit Spectre, est-ce que trois... hum, appareils, suffiront ?

— Ce sera assez pour couvrir les baies panoramiques du séjour, affirma Ozzie, toute plaisanterie oubliée.

Le jeune homme avait cette étrange capacité à passer en un instant du rôle d'idiot du village à celui d'agent secret super héroïque. Bill ne comprendrait jamais comment il faisait.

— Mais nous devons quand même surveiller nos paroles. À partir de maintenant, ou jusqu'à ce qu'on mette la main sur d'autres vibros, toutes les discussions concernant la mission devront avoir lieu ici.

— D'accord, dit Boss.

Du coin de l'œil, Bill vit Eve retirer l'emballage de sa Dum Dum et la glisser entre ses lèvres. Il songea que le génie sadique qui avait inventé la sucette méritait soit la mort, soit d'être canonisé. À cet instant précis, il n'arrivait pas à décider.

— Et je pense qu'Ozzie devrait aller rendre une petite visite à nos amis de la CIA garés dans leur camionnette de l'autre côté de la rue, poursuivit le colosse.

— Pourquoi ? demanda Becky, sourcils froncés.

— Pour deux raisons. La première : leur faire savoir qu'ils ne trompent personne. La deuxième : pour voir si ça nous permet de récupérer des infos sur d'autres dispositifs que ces empaffés...

Il s'interrompit et adressa une grimace d'excuse à Eve.

— Heu... pardon pour la grossièreté.

Becky leva les yeux au ciel.

— Arrête, Frank. On s'en fout, là ! C'est pas comme si on était dans une soirée de l'ambassadeur.

Boss lui lança un regard agacé qui laissa lentement place à un sourire ravi tandis qu'il l'attirait contre lui.

— Bret, il serait bon de savoir quels autres dispositifs les mecs de la CIA ont pu déployer pour nous espionner. Sans oublier qu'il faut qu'on sache si on est surveillés par satellite, précisa-t-il.

— Pas depuis hier soir, vingt-deux heures, répondit Ozzie. J'ai vérifié tous les yeux dans le ciel. L'un d'eux est braqué sur Santa Elena mais aucun ici.

— Bien. C'est une bonne chose, commenta Boss.

— Attendez une seconde...

Eve leva la main et, du bout de sa langue, plaqua la sucette contre sa joue. Un geste rapide, imperceptible presque, mais qui n'avait pas échappé à Bill. Oh, il se

165

souvenait parfaitement du goût de cette langue, douce et sucrée. Du plaisir qu'il avait à tenir Eve dans ses bras. Si souple et tremblante et...

Bon sang !

— Vous êtes en train de me dire que vous saviez depuis le début que la CIA était là ?

— Bien sûr, répondirent Boss et Becky d'une même voix.

Bill observa le défilé des émotions sur le visage d'Eve. D'abord l'incrédulité, puis la prise de conscience et enfin la confusion. De quoi illustrer les deux carrières qu'elle pouvait oublier : agent du gouvernement et joueuse de poker.

— Mais, mais... bredouilla-t-elle en secouant la tête.

— Nous savions qu'ils gardaient un œil sur nos faits et gestes, expliqua Becky. Mais ça n'avait pas d'importance car nous n'avions pas prévu de mener une quelconque action ici. Évidemment, c'était avant qu'on sache qu'ils écoutaient toutes nos conversations, ces empaffés ! ajouta-t-elle avec un grand sourire pour Boss.

Celui-ci se contenta de rouler des yeux avant de se pencher pour l'embrasser sur le nez.

— Exact, dit-il en se redressant. Et je pense qu'on devrait...

C'est à ce moment que son téléphone entonna les premières mesures de *Don't Fear the Reaper*. Avec un juron, Boss sortit l'appareil de sa poche.

— J'écoute ! lança-t-il directement en décrochant. Vanessa ! Dieu merci... On était malades d'inquiétude !

Tous les regards convergèrent immédiatement vers le chef des Black Knights. Celui-ci se passa une main dans les cheveux.

— Ouais... ouais... Merde ! T'es sûre ?

Il balaya le dressing du regard et s'arrêta sur le carnet qu'Ozzie tenait à la main. Puis il claqua des doigts pour indiquer qu'il lui fallait de quoi noter. Ozzie lui fit passer le carnet et le stylo accroché au col de son tee-shirt *Star Trek* défraîchi.

— Combien de temps avant que vous arriviez sur place ? demanda Boss.

Il consulta la montre de plongeur qu'il portait au poignet et nota le nom d'un carrefour près du plus grand jardin public de San José.

— Ouais, on pourra y être. Veille simplement à ce que Rock ne nous descende pas en nous voyant débarquer !

Bill ne put s'empêcher de sourire. Il se moquait de ce qu'on pouvait raconter à propos de Rock : le Cajun n'aurait jamais touché à un seul de leurs cheveux.

Mais Eve, qui n'en savait rien, tourna vers lui des yeux couleur saphir grands comme des soucoupes.

— Il plaisante, Eve, lui assura-t-il. Promis, vraiment, ajouta-t-il.

Il se réprimanda intérieurement.

Pourquoi est-ce que je me sens toujours obligé de la rassurer ?

Il n'avait pas forcément envie d'avoir la réponse, mais des tréfonds de son âme une voix murmura : *parce qu'elle compte pour toi.*

Il fronça les sourcils. Non. Non, elle ne comptait pas pour lui. En tout cas pas plus que n'importe qui d'autre. N'importe qui.

Menteur ! reprit la voix dont le ton moqueur donnait à Bill envie de l'étrangler.

— On s'en occupe, affirma Boss.

Sa voix puissante ramena Bill à la réalité de la situation. Bon sang ! Se retrouver si près d'Eve, coincé dans son dressing, entouré du parfum de tous ses vêtements, nuisait carrément à sa capacité de concentration.

— Et bon boulot, au passage, lança Boss avant de raccrocher.

Il se tourna ensuite vers toute l'équipe rassemblée devant lui.

— Il est temps de se mettre en route !

— On fait quoi ? demanda Steady.
— On le ramène avec nous.

C'était censé être une bonne nouvelle, mais Boss arborait une mine étonnamment impassible. Bill comprit pourquoi quand il ajouta :

— Mais pas de son plein gré.

Oh, merde.

— Ozzie, poursuivit immédiatement le colosse, as-tu vérifié comme je te l'avais demandé que nos deux véhicules secondaires sont bien sécurisés ?

La veille de leur arrivée chez Eve, ils avaient acheté deux vieux pick-up à un fermier costaricain qui les avait laissés se servir de sa grange, où régnait une chaleur infernale, pour réviser les moteurs. Après quoi ils avaient discrètement garé les véhicules dans le garage d'une maison abandonnée un peu plus bas dans la rue. Parce que, bon, même en vacances, il était toujours utile d'avoir un moyen de se tirer en douce, n'est-ce pas ?

Et si Bill pouvait affirmer une chose à propos des Black Knights, c'était qu'ils étaient toujours parés à toutes les éventualités. On avait tôt fait d'apprendre, quand on entrait dans les forces spéciales, qu'il était préférable de transpirer beaucoup maintenant pour saigner moins ensuite...

— Affirmatif, répondit Ozzie. Dans le garage et en sécurité. J'ai vérifié les véhicules et la maison : ni micros ni dispositifs de surveillance. Rien du tout. Personne n'est au courant qu'on a une base secondaire.

— Bien, souffla Boss en se passant de nouveau la main dans les cheveux. Alors, pendant que tu iras distraire les mecs de la CIA et voir de quoi ils disposent dans leur camionnette, Bill, Steady, Spectre et moi rejoindrons discrètement la base secondaire. On récupérera les véhicules pour aller intercepter Vanessa et Rock.

Il se tourna ensuite vers sa femme.

— Becky...

Bill ravala les protestations qu'il avait au bord des lèvres. Sa petite sœur n'était plus de sa seule et unique responsabilité. Il avait encore du mal à s'en souvenir.

— Ne t'avise pas de vouloir me garder en dehors du coup, Frank ! siffla-t-elle, mains sur les hanches et narines palpitantes.

Le colosse leva les yeux au ciel.

— Ça m'a même pas effleuré l'esprit, mon amour, gloussa-t-il. Je veux qu'Eve et toi preniez son Land Rover et décampiez à toute vitesse à peu près vingt minutes après qu'on sera partis. Histoire que l'Agence vous prenne en chasse et – très important ! – il faudra vous assurer de leur offrir une belle course. S'ils donnent l'impression de se désintéresser de vous, arrêtez-vous. De préférence dans un endroit louche ou inattendu afin qu'ils se demandent ce que vous fabriquez et continuent à vous coller aux basques. Faites en sorte de les occuper jusqu'à ce qu'on revienne avec Vanessa et Rock, ce qui ne devrait pas nous prendre plus d'une demi-heure. Tu penses pouvoir faire ça ?

— C'est comme si c'était fait, confirma Becky, l'œil brillant d'excitation.

Bill coula un regard vers Eve et constata qu'elle arborait l'expression inverse de celle de Becky. Il saurait désormais de quoi l'on parlait en évoquant un teint « cendreux ». La jeune femme était si pâle qu'elle paraissait grise.

Il estima qu'il était temps d'intervenir.

— Heu... Je ne suis pas sûr qu'Eve...

— Comptez sur moi ! lança-t-elle brusquement.

Elle pivota vers lui, le menton dressé d'un air volontaire. L'attitude aurait pu être convaincante si sa lèvre inférieure ne tremblait pas comme une feuille dans le vent.

— Eve, tu n'es pas obligée de...

— J'ai dit que vous pouviez compter sur moi, déclara-t-elle.

Il ne pouvait qu'admirer sa détermination. Elle faisait preuve de courage, impossible de le nier. Car si la plupart des gens croyaient qu'être courageux revenait à affronter le danger sans avoir peur, la réalité était tout autre. Le véritable courage consistait à faire ce qui devait l'être même avec les tripes nouées par la pétoche.

— D'accord, répondit-il avec un hochement de tête.

Il fit de son mieux pour se remémorer toutes les raisons pour lesquelles il lui en voulait.

— Une dernière chose, précisa Boss. Ozzie, après que tu auras fait diversion auprès des agents, il faudrait que tu brouilles toutes les transmissions satellitaires. Je veux que personne, absolument personne, ne sache ce que nous nous apprêtons à faire.

— Aucun problème, déclara Ozzie.

Cela aurait pu passer pour de la vantardise, mais Bill savait qu'il n'en était rien. Si Boss avait voulu neutraliser tous les satellites de la planète, Ozzie, surnommé le magicien d'Oz, aurait sans doute été capable d'exaucer son souhait. Ce qui, quand Bill prenait le temps d'y réfléchir, avait de quoi vous coller la frousse. Difficile de ne pas s'inquiéter du destin du monde quand un gamin de vingt-sept ans qui adorait la musique des années 1980 et les séries de science-fiction ringardes disposait d'un tel pouvoir au bout de ses doigts. Dieu merci, Ozzie était de leur côté...

— Bien, répéta Boss. Tout le monde sait ce qu'il a à faire ?

— Affirmatif, répondirent les Black Knights à l'unisson tandis qu'Eve murmurait un « oui » tremblant.

— Alors on s'enfile un petit milk-shake au béton, histoire d'être durs comme le roc, et on y va. On a une demi-heure avant que Vanessa et Rock arrivent en ville.

En émergeant du dressing, Bill secoua la tête, sourire aux lèvres. Encore un discours de motivation à la Boss.

Un milk-shake au béton. Où va-t-il chercher des trucs pareils ?

Alors que le groupe se retrouvait dans la chambre d'Eve, Ozzie ouvrit la bouche, une lueur malicieuse dans le regard. Mais Boss intervint avant qu'il ne puisse dire quoi que ce soit.

— Si tu t'apprêtes à balancer une vanne comme quoi on sort tous du placard, Ozzie, je te jure que je te tuerai dans ton sommeil cette nuit.

— Purée, mais vous êtes tous des rabat-joie ! s'exclama Ozzie, boudeur.

Et puis, sans un mot de plus, les Black Knights passèrent à l'action.

Rock se servit d'une serviette antiseptique pour nettoyer les derniers vestiges de boue sur ses doigts avant de baisser les yeux sur sa montre puis de reporter son attention sur la piste par laquelle Vanessa s'était enfoncée dans la jungle.

Trente minutes, songea-t-il avec découragement.

Il ouvrit une nouvelle pochette pour en extraire une seconde lingette et s'essuyer le visage jusqu'à ce que l'odeur d'alcool lui brûle le nez. Trente petites minutes, une demi-heure, une goutte dans l'océan d'une existence. Et tout ce qu'il lui restait auprès d'elle...

Mon Dieu. C'était plus douloureux qu'il n'avait pu l'imaginer. Et cette douleur lui flanquait une trouille d'enfer.

C'est donc une bonne chose que tu n'aies plus que trente minutes avec elle.

Un mensonge qu'il se répéta mentalement en roulant les lingettes en boule avant de les fourrer dans une poche latérale de son paquetage accroché à l'avant de la moto. Malheureusement, il était capable de s'en convaincre. Et lorsqu'il vit Vanessa émerger de la végétation, sale, hirsute mais si belle et si sensuelle qu'il en avait le souffle coupé et des bouffées de chaleur dignes d'un gombo pimenté, il comprit que sa cause était perdue. Et qu'il était sur le point de faire quelque chose d'incroyablement stupide.

Car il venait de se rendre à l'évidence : c'était sa dernière chance. Sa dernière chance de faire quelque chose pour lui. Sa dernière chance de vivre une expérience pure et merveilleuse. Et, *oui*, il savait que c'était une erreur, mais malgré tous ses efforts, il n'arrivait pas à s'en soucier.

Il ne sortirait pas vivant de cette affaire, c'était une certitude. Le secret qui entourait son deuxième boulot – même après toutes ces années, il n'avait aucune idée de l'identité de son contact, c'est dire ! – associé à la promptitude avec laquelle on lui avait collé tous ces meurtres sur le dos démontrait qu'il avait affaire à une personne ou un groupe très puissant, très haut placé et ayant le bras très long. Il y avait donc de fortes chances pour qu'il se retrouve bientôt du mauvais côté d'une balle ou d'une seringue remplie d'assez de polonium 210 pour terrasser un cheval.

Mais pour le moment, pour les quelques minutes à venir, il allait oublier tout cela et vivre sa vie. La vivre comme il en rêvait avant qu'on ne le sorte de sa formation militaire pour faire de lui un spécialiste de l'interrogatoire. La vivre comme il en rêvait avant que le spectre ténébreux de la mort n'enveloppe tous les êtres et toutes les choses qui donnaient de la valeur à son existence. La vivre comme il en rêvait quand, jeune homme, il poussait sa pirogue sur les eaux couleur café du bayou.

À cette idée, il sentit Joyeux Drille, le mono-neurone qui siégeait au creux de son entrejambe, s'agiter avec impatience contre la braguette de son pantalon de treillis.

Tu es stupide*. C'est pour elle qu'on fait ça. On va faire tout ça pour elle, pour qu'elle se souvienne de nous...

Vanessa se rapprocha. Une partie des pensées de Rock devait se lire sur son visage car elle se détourna en l'observant du coin de l'œil, l'air vaguement inquiet.

— Quoi ? Pourquoi tu me regardes comme ça ? demanda-t-elle.

— Comme quoi, mon ange* ? s'enquit-il d'une voix qu'il ne s'étonna pas de trouver rauque.

Et comme toujours, l'oreille exercée de Vanessa capta les moindres subtilités de son ton. Il la fit frissonner malgré la chaleur. Avec des gestes vifs et efficaces, il fit passer ses pistolets de sa ceinture à son paquetage tandis qu'elle l'observait, les yeux écarquillés.

— Comme si j'étais un dîner gastronomique après un jeûne d'une semaine, finit-elle par répondre.

Elle déglutit et même le mouvement de sa gorge délicate parut sexy aux yeux de Rock.

Il tendit la main vers elle. Elle la contempla de la même manière que certaines personnes auraient pu regarder une arme chargée.

— Je veux t'embrasser, lui dit-il.

En dépit d'une idée répandue, l'honnêteté ne payait pas toujours. En tout cas pas dans la profession de Rock. Mais il avait appris très tôt qu'avec le bon type de femme, l'honnêteté permettait d'aller loin, très loin. Et Vanessa Cordero faisait indéniablement partie de ces femmes.

— Mais je croyais que tu étais pressé...

— On peut prendre quelques minutes.

Elle secoua la tête mais ne recula pas. C'était bon signe.

— Tu n'as pas dit que...

— Je veux être bien sûr que tu comprends ce que ça signifie, reprit Rock en l'interrompant de nouveau.

Il avait baissé le menton et l'observait légèrement par en dessous.

— Je veux que tu saches que ça ne change rien. Que je vais tout de même te déposer à San José et qu'on ne se reverra probablement jamais.

— Rock...

Cette fois, elle fit même un pas vers lui, une lueur suppliante dans le regard. Mais elle n'avait toujours pas saisi la main qu'il lui tendait.

173

— Ne fais pas ça, dit-elle. On peut...

— Je veux que tu saches que je t'ai désirée dès l'instant où je t'ai vue et que c'est ma dernière chance de vivre ce désir. C'est égoïste de ma part, j'en ai conscience, et je ne devrais sans doute pas te demander ça. Mais je veux quelque chose de... quelque chose de bon à emporter avec moi en partant. Est-ce que tu comprends, *chère* ?

Elle resta silencieuse un moment, son regard rivé au sien, sa poitrine oscillant au rythme de sa respiration accélérée. Et puis... bingo.

Elle plaça sa petite main dans la sienne et hocha la tête en faisant un deuxième pas vers lui.

— Je ne sais pas comment tu fais pour me convaincre de faire des choses même quand je sais très bien que je devrais refuser.

Merci, mon Dieu !

Il ferma les yeux sur cette courte prière en songeant que cette femme, cette femme magnifique, pleine de vie, merveilleuse, exauçait en substance la dernière volonté d'un condamné.

— Tu ne le regretteras pas, lui promit-il en l'attirant à lui.

Ensuite...

Que Dieu lui pardonne, il tenta d'y aller en douceur. Mais elle se plaqua contre lui, la bouche entrouverte, affamée. Et lorsque les lèvres de Rock rencontrèrent les siennes, quand elle accueillit sa langue au cœur de sa moiteur, il perdit pied.

L'instant d'après, il se retrouva adossé à la moto, tenant les fesses sublimes de Vanessa au creux de ses paumes pour mieux la frotter sur toute la longueur de l'érection qui s'éveillait chez lui dès qu'elle rôdait dans les parages.

Elle était délicieuse, sucrée, mûre et surtout pleine de désir et d'abandon. Elle faillit l'étouffer de baisers et joua de sa langue d'une manière si incroyable qu'il ne put qu'imaginer ce que cela donnerait sur...

Il gémit lorsqu'elle planta ses doigts dans sa chevelure, le forçant à s'ouvrir encore plus, se frottant à lui sans retenue et attisant encore la passion qui flambait entre eux.

Rock était assailli par un kaléidoscope d'émotions.

Allégresse, nostalgie... effroi. Parce que tout serait terminé trop vite et que ce serait la dernière fois. Plus rien après. Son passé le rattraperait ou lui-même rattraperait son passé. Dans un cas comme dans l'autre, il était probable qu'il y passe. Mais d'ici là...

Vanessa...

Elle appuya sa botte contre la boîte de vitesses de la vieille moto pour pouvoir s'approcher encore un peu plus, aligner tout à fait leurs deux corps.

La chaleur. Même dans l'atmosphère torride de la jungle, il perçut la chaleur de sa féminité écrasée contre son membre gonflé et toute pensée rationnelle quitta son esprit. Dans un mouvement rapide et fluide, il se retourna et la souleva pour l'asseoir sur la selle en cuir usé de l'engin. Puis il l'agrippa derrière les genoux et l'attira vers lui tout en s'avançant de façon qu'elle puisse refermer ses cuisses autour de ses hanches. Il se retrouva ainsi blotti contre son intimité, savourant l'accueil chaleureux qu'elle lui réservait.

Nom d'un...

Il savait qu'il aurait dû faire preuve de plus de finesse. Après tout, c'était le souvenir qu'elle garderait de lui pour le restant de ses jours. Il voulait que c'en soit un qu'elle ressortirait pour le savourer tel un morceau de chocolat noir grand cru, riche et délicieux.

Mais son fameux charme de gentleman du Sud semblait avoir disparu, remplacé par le fantôme de Gengis Khan. Il se sentait pris d'un furieux désir de piller, de conquérir, de la revendiquer comme sienne, de la... marquer ?

Oui, marquer. Il voulait laisser son empreinte sur le cœur de Vanessa, sur son âme. Il savait pourtant à quel point c'était injuste, que la dernière chose à faire était de lui laisser une impression indélébile, d'autant plus qu'elle était déjà à moitié amoureuse, ou en tout cas en passe de le devenir. Mais, salaud qu'il était, il ne put s'en empêcher. C'était la dernière femme qu'il connaîtrait jamais, la seule à lui avoir fait souhaiter que les choses puissent être différentes. Était-ce trop demander qu'elle repense à ce moment, à lui, avec émotion ?

Non. C'était même légitime. Mais pour obtenir un tel résultat, il allait devoir refréner ses ardeurs et bien faire les choses. Elle avait sans doute déjà eu son content de pelotage enfiévré et de caresses malhabiles. Rien de nouveau pour une femme aussi belle. Si Rock était décidé à lui offrir une expérience mémorable, de véritablement mémorable, alors il allait devoir ralentir trèèèès sérieusement la cadence.

12

— Qu'est-ce qui ne va pas ? chuchota Vanessa en sentant le mouvement de recul de Rock.

Ses mains viriles, qui jusque-là couraient sur tout son corps comme pour tenter d'en mémoriser chaque courbe, s'étaient écartées.

— Rien du tout, *chère*, lui assura-t-il d'une voix délicieusement grave.

Il effleura sa joue du bout des lèvres avant de descendre vers sa gorge. Il s'arrêta à l'endroit où battait son pouls pour y poser la pointe de sa langue. L'onde de plaisir descendit jusqu'à l'entrejambe de Vanessa, à l'endroit même où elle le sentait vibrer contre elle.

— J'ai simplement envie de savourer ce moment, souffla-t-il. Pas toi ?

Savourer. Ouais. Savourer était une excellente idée. Mais elle savourerait d'autant plus l'instant s'il déboutonnait son pantalon afin qu'elle puisse le prendre entre ses mains, si dur et si lisse, si masculin...

— Oui, haleta-t-elle à son oreille, ravie de sentir un frisson parcourir son corps massif.

D'accord... Rock a l'oreille sensible, on dirait...

Elle lui mordilla gentiment le lobe, l'aspira entre ses lèvres et le titilla du bout de la langue. Il répondit par un gémissement entre la torture et l'extase.

Ouais, l'oreille sensible...

Elle alterna souffles chauds et petits coups de dents et fut récompensée lorsqu'il lui agrippa de nouveau les fesses pour plaquer son érection contre elle et la stimuler exactement là où il fallait.

Si nous n'étions pas habillés, il serait déjà en moi, pensa-t-elle. *À me prendre avec force...*

Certes, il avait seulement parlé de l'embrasser, mais les choses avaient déjà dérapé bien au-delà du simple baiser. Et s'il avait décidé que ce serait l'unique occasion où il baisserait sa garde, le seul moment où il s'autoriserait à céder au désir, alors elle avait bien l'intention d'aller le plus loin possible. Jusqu'au bout, s'il la laissait faire.

Parce qu'elle l'aimait. Et parce que lorsqu'il découvrirait ce qu'elle avait fait, elle était quasi certaine – pratiquement à cent pour cent, en fait – qu'il ne s'offrirait plus d'autre moment d'égarement de ce genre. Qu'il n'en aurait sans doute même plus envie. Vu qu'il allait... comment dire... la détester à mort.

Elle chassa cette pensée, consciente qu'elle ne pouvait revenir en arrière. Inutile donc de se miner avec ça. Surtout alors qu'il était sur le point d'exaucer son vœu le plus cher, qu'elle s'apprêtait à vivre ce dont elle avait rêvé depuis le jour de son arrivée chez Black Knights Inc.

La bouche de Rock revint vers la sienne, ses lèvres viriles, si fermes et pulpeuses, si expérimentées. Oui, elle avait toujours su que Rock embrasserait bien. Avec une bouche pareille, comment aurait-il pu en être autrement ?

Ceci dit, même après avoir eu droit à un avant-goût la nuit précédente, elle était impressionnée par sa technique. Comme sa façon de lui aspirer la lèvre inférieure entre ses dents pour la mordiller doucement. Ou sa manière d'explorer sa bouche de sa langue habile en l'incitant à faire de même, puis de l'aspirer avec une intensité telle qu'elle la ressentit jusqu'au creux de son ventre et se mit à gémir et à se tortiller de désir.

Tout ce dont une femme peut rêver quand elle fantasme sur un baiser, Rock le faisait. Et cela ne paraissait ni forcé ni artificiel. C'était seulement sensuel, comme s'il savait d'instinct ce qui était bon, ce qui enflammait une femme.

Et enflammée, elle l'était. L'air dans ses poumons semblait s'être embrasé ; le sang bouillait dans ses veines et exacerbait à l'extrême la sensibilité de sa peau. Chacune de ses terminaisons nerveuses était à vif et le moindre contact avec Rock lui donnait l'impression de toucher une flamme...

Elle en voulait plus. Plus de cette étreinte. Plus de Rock. Plus, plus, plus...

Alors que leurs langues s'enchevêtraient toujours, elle se recula d'un centimètre à peine et glissa une main impatiente entre eux. Elle décrocha son ceinturon et remarqua à peine qu'il tombait au sol, trop occupée qu'elle était à chercher le bouton au-dessus de sa braguette. Elle sourit contre les lèvres de Rock en le sentant s'ouvrir dès la première pression. La fermeture Éclair suivit et le crissement des dents métalliques lui fit l'effet d'une délicieuse musique. Elle plongea alors la main à l'intérieur et...

Waouh !

Elle ne fut pas surprise de le découvrir brûlant et dur. Elle savait que ce serait le cas. Mais elle ne s'était pas attendue à une telle épaisseur, au contact de cette grosse veine pulsant au creux de sa paume. D'un seul coup, elle ressentit le besoin de voir, de regarder...

Elle se recula et baissa la tête, laissa échapper un halètement en le découvrant effrontément dressé vers elle depuis le V de son pantalon de treillis. Il était si rigide, quasi vertical. Et si gonflé, sa chair presque violette. Son gland rebondi semblait la mettre au défi et elle se serait empressée de déboutonner son propre pantalon pour s'empaler sur cette virilité décomplexée si Rock ne l'avait pas distraite en s'attaquant à sa chemise.

Elle le regarda défaire un bouton, puis un deuxième, un troisième. Il avait des mains fascinantes. Larges et hâlées, avec de longs doigts d'artiste. Difficile d'imaginer que ces seules mains avaient arraché des cris de gamine à l'agent de la CIA, mais elle l'avait vu de ses yeux. Elle savait aussi que, dans quelques minutes, ces doigts lui prodigueraient un plaisir indicible...

Un frisson d'anticipation lui parcourut l'échine au moment où Rock défaisait l'ultime bouton pour écarter les pans de sa chemise tropicale. Elle regretta l'absence d'un soutien-gorge en dentelles rouge pour accueillir le regard pénétrant de Rock ; les bandes de contention qui lui enveloppaient la poitrine et lui écrasaient les seins n'avaient vraiment rien de sexy.

— Désolée, laissa-t-elle échapper entre des lèvres soudain très sèches.

Il releva vers elle des yeux brillant dans la pénombre, la tête inclinée sur le côté.

— De quoi, *chère* ?
— Pour... Parce que je ne porte pas de lingerie sexy.

Elle haussa les épaules, penaude et en même temps si excitée qu'elle tenait à peine debout. Et en parlant d'excitation... Elle le caressa sur toute sa longueur et le regarda, fascinée, se mordre la lèvre avec un hoquet de surprise, sans toutefois la quitter des yeux.

Il y avait quelque chose d'incroyablement érotique à voir les émotions se peindre sur son visage habituellement stoïque, à deviner le plaisir qu'elle lui procurait, à voir la vague de béatitude remonter le long de son échine jusqu'à le faire frissonner et pulser lourdement entre ses doigts.

Mais alors qu'elle s'apprêtait à accélérer la cadence, il lui prit le poignet et écarta doucement sa main. Elle fronça les sourcils en comprenant qu'il l'obligeait à arrêter puis elle le vit esquisser un sourire tandis qu'il se penchait pour mordiller sa lèvre boudeuse. Ce fut alors au tour de Vanessa de lâcher un hoquet de surprise quand, d'une main, il lui maintint les poignets dans le dos et, de l'autre, dégaina son couteau.

Elle laissa échapper un souffle haché quand la pointe de la lame ultra-aiguisée pénétra sous le bord inférieur du bandage. Rock la tenait toujours prisonnière de son regard. En réponse, elle sentit son cœur battre la chamade, martelant un rythme qui résonnait à travers son corps tout entier.

— Ne bouge pas, lui dit-il, les yeux dans les yeux.

Une lueur brillait dans son regard, celle des secrets d'un homme qui avait pris le temps d'apprendre ce que voulaient les femmes...

Elle serra les dents, osant à peine respirer et encore moins bouger, tandis que la lame – dans un mouvement d'une lenteur insupportable – fendait le bandage comme s'il était dénué de substance. Ce n'est qu'une fois la dernière bande tranchée et retombée sur le côté qu'il baissa les yeux pour voir ce qu'il venait de mettre au jour.

Vanessa crut voir ses pupilles se dilater et l'entendit inspirer en sifflant.

— Tu es si belle*, murmura-t-il, sa voix à peine plus qu'un grondement rauque dans sa large poitrine.

Même sans parler français, elle connaissait le sens de ces mots. Et lorsqu'il vit le feu dans ses yeux et le frémissement des muscles puissants de sa mâchoire carrée, elle se sentit effectivement belle. Bien qu'en sueur et débraillée, avec les cheveux défaits et sans une once de maquillage, en voyant Rock la contempler avec cette espèce d'émerveillement révérencieux, elle avait l'impression d'être la plus belle femme du monde...

— Caresse-moi, supplia-t-elle en rejetant la tête en arrière, paupières closes.

— Perfection, chuchota Rock en tendant le doigt pour toucher la pointe d'un sein exquis.

181

Il déglutit et sentit le mono-neurone tressauter dans le V de son pantalon déboutonné quand le mamelon se durcit à son contact.

Comme aurait dit Ozzie, c'était un canon calibre un mètre soixante-cinq.

Elle avait tout ce qu'il fallait où il fallait : de belles fesses, des seins parfaits, ni trop gros ni trop petits, et une taille minuscule qui semblait conçue pour être enserrée par des mains d'homme.

Oui, elle avait tout cela. Un mélange explosif. Pour les sens masculins, en tout cas.

Et c'était sans compter ses mamelons. Parce que là, *waouh !* Aux yeux de Rock, c'étaient sans conteste les plus délicieux au monde. Ronds, bruns et juste assez gonflés pour surmonter l'arrondi des seins ; exactement tels qu'il les aimait. Il aurait parié le vieux couteau de chasse préféré de son père qu'elle était aussi succulente au goût qu'au regard.

Il se pencha en avant, saisit un sein au creux de sa paume et le souleva telle une offrande tout en passant le pouce sur la pointe pour qu'elle se dresse encore un peu plus. Puis il la prit en bouche. Elle était à la fois douce et salée. Sous la pellicule de sueur, il sentit le goût de la lotion mentholée dont elle s'enduisait.

Oui, succulente. Exactement comme il l'avait imaginé.

Gémissante, Vanessa libéra une main de la prise de Rock pour l'agripper par la nuque et écraser un peu plus sa bouche contre elle. Elle resserra ses jambes autour de ses hanches, talons plaqués contre ses fesses, et il sentit le tissu moite et chaud de son pantalon sur sa peau.

Par tous les saints ! *Moite !* Son excitation était telle qu'elle en avait mouillé son pantalon...

C'est à ce moment que tout bascula. Rock perdit le peu de maîtrise qui lui restait. Toutes les précautions qu'il s'était juré de respecter s'évanouirent en un instant. Il se mit à sucer sans retenue en jouant de sa langue pour l'exciter plus que jamais. Il l'entendit hoqueter, puis une sorte de gémissement aigu émergea de la gorge de Vanessa. Une supplique. Une exhortation féminine à lui en offrir toujours plus.

Et *oui*, il avait bien l'intention de lui donner satisfaction !

Passant une main entre eux, il déboutonna le pantalon de Vanessa et fit coulisser sa braguette. Puis, s'aventurant à l'intérieur, il comprit pourquoi le tissu était détrempé.

Vanessa ne portait pas de culotte.

Il se redressa en lâchant un grondement ravi quand le mamelon lui échappa de la bouche, moite et luisant, réclamant de nouveaux baisers.

Je reviendrai m'occuper de toi, promit Rock.

Il releva les yeux vers Vanessa. Dans son regard couvait cette lueur particulière qu'ont les femmes quand elles savent qu'elles vous tiennent parce que vous avez cessé de réfléchir avec le truc rond posé sur vos épaules pour vous laisser guider par le truc dur entre vos jambes.

— Tu n'as pas de culotte, murmura-t-il.

Rien d'autre sous ses doigts qu'une chair lisse et mouillée. Apparemment, Vanessa s'épilait. Intégralement.

Mon Dieu...

Comment diable pouvait-il garder son sang-froid, ne se préoccuper que d'elle, quand elle s'offrait ainsi ? Était-elle venue jusqu'au fond de cette jungle dans l'intention de lui faire perdre la tête ? Ou... pour le faire tuer ? Car il avait complètement perdu la notion du temps impossible de dire s'il s'était écoulé quelques minutes ou plusieurs heures depuis qu'ils avaient commencé – et c'était terriblement dangereux.

Mais malgré toutes ses tentatives, il semblait incapable de se raisonner. Une seule certitude : s'arrêter était impossible.

— Avec cette humidité, le frottement est insupportable, souffla-t-elle.

Elle libéra son autre main pour pouvoir le saisir au creux de sa paume, sans la moindre timidité. Elle referma les doigts autour de lui et entreprit d'aller et venir à un rythme soutenu. Rock eut l'impression que ses yeux roulaient dans leurs orbites.

Considérant qu'elle l'avait bien cherché, et que s'il ne s'occupait pas d'elle il allait se ridiculiser en jouissant plus vite qu'un gamin tout juste pubère, il écrasa ses lèvres sur les siennes et lui aspira la langue juste avant de glisser un doigt en elle.

Bon sang qu'elle était étroite. Douce comme du satin, brûlante comme le péché et tellement, tellement mouillée...

— Plus... souffla-t-elle contre ses lèvres.

À ton service.

Il inséra un deuxième doigt en elle et eut le plaisir de la sentir se resserrer autour de lui, une douce contraction qui lui donna une bonne idée du paradis auquel il accéderait s'il se servait de son couteau pour trancher l'élastique de son pantalon et lui écartait grand les cuisses pour entrer dans...

Mais il n'allait pas faire ça.

Oh non.

Il avait certes pris la décision de goûter à ce qu'elle lui offrait car c'était pour lui comme le dernier repas du condamné. Mais il avait bien l'intention de s'arrêter avant le plat principal. Car il savait qu'elle avait des sentiments pour lui.

Bien sûr, elle affirmait qu'elle ne lui reprocherait jamais d'avoir profité d'elle s'il... eh bien, s'il écoutait ses envies et la prenait comme une bête. Mais en vérité, malgré ses airs bravaches et ses protestations, Vanessa Cordero était une romantique pur jus. Et elle aurait des regrets s'il laissait les choses aller jusque-là.

Elle le regretterait en constatant qu'il ne mentait pas quand il disait ne jamais se livrer à ses émotions. Elle le regretterait en comprenant qu'il ne reviendrait pas pour elle, quoi qu'il advienne. Et elle le regretterait indéniablement lorsqu'il serait mort et enterré et qu'elle n'aurait plus aucun moyen de sauver la face en lui reprochant ces deux incartades.

Il allait donc lui offrir ce qu'il pourrait et ne prendre d'elle que ce qu'elle pouvait donner sans s'en vouloir ensuite. Et il garderait précieusement ce qu'ils partageraient. Peut-être pas dans son cœur – un organe qu'il veillait à maintenir à l'écart de la situation – mais sans doute quelque part dans son âme. *Oui*, un endroit sûr. Un endroit d'où il pourrait le ressortir pour en profiter lorsque la fin serait proche.

— Oh, Rock... haleta-t-elle.

Elle le caressait d'une manière si experte qu'il dut lutter de toutes ses forces pour ne pas céder immédiatement au plaisir. Il fallait qu'il lui rende la pareille. Vite.

Du bout du pouce, il dégagea la pelote de nerfs glissante et enflée au sommet de son sexe. Il se mit à l'effleurer de gauche à droite tout en augmentant la cadence des doigts enfoncés en elle.

— Rock, Rock...

Son nom devint une mélopée qu'elle murmura sans fin contre ses lèvres jusqu'à...

Par tous les saints, quel orgasme !

Avec un grand cri de triomphe, elle se contracta tout autour de ses doigts, aspira sa langue au plus profond de sa bouche et s'empala sur sa main avec un abandon animal qui ferait rêver n'importe quel homme. Oscillant des hanches, ses muscles intérieurs parcourus de spasmes puissants qui s'adoucirent ensuite, elle se laissa emporter par la jouissance. Et, pendant ce temps, sa main continuait à caresser le sexe dressé de Rock, allant et venant d'une manière si délicieuse qu'il sut qu'il allait devoir l'arrêter.

Il referma sa main libre sur son poignet, mais elle refusa de le lâcher, de cesser ces caresses qui le rendaient fou. Rejetant la tête en arrière dans un hoquet étranglé, Rock vit qu'elle le regardait, l'éclat d'un savoir secret et féminin brillant dans les profondeurs de ses yeux.

— A... arrête.

Ce fut le mot qu'il prononça, mais son corps, lui, réclamait « encore, encore, encore ! ». Son bassin s'était d'ailleurs incliné vers l'avant comme de son propre chef.

— Je m'arrêterai... si tu me fais l'amour, lui soufflat-elle sans cesser ni de le caresser ni de le dévisager.

Elle était l'image même de la provocation féminine.

— N...

L'espace d'un instant, le plaisir fut si intense que Rock en perdit l'usage de ses cordes vocales. Serrant le poignet de Vanessa, il parvint néanmoins à ralentir ses mouvements et trouva la force de secouer la tête.

— *Non, chère*. Je ne peux pas faire ça... Je ne ferai pas ça...

Elle le regarda pendant une longue seconde, avec ses joues rouges de désir, ses lèvres gonflées par les baisers et ses yeux sombres mi-clos sous l'effet de sa récente jouissance

Dieu qu'elle est belle !

Puis elle parut prendre une décision car son expression changea.

Oh non. Je connais ce regard !

C'était celui qu'elle lui avait décoché lors de leur face-à-face sur le sentier au cœur de la forêt de nuages. Une expression que l'on pouvait résumer en un mot : détermination.

Il eut un bref instant pour sentir un frisson d'appréhension lui parcourir l'échine, mais ce fut tout. Une unique et bien trop brève seconde pour décider de la meilleure manière de se libérer de sa prise sans se faire mal. Trop tard : elle se redressa sur la pointe des pieds pour s'emparer de ses lèvres et insérer lentement sa langue à l'intérieur de sa bouche tout en opérant un mouvement incroyable de la main. À ce moment, Rock n'oublia pas seulement qu'il était censé l'en empêcher ; il en oublia son propre nom !

C'est dingue !

Il n'aurait pas su dire ce qu'elle faisait, une sorte de torsion magique, mais il n'avait jamais ressenti un truc aussi agréable. Avant qu'il ne puisse rassembler ses pensées éparpillées, retrouver un peu de sang-froid et reprendre le contrôle, elle délaissa ses lèvres pour mieux l'embrasser au creux de l'oreille et murmurer « jouis pour moi, Rock » juste avant de lui mordre le lobe.

L'orgasme explosa en lui telle une mine terrestre, d'une façon brusque, inattendue et dévastatrice. Il y eut des flashs de couleur, des échos incompréhensibles, et le monde autour de lui se réduisit à une boule d'intenses sensations. Vanessa ne cessa pas avant d'avoir arraché les toutes dernières gouttes de plaisir à son corps tendu.

Ce n'est qu'en s'affaissant contre elle, son front sur l'épaule de la jeune femme, le souffle aussi court que s'il venait d'affronter un alligator à mains nues, qu'il prit conscience de ce qui s'était passé.

Merde ! Ce n'est pas ce que je voulais. Ce n'est pas...

— Tes pensées font un barouf incroyable, lui chuchota-t-elle en déposant une série de baisers sur le bandage qui recouvrait la blessure à son cou.

Il se recula pour la regarder, contempler la beauté de son visage, la perfection de son petit sourire triomphant. Quelque chose en lui menaçait de céder. L'espace d'un court instant, il se reprit à souhaiter que les choses soient différentes. À souhaiter avoir choisi un autre chemin toutes ces années plus tôt quand sa famille était morte, quand Lacy était morte et que le mystérieux Rwanda Don et son Projet lui avaient offert une chance d'entamer une nouvelle vie.

Immédiatement, toutefois, l'image des corps de ses parents, gonflés au point d'en être méconnaissables, s'imposa violemment à son esprit, accompagnée du souvenir de Lacy qui le regardait depuis son lit d'hôpital avec un sourire si triste. De nouveau, son cœur se durcit.

La vie était une succession de pertes. Une leçon qu'il avait apprise à la dure. Et aimer quelqu'un ne faisait qu'aggraver la perte...

Donc, non. Inutile de rêver à des circonstances différentes. Car même si tel était le cas, jamais il ne pourrait combler les attentes de Vanessa. Il ne s'autoriserait jamais à l'aimer ; il ne pourrait plus endurer une telle douleur. Et il n'allait certainement pas la laisser tomber amoureuse de lui en sachant qu'elle souffrirait de sa mort comme lui avait souffert après le décès de Lacy.

— Il faut qu'on y aille, grommela-t-il.

Il s'arracha à son étreinte malgré la douleur que ce geste faisait naître au creux de sa poitrine. Mâchoires serrées comme un étau, il sortit sa dernière pochette de lingettes et la tendit à Vanessa pour qu'elle puisse se nettoyer tandis qu'il remontait son pantalon et rangeait son couteau dans son fourreau puis se baissait pour récupérer son ceinturon.

— Rock...

Elle l'observait, la tête penchée sur le côté, une expression confuse et suppliante dans ses yeux expressifs :

— Je... je ne comprends pas, dit-elle.

Et *oui*, comment aurait-elle pu ? Il avait l'impression d'être un gros goujat.

— Je ne voulais pas que ça se passe comme ça, *mon ange*, admit-il.

Il rajusta sa ceinture et contempla le bout de ses bottes comme s'il les voyait pour la première fois.

— Quoi ? Pourquoi ?

Relevant la tête, il la vit ouvrir la pochette avec les dents et entreprendre de se nettoyer. Le rouge lui monta aux joues pendant qu'elle essuyait le résultat de son manque de contrôle sur sa main et le réservoir de la vieille moto.

Nom d'un chien, il s'était pris pour une bouteille de champagne lors d'une fête du réveillon ! Cela faisait des années qu'il ne s'était pas laissé aller ainsi.

Quel merdier à la con !

— Parce que je... commença-t-il avant de brusquement s'interrompre.

— Parce que tu quoi ? s'enquit Vanessa.

Elle fourra les lingettes usagées dans le paquetage puis lui tendit ses 9 mm.

— Pourquoi ne voulais-tu pas que ça se passe de cette façon ?

Il passa les armes à sa ceinture afin de gagner quelques secondes pour mettre au point une explication. Mais une fois les secondes écoulées…

Nada.

Il n'avait rien à dire.

— J'avais envie que ce soit exclusivement pour ton plaisir, finit-il par dire.

Elle haussa l'un de ses élégants sourcils bruns et il fut saisi du désir inexplicable de se pencher pour embrasser ce sourcil.

Non, non, non. Mauvaise idée.

Très mauvaise idée, même. Car il était absolument convaincu qu'un seul baiser suffirait à rallumer le feu en eux. Un unique baiser et cette fois, ils ne pourraient pas se contenter de se donner du plaisir avec les doigts. Non, ils iraient jusqu'au bout.

— Mais pourquoi donc avais-tu envie de ça ? demanda-t-elle.

Elle reboutonnait sa chemise, recouvrant ses seins sublimes ce qui – ouf ! – permit à Rock de cesser d'agir comme si l'arbre derrière elle était le spécimen végétal le plus fascinant du monde.

— Parce que je voulais que ce soit un bon souvenir pour toi, dit-il.

Il l'observa discrètement tandis qu'elle passait l'ourlet de sa chemise dans son pantalon puis remontait sa braguette.

— Parce que je voulais que tu puisses repenser à moi... à ce moment, avec plaisir.

— Et tu pensais qu'en te donnant un peu de plaisir en retour, ça allait, quoi, diminuer le mien ?

Non. Non, il n'avait rien pensé de tel. Mais il n'osait pas exprimer la vérité qui le terrifiait et qu'il n'avait pas même la force de s'avouer. Pour tout dire, il craignait à présent d'être dangereusement proche du genre de révélation qu'il n'avait aucune envie d'avoir...

Il se contenta donc de secouer la tête en haussant les épaules.

Elle émit un petit bruit moqueur.

— C'était idiot de ta part, tu ne crois pas ? Parce qu'au cas où tu ne l'aurais pas compris, ma fierté réclame que je donne au moins autant que je reçois.

Rock pouvait attester qu'elle ne plaisantait pas sur ce point.

13

— Tu es sûre que tu ne veux pas que je conduise ? demanda Becky tandis qu'Eve attachait sa ceinture et faisait démarrer le Land Rover.

Le véhicule s'anima avec un grondement sourd qui se répercuta à travers le garage fermé et dans la poitrine oppressée d'Eve.

— Je connais mieux la ville que toi, répondit-elle.

Elle fut elle-même surprise par le calme de sa voix alors que les nœuds de son estomac semblaient être remontés jusqu'au niveau des amygdales. Était-elle vraiment sur le point de s'engager dans une course-poursuite avec la CIA ?

Au moment d'ajuster le rétroviseur, elle capta son reflet dans le miroir et fronça les sourcils devant son air terrifié et ses grands yeux écarquillés.

Oh arrête ! Ce n'est pas comme si tu t'apprêtais à te faire tirer dessus. Tu vas simplement conduire... vite... avec la CIA aux fesses. De la folie !

D'accord, mieux valait éteindre sa petite voix intérieure, visiblement peu douée pour les encouragements. Ce qui était plutôt typique, à vrai dire, des discours qu'elle se tenait à elle-même.

D'un doigt tremblant, elle actionna la commande d'ouverture de la porte du garage et la regarda se relever avec une lenteur insupportable. La camionnette était là. Un véhicule blanc ordinaire, garé juste en face. Mais un véhicule bourré à craquer d'agents du gouvernement derrière ses vitres teintées. Ceux-là mêmes qu'elle allait devoir inciter à la suivre.

Mon Dieu...

— Tu penses vraiment pouvoir gérer ? demanda encore Becky qui scrutait ses traits pâles avec inquiétude.

Pour toute réponse, Eve prit une profonde inspiration, but une longue gorgée du milk-shake au béton imaginaire de Boss et tendit la main pour resserrer la ceinture de sécurité de son amie.

— Accroche-toi à ton siège, sœurette ! lui dit-elle.

Puis elle passa la marche arrière et, dans un grand crissement de pneus, propulsa le Land Rover en direction de la rue. Puis elle actionna la marche avant et s'éloigna dans un nuage de fumée et de caoutchouc brûlé, comme si elle avait le diable aux trousses. Le gros moteur du Land Rover gronda en enchaînant les vitesses et Eve prit un instant pour regretter d'avoir opté pour une boîte automatique. Un modèle manuel aurait été beaucoup plus adapté à ce petit exercice de conduite, mais elle allait devoir faire avec.

— Allez, allez...

Elle gardait un œil sur le rétroviseur et un autre sur la route. Sa maison de vacances était bâtie à flanc de montagne et la route qui y menait plus sinueuse qu'un serpent enroulé sur lui-même.

— Hé, les mecs de la CIA ? Vous ne voyez pas qu'on mijote un truc pas cool ? Pourquoi vous n'êtes pas en train de nous suivre ?

— Ah ! glapit Becky en agrippant la poignée au-dessus de sa portière alors que Eve négociait le virage suivant sur deux roues seulement. Où as-tu appris à conduire comme ça ?

— Mon père m'a envoyée faire un stage de conduite défensive il y a deux ou trois ans, à l'époque où un mec louche me traquait partout, répondit Eve entre ses mâchoires serrées.

Elle ramena le volant vers la droite et leur voiture longea l'extrême bord de la route, au point que la vitre de Becky donnait directement sur un précipice si escarpé qu'il aurait pu illustrer la définition du mot « vertige » dans le dico.

Pourquoi fallait-il que les vues les plus belles au monde soient aussi les plus dangereuses ? Eve ne le saurait sans doute jamais.

Sans en avoir conscience, Becky s'écarta de la fenêtre pour s'incliner vers le milieu du véhicule, comme si sa silhouette menue pouvait vraiment influencer leur trajectoire au cas où Eve perdrait le contrôle. Ce qui n'arriverait pas : Eve n'était pas douée pour grand-chose, mais elle se sentait derrière un volant comme un poisson dans l'eau.

— Conduite défensive ? hoqueta Becky. Ce... c'est plus que ça, Eve, c'est... Hé ! Attention !

Un troupeau de pécaris, les cochons sauvages du Costa Rica, traversait la route au pas de charge et Eve dut peser de tout son poids sur les freins. Le Land Rover vibra et partit en dérapage, ce qui obligea Eve à ignorer sa réaction instinctive et s'abandonner au mouvement. Mais, tout comme son professeur le lui avait promis – et comme elle avait pu le constater un million de fois à l'exercice –, la manœuvre lui permit de reprendre le contrôle et d'arrêter la voiture à trente centimètres à peine des cochons qui couinaient.

— C'était un ancien cascadeur, expliqua-t-elle.

Elle avait le souffle court et le cœur dans la zone rouge, mais tapota le volant d'un index impatient en attendant que les porcs imprévisibles aient traversé la route.

— Qui ? souffla Becky.

Elle avait appuyé un pied sur le tableau de bord et s'arc-boutait, les deux poings refermés sur la barre de sécurité au-dessus de la portière du passager.

— Mon professeur de conduite défensive, répondit Eve alors que la dernière bestiole rejoignait le bas-côté.

À ce moment exact, la camionnette blanche fit son apparition dans le virage derrière elles.

— Ils ont mordu à l'hameçon ! s'exclama-t-elle, ravie.

Elle donna un petit coup de poing victorieux sur le volant avant d'appuyer sur l'accélérateur.

— Qui êtes-vous et qu'avez-vous fait de ma copine Eve ? demanda Becky tandis qu'elles s'élançaient à flanc de montagne à une vitesse supersonique.

— Ils sont en retard, grommela Boss en consultant sa montre.

Ils s'étaient garés en face des espaces verts du parc de La Sabana, à l'endroit où une bretelle d'autoroute desservait le centre-ville de San José. Des effluves de tabac, portés par le vent depuis le magasin de cigares voisin, leur parvenaient par la fenêtre que Bill avait ouverte côté passager. Ils se mêlaient aux relents marins du poissonnier itinérant au coin de la rue et de dizaines de pots d'échappement.

Mais rien de tout cela ne lui faisait oublier que, d'après Vanessa, Rock et elle auraient dû débarquer sur leur vieille moto tout-terrain quinze minutes plus tôt.

— Appelle ta sœur, dis-lui de garder ces fichus espions à l'écart de la maison pendant un peu plus longtemps.

Avant que Boss ait terminé sa phrase, Bill avait sorti son portable et composé le numéro de Becky.

— Je m'en occupe, dit-il en attendant que la connexion sécurisée s'opère.

Becky décrocha dès la première sonnerie :

— Purée ! Tu croiras jamais où je suis.

— Becky...

Il tenta de l'interrompre, mais elle poursuivit sans l'écouter.

— Au terme d'une putain de poursuite en voiture, en plus ! Au fait, tu savais qu'Eve conduisait comme un cascadeur hollywoodien ?

— Hein ?

— Peu importe, répondit-elle. L'important, c'est que les mecs de la CIA ont commencé à se douter qu'on les faisait tourner en rond et qu'ils ont fait mine de repartir. C'est là qu'Eve a eu une inspiration géniale. Devine ce qu'elle a fait ?

Elle ne lui laissa cependant pas le temps de hasarder une réponse et poursuivit :

— Elle s'est dit qu'on pouvait faire d'une pierre deux coups, ce qui nous amène à l'endroit où je me trouve. À savoir dans la queue d'un sex-shop super sordide, à regarder Eve acheter assez de vibros pour équiper une maison close.

— Hein ?

Bon, son vocabulaire semblait s'être réduit à cette unique expression. Il devait sans doute y avoir un rapport avec le fait que sa cervelle s'était transformée en bouillie. Une simple flaque de bouillie grise. Comment expliquer autrement qu'aucun des propos de Becky n'avait le moindre sens. Cascadeur hollywoodien ? Sex-shop ? *Eve* ?

— Oh, merde ! Ils viennent d'entrer, souffla Becky. Je te laisse.

Ce fut suffisant pour ranimer le bulbe ramolli de Bill.

— Beck...

Trop tard, elle lui avait raccroché au nez.

— Merde !

Il serra les poings avant de la rappeler et, tandis que retentissaient les clics et les bips, grommela à l'intention de Boss :

— Je ne sais pas comment tu fais pour la supporter. C'est la fille la plus exasp...

— Je t'arrête là, lança Boss. Les voilà !

Effectivement, un coup d'œil par la fenêtre du côté de Boss lui permit de repérer Rock et Vanessa qui fonçaient dans leur direction au milieu des grondements d'une bécane rouillée. Même à cette distance, il était clair que leur périple n'avait pas été une partie de plaisir. La chevelure hirsute de Vanessa faisait penser à un nid de mulot et Rock donnait l'impression d'avoir pris un bain de boue, au point qu'on distinguait à peine les tatouages sur ses bras. Seul son visage était propre, laissant paraître une expression sombre et déterminée.

Rock ne devait pas beaucoup apprécier de se retrouver en ville. Difficile de l'en blâmer quand on savait qu'il avait le monde entier aux fesses. Bill éteignit son téléphone et le rangea dans la poche de son pantalon. Il appellerait sa sœur plus tard ; il était temps de lancer les festivités.

Il ouvrit la portière et descendit sur le trottoir en adressant un signe de la main à Spectre et Steady qui patientaient dans le pick-up derrière eux. Puis il monta à l'arrière du premier camion. Après que Steady eut fait de même de son côté, Bill fit claquer sa main sur la vitre arrière pour signaler à Boss qu'ils étaient prêts à l'action.

Et en matière d'action, ils allaient être servis.

Pied au plancher, Boss traversa la circulation pour pénétrer dans le parc où Rock avait arrêté sa moto. Steady et Spectre, qui étaient restés collés à leur pare-chocs arrière jusqu'à ce qu'ils aient traversé la rue, vinrent se placer à leur hauteur. Cramponné de toutes ses forces au plateau du pick-up pour ne pas être jeté à terre, Bill croisa le regard de Steady qui lui souriait de toutes ses dents depuis l'autre véhicule. Parce qu'il se réjouissait à l'idée que Rock rejoigne leurs rangs d'ici quelques secondes ou parce que ce taré aimait quand la situation s'emballait et devenait dangereuse ? Bill n'aurait pas su le dire. Un peu des deux, sans doute.

Et puis, dans une manœuvre tout droit sortie du *Manuel de conduite tactique des agents de terrain* – ce bouquin n'existait pas, mais il aurait dû –, les deux camions prirent la moto en sandwich puis rapprochèrent leurs capots jusqu'à former un V avant de s'arrêter brusquement.

Un nuage de poussière brune s'éleva autour d'eux ; le signal qu'il était temps pour Bill d'agir. Il se redressa à l'arrière du pick-up, la main sur la crosse du pistolet passé à sa ceinture. Non qu'il ait eu l'intention de s'en servir, évidemment. Mais il n'y avait pas de mal à faire un peu de cinéma.

— Salut Rock, lança-t-il alors que la poussière – qui lui laissa un goût âcre sur la langue – retombait. Tu nous as manqué, mon pote.

Rock tourna la tête vers Vanessa avec l'expression d'un homme trahi.

— Descends de la moto, dit-il avec lenteur, sa voix grave clairement audible par-dessus les grondements des trois moteurs.

Une bonne chose que Vanessa n'ait pas été du genre fragile car le ton de Rock, sans parler de son regard façon « je ne te pardonnerai jamais ce que tu viens de faire », aurait suffi à briser une femme moins solide.

— Rock, je... tenta-t-elle d'expliquer.

Mais Rock lui coupa la parole dans un rugissement :

— Descends de cette putain de moto, Vanessa !

Elle bondit au bas de la vieille machine comme si la selle lui avait soudain mordu les fesses et grimpa à l'arrière du camion de Bill. À ce moment, Rock fit ce qu'ils avaient tous imaginé qu'il ferait. Agrippant la poignée des gaz, il effectua un demi-tour serré et redémarra, la tête baissée derrière le guidon. C'est à ce moment que Bill et Steady bondirent. Littéralement.

Prenant appui sur le plateau de leurs camions respectifs, ils s'élancèrent sur Rock et le tirèrent en arrière tandis que la moto partait dans le décor. Alors qu'ils roulaient tous les trois au sol, Bill la vit du coin de l'œil rouler sur quelques mètres avant de heurter le tronc massif d'un arbre et de retomber sur le flanc.

Putain !

Il poussa un grognement quand Rock parvint à lui décocher un coup de coude dans le nez.

— Lâchez-moi ! hurla-t-il tandis que Bill et Steady tâchaient de le maîtriser. Vous ne savez pas dans quoi vous vous impliquez !

— On s'implique dans ta vie, espèce de taré de Cajun ! gronda Bill.

Au même moment, Rock parvint à libérer l'un de ses bras et lança un coup de poing dans la mâchoire de Steady.

— *Pendejo !* jura celui-ci en essayant de reprendre le bras de Rock.

Ça ne fonctionnait pas. Ce salopard était une vraie anguille ; il échappait à toutes leurs tentatives d'immobilisation.

Merde, on va le perdre !

— Un coup de pouce serait pas de refus ! s'écria Bill, le souffle court.

Il fut soulagé de voir Spectre contourner le camion pour leur prêter main-forte. Il n'aurait jamais cru ça possible, mais ils durent s'y mettre à trois pour maîtriser Rock. Et même ainsi, la baston fut rude.

Rock à terre, Bill parvint à l'immobiliser en appuyant son genou contre ses omoplates tandis que Spectre faisait de son mieux pour lui tenir les mains dans le dos. Steady sortit deux attaches autobloquantes et, dans un geste vif, lia les poignets du Cajun.

— Ne faites pas ça ! supplia Rock.

Il rua pour essayer de déloger Bill et faillit bien y parvenir. Rock avait beau être sec comme un coup de trique, avec un physique de nageur olympique, les apparences étaient trompeuses : le Cajun enragé était fort comme un bœuf.

— Espèces d'idiots ! Vous allez tous vous retrouver dans la ligne de mire. Ne faites pas ça ! Ça n'en vaut pas la peine !

Sa voix se brisa et tout chez Bill se figea. Souffle, pouls, pensées. Arrêtés net. Est-ce que... est-ce que Rock était vraiment...

— Ça n'en vaut pas la peine ! répéta le Cajun d'une voix si étranglée qu'on aurait pu croire que ses cordes vocales étaient passées au broyeur.

Ouais, Bill avait vu juste : Rock pleurait.

Nom d'un...

Une boule se forma dans sa gorge et l'ulcère dont il pensait pourtant s'être débarrassé lui planta soudain ses crocs dans les tripes. Car Rock était l'un des types les plus endurcis qu'il ait jamais rencontré, un homme qui s'était forgé une épaisse carapace émotionnelle après des années d'exposition aux horreurs de la guerre. Pour que quelqu'un comme lui se laisse aller à pleurer...

Bon, pour dire les choses crûment, la situation devait être un sacré merdier. Pire que tout ce qu'ils avaient pu imaginer.

Ce qui ne rendait que plus terrible l'idée que, pour préserver leur sécurité – et Bill ne doutait pas que ce soit sa motivation première –, Rock avait décidé d'y faire face seul. Et il n'était visiblement pas prêt à changer d'avis si l'on en jugeait par ses ruades, ses jurons et ses cris. Gros couillon altruiste qu'il était.

— En quoi nous retrouver dans la ligne de mire nous changerait de notre routine habituelle ? demanda Steady entre deux halètements.

Bill fut soulagé de voir qu'il n'était pas le seul à avoir le souffle court. Lutter avec Rock revenait à peu près à faire du kickboxing avec un kangourou. Steady entreprit d'immobiliser les pieds de Rock en s'asseyant sur ses mollets avant de les entraver avec deux attaches en plastique reliées ensemble.

Rock se débattait toujours, avec force cris et grognements. Même sans comprendre le dialecte du Cajun, Bill était presque certain qu'il les suppliait de ne pas faire ça.

199

— Magnez-vous ! lança Boss, le bras appuyé sur le montant de la portière. On est en train d'attirer l'attention !

Effectivement, quand Bill releva la tête après avoir essuyé son nez ensanglanté sur son poignet – *saleté de Cajun têtu !* –, il croisa le regard d'une femme qui les observait, horrifiée, en tenant la main d'un petit garçon brun.

— On est bon ! déclara Steady en levant les mains en l'air comme un cow-boy de rodéo qui vient de ficeler sa proie.

— Charge-le dans le camion, ordonna Boss.

Bill et Steady saisirent chacun un bras et une jambe de Rock pour le hisser sur le plateau.

Bon sang, il était aussi plus lourd qu'il n'y paraissait ! Ils le déposèrent le plus doucement possible, mais Rock luttait toujours, comme si sa vie en dépendait... ou, plus probablement, comme si *leurs* vies en dépendaient.

À ce moment-là, Bill lui-même sentit ses yeux le piquer. Surtout quand Vanessa se tourna vers l'arrière du pick-up, ses joues boueuses striées de larmes.

— Arrête de te débattre ! supplia-t-elle en s'étranglant sur un sanglot.

Bill sauta auprès de Rock pour le retourner avec précautions sur le dos.

— Je t'en prie, dit-elle. Tu vas te faire mal si tu...

— Comment as-tu pu ?! rugit Rock.

Des larmes, de la morve et du sang lui maculaient le visage ; il avait visiblement reçu un coup dans le nez durant la mêlée.

Merde.

Ils n'avaient pas eu l'intention de lui faire du mal.

— Comment as-tu pu leur faire ça ? cria-t-il encore à Vanessa.

Bill dut se plaquer la main au creux de la poitrine pour essayer de contrôler la remontée acide qui lui brûlait le gosier.

— Comment as-tu pu me faire ça ? Je t'ai fait confiance. Et tu viens de tous nous tuer !

— Hé, allons... commença Bill.

Mais il fut interrompu par Vanessa qui recula en secouant la tête :

— Non. Non, Rock, j'ai...

— Monte dans le camion, Vanessa, ordonna Boss.

Mais elle resta là, secouée par les sanglots, à agiter la tête en contemplant Rock avec... Était-ce bien... ?

Ouais. C'était clairement de l'amour qui se lisait dans son regard. Et merde, cela devait rendre les choses pires encore pour elle.

Bill baissa les yeux vers Rock en se demandant s'il savait que la nouvelle spécialiste des communications sexy de Black Knights Inc. était amoureuse de lui. Difficile à dire dans la mesure où il s'obstinait à se débattre tout en lui lançant des regards de tueur.

— Monte dans ce foutu camion, Vanessa ! tonna Boss avec assez de force pour la faire sursauter.

Ramenée à la réalité, elle se frotta les yeux de son poignet et contourna en courant le véhicule. Bill la regarda s'installer sur le siège passager avant de reporter son attention sur Rock. Il se sentait l'envie de dire sa façon de penser au Cajun pour, un : ne pas les avoir aidés à régler cette situation depuis le début et, deux : avoir passé ses nerfs et sa frustration sur Vanessa alors qu'elle n'avait fait qu'agir comme n'importe lequel d'entre eux dans de telles circonstances.

Mais ces pensées s'envolèrent dès qu'il croisa son regard. Les yeux de Rock étaient suppliants, paniqués, envahis par la peur. Et la vision de cette peur – une terreur intense chez un homme qu'il respectait énormément et en était venu à aimer comme un frère – lui arracha une larme qui s'écoula le long de sa narine gauche.

— Je t'en prie, Bill, souffla Rock sans cesser de se débattre vainement contre ses liens. Je t'en prie, ne fais pas ça ! Il faut que vous me laissiez partir. Je ne me pardonnerai jamais si...

Il n'eut pas le temps d'en dire plus avant que Bill plaque sa paume sur sa bouche. Et tandis que Rock s'agitait sous lui, Bill essuya cette larme ridicule.

Ho, les agents couillus comme nous ne sont pas censés pleurer !

— Arrête, mon pote, chuchota-t-il. T'es de retour avec nous, maintenant. Et on ne risque pas de te laisser repartir.

— Cesse de pleurer, Vanessa, avait ordonné Boss.

Elle avait fait de son mieux pour lui obéir. Vraiment. Mais l'expression sur les traits de Rock...

Incrédulité, trahison, haine. Elle y avait vu tout cela, aussi clairement que si c'était écrit en lettres de feu.

— Je... je n'aurais pas... bredouilla-t-elle en s'essuyant les joues.

Un geste vain. Les larmes ne cessaient de couler.

— Je n'aurais pas dû faire ça, réussit-elle à articuler.

Tout en s'étranglant sur un hoquet, elle se cramponna à la poignée de la portière tandis que Boss accélérait vers la sortie de la ville. Inquiète, elle jeta un regard par la vitre arrière. Bill s'était allongé près de Rock en enroulant bras et jambes autour de lui afin d'empêcher qu'il ne se cogne trop, ligoté qu'il était comme une dinde de Thanksgiving.

Et tout cela se produisait parce qu'elle l'avait trahi...

Lui. L'homme qu'elle aimait. L'homme qui lui avait sauvé la vie, l'avait aidée à maîtriser une peur quasi paralysante et n'avait pas hésité à sacrifier sa propre sécurité afin de la ramener ici, dans un endroit où *elle* serait en sûreté. L'homme qui lui avait fait confiance...

Oh, mon Dieu, qu'ai-je fait ?

— Dis pas de conneries, lui rétorqua Boss.

Il ralentit l'allure en s'engageant sur la route de montagne menant à la maison de vacances d'Eve.

— Tu as fait ce qu'il fallait, affirma-t-il. Il n'est peut-être pas de cet avis-là pour le moment, mais il finira par te remercier.

Même au travers de la vitre crasseuse, elle discernait les larmes qui se mêlaient au sang sur le visage de Rock.

Des larmes. Franchement, elle n'y aurait pas cru si elle ne les avait pas vues de ses yeux. Mais c'était vrai. Richard « Rock » Babineaux, le dur à cuire impassible et téméraire, s'était mis à pleurer. Et ça n'avait rien à voir avec son nez en sang. Non. Impossible. Car durant la période où ils avaient travaillé ensemble, elle l'avait vu traiter deux doigts cassés, un coup de couteau dans les côtes et une fêlure du tibia comme autant d'éraflures sans importance.

La remercier ? Boss pensait vraiment qu'il allait la remercier ?

— Il ne me pardonnera jamais d...

Elle s'interrompit quand Bill fit claquer sa paume contre la fenêtre. Sourcils froncés, elle le vit approcher son téléphone de la vitre. Ou plutôt ce qui restait de son téléphone. L'écran de l'appareil était fendu en deux, sans doute à la suite de l'accrochage avec Rock.

L'accrochage ? Non, c'était plus que ça, un authentique corps-à-corps. Et pendant une minute, elle avait bien cru que Rock en sortirait vainqueur, même face à trois agents massifs, agiles et déterminés. Il s'était battu comme un lion et elle avait eu mal au cœur de le voir finalement mis à terre. C'était presque comme assister à la mort d'un boxeur poids lourd sur le ring. Tant de courage, de vaillance et de détermination soudain... vaincus.

Une nouvelle vague de larmes lui monta aux yeux, mais elle parvint à les retenir assez longtemps pour prévenir Boss :

— Le téléphone de Bill est cassé. Est-ce que ça...

— Putain ! jura Boss.

Il jeta un coup d'œil dans le rétroviseur pour s'assurer que Spectre et Steady étaient toujours derrière eux.

— Appelle Becky. Dis-lui qu'on a du retard et qu'il faut qu'elle tienne ces foutus agents de la CIA à distance de la maison pendant encore un moment.

Le temps que Vanessa extirpe son téléphone de la poche de son pantalon, celui de Boss s'était mis à vibrer dans la sienne.

— C'est pas vrai ! Regarde d'abord ce que c'est, tu veux ? dit-il.

Mâchoires serrées, il négocia un nouveau virage en tenant le volant à deux mains pour garder le contrôle du pick-up sur l'étroite route de montagne.

Avec des gestes hésitants – parce que, bon, il s'agissait de Boss ; elle allait devoir plonger la main dans sa poche alors qu'elle ne se souvenait même pas de l'avoir ne serait-ce qu'effleuré auparavant – elle extirpa de son jean l'appareil bourdonnant.

— Quand on parle du loup... dit-elle en voyant le code assigné à Becky s'afficher à l'écran.

Au moment de prendre l'appel, elle fut projetée contre la portière par une brusque manœuvre de Boss et se cogna le coude. Serrant son articulation douloureuse entre ses doigts avec une grimace, elle porta le téléphone à son oreille.

— Vanessa ? Vous êtes rentrés à la maison ?

La voix de Becky trahissait son stress.

— Non. Nous sommes sur la route de montagne et...

— Merde !

Becky avait crié si fort que Vanessa faillit écarter brusquement le téléphone. Elle n'aurait pas été étonnée d'apprendre que son tympan venait d'exploser.

— Dis à Frank d'appuyer sur le champignon ! poursuivit Becky. Les agents se sont désintéressés de nous, on pense qu'ils reviennent vers vous. On a perdu leur trace après qu'un foutu train nous a coupé la route !

Comme en réponse, la clameur aiguë et solitaire d'un avertisseur de locomotive retentit dans le récepteur.

— Et pourquoi Billy ne répond pas à son téléphone ? demanda Becky.

Sans prêter attention à cette question, Vanessa se tourna rapidement vers Boss.

— Becky dit d'appuyer sur le champignon. Apparemment, les agents se sont désintéressés d'elles et ils reviennent vers nous, précisa-t-elle sans toutefois comprendre ce que cela pouvait signifier.

— Génial ! grommela Boss en écrasant l'accélérateur.

Mais ils n'avaient pas fait cent mètres que Spectre se mit à klaxonner derrière eux.

— Qu'est-ce qui lui prend ? demanda Vanessa.

Boss, lui, lâcha un chapelet de jurons si salés qu'elle se sentit rougir. Il fixait le rétroviseur du regard, les muscles de ses mâchoires crispées parcourus de tics nerveux. En se retournant sur son siège, Vanessa aperçut une camionnette blanche banalisée qui remontait à toute allure derrière Steady et Spectre.

Oh, merdum !

Le véhicule ressemblait fortement à la camionnette garée devant la maison d'Eve avant le départ de Vanessa pour Santa Elena. Pas besoin d'avoir le génie d'Ozzie pour comprendre qu'il s'agissait des agents dont parlait Becky.

— Appelle Ozzie ! beugla Boss.

Il lança le pick-up dans un nouveau virage, jouant de l'embrayage et du levier de vitesse comme un pilote de voiture de course.

— Dis-lui de garder la porte du garage ouverte parce qu'on va débouler !

14

Douleur.

C'était désormais tout l'univers de Rock. Douleur dans ses épaules bloquées et dans son dos. Douleur de son nez que Spectre avait involontairement cogné contre le sol en terre battue du parc. Douleur dans ses mains malmenées et écrasées entre lui et le plateau métallique du pick-up qui ne cessait de bringuebaler dans tous les sens.

Douleur dans son cœur...

— Je vais devoir te libérer ! lui cria Bill, agenouillé près de lui.

D'un seul coup, toutes ses souffrances furent oubliées. Avait-il convaincu Bill qu'il ne plaisantait pas ? Que le laisser partir était le seul moyen de les protéger tous ? Il sentit sa poitrine se gonfler d'espoir... avant que les paroles de Bill le ramènent brusquement à la réalité.

— On a la CIA au cul, ce qui veut dire qu'il nous faut tout le monde sur le pont !

Le pick-up fit une nouvelle embardée et Bill serra Rock contre lui pour essayer de leur éviter d'aller heurter le dessus du passage de roue rouillé.

— On ne peut pas se battre si t'es ligoté comme ça ! lança-t-il.

Se battre.

Ils étaient décidés à affronter la CIA.

Pour lui.

Bon sang !

Les militaires avaient un mignon petit acronyme pour décrire ce genre de situation : BIMI. Bordel Innommable, Merdier Irrécupérable.

Car non seulement les Black Knights étaient à présent mêlés à cette putain d'affaire, mais il semblait que son pire cauchemar soit devenu réalité. Ces connards* aussi idiots que loyaux étaient prêts à risquer leur réputation, leur liberté et même leur vie.

Pour lui.

Il aurait voulu hurler sa peur et sa frustration, piquer une bonne vieille crise. Mais c'était justement parce qu'il s'était laissé contrôler par ses émotions qu'il se retrouvait là, dans la position exacte qu'il s'était juré d'éviter à tout prix...

Pendant que Bill tranchait les liens en plastique qui lui immobilisaient les mains puis s'accroupissait pour libérer ses chevilles, Rock se demanda s'il était envisageable de sauter du camion pour épargner beaucoup d'ennuis à tout le monde. Et tant pis s'il mourait en s'écrasant à terre. Au moins ses amis resteraient-ils en vie.

Et sinon ? Dans ce cas, il se retrouverait forcément entre les mains de la CIA, ce qui faisait aussi de lui un homme mort puisqu'ils le considéraient comme un traître à la nation. Mais, là aussi, ses amis resteraient en vie...

Alors que le monde autour de lui plongeait dans le chaos, alors que Boss continuait à conduire comme un fou – à peu près trois fois trop vite pour une route de montagne aussi sinueuse – et qu'une voix sévère jaillissait d'un haut-parleur pour résonner sous la voûte des arbres et leur ordonner de s'arrêter sous peine de se faire tirer dessus, Rock sentit tout son être se figer.

Il avait pris sa décision.

207

D'accord, cela voulait dire que Rwanda Don resterait libre, que lui n'aurait jamais la possibilité de se disculper et que le véritable meurtrier de Fred Billingsworth échapperait à la justice. Mais rien ne comptait plus que ces hommes avec lesquels il avait versé le sang… un océan de sang, même. Et comme en accord avec cette décision, toutes les cicatrices sur son corps se réveillèrent sous l'effet du souvenir.

Coups de couteau, blessures par balle, os brisés. Les Black Knights avaient tout connu. Ils l'avaient porté quand il le fallait, lui avaient donné leur sang, avaient toujours, *toujours*, pris tous les risques pour qu'il sorte vivant des pires situations.

Mais pas cette fois.

Cette fois, il s'était mis tout seul dans de sales draps et il refusait que les Black Knights puissent y laisser leur réputation, leur vie, par sa faute.

Oui, c'était ce qu'il fallait faire. Dès que ses jambes furent libérées, il se redressa à genoux et se cramponna à la paroi du pick-up pour se relever en titubant.

— Qu'est-ce que tu fous ? s'écria Bill en tournant vers lui un regard alarmé.

Le jeune homme tenta de se remettre debout à son tour malgré les mouvements erratiques du camion.

— Dis à tout le monde que je suis désolé ! lui lança Rock en passant l'une de ses bottes par-dessus le rebord du plateau.

Il aurait aimé revoir une dernière fois Boss et Becky se sourire l'un à l'autre, de l'amour plein les yeux, goûter de nouveau les pâtes maison de Shell ou… ou entendre la voix rauque de désir de Vanessa quand elle s'adressait à lui.

Il se remémora leurs deux corps enlacés sur cette route perdue, leurs bouches collées l'une à l'autre, leurs mains tâtonnantes et pleines d'impatience. Une image qu'il voulait emporter avec lui. Il profita une dernière fois de la caresse de l'air humide du Costa Rica dans ses cheveux, semblable à celle des doigts de Vanessa, inspira l'odeur aigre des feuillages humides et des orchidées sauvages qui lui rappelait le goût de sa peau. À travers la vitre arrière du camion, il aperçut sa tête hirsute et comprit que c'était probablement la dernière fois qu'il posait les yeux sur elle. Il regretta de lui avoir hurlé dessus un peu plus tôt.

Elle n'avait fait que ce qui lui semblait juste. Ce que lui-même aurait fait si la situation avait été inversée…

— Dis à Vanessa que je suis désolé, que je comprends pourquoi elle a fait ça ! lança-t-il.

Avec une dernière pensée pour le monde qu'il laissait derrière lui, il prit son élan et bondit…

Mais au lieu de se retrouver dans les airs, au lieu du vol plané vers la mort qu'il avait imaginé, il se retrouva brutalement plaqué sur le dos au milieu du plateau du pick-up, la main de Bill accrochée à sa ceinture. Ses traits étaient déformés par la colère.

— Putain mais c'est quoi, ton problème ! ? rugit-il, un éclat à la fois furieux et incrédule dans le regard.

Au même moment, Boss négocia un autre virage et ils allèrent de nouveau heurter le passage de roue. *Bam !* Les côtes de Rock le sentirent passer.

Il s'agita pour repousser Bill tout en se demandant, presque avec détachement, s'il s'était fêlé une côte. Respirer lui paraissait soudain beaucoup plus difficile.

— Lâche-moi ! Je ne pourrai jamais me regarder dans la glace si…

Mais il n'eut pas le temps d'en dire plus. Une gigantesque maison de vacances venait d'apparaître sur leur droite et une voix grave jaillit de nouveau du haut-parleur :

— Dernier avertissement ! Arrêtez-vous immédiatement ou nous ouvrons le feu !

Une solution s'offrait soudain à Rock. Elle ne lui plaisait guère mais il s'en contenterait.

Agrippant l'un des SIG que Bill avait passés à sa ceinture après l'avoir désarmé, Rock appuya le bout du canon contre la cuisse de son compagnon.

— Si je dois te tirer dans la jambe pour t'obliger à me lâcher, je le ferai, promit-il.

— Trop tard ! rétorqua Bill avec un grand sourire.

L'instant d'après, Rock entendit le moteur du pick-up rétrograder violemment, puis le crissement des pneus sur le bitume. Il fut projeté en avant contre la cabine du camion. Il eut à peine le temps de reprendre ses esprits avant que Boss exécute un virage serré sur la droite en martelant une dernière fois l'accélérateur pour mieux écraser le frein ensuite.

Leur véhicule s'arrêta en tressautant à l'intérieur d'un garage bien équipé. Une fraction de seconde plus tard, celui de Spectre et Steady vint s'immobiliser sur leur droite. La porte du garage se referma en coulissant derrière eux.

Tic, tic, tic...

Pendant quelques interminables secondes, ce fut le seul bruit audible, avec les cliquetis sonores des moteurs surchauffés, une fois que Boss et Spectre eurent coupé le contact. Des étoiles voletaient encore dans le champ de vision de Rock à la suite de la rencontre inattendue entre son crâne et la cabine du pick-up. Le même genre d'étoiles que voyait le Coyote après que Bip Bip lui eut balancé une enclume sur le crâne.

Oui, il avait sans doute regardé trop de dessins animés étant gamin...

Mais lorsqu'il parvint à les dissiper en clignant les yeux et à se redresser, ce fut pour découvrir Ozzie debout près de la porte donnant sur la maison, une main posée sur le boîtier de contrôle de la porte du garage. De l'autre, il tenait une mitraillette Mk-43 Mod 1 avec autant de précautions qu'une maman berçant son bébé.

Et le gamin souriait d'une oreille à l'autre.

— Si tu savais comme c'est bon de t'avoir avec nous, Rock ! lança-t-il avec un petit rire. On commençait à s'ennuyer ferme sans toi.

— Ils sont retranchés dans la maison de Mlle Edens, annonça l'agent de la CIA.

Rwanda Don se redressa vivement sur son siège. Son pouls s'était accéléré, son souffle était court, haché. Le téléphone portable faillit même lui échapper des mains.

R.D. le rattrapa de justesse et le remit en place avant de demander :

— Il est avec eux ? Rock ? Est-ce qu'il est avec eux ? Ils ont eu confirmation visuelle ?

Bon sang, arrête de déblatérer et reprends-toi !

R.D. fit de son mieux pour conserver le peu de sang-froid qu'il lui restait face à cette situation et se radossa dans son fauteuil en cuir.

— Affirmatif.

Un mot tout simple qui lui fit pousser un long soupir silencieux tandis qu'une vague de soulagement se répandait telle une bénédiction à travers ses muscles crispés.

— Babineaux a été repéré debout à l'arrière de l'un des camions avant que le véhicule disparaisse à l'intérieur du garage de Mlle Edens. L'équipe sur place fait de son mieux pour encercler la demeure, mais ils ne sont pas suffisamment nombreux. On attend donc que les hélicos récupèrent les deux escouades encore dans la forêt de nuages puis les ramènent à San José. Dès que ce sera fait, les manœuvres offensives pourront commencer.

Des manœuvres offensives qui n'auraient probablement pas été nécessaires si les imbéciles de l'équipe d'observation étaient restés sur place, comme R.D. l'avait recommandé, au lieu de poursuivre les deux femmes !

Bon sang ! Des journées comme celle-ci l'incitaient presque à se réjouir de ne plus faire partie de l'Agence.

Sombres crétins...

Évidemment, le moment était mal choisi pour lancer un « je vous l'avais bien dit ».

— Vous êtes conscients que les Black Knights aussi ont des amis haut placés. Ils pourraient appeler...

— Ils n'appelleront personne, l'interrompit l'agent. L'équipe d'observation a activé le brouilleur de portables. Les ondes ne passeront plus autour de la maison.

Bien. Une bonne chose. On ne risquait pas de voir débouler d'autres amis et collègues de Rock.

— Vous avez mentionné des manœuvres offensives. À quoi cela correspond-il, exactement ? demanda anxieusement R.D.

Il fallait que cette histoire prenne fin. Le plus tôt serait le mieux. Après quoi la situation pourrait revenir à la normale. Enfin... la *nouvelle* normale. Car avec la disparition de Rock, le Projet, le bébé de R.D. depuis plus de cinq ans, était officiellement mort.

Mais peut-être pouvait-on encore espérer que, si les choses se déroulaient comme prévu, il finirait par être ressuscité. Il suffirait d'un minuscule changement de politique et le Projet aurait droit à un second souffle. Mais cela nécessitait la nomination du parti, qui à son tour nécessitait des fonds de campagne, qui réclamaient...

Pfff. Tout cela était tellement compliqué et mal foutu.

— C'est simple, déclara l'agent, interrompant le fil des pensées de R.D. Soit Babineaux se rend sans opposer de résistance, soit la CIA investit les lieux et tue tous les occupants. À leurs yeux, après tout, ces gens sont les complices d'un agent coupable de trahison et tueur en série reconnu.

Tueur en série ?

Si l'Agence avait vraiment connaissance du genre d'individus que Rock était censé avoir tués, ils l'auraient sans doute canonisé plutôt que de le sacrifier.

R.D. s'inclina de nouveau sur son siège et saisit la bille d'acier située à l'extrémité du pendule de Newton posé au bord du bureau en érable. Un cadeau de la part d'un patient reconnaissant. Le pendule, pas le bureau. Et contrairement aux autres présents reçus au fil des années, celui-ci n'avait pas atterri directement dans la poubelle.

Pourquoi ?

Sans doute parce qu'il lui rappelait que toute action déclenchait une réaction égale et opposée. Lâchant la bille, R.D. la regarda distraitement heurter la rangée de billes immobiles, dont la dernière s'anima dans un mouvement miroir. L'énergie cinétique à l'œuvre.

Clic, clic, clic.

Rock était semblable à cette bille. Il avait le pouvoir de déclencher une série de changements en cascade qui finiraient par réduire à néant tout ce à quoi R.D. avait œuvré pendant des années. Il avait déjà causé une série de vagues qui se propageaient encore à cet instant précis.

Investir les lieux et tuer tous les occupants.

Voilà qui résoudrait indéniablement la plupart des problèmes de R.D., si ce n'était tous. Malheureusement, on n'en arriverait jamais là. Rock ne laisserait pas les choses dégénérer à ce point.

— Vous savez aussi bien que moi que ce foutu Cajun sacrifierait tout et se battrait jusqu'à son dernier souffle pour protéger les innocents et faire ce qu'il estime juste. Et si on lui donne le choix entre se sacrifier ou voir ses amis mener un combat perdu d'avance, il choisira forcément la première option. Ce ne serait pas acceptable pour nous.

Clic, clic, clic.

Les billes s'entrechoquaient toujours, leur cadence comme calquée sur celle du cœur battant de R.D.

— Raison pour laquelle j'ai organisé une autre issue à la situation, annonça l'agent.

— Que voulez-vous dire ?

— J'ai sur place un tueur qui éliminera Babineaux s'il décide d'agir honorablement et de se rendre.

Bon sang…

Il avait prononcé ces mots sans aucun remords, sans même une pensée pour l'excellent boulot que Rock

213

avait effectué pour eux au fil des années. R.D. ne pouvait néanmoins qu'apprécier ce pragmatisme. La situation dans laquelle ils se trouvaient n'admettait qu'une seule et unique solution.

— Le Nettoyeur ? demanda R.D. d'une voix pleine d'espoir. Vous l'avez retrouvé ?

— Non. Le Nettoyeur est toujours dans la nature.

Un souci de plus à gérer pour R.D.

— J'ai un autre homme en place, assura l'agent. Ne vous inquiétez plus. Tout est presque terminé.

Sur ces mots, la communication fut coupée. Le silence retomba sur le bureau lambrissé, à peine troublé par le *clic, clic, clic* des billes du pendule de Newton.

15

— Qu'est-ce qu'on fait maintenant ? demanda Vanessa d'une voix inquiète.

Haletante, elle balaya du regard le luxueux séjour de chez Eve et les traits crispés des Black Knights.

Crispés... à l'exception d'Ozzie. Lui semblait parfaitement détendu. Il souriait de toutes ses dents et mastiquait son chewing-gum avec enthousiasme. Il donna une accolade à Rock tout en serrant dans sa main libre une mitraillette d'apparence redoutable.

— Commençons déjà par appeler Becky et Eve pour leur dire de rester en arrière. Si elles rappliquent ici à toute berzingue, ces connards de la CIA risquent de sauter sur l'occasion pour ouvrir le feu.

— Je m'en charge, dit Ozzie.

Il lâcha Rock pour dégainer son portable.

— Boss, je t'en prie, ne fais pas ça, implora Rock en fermant brièvement les paupières. Laisse-moi simplement partir. Laisse-moi...

— Je te laisserai repartir si tu me dis que tu es responsable de ce qui est arrivé à ces hommes, répondit le colosse.

Oh non. Oh, *merde*.

Sans le vouloir, Boss avait posé la question d'une manière telle que Rock pouvait répondre par l'affirmative. Si toutefois ce que Rock lui avait dit était vrai – à savoir que ces individus étaient morts par sa faute.

Et comme il fallait s'y attendre...

— *Oui*, dit Rock en ouvrant les yeux.

Il hocha la tête, l'air encore plus inflexible que d'habitude. Une impression sans doute due en grande partie à la poussière et au sang qui lui maculaient le visage.

— C'est à cause de moi qu'ils sont morts, ajouta-t-il.

Tout le monde se figea.

Plus un geste, pas même un battement de cils. Personne ne semblait oser respirer. Les Black Knights dévisageaient Rock, leurs expressions allant de la stupeur absolue à l'incrédulité prudente.

Vanessa était sur le point d'ouvrir la bouche pour contredire les propos de Rock quand, soudain, dans le silence retentissant qui s'était fait autour d'elle, elle capta un discret bourdonnement. Un bruit qui, sans qu'elle s'en aperçoive, taquinait son subconscient depuis qu'ils avaient débarqué dans le séjour.

À présent, le son semblait s'immiscer sous sa peau tel un aoûtat, au risque de la rendre folle.

Qu'est-ce que c'est que ce truc ?

Il ne s'agissait ni de l'air conditionné ni du sèche-linge. Pas plus que du vrombissement discret du réfrigérateur. Non... C'était un bruit familier. Cela ressemblait à...

Scrutant les alentours, elle aperçut le gros godemiché bleu scotché sur l'une des baies vitrées. Elle cligna plusieurs fois les yeux, mais ce n'était pas une hallucination.

Gros. Gode. Bleu.

Mieux, les deux autres fenêtres de la pièce étaient ornées d'un tube de rouge à lèvres. De rouge à lèvres vibrant, semblait-il.

Mais que... ?

— Alors, tu me laisses partir maintenant, *mon ami* ? demanda Rock.

Il y avait quelque chose de désespéré dans sa voix, tout comme dans le regard qu'il posait sur l'expression déconfite de Boss. De quoi ramener l'attention de Vanessa sur la crise en cours.

— Foutaises, Rock ! s'exclama-t-elle.

Elle serra les poings pour ne pas succomber à l'envie de l'attraper par les épaules pour le secouer vigoureusement.

— Tu m'as dit toi-même que ce n'était pas toi qui avais pressé la détente.

Bigre ! Si le regard incendiaire qu'il lui avait décoché depuis l'arrière du pick-up l'avait ébranlée, ce n'était rien à côté de celui-ci. Elle aurait largement préféré subir les foudres de sa haine brûlante – après tout, Rock lui-même affirmait qu'amour et haine étaient les deux faces d'une même pièce – plutôt que cet air de moquerie glaciale.

Je rêve ou la température vient de baisser de dix degrés ?

— Peu importe ! siffla-t-il entre ses dents serrées sur un ton digne d'un hiver nucléaire.

— Bien sûr que si ! rétorqua Boss.

— Heu, si, mon pote. Quand même, ça compte... lança dans le même temps Ozzie.

— Vous êtes encerclés !

De nouveau, la voix issue du mégaphone. Vanessa eut la surprise de voir Spectre – un homme dont l'expression demeurait habituellement indéchiffrable – secouer la tête et lever les yeux au ciel.

— Ils plaisantent ? demanda-t-il. Ils sont, quoi, six à tout casser dans leur camion ? Et ils pensent nous avoir encerclés ?

— Ils sont de la CIA, répondit Steady, pince-sans-rire. L'arrogance fait partie de leur ADN. Même s'ils n'étaient que deux, ils estimeraient sans doute que ça suffirait pour nous arrêter tous.

— Ça ne durera pas, ajouta Boss. Ils ont forcément appelé des renforts. Donc, quel est le plan ? Quelqu'un a une idée ?

— Boss... reprit Rock.

Puis, sur un ton implorant :

— Frank...

Oh non. Surtout pas. Personne n'appelait le géant par son prénom, à l'exception de Becky et de sa sœur. Vanessa se tourna vers le chef des Black Knights et... Ouaip, comme il fallait s'y attendre, le tic musculaire sur sa mâchoire avait fait sa réapparition. Et surtout, on lisait de la peur dans son regard. La peur que Rock puisse sortir un argument massue qui le ferait changer d'avis.

— Il faut que tu me laisses partir, mon frère*. C'est le seul moyen pour que tout le monde reste en vie.

Argument massue.

Elle retint son souffle en observant Boss qui semblait réfléchir aux paroles de Rock. Puis le colosse secoua lentement la tête.

— Je... je refuse d'y croire.

C'était ce qu'il disait, mais Vanessa se demanda si Rock avait perçu l'incertitude dans la voix de son chef. À l'oreille de Vanessa, le doute était évident.

— C'est la vérité, chuchota Rock.

Il s'avança pour poser la main sur l'épaule massive de Boss, un geste accompagné de ce hochement de tête que l'on emploie quand on s'efforce de convaincre quelqu'un. Oui, il avait de toute évidence perçu l'hésitation de Boss.

— Rock... commença celui-ci avant d'être interrompu par un juron sonore de la part d'Ozzie.

— C'est quoi, ton problème, mec ? demanda Steady, prononçant tout haut la question que tous se posaient.

— Brouilleur de portable, répondit Ozzie.

Il avait l'air sur le point de jeter son téléphone par terre pour le réduire en miettes à coups de talon. Ce que lui interdisait cependant son amour de la technologie. Il se contenta donc de lancer un regard noir à l'appareil qui l'avait personnellement trahi avant de le remettre dans sa poche.

— Et maintenant ? Comment on prévient Eve et Becky de se tenir à l'écart de la baraque ?

Et d'un coup, tous les regards convergèrent vers Vanessa.

Un sentiment d'appréhension naquit dans sa poitrine avant de jouer les oies du Canada et de migrer vers le sud, jusqu'au creux de son estomac.

— Quoi ? Qu'est-ce que je suis censée...

— Il va falloir que tu sortes et que tu leur ordonnes de rester loin d'ici, dit Boss.

Vanessa fit non de la tête avant même qu'il ait terminé sa phrase.

— Ces agents n'oseraient pas tirer sur une femme désarmée, lui assura-t-il.

— Pas question ! Je refuse de m'enfuir la queue entre les jambes.

Elle se tourna vers Rock, le regard dur, menton redressé. Il avait beau la haïr, elle était amoureuse de lui. Impossible de l'abandonner alors que la CIA s'apprêtait à l'envoyer *ad patres* en même temps que tous ceux qui l'entouraient.

— Ne reste pas, Vanessa, répondit-il avec un hochement de tête et...

Était-ce son imagination ou bien son regard s'était-il adouci l'espace d'un court instant ?

Elle décida d'agir comme si c'était le cas et fit un pas vers lui pour poser une main prudente sur son bras. Elle sentit ses muscles se crisper sous ses doigts et se remémora les sensations de son corps dur contre le sien, le savoir-faire dont il avait fait preuve pour lui donner du plaisir. Elle se remémora... trop de choses.

— Non, murmura-t-elle. Je refuse de t'abandonner.

— Tu ne crois pas que tu en as assez fait ? siffla-t-il.

Il serrait tellement les mâchoires que c'était presque un miracle qu'il parvienne à articuler quoi que ce soit. Elle s'était visiblement trompée à propos de son regard adouci.

— Tu nous as condamnés ! reprit-il. Le moins que tu puisses faire maintenant est d'aller sauver Becky et Eve.

Elle tressaillit comme s'il l'avait giflée mais, pour tout dire, ses paroles – et plus encore son ton dur et tranchant – lui firent plutôt l'effet d'un poignard qui l'aurait percée jusqu'à l'os.

Ozzie se tourna vers Rock, sourcils froncés.

— Hé, t'es injuste. Elle n'a fait...

— Pas la peine, Ozzie, l'interrompit-elle.

Elle recula en secouant la tête, envahie par une profonde tristesse qui transformait son corps en plomb.

— Il a peut-être raison, souffla-t-elle.

Pour le dire à la manière des Black Knights, ils étaient peut-être tous baisés par sa faute. Son amour pour Rock, son désir de l'avoir de nouveau auprès d'elle et de retour chez les Black Knights avaient pu l'aveugler. L'empêcher de voir ce qu'il convenait vraiment de faire. C'est-à-dire, d'après lui, le laisser tenter de se tirer de ce guêpier par lui-même.

S'il y avait une chose dont Rock était capable, c'était bien de régler seul ses problèmes. Mais malgré ce qu'il n'avait cessé de lui répéter dans la jungle et sur le long chemin du retour vers San José, elle avait cru savoir mieux que lui ce qu'il convenait de faire. Elle avait cru détenir la meilleure solution.

Quelle conne...

— Mais... tenta de nouveau Ozzie.

— Pas de « mais ». Si je dois sortir pour empêcher Becky et Eve de débarquer ici et de faire empirer les choses...

En admettant qu'elles puissent encore empirer, d'ailleurs. Après tout, Rock se retrouvait à présent acculé par les forces auxquelles il avait réussi à échapper six mois durant avant que Vanessa s'en mêle et le trahisse. Sans compter que, pour faire bonne mesure, elle avait aussi réussi à placer les autres Black Knights dans la ligne de mire de la CIA.

— ... alors je le ferai, termina-t-elle.

Au prix d'un immense effort, et malgré son instinct qui lui soufflait de lui sauter au cou et de lui dire exactement ce qu'elle ressentait, elle se détourna de Rock. Elle savait qu'un tel geste ne serait pas le bienvenu, qu'il ne voudrait pas entendre ses paroles. Alors, avec une profonde inspiration, elle se dirigea vers la porte du séjour. Le contact d'une paume calleuse sur son bras l'arrêta.

Pendant un instant, son cœur se sentit pousser des ailes et menaça de s'envoler. Est-ce que Rock... ?

Mais non. Ce n'était que Boss.

— Je t'accompagne, dit-il.

Son expression était solennelle et un embryon de doute toujours visible dans son regard.

— D'ac.

Au picotement qu'elle ressentit dans sa gorge, elle comprit qu'elle était sur le point de ruiner sa réputation d'agent dure à cuire en éclatant – une fois de plus ! – en sanglots. Mais elle ravala ses larmes. Littéralement. Avec un bruit de déglutition audible, elle s'efforça de respirer à fond.

— Tu sais qu'il ne nous dit pas tout, n'est-ce pas ? chuchota-t-elle afin que lui seul l'entende. Il n'aurait jamais joué un rôle, même mineur, dans le meurtre d'innocents. Il... il n'aurait jamais fait ça, c'est tout.

— Ouais, c'est évident, maugréa Boss. Mais même si tu as vu juste là-dessus, lui a peut-être raison quand il dit que le seul moyen de nous tirer de là est de le leur livrer.

Mon Dieu. La simple pensée de ce que les hommes de la CIA lui feraient s'ils lui mettaient la main dessus...

La marche vers la sortie lui parut durer une éternité, d'autant plus que chaque pas l'éloignait du seul homme qu'elle ait jamais aimé. Mais lorsque enfin ils arrivèrent devant la porte, Boss ne lui offrit pas la possibilité de changer d'avis. Il entrouvrit le battant de quelques centimètres et cria :

— Je fais sortir une femme. Ne tirez pas !

— Compris !

La voix puissante résonna dans le haut-parleur et se répercuta sur la paroi montagneuse en face de la maison, sonnant le glas du rôle que Vanessa comptait jouer dans le reste de l'opération.

Mais juste avant de se glisser par l'ouverture, mains en l'air et paumes visibles, elle entendit Steady lancer à Boss les quatre mots les plus merveilleux jamais prononcés dans l'histoire de l'humanité...

— J'ai un plan !

Rock se tenait derrière la porte de la maison de vacances d'Eve et écoutait l'étrange murmure des hélicos noirs au-dessus de leurs têtes. Il avait bien conscience que, de six agents, l'effectif de la CIA était désormais passé à plus de vingt. Et il tentait d'évaluer les chances de succès de ce qu'il s'apprêtait à faire.

Le plan génial de Steady ?

Sa mort. Tout simplement. Richard « Rock » Babineaux devait mourir.

Avec son mal de crâne qui l'élançait comme une dent pourrie et la façon dont la pièce tournoyait lentement autour de lui – sans doute parce qu'il lui manquait bien soixante-dix centilitres de sang – l'objectif lui semblait à portée de main.

— Deux contre un, annonça Ozzie, debout à ses côtés.

Au fil des années passées à travailler ensemble, les deux hommes avaient pris l'habitude de s'amuser à estimer leurs chances.

Malheureusement, ce n'était pas un jeu.

Et Rock sentait monter en lui un sentiment très particulier. Celui qui l'informait que la situation risquait de très vite mal tourner. Un sentiment qu'il détestait d'autant plus qu'il avait donné à Vanessa l'impression que cela serait entièrement sa faute.

Il n'avait pas voulu se montrer si dur avec elle. Mais il fallait la convaincre de quitter la maison. Saine et sauve. Or, à ses yeux, la manière la plus simple d'y parvenir était de lui faire endosser la responsabilité des événements pour que la culpabilité l'incite à partir.

Mais si les choses dérapaient, les mots cruels qu'il avait prononcés à son égard seraient les derniers qu'elle entendrait de lui.

Par tous les saints !

En le voyant s'effondrer, elle allait complètement péter les plombs – ainsi que les autres femmes – et ça le rendait malade. Il détestait l'idée que Vanessa s'estimerait, au moins quelque temps, responsable de sa mort. D'accord, elle l'avait trahi et il avait envie de la jeter au sol pour lui tordre le cou, mais jamais il n'aurait voulu qu'elle s'imagine que...

— Non ! lança Steady avec un petit rire. C'est bien mieux que ça. Plus proche de cinquante-cinquante, si tu veux mon avis.

Bien mieux ? Steady considérait que son propre plan avait une chance sur deux de fonctionner et que c'était « bien mieux » ?

Rock ferma les yeux et rassembla son courage en vue... eh bien... de ce qu'il allait devoir faire. Car à la vérité, il n'avait pas vraiment d'autre choix. Et quand Steady avait annoncé « il va falloir que tu meures, Rock » avant d'exposer un plan pour faire en sorte que la chose se déroule à *leur* manière, ils avaient décidé de tenter le coup.

Mais à présent qu'il se retrouvait au pied du mur, vingt secondes à peine avant d'ouvrir la porte et d'avancer vers son destin, il commençait à regretter d'avoir accepté une combine aussi insensée. Un sentiment facilement compréhensible quand on savait qu'en plus de la vingtaine d'agents qui l'attendaient dehors avec ordre de l'abattre s'il opposait la moindre résistance, il avait trois petites capsules de plastic fixées à la poitrine.

Voilà.

Des explosifs. Sur la poitrine.

Bon Dieu...

Il ne lui restait qu'à prier pour que Wild Bill soit au mieux de sa forme... et même au sommet de son art dans la manipulation des explosifs. Car lorsqu'on avait affaire à ce genre de matos, en particulier le C-4, on ne pouvait pas se contenter d'inspecter le boulot, on vérifiait tout trois fois. C'était le genre de truc où la moindre inattention pouvait vous coûter au mieux quelques doigts et au pire un petit paquet de vies. Donc si Bill avait fait la moindre erreur dans ses calculs...

Merde.

Il ne fallait pas réfléchir ainsi. Cela faisait des années que ces mecs couvraient ses arrières et il leur faisait entièrement confiance. Ce qui ne l'empêcha pas d'avoir du mal à respirer quand Boss ouvrit la porte en criant :

— Il va sortir. Ne tirez pas ! Il sort et il n'est pas armé ! Est-ce que j'ai votre parole que vous ne tirerez pas ?

Une seconde passa, longue, interminable, puis la voix grave qui avait proféré ordres et menaces durant les trois quarts d'heure précédents se fit entendre depuis le haut-parleur installé au sommet de la camionnette.

Celle-ci était désormais garée de l'autre côté de la rue. Juste à côté se tenaient les filles, maintenues là sous la menace d'une arme. Cette situation lui nouait les tripes.

— Ici l'agent spécial Patrick Wilhelm ! Vous avez ma parole, monsieur Knight, que tant que tout se passera comme prévu, nous ne tirerons pas !

Boss se tourna alors vers Rock. La gravité qui se lisait sur son visage incita Rock à secouer la tête avec un sourire forcé.

— Ne t'inquiète pas, *mon ami*. Après tout, nous sommes les Black Knights.

Et comme un rappel de leurs années communes au sein des SEAL, il ajouta :

— Hoo-ah ?

— Hoo-ah, Rock ! répondirent à l'unisson les Black Knights rassemblés autour de lui.

Sur ces mots, il ouvrit grand la porte et s'avança sur le seuil.

Il fut immédiatement frappé par une puissante odeur de kérosène. Les hélicos dans le ciel parfumaient tout le voisinage. Il s'arrêta ensuite sur le soleil couchant, boule de feu orange qui scintillait bas sur l'horizon et dont l'éclat lui fit cligner les yeux. C'était beau, peut-être le dernier coucher de soleil qu'il verrait jamais...

Puis, très vite – trop vite – un bruit sur sa gauche attira son attention. Les occupants de la maison voisine se tenaient sur la route et observaient la scène de leurs grands yeux écarquillés et pleins d'inquiétude.

Mais ce n'était évidemment rien comparé à l'expression de Vanessa.

Quand le regard de Rock se posa sur elle, retenue par Eve et Becky, il se sentit prêt à s'effondrer face contre terre. Avant le moment convenu. Car la pauvre se débattait entre ses deux compagnes, les yeux pleins de larmes, en criant :

— Rock, je suis désolée ! Je suis tellement désolée !

— C'est rien, *chère*, murmura-t-il tout en sachant qu'elle ne pouvait pas l'entendre. Tout va bien se passer.

Puis il ferma les yeux et attendit la fin...

16

Qu'est-ce qu'ils ont fait de leur plan ? songea Vanessa, paniquée.

Steady était censé avoir un plan ! Mais ça n'en était pas un : Rock était en train de se livrer afin de tous les sauver. On ne pouvait pas appeler ça un plan !

— Rock, non ! sanglota-t-elle.

Une partie d'elle-même constata qu'au lieu de retenir Becky pour l'empêcher de se précipiter vers la maison pour rejoindre Boss, c'étaient désormais Becky et Eve qui l'agrippaient, elle, afin qu'elle ne coure pas vers Rock.

— Il doit y avoir un autre moyen. Il y a forcément...

— Ça suffit, Vanessa ! aboya Becky à son oreille.

Elle repoussa Vanessa vers la camionnette, telle une catcheuse miniature.

— Si tu fonces vers lui comme une hystérique, la CIA risque de vous tuer tous les deux. Sers-toi un peu de ta tête, ma fille !

Oui. Becky avait raison. Vanessa ne se servait pas de sa tête ; elle écoutait son cœur. Ce qu'elle n'avait déjà que trop fait durant les dernières vingt-quatre heures, non ? Car c'était son cœur qui avait insisté pour qu'elle amène Rock jusqu'ici...

Ravalant la boule de peur et de remords qui n'avait cessé d'enfler dans sa gorge depuis que Bill et Steady avaient jeté Rock au bas de sa moto, elle cessa de se débattre. Il était néanmoins évident que ni Becky ni Eve ne lui faisaient vraiment confiance. Toutes deux avaient gardé une main sur chacun de ses bras.

Elle s'en fichait.

Rien n'avait plus d'importance à l'exception de cet homme qui se tenait sur le seuil, l'air si courageux et honorable tandis qu'il s'apprêtait à se sacrifier pour eux.

Elle aurait voulu lui crier de descendre de cette croix sur laquelle il s'apprêtait à être crucifié, mais elle savait que cela ne changerait rien. Une fois que Rock avait décidé quelque chose, il était quasiment impossible de le faire changer d'avis. Et il semblait évident qu'il avait décidé, de même que les autres Black Knights – à qui elle comptait bien demander des comptes ! – que la seule solution consistait à se rendre à la CIA. Le seul moyen de s'en sortir. Pour eux. Pas pour lui.

Mon Dieu, qu'ai-je fait en le ramenant ici ?

Tu l'as condamné, répondit la petite voix malveillante sous son crâne.

Elle ferma les yeux, espérant contre tout espoir que lorsqu'elle les rouvrirait, ce serait pour découvrir que tout cela n'avait été qu'un rêve. Un très, très mauvais rêve…

Mais non. Elle n'eut pas cette chance.

Car lorsqu'elle emplit ses poumons et cligna les paupières face à la luminosité du mur de stuc blanc scintillant sous le soleil, Rock était toujours là. Toujours aussi courageux et honorable. Toujours aussi… sacrificiel.

Elle n'arrivait pas à croire qu'elle était la cause de tout cela, qu'elle l'avait poussé jusqu'à ce point de non-retour, sans autre possibilité que celle de se rendre. En voulant le sauver, elle l'avait détruit et avait ruiné toute chance de le disculper. Et elle savait que jamais elle ne se le pardonnerait ; elle s'en voudrait jusqu'à la fin de ses jours. Elle venait de commettre la pire erreur de sa vie, et c'était Rock qui en payait le terrible prix, celui de sa vie.

Le monde autour d'elle parut s'évanouir. Elle ne voyait plus que le visage à la fois merveilleusement ordinaire et merveilleusement beau de Rock.

Il était pâle. C'était visible même de là où elle se trouvait. Les poils bruns de son bouc contrastaient avec la peau de son visage. Et le bandage propre qu'il avait appliqué sur la blessure à son cou était presque invisible tant il était blême.

Qui ne l'aurait pas été en pareilles circonstances ? Il était sur le point de se livrer à la CIA en étant accusé de trahison, un crime envers lequel l'Agence n'était pas connue pour sa clémence.

Pâle mais propre, nota-t-elle distraitement. Il avait pris le temps de nettoyer l'essentiel de la boue et des saletés accumulées durant leur périple à travers la jungle. Sans doute se disait-il qu'il allait avoir droit à un examen – à la fois physique et mental – aussi long que rigoureux. Inutile d'ajouter la crasse et la sueur aux sensations pénibles qu'il ne manquerait pas de connaître aux mains de la CIA ?

Il avait échangé son débardeur contre un tee-shirt gris ample qui ne faisait que souligner le poids qu'il avait perdu durant les mois écoulés. Il était clairement au bout de ses réserves quand elle l'avait retrouvé.

Mais au moins, il était toujours libre, l'aiguillonna la petite voix.

Lorsqu'il s'avança à la demande de l'agent Wilhelm, elle sentit les sanglots lui serrer la gorge. Puis une détonation retentit, monstrueusement forte. Elle fut suivie par trois autres, en succession rapide. Et c'est à ce moment que le monde de Vanessa s'écroula...

Quand la première charge explosa, Rock n'eut pas besoin de faire semblant de vaciller tandis que du sang giclait sur sa poitrine et en travers de son visage. Le C-4 était costaud et, malgré les bandes protectrices qu'ils avaient placées sous la capsule contenant un peu d'explosif et beaucoup de son sang, il parvint à lui brûler la peau.

Les deuxième et troisième impacts furent un peu plus compliqués à simuler, mais il fit de son mieux.

Le quatrième tir, par contre, le prit complètement par surprise et le projeta à terre avec un « umpf ! » sonore. Il avait l'impression que son oreille gauche lui avait été arrachée net.

Spectre avait-il décidé d'ajouter un tir bien réel ? Histoire de rendre leur petit simulacre plus convaincant ? Ou de s'assurer que Rock remporterait bien un Oscar pour sa performance ? Si c'était le cas, Rock aurait deux mots à lui dire parce que...

Merde.

Il ne se souvenait pas d'avoir donné son accord pour jouer les sosies de Van Gogh.

D'un autre côté, vivre le restant de ses jours avec une oreille en moins serait un faible prix à payer si la combine fonctionnait. Ce fut la dernière pensée qui lui vint avant que le chaos et la confusion se répandent autour de lui.

— Salopards ! Vous aviez promis de ne pas tirer ! beugla soudain Boss.

Au même moment, la voix de l'agent Wilhelm retentit dans le haut-parleur :

— Cessez le feu ! Cessez le feu ! Quel est l'imbécile qui a tiré ?

Et Vanessa ?

Vanessa hurlait à pleins poumons et, même au milieu du vacarme, Rock perçut l'immense douleur dans sa voix. Puis Boss l'agrippa sous les aisselles de ses mains puissantes et, dans un mouvement qui fit protester tous les muscles endoloris de Rock, entreprit de le tirer à l'intérieur de la maison.

Rock demeura complètement flasque, sa tête oscillant d'un côté puis de l'autre. Puis, dès que les semelles

229

de ses bottes eurent passé le seuil, Steady – posté et prêt à l'action – claqua lourdement la porte.

Ce fut ensuite au tour d'Ozzie d'entrer en scène. Sur un signe de Boss, le gamin éclaboussa le sol avec le reste du sang que Steady avait prélevé sur Rock moins d'une demi-heure plus tôt. Boss traîna Rock par-dessus, simulant les traces sanglantes d'un homme ayant encaissé trois balles dans la poitrine et une quatrième – d'où sortait-elle, celle-là ? – à la tête. Puis il le déposa cinq mètres plus loin dans le couloir, à l'endroit où ils avaient préparé une fausse flaque de sang largement dissimulée par la cloison donnant sur la cuisine.

Ouvrant un œil, Rock vit l'expression inquiète de Boss et leva le pouce pour signifier qu'il allait bien. Le C-4 avait causé quelques brûlures et il captait des effluves de poils calcinés – indication tardive qu'il aurait dû se raser le torse avant d'y scotcher les explosifs – mais, en dehors d'un sifflement infernal et d'une sensation brûlante à l'oreille, il semblait être en un seul morceau.

Heu...

Il n'avait pas réellement pensé que cela fonctionnerait. Mais Wild Bill Reichert en savait plus sur le maniement des explosifs que n'importe qui au monde.

La voix de l'agent Wilhelm tonna de nouveau à l'extérieur. Cette fois, cependant, il annonçait son intention d'entrer dans la maison pour constater par lui-même l'état du traître.

Traître. Rock détestait ce mot, réservé aux individus foncièrement malhonnêtes et égoïstes. Et si, techniquement parlant, Rock opérait effectivement en dehors du cadre officiel, cette description ne lui correspondait en rien.

Boss repartit jusqu'à la porte et l'ouvrit en grand.

— Ramenez-vous, enfoiré ! cria-t-il.

Rock se dit que c'était le moment de se la jouer Meryl Streep tandis qu'un rayon de soleil doré se glissait à travers l'ouverture pour éclairer l'arrière de son crâne baignant dans la flaque collante de faux sang et...

Bon Dieu. Le hurlement que Vanessa avait poussé en le voyant...

Il ne doutait pas de l'entendre de nouveau dans ses cauchemars à l'avenir. Car si la culpabilité, la peine de cœur, le déni et le chagrin s'étaient mélangés pour donner naissance à un rejeton, celui-ci aurait émis le cri qui avait jailli de la gorge ravagée de Vanessa.

C'est du chiqué, chère.

Mais pour elle, malheureusement, ça ne paraissait que trop réel. Et Rock ne pouvait rien faire pour la détromper. À vrai dire, il se sentit un peu coupable en songeant que la scène qu'elle était en train de faire à l'extérieur allait sans doute participer à convaincre la CIA qu'ils avaient effectivement assisté à sa mort.

Et comme si Boss avait lu dans ses pensées, il poursuivit en criant :

— Vous l'avez tué ! Autant venir contempler le résultat !

Rock n'avait pas de mal à l'imaginer debout sur le seuil tel un ange vengeur, cent dix kilos de muscles en colère prêts à tuer quelqu'un. Rock se représenta l'agent Wilhelm hésitant entre son envie de voir la dépouille et sa crainte de passer devant Boss.

Deux ou trois interminables secondes s'écoulèrent avant que de lourdes bottes remontent les marches du porche. Rock tenta de suivre mentalement les déplacements des bruits de pas, mais les sanglots hystériques des trois jeunes femmes ne lui facilitaient pas la tâche. Sans parler du type qui, à l'entendre, avait toujours son arme braquée sur elles et ne cessait de leur ordonner :

— Reculez ! Ne bougez pas !

Rock se promit silencieusement de tuer ce salopard s'il osait ne serait-ce que poser le doigt sur la détente en direction des filles. Mais son attention fut rapidement captée par la conversation qui se déroulait devant la porte.

— Qui a tiré ? demanda Boss sur un ton empreint d'assez d'autorité et de fureur pour faire trembler à peu

231

près n'importe qui. Parce que je veux les couilles de ce bâtard sur un plateau !

— Ce n'était pas nous ! affirma Wilhelm avec véhémence.

Sa voix faisait beaucoup moins officielle quand elle ne sortait pas d'un haut-parleur.

— Je vous le promets. L'un de mes hommes a vu le reflet d'une lunette de visée dans les arbres de l'autre côté de la route. J'ai envoyé une partie de mon équipe à la poursuite du tireur.

Le tireur. C'est-à-dire Spectre. Aucune chance que la CIA l'attrape. Ce type avait largement mérité son surnom. Quand il voulait disparaître, il s'évanouissait, comme parti en fumée. Point final. Fin de l'histoire.

— Foutaises ! tonna Boss, frémissant de colère.

Vas-y, Boss ! Mets le paquet !

— Vous venez de tuer un innocent, poursuivit le colosse. Et quand vous découvrirez qui était réellement derrière tous ces meurtres au pays, je veillerai à ce que vous soyez démis de vos fonctions et que le seul job que vous puissiez trouver au sein de la communauté du renseignement consiste à changer les pastilles d'urinoir des toilettes pour hommes du centre de détention de Langley !

Changer les pastilles dans les urinoirs ? Est-ce que ce job existait vraiment ?

— Je vous dis que ce n'était pas nous ! gronda Wilhelm.

Bon d'accord, là son ton faisait tout à fait officiel.

Jurons et grossièretés volèrent de part et d'autre pendant une ou deux minutes. Rock imagina les deux hommes se faisant face comme deux chiens enragés en train de gronder et d'aboyer, la bave aux lèvres.

Puis Wilhelm déclara :

— Je dois examiner le corps.

Le corps. *Mon Dieu.* C'était bizarre d'être appelé ainsi.

— Si vous posez ne serait-ce qu'un doigt sur cet homme, je vous mets moi-même une balle dans la tête ! annonça Boss d'une voix si grave qu'elle vous résonnait dans la poitrine comme les feux d'artifice du jour de l'Indépendance.

— Vous n'oseriez pas ! rétorqua Wilhelm.

Boss devait avoir fait une grimace défiant l'agent de la CIA de le mettre au pied du mur car deux bonnes secondes s'écoulèrent avant que Wilhelm reprenne la parole. Cette fois, son ton était beaucoup moins assuré.

— Écoutez, monsieur Knight, ce ne sont *pas* mes hommes qui ont tué Babineaux. Quelqu'un d'autre a tiré. En tant que traître à la nation... (Encore ce mot détestable.)... il se sera sans doute fait beaucoup d'ennemis. Quelqu'un se tenait en embuscade pour l'abattre.

« Bingo ! » comme aimait à s'exclamer le paternel de Rock. Car c'était exactement la conclusion à laquelle ils voulaient amener la CIA.

— Même si ce que vous dites est vrai, vous ne toucherez pas à son corps, déclara Boss, catégorique.

Et Rock ne doutait pas que l'expression minérale façon « rocher de Gibraltar » de son ami était plus claire encore.

— L'homme qui gît ici...

Imaginant Boss en train de le désigner d'un geste du pouce, Rock retint sa respiration.

— ... a fait plus pour la sécurité et la souveraineté de notre nation que vous et tous vos hommes réunis. Il saigne en bleu, blanc et rouge depuis le jour de sa naissance...

Surtout rouge, en fait. Rock pouvait en attester.

— Et je refuse de vous voir profaner son corps plus que vous ne l'avez déjà fait ! termina Boss.

— J'ai des ordres...

— L'ordre de confirmer son décès, interrompit Boss. Eh bien, comme vous pouvez le constater, il est mort. Et si vous voulez confirmation que c'est bien la

233

dépouille de Richard « Rock » Babineaux au milieu de cette flaque de sang, vous n'avez qu'à faire un prélèvement et rapporter tout ça aux labos dernier cri de Langley. Vous avez encore son profil ADN de l'époque où il était dans les SEAL.

Ah, le bon souvenir ! Rock se rappelait le jour où ils avaient tous fait la queue devant l'infirmerie où un connard à l'air d'automate muni de seringues et de tubes en plastique avait prélevé du sang, un échantillon de salive et un follicule de cheveu à chacun d'eux. Le plus plaisant dans l'histoire ? Tout cela avait été fait pour le cas pas si improbable où leurs corps se retrouveraient si gravement brûlés, broyés ou allez savoir quoi d'autre que les moyens d'identification habituels ne fonctionneraient pas.

Il n'avait par contre jamais imaginé qu'il se servirait de ces échantillons pour faire croire à sa propre mort. Mais si une évidence s'appliquait au monde des forces spéciales, c'était bien « attendez-vous à l'inattendu ».

Le silence suivant la déclaration de Boss s'étira jusqu'à devenir palpable. Comme un élastique tendu jusqu'au point de rupture. Et le cœur de Rock, d'habitude si régulier et imperturbable, se mit à tempêter avec une telle force dans sa cage thoracique que c'était un miracle que Wilhelm ne l'entende pas de là où il était.

Rock, lui, croyait entendre le tic-tac de la grosse montre de plongée de Boss. Il fallait que Wilhelm accepte ces conditions. Tout leur plan reposait sur ce pari.

Et au moment où Rock eut la certitude qu'il allait refuser, il entendit Wilhelm crier :

— Dietz, apportez le kit de prélèvement ! On a des échantillons à récupérer.

Il était mort. Elle l'avait tué.

Elle n'était peut-être pas celle qui avait appuyé sur la détente, mais il n'en était pas moins mort par sa faute.

En n'importe quelles autres circonstances, elle aurait noté, amusée, qu'il s'agissait des mots exacts que Rock avait employés pour décrire le sort de ces hommes et...

Avait employés...

Elle pensait déjà à lui au passé.

Oh, mon Dieu ! Elle tomba à genoux tandis que trois mots tourbillonnaient et ricochaient à l'intérieur de son crâne.

Rock est mort. Rock est mort. Rock est mort...

Mais même si sa tête savait que c'était vrai – elle l'avait vu encaisser trois balles en pleine poitrine... et le sang, tout ce sang ! – son cœur, lui, n'en était pas là. Il refusait d'accepter la disparition de Rock. Il lui martelait douloureusement les côtes, niant ce qu'elle avait vu de ses propres yeux.

Quelque chose en elle, quelque chose de puissant, la poussait à se relever et à courir vers Rock pour le prendre dans ses bras. Le serrer contre elle et embrasser ses lèvres avant que la vie déserte à jamais son corps. Car cette partie d'elle-même, si irrationnel que cela puisse paraître, croyait fermement que si elle pouvait l'étreindre assez fort, assez longtemps, il ne pourrait pas vraiment disparaître.

Mais ce crétin d'agent de la CIA refusait de la laisser partir...

Puis elle entendit, depuis le porche, le dénommé Wilhelm – l'enfoiré qui avait laissé Rock se faire abattre – demander à Boss s'il pouvait prélever un cheveu sur la tête de Rock. À cet instant, le fil ténu qui retenait encore les morceaux de sa psyché brisée se rompit.

— Non ! cria-t-elle.

Elle se releva brusquement, écarta les mains d'Eve et Becky et, sans prêter attention à l'agent qui lui ordonnait de s'arrêter, s'élança en courant vers la maison... vers Rock.

Elle ne se souciait plus de vivre ou de mourir. Elle devait le rejoindre. Rien d'autre ne comptait.

235

Et même lorsqu'elle sentit le canon de l'agent braqué entre ses omoplates, elle continua à courir. Ses pieds filaient au-dessus de la rue.

— Ne touchez pas un cheveu de lui, espèce de salaud ! Je vous tuerai ! Je jure devant Dieu que je vous tuerai !

Sa voix n'était qu'un cri suraigu. C'était officiel : elle avait complètement perdu la tête. Elle avait beau en avoir conscience – une partie d'elle-même se regardait agir, incrédule –, elle ne pouvait pas s'en empêcher.

Rock est mort. Rock est mort. Rock est mort...

Le mantra épousait la cadence de ses bottes sur les marches du porche. À vrai dire, elle était surprise de ne pas avoir encore reçu de balle dans le dos, d'autant plus quand elle écarta violemment l'agent Wilhelm qui la regardait foncer sur lui, les yeux écarquillés.

— Madame, je...

Il n'eut pas le temps d'en dire plus avant qu'elle franchisse le seuil... et se retrouve immédiatement stoppée par l'étreinte puissante de Boss qui referma ses bras sur elle telle une énorme camisole humaine.

— Lâche-moi ! sanglota-t-elle.

Elle se débattit contre sa prise inflexible ; le remords et le déni qui bouillaient dans ses veines transformaient le peu d'air qu'elle inspirait en bouffées de cendres incandescentes.

— Je veux le serrer dans mes bras !

— Laisse-le en paix, Vanessa, répondit Boss dans un grognement d'ours bourru. Tu ne peux plus rien faire pour lui.

C'est à ce moment que son cœur rejoignit enfin sa tête. Ces mots portaient le coup de grâce à ses espoirs... à son déni.

Rock est mort.

Alors les ténèbres l'avalèrent et elle perdit connaissance...

17

— Il est mort.

Il s'agissait indéniablement des trois mots les plus réconfortants que Rwanda Don ait jamais entendus. De quoi compenser l'obligation de prendre cet appel dans le vestiaire, la sonnerie de son téléphone ayant interrompu le dîner de gala.

— Vous en êtes sûr ?

— D'après les rapports, il a pris trois balles dans la poitrine et une à la tête, répondit l'agent sans la moindre once de remords.

R.D. n'était pas capable d'autant d'indifférence. Après des années passées à travailler avec Rock, il était difficile de se réjouir de sa fin. D'autant que celle-ci n'aurait pas été nécessaire si cet idiot bourré de principes ne s'était pas mêlé de ce qui ne le regardait pas. Mais Rock n'était pas du genre à renier ses principes.

Et il venait d'en payer le prix.

— L'agent responsable a récupéré des échantillons d'ADN et les équipes seront bientôt de retour au bercail, poursuivit son interlocuteur.

R.D. s'écarta d'un épais manteau imprégné d'un coûteux parfum Burberry. Nouveaux riches. On les repérait toujours à leur irrépressible besoin de s'asperger de fragrances de luxe et d'afficher leur richesse à coups de marques de haute couture et de babioles excessivement bling-bling. Mais d'où qu'il vienne, l'argent restait l'argent. Et malheureusement, depuis la dissémination de ses fonds au sein d'œuvres de charité, R.D. en avait besoin pour maintenir la campagne à flot.

— Nous aurons les résultats des analyses dans vingt-quatre heures, mais la confirmation visuelle est de cent pour cent. C'est terminé, dit l'agent.

Oui, cette partie de l'affaire était terminée.

— Reste la question du Nettoyeur, lui rappela R.D. Où est-il ? Pourquoi a-t-il disparu aussi soudainement ? Et, plus important encore, pensez-vous qu'il y ait un rapport avec les fausses accusations lancées contre Rock ?

— Sur ce point, on ouvre l'œil et on attend.

Bien que ce soit extrêmement frustrant, R.D. devait admettre que c'était sans doute la meilleure stratégie. Ils n'allaient pas commencer à avoir peur de leur ombre.

— J'imagine que vous souhaitez toujours étudier les informations récupérées dans la cachette de Babineaux ? demanda l'agent.

Oui. Il y avait aussi ça.

R.D. avait besoin de ces documents. Pour s'assurer qu'aucune de ces informations ne pourrait mener jusqu'au Projet et, par extension, au nom de code Rwanda Don.

— Oui. Envoyez-moi le tout.

— L'argent…

R.D. sentit la moutarde lui monter au nez.

— Nous avons déjà discuté du prix ! Maintenant, faites-moi passer ces satanés documents avant que tout ce pour quoi nous avons œuvré parte en fumée !

Mettant fin à la conversation d'un doigt rageur, R.D. inspira profondément, s'efforça d'arborer une mine détendue, rajusta ses vêtements et ressortit du vestiaire.

Avec un hochement de tête à l'intention du personnel de l'hôtel qui se tenait à disposition dans le couloir menant à la salle de bal du *Mayflower* – l'un des établissements les plus réputés de Washington –, R.D. franchit les portes au moment où la foule des invités bien habillés et bien coiffés lançait une salve d'applaudissements tapageurs.

Le gouverneur Ward se tenait sur le podium au terme d'un excellent discours qui devrait lui valoir des dons substantiels au sein de la riche assistance. R.D. affichait un grand sourire approbateur.

La nomination était presque dans le sac.

Eve n'avait pas réellement eu l'occasion d'apprendre à connaître Rock avant qu'il se la joue Roman Polanski en quittant le pays six mois plus tôt. Mais cela n'atténuait en rien l'horreur de le voir s'effondrer sous les balles.

Elle se tenait dans le vestibule, tournant le dos aux hélicoptères qui, déjà, s'élevaient vers le ciel, toutes pales dehors. Impressionnant, d'ailleurs, de voir à quelle vitesse la CIA pouvait remballer et déguerpir une fois sa mission accomplie. Mais Eve n'arrivait pas à détourner les yeux du corps étendu au sol. De ce qu'elle pouvait en voir, plus précisément. Son torse était presque entièrement dissimulé derrière la cloison donnant sur la cuisine. Mais l'arrière de son crâne était visible. Et il y avait tellement de sang. L'hémoglobine était partout : les éclaboussures sur la porte d'entrée, la longue et affreuse traînée dans le couloir et cette flaque rouge coagulée autour de la tête de Rock.

Les choses avaient été tendues quelques instants plus tôt. La CIA avait insisté pour faire les prélèvements de tissu alors que Boss avait semble-t-il menacé d'abattre quiconque tenterait de toucher le corps. Puis le colosse avait téléphoné à un général à Washington avant de tendre le téléphone à l'agent Wilhelm. Eve avait cru l'entendre répondre « bien compris, général Fuller ». C'était plutôt logique : à la tête de l'état-major, le général Pete Fuller était sans doute la seule personne

– en dehors du Président lui-même – capable de convaincre les agents de la CIA de rester à la porte. Wilhelm et ses hommes avaient donc joué le rôle de simples observateurs tandis que Steady se chargeait de prélever un cheveu sur la tête de Rock, un peu du sang versé et un échantillon d'épiderme et de les leur remettre.

L'agent Wilhelm avait ensuite insisté pour faire transporter le corps vers les États-Unis. Boss avait alors menacé non seulement de rappeler Fuller mais aussi d'informer le gouvernement costaricain. Ce qui, d'après ce qu'avait compris Eve, aurait causé beaucoup de vagues. Les États-Unis n'étaient pas censés mener des opérations spéciales au Costa Rica sans la permission expresse des autorités locales. Permission que la CIA n'avait pas obtenue.

De l'avis d'Eve, ceci dit, ce n'étaient pas les questions légales, politiques ou de carrière qui avaient convaincu l'agent Wilhelm de se contenter des échantillons de Steady. Non, c'était l'expression qui se lisait sur le visage de chacun des Black Knights : « il faudra me passer sur le corps ».

Et en parlant de corps. Rock gisait là. Si immobile... si inerte...

Mon Dieu...

C'était tellement affreux que son esprit refusait d'y penser.

Elle ne s'aperçut qu'elle pleurait à chaudes larmes que lorsque Billy la prit doucement par la nuque pour l'attirer dans ses bras et blottir son visage contre son épaule virile et chaude.

Il sentait le cuir et le soleil, avec des effluves légèrement chimiques. En dehors de cette dernière odeur, c'était tout à fait le Billy qu'elle avait connu des années plus tôt. Durant le meilleur et le pire été de sa vie...

— T'en fais pas, Eve, tout va s'arranger, lui chuchota-t-il à l'oreille.

Son souffle chaud et sa voix grave auraient dû la réconforter. Et pourtant non. Car elle venait de voir un homme se faire abattre devant chez elle. Et elle commençait à douter que les choses puissent un jour s'arranger.

— Pourquoi ? souffla-t-elle en enfouissant son visage dans le tee-shirt de Billy.

Elle savait qu'elle était en train de l'imprégner de larmes et de morve, mais elle aurait tout le temps d'être embarrassée par la suite. Pour l'heure, elle était surtout sensible au silence qui régnait dans la maison à présent que les hélicoptères étaient partis. Un silence seulement interrompu par les sanglots assourdis de Becky. Et les siens.

— Pourquoi ont-ils fait ça ?

Rock n'avait-il pas mérité le droit de s'expliquer ? N'était-il pas un Américain, après tout ? Comment son propre gouvernement pouvait-il décider de l'abattre de sang-froid ? D'accord, elle avait entendu les agents de la CIA affirmer que c'était l'œuvre d'un mystérieux tireur. Un type qu'ils n'avaient d'ailleurs pas pu retrouver. Mais elle savait que c'était forcément eux, les responsables. Des hommes censés faire respecter les lois du pays et non se torcher avec de la manière la plus atroce qui soit.

— T'en fais pas, Eve, répéta Billy.

Mais cela ne fit rien pour la consoler, surtout quand elle entendit Vanessa – qui s'était évanouie face contre terre ; Eve n'avait jamais vu ça – se réveiller en poussant un cri déchirant.

— Rock !

Eve s'écarta légèrement de Billy pour la voir se relever en position accroupie à l'endroit où Boss l'avait étendue au sol. Elle rampa à quatre pattes vers Rock, glissant dans la mare de sang, et Eve sentit de nouveaux sanglots lui serrer la gorge.

C'est affreux. Elle ne pouvait pas regarder... mais se trouva incapable de détourner les yeux. Car Vanessa,

241

les joues striées de larmes, saisit la tête ensanglantée de Rock et la tint un instant contre son sein avant de se pencher pour déposer un baiser sur ses lèvres.

Ce qui se passa ensuite défiait toute raison.

Car Billy plaqua sa paume calleuse contre la bouche d'Eve qui, du coin de l'œil, vit Boss faire de même avec Becky. Puis, avant qu'Eve puisse se débattre, Boss demanda :

— On est bon ?

Elle remarqua alors Ozzie qui, depuis un coin de la pièce, pianotait frénétiquement sur le clavier d'un ordinateur portable.

— Pour autant que je puisse en juger, répondit le geek hirsute.

Il consulta son écran, sourcils froncés, puis lança un regard lourd de sens vers les fenêtres du séjour adjacent.

— Mais restons vigilants, dit-il.

— Affirmatif, dit Boss. Bon, il est temps de nettoyer le corps et de le préparer au transport.

C'est à cet instant que l'épaule de Rock bougea. Eve vit sa grande main émerger derrière la cloison pour se poser sur la nuque de Vanessa. Elle comprit alors pourquoi Billy avait plaqué sa main sur ses lèvres ; un cri de terreur stupéfaite avait jailli depuis sa poitrine tremblante. Sans lui, elle n'aura pu le retenir.

— Chut, lui murmura-t-il à l'oreille. Tout ça n'était qu'une ruse.

— Reprends ton souffle, Vanessa, *chère*, dit gentiment Rock.

Sa voix soyeuse de baryton aux accents traînants était comme une musique aux oreilles de Vanessa. Un nouveau sanglot remonta de sa gorge à vif. Elle avait l'impression d'avoir avalé de l'eau de Javel. Mais, franchement, elle s'en moquait.

Rock était en vie ! Il était vivant !

Mais comment... ?

Elle l'avait vu s'effondrer, fauché par les balles. Et pourtant, il était là, assis à la table de la salle à manger d'Eve après s'être douché et changé. Il tendit la main vers elle pour passer les doigts dans ses cheveux emmêlés. De l'autre, il maintenait un torchon plaqué contre son oreille.

Et durant les dix minutes qui s'étaient écoulées depuis le moment où il l'avait attirée à lui et embrassée de toutes ses forces – sans doute pour éviter qu'elle ne hurle bêtement en découvrant qu'il n'était pas mort –, elle n'avait pas pu s'arrêter de pleurer.

C'était comme si quelque chose d'irréparable s'était brisé en elle...

Oh, elle avait bien cru parvenir à se reprendre. Les larmes s'étaient calmées, elle avait cessé de trembler. Et puis, boum ! Les vannes s'étaient rouvertes, prouvant au monde quelle chiffe molle elle était en réalité.

Pfff.

— J'ai fini.

Becky fit son entrée dans le séjour en s'essuyant les mains comme si elle venait de couper du bois alors qu'elle avait simplement mis des piles dans une incroyable sélection de vibromasseurs qu'Eve et elle avaient ensuite scotchés à toutes les fenêtres de la maison.

Encore une vision que l'esprit de Vanessa avait eu du mal à accepter pleinement : Eve Edens, princesse de la rubrique mondaine de Chicago, tenant entre ses mains deux verges en plastique géantes aux couleurs ridicules.

— Fini les micros optiques dans la baraque ! Bam !

Becky fit mine de lancer un ballon de football américain puis entama une petite danse de la victoire. Ce qui fit sourire Steady qui s'approcha de Rock, une trousse médicale militaire aux motifs camouflage serrée entre ses doigts bronzés.

— Y a rien à y faire, dit Rock en retirant sa compresse improvisée.

Un morceau d'un peu plus d'un centimètre de chair avait été arraché au pourtour de son oreille.

— On peut au moins arrêter le saignement, maugréa Steady.

Il posa sa trousse sur la table, en ouvrit l'une des poches et sortit un sachet de poudre cautérisante.

— *Merde*, râla Rock avec une grimace. Ce truc est pire que les feux de l'enfer.

— Arrête de jouer les chochottes, le taquina Steady.

Il déchira le sachet et saupoudra le contenu sur l'oreille déchiquetée de Rock, lequel émit un sifflement accompagné d'une nouvelle grimace. Steady leva les yeux au ciel.

— Mieux vaut ça que de te voir perdre plus de sang et…

Le sang.

Il y avait eu tellement de sang…

Vanessa ne put réprimer un nouveau sanglot.

— Qu'est-ce qu'elle a ? demanda Steady en haussant un sourcil interrogateur.

— Je crois que son barrage s'est méchamment fissuré, répondit Rock.

Sans bouger la tête pour laisser Steady appliquer un pansement de fortune autour de la blessure à son oreille, il tourna le regard vers elle et lui fit un clin d'œil rassurant accompagné d'un grand sourire.

— Tout va bien, *chère*. Je vais bien.

Oui, il allait peut-être bien, mais elle non. Car elle aurait pu le tuer. Et elle n'arrivait pas à chasser de son esprit le moment où il avait pris ces trois balles dans la poitrine. L'horreur qu'elle avait ressentie en voyant le sang jaillir, en le regardant s'effondrer…

À cet instant, la porte de derrière s'entrouvrit et Spectre se glissa à l'intérieur de la maison, aussi souple et silencieux qu'une ombre.

— On est bon ?

Il avait posé la question à Ozzie qui, installé à l'autre bout de la table, tapotait en alternance sur les claviers de deux ordinateurs portables.

— Ça a l'air, répondit-il avec un hochement de tête, sans quitter ses écrans du regard. On dirait que les satellites ont été repositionnés et je ne détecte aucun autre signe de surveillance.

— Ouais. Moi non plus, confirma Spectre. J'ai fait deux fois le tour de la propriété avant de rentrer et je n'ai rien vu. Je crois qu'on est parés.

Il s'approcha du groupe et déposa précautionneusement son fusil à lunette – qu'il surnommait affectueusement Sierra – sur la table avant de s'asseoir en face de Vanessa.

Rock planta son regard dans le sien.

— C'est quoi, ton délire, mec ? Pourquoi tu m'as arraché l'oreille ?

— Déjà, elle n'est pas arrachée. Il en manque simplement un morceau, répondit Spectre.

— Cool ! J'adore quand on s'écharpe sur des questions de sémantique, pouffa Ozzie.

Un sourire se dessina sur ses lèvres tandis qu'il continuait à pianoter sur ses ordinateurs. Spectre lui lança un coup d'œil agacé avant de reporter son attention sur Rock.

— Ensuite, c'est pas moi qui ai tiré.

Le silence se fit. Même Ozzie avait cessé de taper, ses doigts suspendus au-dessus des claviers.

— Alors qui ? demanda Boss depuis le seuil.

Son expression inquiète faisait ressortir la blancheur de ses cicatrices sur sa peau bronzée. Mais lorsque Becky s'approcha pour lui passer un bras à la taille, son visage s'adoucit un peu et il se pencha pour lui embrasser les cheveux.

Leurs gestes étaient si naturels qu'ils semblaient presque instinctifs. Vanessa, qui les observait d'un œil envieux, fut atterrée de sentir les larmes monter de nouveau. Malgré tous ses efforts, elle semblait incapable de se contrôler. Mâchoires serrées et lèvres pincées, elle laissa échapper un sanglot qui ressemblait à une sorte de couinement hystérique.

— Qu'est-ce qui cloche chez toi ? grogna Boss. T'es malade ? T'as attrapé quelque chose dans la jungle pendant que tu...

Vanessa secoua désespérément la tête avec l'espoir qu'il n'insiste pas.

Eh ben, Van, on peut dire que tu impressionnes carrément ton patron et tes collègues aujourd'hui, hein ?

— Y a une fissure dans le barrage, avança Steady.

Boss fronça les sourcils. Son expression était claire : « Ah, j'ai pigé ; c'est juste un numéro de bonne femme ».

Mais il n'avait rien pigé du tout. Personne n'avait pigé.

— Alors qui a tenté de fumer Rock ? demanda Ozzie.

Lui non plus ne comprenait pas qu'elle se sentait écrasée par la culpabilité. Ses actes auraient réellement pu causer la mort de Rock.

— Aucune idée, répondit Spectre avec un haussement d'épaules. J'ai entendu la détonation sur ma gauche après avoir tiré les balles à blanc et j'ai essayé de le localiser. Mais le temps que je sème les mecs de la CIA, ce salopard s'était tiré.

Tous les regards, y compris celui de Vanessa – les yeux rougis et gonflés de larmes, sans aucun doute – se tournèrent vers Rock. Oh, il était merveilleusement vivant. Malmené mais vivant.

Vanessa ne put s'empêcher de tendre la main pour toucher celle de Rock ; elle avait besoin de s'assurer qu'il était bien réel, chaud, en vie. Elle s'attendait à moitié à le voir retirer sa main dans un mouvement d'humeur. Elle avait tellement mérité sa colère.

Mais il n'en fit rien. Au contraire.

Il fit pivoter sa paume et glissa ses doigts entre les siens. Le cœur de Vanessa se mit à battre si fort qu'elle s'imagina que tous pouvaient voir frémir le tissu de sa chemise tropicale.

Rock secoua la tête.

— *Non*, dit-il. Vous pouvez arrêter de me regarder comme ça, je ne sais pas qui était le tireur. À moins que

Rwanda Don n'ait engagé quelqu'un pour m'abattre afin d'être sûr que je ne dise rien à la CIA. Ce qui n'est pas si improbable, à bien y réfléchir.

— Rwanda Don ? demanda Boss.

Il tira une chaise du bout du pied et s'assit lourdement avant de prendre Becky sur ses genoux.

C'est le moment que choisit Bill pour entrer dans la pièce, suivi d'Eve. L'expression fermée de Bill et le rouge aux joues d'Eve laissaient entendre qu'ils s'étaient une fois de plus querellés. Vanessa ne savait pas grand-chose de leur passé commun, mais leur histoire avait visiblement été longue, alambiquée et douloureuse. D'ailleurs, à ce propos…

Rock avait dû décider qu'il avait été assez gentil et rassurant comme ça ; il reposa la main de Vanessa sur ses genoux avec une petite tape avant de poser ses coudes tatoués sur la table. Et tant pis pour l'espoir trompeur qu'elle avait entretenu un instant en s'imaginant qu'il lui avait peut-être pardonné de l'avoir amené jusqu'ici et presque fait tuer.

Mais comment aurait-elle pu attendre une telle chose de sa part alors qu'elle-même s'estimait impardonnable ?

Mon Dieu… Si elle se remettait à pleurer – ou à émettre de petits cris pathétiques – elle allait être terriblement tentée de saisir le fusil de Spectre et d'abréger ses souffrances.

Par chance, les paroles de Rock interrompirent le grand plongeon dans l'auto-apitoiement qu'elle s'apprêtait à faire.

— Rwanda Don, c'est une longue histoire. Vous êtes sûrs d'avoir le temps pour ça ?

Boss jeta un regard soucieux à sa montre.

— Carrément pas. Le général Fuller a organisé notre rapatriement aux États-Unis. Le van va débarquer d'une minute à l'autre.

— Bon, si on n'a pas le temps de parler de ce Don je-sais-pas-quoi, quelqu'un veut bien me raconter ce qui s'est passé là, dehors ? demanda Becky avec un geste en direction de la porte d'entrée.

Oui, oui ! C'était exactement ce dont Vanessa avait besoin ; elle n'en pouvait plus d'attendre des explications. Après tout, Rock s'était fait tirer dessus sous ses yeux. Quatre fois.

Et pourtant il était là, bien vivant. Sans une égrat... enfin, sans impacts de balles dans le corps.

Rock fit un signe du menton à Steady.

— Je crois que c'est à toi de répondre, *mon ami*. Après tout, c'était ton idée.

Un sourire étincelant illumina le visage de Steady, et Vanessa comprit alors pourquoi tout le monde – y compris Steady lui-même – avait tenté de les rapprocher à son arrivée dans l'équipe. Après tout, ils avaient tous les deux du sang latin et Steady pouvait se targuer de cette beauté ténébreuse qui faisait craquer toutes les femmes. Enfin, toutes sauf elle, apparemment.

Car dès l'instant où elle avait mis les pieds dans le quartier général de Black Knights Inc., elle n'avait eu d'yeux... ou plutôt d'*oreilles* que pour Rock. Le premier jour, il avait suffi que Rock ouvre la bouche pour qu'elle se mette à saliver et à imaginer des bébés gazouillant en français cajun. Carlos « Steady » Soto n'avait eu aucune chance. Dès les premiers mots de Rock, elle était foutue. Complètement foutue.

Et c'était toujours le cas.

Jamais il ne serait amoureux d'elle. Jamais. Avec un J majuscule. Et ça n'avait rien d'étonnant. S'il n'avait pas déjà eu de bonnes raisons auparavant, il en avait désormais une : elle avait failli le faire tuer.

Un autre sanglot enfla dans sa poitrine, mais elle parvint cette fois à le refouler.

— Je me suis simplement dit, commença Steady en tirant sur son lobe d'oreille alors qu'il s'apprêtait à expliquer son plan, qu'on n'avait aucune chance de régler cette affaire, d'aider Rock, tant qu'on aurait l'Agence sur le dos. Et qu'ils ne partiraient que si Babineaux cassait sa pipe. Alors on lui a prélevé du sang, Wild Bill lui a installé des explosifs, Spectre est sorti pour simuler des tirs de sniper et voilà ! dit-il en claquant des doigts. Ding, dong, le Cajun est mort !

Un long silence suivit ce court monologue. Les jeunes femmes observaient Steady en tâchant de déterminer si ce qu'il avait dit tenait debout. Becky fut la première à parvenir à la conclusion que non. Pas du tout.

Elle secoua vivement la tête, tel un personnage de dessin animé, et lança avec une éloquence rare :

— Hein ?

Un million de questions tourbillonnaient à l'intérieur du crâne de Vanessa, mais Becky avait mis le doigt sur la plus importante.

— Ouais... renchérit Vanessa. Même chose.

Bill leva les yeux au ciel.

— Je comprends vraiment pas comment t'as fait pour obtenir ton diplôme de médecine alors que t'es pas foutu d'expliquer quoi que ce soit.

Une expression entre l'incompréhension et l'indignation se lisait sur les traits de Steady.

— Je suis allé à l'essentiel, répliqua-t-il.

— C'est ça... Comme la fois où tu m'as dit de me placer en hauteur et de te couvrir pendant que tu partais en reconnaissance dans cette tranchée en Colombie ? En oubliant de me dire que tu allais y balancer une grenade pour faire tout sauter et attirer l'attention de tous les guérilleros du FARC alentour...

Ozzie leva la main comme un gamin dans une salle de classe.

— Oh, oh ! J'en ai une autre, dit-il. Comme la fois où tu m'as dit de distraire le chef de guerre taliban avec mes reparties pour que tu puisses te glisser dans son campement et découvrir l'endroit où il entreposait ses armes. Sauf qu'au lieu de noter les coordonnées de l'entrepôt en question, tu as demandé une frappe

249

aérienne et l'as regardée faire « boum ! » en me laissant me démerder pour détaler plus vite qu'Usain Bolt en personne. Du Steady pur jus !

L'interpellé agita la main comme si tout cela n'avait aucune importance.

— Les détails sont superflus, dit-il.

— J'y crois pas...

L'air incrédule de Bill laissa néanmoins place à un simple haussement d'épaules. Puis il se tourna vers le groupe assis à la table.

— Steady a prélevé le sang de Rock car on se doutait que la CIA voudrait une confirmation ADN. Puis j'ai pris une partie de ce sang pour remplir trois capsules auxquelles j'ai ajouté une petite quantité d'explosifs. Je les ai associées à un détonateur et scotchées sur le torse de Rock.

D'un geste du menton, il désigna Spectre assis face à Vanessa.

— Équipé de balles à blanc et des détonateurs à distance, Spectre s'est faufilé dehors avant que l'Agence envoie ses renforts. Quand Rock s'est avancé sous le porche, en apparence pour se rendre, Spectre a tiré plusieurs coups en actionnant simultanément les détonateurs. D'où les coups de feu et les grosses éclaboussures sanglantes que vous avez vues jaillir de la poitrine de Rock. Ajoutez à ça un peu de sang supplémentaire répandu dans le couloir et une fausse flaque d'hémoglobine obtenue avec un mélange de colorant alimentaire, d'huile et d'agent épaississant... et voilà.

Il claqua des doigts avec un grand sourire à l'intention de Steady, lequel leva à son tour les yeux au ciel.

— Ding, dong, le Cajun est mort, termina Bill.

— C'est bien ce que je disais, soupira Steady. Des détails superflus.

— Mais...

Le cerveau de Vanessa avait du mal à appréhender la complexité et le génie de ce plan. Il ne fonctionnait pas vraiment. Son cerveau, pas le plan. De toute évidence, le plan avait parfaitement fonctionné.

— Et puis, ajouta Ozzie, on s'est dit qu'ils penseraient que Rock s'était fait plein d'ennemis depuis qu'il avait été déclaré traître...

— Je déteste ce mot, grommela Rock.

Même déboussolée, Vanessa ressentit de nouveau une profonde envie de lui prendre la main. Mais, estimant avoir déjà trop tenté le sort un peu plus tôt, elle garda les mains jointes sur ses genoux, si crispées que ses ongles lui rentraient dans la chair.

— Bref, ils auraient pensé qu'un assassin s'était posté là, bien décidé à éliminer notre pote, reprit Ozzie.

Il fronça les sourcils puis se tourna vers Rock, les yeux écarquillés.

— De fait, c'était sans doute bel et bien le cas. Mec, t'as vraiment eu de la veine d'être déjà en train de faire semblant de tomber sous les balles ; ça faisait de toi une cible mouvante. Si t'étais resté sans bouger, je crois que t'aurais un trou tout neuf en pleine tête.

— J'ai pas besoin que tu me le rappelles, grogna Rock.

Du bout du doigt, il traça un motif sur la table, l'air inquiet.

Ozzie, pour sa part, affichait le sourire d'un matou qui vient de gober un canari. Ne lui manquait que quelques plumes au coin de la bouche.

— Et puisqu'on parle de tomber sous les balles, dit-il, tu aurais bien besoin de cours d'arts dramatiques. On risque pas de te prendre pour Daniel Day-Lewis, mon pote.

Rock ouvrit la bouche, sans doute pour réfuter les critiques d'Ozzie. Après tout, il avait bien réussi à tromper la CIA ainsi que les femmes du groupe. Un fait auquel Vanessa refusait de penser. Mais il fut interrompu par le téléphone de Boss qui entonnait les premières mesures de *Don't Fear the Reaper*.

— Le chauffeur sera là dans deux minutes, annonça le colosse après un coup d'œil à l'écran de son iPhone. Spectre, va chercher la housse mortuaire.

— La housse mortuaire ? répéta Eve.

C'était la première fois qu'elle prenait la parole depuis qu'ils s'étaient rassemblés autour de la table. L'horreur perçait dans sa voix tendue.

— Pourquoi a-t-on besoin de... d'une... housse mortuaire ?

Boss la regarda, sourcils froncés. Il avait l'air de penser que la pauvrette devait être absente lors de la distribution des points de QI à l'humanité.

— Parce que Rock est mort, dit-il. Il faut qu'il sorte d'ici les pieds devant. Personne en dehors des gens réunis ici – pas même le général Fuller ni les autres Black Knights – ne sait ce que nous avons fait. Et ils n'ont pas à le savoir. Pas avant qu'on soit rentrés chez nous. Fuller sera mis au courant une fois Rock innocenté. Ce qui me force à te poser la question, Spectre : tu vas pouvoir cacher ça à Ali ?

— Elle est chez ses parents pour les deux semaines à venir. Et elle sait que je suis en mission. Elle n'attend pas de nouvelles de ma part avant plusieurs jours, répondit Spectre.

Il se pencha et sortit d'un sac marin une épaisse housse noire qu'il étendit au sol avant d'ouvrir la fermeture Éclair.

On entendit clairement Eve déglutir. Quant à Vanessa, en voyant cet horrible objet et Rock qui se levait, elle se sentit sur le point de fondre de nouveau en larmes.

Si près. Elle avait été si près de le perdre. Si la balle qui lui avait arraché un morceau d'oreille était passée cinq centimètres plus à droite...

Elle déglutit bruyamment à son tour. Rock se pencha pour lui chuchoter quelque chose, son souffle chaud caressant le lobe de son oreille.

— Tu n'as rien fait de mal aujourd'hui, *chère*. Arrête de te flageller, d'accord ?

Mais elle n'arrivait pas à oublier qu'elle avait failli le faire tuer. Impossible. Impensable. Il la prit alors par le menton et la força à le regarder.

— J'aurais fait la même chose à ta place, affirma-t-il.

— Il a raison, renchérit Ozzie. On aurait tous fait la même chose.

— Mais comment p... peux-tu me pardonner après que je t'ai presque fait... ?

— Vanessa...

Il soutint son regard afin qu'elle lise dans ses yeux qu'il disait vrai. Cela réchauffa le cœur de Vanessa plus que n'importe quoi d'autre.

— Je ne te reproche rien, dit-il. Tu as fait ce qui te semblait juste. C'est tout ce que nous pouvons faire, tous autant que nous sommes.

À ces mots, Vanessa sentit s'alléger la charge qui pesait sur ses épaules. Car si Rock pouvait pardonner ce qu'elle avait fait, peut-être parviendrait-elle à faire de même. Malgré sa respiration hachée, elle opina du menton.

Visiblement satisfait de ce qu'il lisait sur son visage, Rock s'éloigna pour aller s'allonger à l'intérieur de la housse mortuaire.

Honnêtement, le voir ainsi étendu dans cet horrible truc faillit bien déclencher une nouvelle crise de larmes. Mais Vanessa se retint ; elle avait conscience d'avoir déjà abusé de leur patience à tous en matière de manifestations d'hystérie.

— Vous... vous emportez toujours des housses mortuaires avec vous ? s'étonna Ève.

L'air terrifié, elle observa Spectre qui enfermait Rock à l'intérieur du linceul plastifié.

— Évidemment, répondit Boss.

Il se pencha pour ramasser quatre grands sacs, deux par épaule.

— Ce n'est pas une partie de *Risk* qu'on dispute. Des hommes meurent dans ce métier. Mais une chose est sûre : même si ça arrive, on ne les abandonne jamais derrière nous.

— Hoo-ah ! répondirent unanimement Spectre, Bill, Steady et Ozzie.

Entendre ce cri de ralliement, ce cri de guerre évocateur de devoir et de fraternité, fit courir un frisson le long de l'échine de Vanessa.

18

*Quartier général de Black Knights Inc.,
vingt et une heures plus tard...*

— Pourquoi est-ce que je ne peux pas rentrer chez moi ? demanda Eve.

Bill la vit dévisager prudemment les visages fermés des Black Knights. Tous les membres présents au Costa Rica étaient installés dans la salle de réunion de l'étage de l'atelier, impatients d'entendre le rapport complet de Rock.

Tous sauf Ozzie, pour être précis.

Le jeune homme était installé devant sa rangée d'ordinateurs pour épier les activités de la CIA afin de s'assurer que personne ne mettait en doute la petite mise en scène qui s'était jouée en Amérique centrale.

Ceci dit, après les dix-huit heures de voyage dans deux avions différents et trois heures de sommeil récupérateur ils étaient tous épuisés – on pouvait raisonnablement parier que s'ils n'avaient pas eu de nouvelles de l'Agence, c'était que tout allait bien de ce côté-là.

Quoi qu'il en soit, les Black Knights ne laissaient rien au hasard. Comme en attestèrent les mots que Boss prononça ensuite :

— Tu ne peux pas rentrer chez toi parce que tu en sais trop.

255

La mâchoire du colosse paraissait taillée dans le roc, ses yeux gris semblables à des silex. Eve porta la main à sa gorge et déglutit bruyamment.

Becky décocha à Boss un regard noir, suivi d'un coup de poing à l'épaule.

Quand Eve se tourna vers Bill d'un air suppliant, il dut lutter pour ne pas se pencher au-dessus de la table et lui prendre la main. La consoler, la protéger, la rassurer était sa responsabilité... autrefois.

Mais plus maintenant.

— Hey ?! s'exclama Boss.

Il fronça les sourcils en direction de sa femme et se frotta l'épaule comme si le coup lui avait réellement fait mal.

— C'est pour la façon dont tu as dit « parce que tu en sais trop ».

Non contente de baisser sa voix dans les graves, Becky arborait un rictus oblique, imitation plutôt convaincante de Boss lorsqu'il cherchait à faire peur.

— Ça donnait l'impression que t'étais sur le point d'ajouter « on va être obligés de te tuer ».

— Vraiment ?

Boss se tourna vers Eve, la cicatrice à son front plissée par la perplexité.

— Un... un peu, admit-elle. En quelque sorte...

Le regard de Boss fit le tour de la table comme pour demander au reste des Black Knights de confirmer ce que disaient les filles. Les grimaces, haussements d'épaules et hochements de tête qu'il obtint lui firent froncer encore un peu plus les sourcils.

— Tu vois ! s'exclama Becky, toujours prompte à souligner quand elle avait raison. Tu pourrais faire preuve d'un peu plus de délicatesse.

— Ce n'est pas ce que tu exigeais de moi hier soir quand je...

— Stop, stop ! Épargnez-moi ça ! s'exclama Bill.

L'idée de Becky et Boss dans le même lit lui donnait toujours un peu la nausée. S'il y avait une chose qu'un frère aîné ne voulait jamais se représenter, c'était bien sa sœur en train de faire la bête à deux dos.

— Tu dois rester ici parce que la CIA pourrait tenter de t'alpaguer dès que tu mettras les pieds dehors, ajouta Ozzie.

Il se détourna de ses machines pour faire face au groupe. Une fois n'est pas coutume, son ton n'était ni blagueur ni irrévérencieux. Alarmée, Eve reporta son attention vers lui.

— Quoi ? Pourquoi ? Je croyais qu'ils avaient cru à votre ruse, donc...

— Qu'ils y aient cru ne veut pas dire qu'ils ne chercheront pas à vérifier les faits. Et tu fais une cible facile, Eve.

L'expression sérieuse d'Ozzie – car, oui, cela lui arrivait de temps à autre – s'adoucit. De toute façon, aux yeux de Bill, le fait que le gamin arbore un tee-shirt de M. Spock déclarant « Vulcain très particulier cherche Vulcaine très particulière » décrédibilisait totalement le personnage d'agent professionnel et endurci qu'il venait d'endosser.

— Il leur suffirait de t'asticoter pendant une dizaine de minutes pour que tu craques comme l'élastique d'un vieux slip.

— En fait, je... commença Eve.

Mais Bill décida d'intervenir. Ils n'avaient pas le temps d'apaiser toutes les peurs d'Eve. Il semblait urgent de s'attaquer à la tâche – probablement monumentale – consistant à trouver le moyen de disculper Rock.

— Ozzie a raison ! affirma-t-il sur un ton qui, il l'espérait, ne laisserait pas place à la discussion.

Voyant Eve se tourner vers lui en clignant plusieurs fois les yeux, le souffle tremblant, il estima avoir réussi son coup.

— Il te reste encore une semaine de vacances avant la date prévue pour ton retour. Mieux vaut que tu la passes ici avec nous, lui dit-il.

257

Bon sang, comment allait-il survivre à cela ?

— Avec un peu de chance, reprit-il, à la fin de la semaine en question, soit nous aurons réglé ce malentendu avec Rock, soit nous serons en passe de le faire. Alors tu seras libre de partir.

Oui, tout cela sonnait plutôt autocratique, même à ses propres oreilles. Un avis de toute évidence partagé par Eve qui plissa les yeux et pinça les lèvres.

— Vous ne pouvez pas me garder ici contre ma volonté ! rétorqua-t-elle en le transperçant avec un regard déterminé qu'elle n'aurait jamais affiché dix ans plus tôt.

— Non, c'est vrai, lui répondit-il en laissant ses traits s'adoucir. Mais on te le demande. Gentiment, avec la bouche en cœur et des grands yeux de chaton. Tu veux bien ?

Oui, il avait sorti la grosse artillerie. Car ils avaient souvent employé cette plaisanterie durant ce fameux été où, jeunes et bêtes, ils avaient pris leur attirance mutuelle pour quelque chose de plus. Il était peut-être un peu salaud de ressortir ça maintenant, mais il savait que ça fonctionnerait comme sur des roulettes. Ça avait toujours été le cas…

Comme il l'avait espéré, Eve se troubla.

— Oh… Oh… D'accord, je…

— Parfait ! se hâta-t-il de conclure.

Il ne supportait pas quand elle le regardait de cette façon, si confiante, si… innocente. Elle n'était pourtant pas innocente. Sortie d'une cage dorée, oui. Innocente ? Non.

Même si elle l'avait été. Autrefois.

Et lui s'était montré tellement stupide à vouloir préserver cette innocence et…

— Très bien.

Boss avait interrompu le fil de ses pensées et c'était tant mieux. Il était temps pour Bill de cesser de penser à la femme qui l'avait… « éconduit » devait être le bon mot. Oublier et aller de l'avant.

— Et puisqu'on parle de logistique, poursuivit le colosse, Ozzie, où en sont les préparatifs des funérailles de Rock ?

Pouvait-on imaginer plus bizarre que de discuter des funérailles d'un homme assis à moins de deux mètres de là ?

— Tout se passe bien, répondit Ozzie. Les frères Connelly connaissent un type qui bosse à la morgue. Il a mis le nom de Rock sur un cadavre non identifié. T'es officiellement mort, mon pote.

Les frères Connelly désignaient un quatuor de natifs patibulaires de Chicago qui tenaient le poste de garde à l'entrée du quartier général de BKI. Et ces fichus Irlandais avaient tellement de contacts à travers la ville – à la fois officiels et officieux – que Bill en avait parfois le tournis.

— Le cercueil a été commandé auprès des pompes funèbres de Lakeview et on négocie un emplacement au cimetière Lincoln. Tous les Black Knights se chargent de terminer rapidement leur mission – ou de l'abandonner carrément si ce n'est pas possible – et ils devraient arriver progressivement durant les soixante-douze heures à venir.

Ce qui promettait un certain remue-ménage quand les Black Knights débarqueraient en s'attendant à assister à des obsèques pour découvrir que Rock n'était pas vraiment mort. À en juger par la réaction des frères Connelly, Rock devait s'attendre à quelques côtes froissées. Bill ne s'était pas encore tout à fait remis du spectacle de Geralt, Manus, Toran et Rafer Connelly étreignant simultanément Rock entre leurs grosses pattes d'ours. On aurait dit un empilement de rochers humains, massif et bosselé.

— Si on nous surveille, poursuivit Ozzie, on aura l'air d'agir comme prévu. À savoir : faire le nécessaire pour enterrer l'un des nôtres.

Boum ! Comme toujours, les moindres détails avaient été pris en compte. Certains jours, Bill ressentait le besoin de se pincer pour s'assurer que la machine bien huilée que constituait BKI n'était pas un rêve.

— Impeccable, dit Boss. Le moment est donc venu de passer aux choses sérieuses.

Il se tourna vers Rock, et Bill vit le Cajun pousser un grand soupir. Rock semblait toujours exténué, mais la détermination se lisait dans son regard et sa façon de serrer les mâchoires. Il était enfin prêt à leur expliquer dans quel foutu guêpier il s'était fourré.

— Tu veux bien nous dire pourquoi notre gouvernement raconte que tu as tué dix de nos chers concitoyens ? demanda Boss.

On y était.

La question que les Black Knights mouraient d'envie de lui poser depuis l'instant où il était revenu parmi eux.

Il jeta un coup d'œil vers Vanessa assise de l'autre côté de la table. Et même après tout ce qui s'était passé, toutes les choses terribles qu'il lui avait dites, la façon dont il l'avait attirée à lui d'une main pour mieux la repousser de l'autre, ses grands et beaux yeux n'exprimaient que confiance et... conviction. Comme si, quoi qu'il puisse dire, elle ne cesserait jamais ni de tenir à lui ni de croire en lui.

C'est une sacrée bonne femme, songea-t-il.

Une femme d'exception, même. Le genre qui méritait un homme loyal, honorable et fiable qui lui vouerait une authentique adoration et l'aimerait de tout son cœur. Dommage que Rock soit incapable de lui offrir ce dernier élément de la liste.

Le plus important de tous.

— Tout d'abord... commença-t-il.

Mais il s'arrêta presque immédiatement pour tenter de mettre un semblant d'ordre dans ses pensées. Cette explication promettait d'être longue et laborieuse et, pour tout dire, il allait sans doute pédaler dans la choucroute au moment d'exposer toutes les subtilités de cette sordide affaire.

Sans compter qu'il s'inquiétait de la réaction des Black Knights. Allaient-ils considérer la raison pour laquelle il avait été choisi comme quelque chose de glorieux ou de honteux ? Car honnêtement, lui-même hésitait entre les deux.

— Tout d'abord, reprit-il, cette fois prêt à aller jusqu'au bout de sa phrase, je veux que tout le monde sache que je n'ai pas tué ces hommes. À vrai dire, je n'aurais même pas su comment m'y prendre pour causer certains de ces décès. Genre, comment tu fais pour déclencher une crise cardiaque chez un mec ?

La question était rhétorique, mais Ozzie répondit immédiatement :

— Atropine.

— C'est quoi ? demanda Vanessa, sourcils froncés.

Comme elle se tournait vers Ozzie, Rock ne put s'empêcher de contempler son joli profil. Puis de baisser les yeux vers... sa poitrine. Ces seins magnifiques qu'il avait embrassés et caressés, des mamelons parfaits qu'il avait léchés et sucés en les sentant se durcir entre ses lèvres. Ils étaient à présent couverts par un tee-shirt couleur rouge à lèvres qui mettait en valeur sa chevelure noire et sa peau mate. Mais Rock s'en souvenait parfaitement et...

Merde. Il était en train d'avoir une érection.

T'es vraiment un pauvre mec ! se morigéna-t-il en se recalant maladroitement sur son siège.

Il passa une main sous la table pour tâcher de rajuster discrètement son entrejambe. Mais lorsqu'il releva les yeux, ce fut pour découvrir que Spectre l'observait en haussant un sourcil interrogateur.

Avec une grimace, il inclina le menton en direction de Vanessa. Mieux valait admettre la vérité plutôt que de laisser Spectre l'imaginer en gros pervers capable de bander en discutant des manières peu orthodoxes de tuer quelqu'un. Une lueur de compréhension s'alluma dans les yeux de Spectre, qui hocha la tête et décocha un bref coup d'œil à Vanessa avant de reporter son attention sur Ozzie.

Rock aurait d'ailleurs été bien inspiré de faire de même. Après tout, son job, sa vie, étaient au cœur de la discussion.

— ... dérivé de la belladone, expliquait Ozzie. C'est incroyablement dangereux. Même une quantité minuscule vaporisée sur la peau...

— Bien. Super, l'interrompit Boss avec une pointe d'agacement. Tu es un génie. On a compris.

Le colosse se tourna vers Rock.

— Continue, tu veux ?

— *Oui.*

Tout déballer ne le réjouissait pas, mais comme son cher père le disait souvent : « Ou t'accouches, ou tu vas te coucher ! » Cela faisait trop longtemps qu'il dissimulait des choses aux Black Knights. Il était temps pour eux de connaître la vérité.

— Mais si je ne les ai pas tués, c'est moi qui les ai interrogés. Mon boulot consistait à leur soutirer des aveux.

Ah, l'horreur de devoir creuser dans la psyché de ces hommes ! De découvrir ce qui les motivait, ce qui les rendait heureux ou tristes, excités ou effrayés...

S'il était possible de devenir sociopathe à force de contact avec la lie de l'humanité, alors Rock était fichu. Car il avait trop profondément enfoui les mains dans le cambouis psychologique de ces types pour en ressortir indemne.

— Voilà pourquoi tes petits numéros de disparition coïncidaient avec les signalements de kidnapping, commenta Ozzie. Tu leur faisais passer un interrogatoire.

— *Oui.*

— Mais à quel sujet ? Qu'est-ce que tu cherchais à leur faire avouer ? s'enquit Steady en se penchant vers Rock, mains jointes.

Tous aimaient se payer la tête de Steady pour son côté imprévisible, mais son esprit n'en restait pas moins aussi aiguisé qu'un rasoir. C'était le seul Black Knight capable de se mesurer à Ozzie en matière de QI, ce qui expliquait sans doute pourquoi ils s'entendaient si bien. Les grands ciboulots se rencontrent...

— La bonne question serait plutôt de savoir quels crimes ils n'ont pas avoués, répondit Rock.

Il fit de son mieux pour chasser les souvenirs de certaines de ces confessions, de l'horreur qui imprégnait les témoignages de ces hommes, accompagnée d'une absence absolument inhumaine du moindre remords.

Jusqu'à ce qu'ils se fassent prendre, bien sûr. Tous étaient désolés de s'être fait prendre.

— Trafic de drogue, vente d'armes, traite d'êtres humains, prostitution infantile, meurtre, viol, extorsion, blanchiment d'argent, vente de secrets militaires...

La liste était sans fin.

Citez-moi n'importe quel crime, vous pouvez être sûrs qu'ils l'avaient commis. Mais pour avoir droit à une visite de ma part, il fallait qu'ils aient volontairement commis ou commandité le meurtre d'un innocent. C'était la règle.

Boss tourna une page du dossier étalé devant lui. Celle qui contenait la liste des dix individus que Rock était accusé d'avoir tués. Ainsi, ô joie, que la photo de chacun d'eux.

Comme si Rock avait besoin d'un quelconque rappel...

Les noms, dates de naissance, visages et chefs d'accusation de chacun de ces hommes étaient déjà gravés au fer rouge dans son cerveau.

— Rien dans le fichier ne suggère que ces types aient été impliqués dans des trucs illégaux, maugréa Boss en tournant lentement les pages.

— Bien sûr que non, répliqua Rock avec un reniflement moqueur. Et c'est parce que les pires criminels du monde sont presque impossibles à arrêter et faire condamner.

263

Il balaya du regard les visages de ces hommes et femmes qu'il en était venu à considérer comme sa famille. Ceux et celles qui n'avaient jamais cessé de croire en lui et qui avaient risqué leur vie et leur réputation – le risque courait toujours, d'ailleurs ! – pour l'aider à se disculper. Ceux et celles qui croisaient les doigts en espérant comprendre pourquoi il avait fait ce qu'il avait fait.

— Des connards* de ce calibre, des types avec beaucoup d'argent, de pouvoir et de relations, se cachent derrière des corporations fantoches et toutes sortes de couvertures. Ce sont les intermédiaires qui se font choper durant les descentes de police. Mais les mecs au sommet ? Ils s'en sortent presque toujours et se démerdent pour se reconvertir dans une nouvelle activité ou renforcer celles qu'ils ont déjà.

— Trop vrai, approuva Ozzie avec un hochement de tête sagace. Vous avez tous regardé *Sur écoute*, non ? Chaque fois, le big boss passe entre les mailles du filet et...

— Pourquoi est-ce qu'il faut toujours que tu ramènes tout à la musique, aux films ou à la télé ? l'interrompit Boss, exaspéré. Figure-toi que dans la vie, tous les problèmes ne peuvent pas être résumés par un refrain de chanson ou des dialogues spirituels.

— C'est ce que tu crois ! rétorqua Ozzie. D'un point de vue anthropologique, la culture populaire est un moyen d'exprimer le...

— Ozzie a raison à propos des big boss, déclara Rock.

Il avait préféré intervenir avant que la conversation ne dévie davantage, ce qui arrivait souvent quand Ozzie était dans les parages.

— Et, ajouta-t-il, comme notre système judiciaire est à la fois vertueux d'un côté et très imparfait de l'autre, ces types restent libres de continuer à tuer, mutiler et plus généralement faire des ravages sur l'humanité. Tous ces individus étaient des terroristes intérieurs dans tous les sens du terme. Et mon boulot consistait à les appréhender et à leur faire avouer leurs crimes. Leur faire cracher le morceau et enregistrer le résultat, si répugnant soit-il.

— Et après ces aveux ? demanda Boss.

Rock haussa les épaules.

— Je les relâchais. Mais pas avant d'avoir fait passer l'enregistrement à Rwanda Don. À partir de là, je n'étais plus impliqué.

— Qu'est-ce que tu veux dire ? s'enquit Ozzie. Tu ne savais pas qu'ils se faisaient tuer ?

— Oh, j'ai appris la mort de deux ou trois d'entre eux dans les journaux, apparemment de cause naturelle. Mais j'ignorais que les autres étaient six pieds sous terre jusqu'à ce qu'on me mette leur décès sur le dos et que je mène ma propre enquête. Jusque-là, j'avais bêtement cru que les enregistrements de mes interrogatoires étaient utilisés dans des dossiers en cours pour traîner ces sales types en justice.

— Et tu ne sais pas qui les a tués ? Si c'était ce dénommé Rwanda Don ou...

— *Non*, dit Rock en secouant la tête. Don était le cerveau de l'affaire, pas le genre à faire les basses besognes. C'était peut-être lui qui se chargeait de faire des recherches sur eux, de découvrir les liens avec des meurtres ou des opérations sur le marché noir... Honnêtement, je ne suis sûr de rien. Tout ce que je sais, c'est qu'on m'a fourni un dossier complet – incroyablement complet, même – sur chacun d'eux. Chaque dossier contenait non seulement des infos détaillées sur leurs infâmes activités mais aussi sur leurs habitudes personnelles. Ce qu'ils aimaient ou détestaient, leurs liens familiaux, tout. Et je m'en servais pour entrer dans leur psyché.

— On parle des fichiers que l'Agence a trouvés dans ta boîte postale ? demanda Boss. Ceux qui te mouillent dans la mort de ces types ?

Rock secoua la tête.

— *Merde...* Je ne sais pas pourquoi je les ai gardés. C'est presque comme si j'avais voulu conserver une preuve. Preuve de ce que j'avais réussi à faire avouer à ces monstres. Preuve que le Projet fonctionnait. Mais quand on ajoute à la possession de ces documents le fait que tous ces hommes sont morts – dont certains de cause non naturelle, comme il a été prouvé par la suite – je suis bien obligé d'admettre que ça me donne l'air coupable. Rwanda Don a appris l'existence de cette boîte postale. Il savait où envoyer les limiers de la CIA pour que tout ça me retombe dessus.

Boss se radossa dans son siège, dévisageant Rock de ses yeux étrécis.

— Pourquoi est-ce qu'en t'entendant, j'ai l'impression que tu parles d'un « Projet » avec un P majuscule ?

Rock haussa une épaule et grimaça.

— Sans doute parce que tu fréquentes la communauté des forces spéciales depuis assez longtemps pour capter les effluves nauséabonds d'une opération discrète et officieuse quand tu en croises une...

19

R.D. fronça les sourcils en découvrant le numéro affiché sur l'écran de son portable.

Pourquoi est-ce qu'il appelle ? Ils étaient tombés d'accord pour s'abstenir de toute communication à moins que le Nettoyeur ne refasse surface et...

Le Nettoyeur...

Oh, merde.

— Allô ?

La main de R.D. tremblait. La simple idée de ce dont cet homme était capable, couplée au fait qu'il avait disparu peu de temps après la mise en accusation de Rock, avait de quoi vous rendre nerveux.

Non, « nerveux » n'était pas le terme approprié. « Carrément terrifié » était sans doute une meilleure manière de dire les choses.

— Mon homme de main n'a pas tué Babineaux, annonça sans préambule l'agent de la CIA.

R.D. resta coi pendant de longues secondes avant de parvenir à articuler :

— Quoi ? Comment ça, il n'a pas tué Rock ? Je croyais que vous aviez dit...

— Je sais ce que j'ai dit, cracha l'agent. Mais j'avais reçu l'information par la CIA, pas par l'homme présent sur place. Il m'a appelé il y a cinq minutes pour me prévenir que ce n'était pas lui qui avait abattu Babineaux, mais l'autre mec.

Cette fois, R.D. n'y comprenait vraiment plus rien.

— Bon sang, mais de quoi vous parlez ? Quel autre mec ?

— L'autre tireur, précisa l'agent.

Le cœur de R.D. parut s'arrêter. Il n'était pas censé y avoir un autre tireur. À moins...

Pouvait-il s'agir du Nettoyeur ?

Mais pourquoi ? Pourquoi le Nettoyeur s'en prendrait-il à Rock ? À moins qu'il n'ait été mis au courant des accusations lancées contre Rock et ne veuille s'assurer que celui-ci tomberait à leur place. Mais ça ne collait pas avec ce que R.D. savait de lui...

— À quoi ressemblait-il ? demanda R.D. L'autre tireur. Votre homme l'a vu ?

— Non.

La voix de l'agent était imprégnée d'une profonde rancœur et R.D. l'imagina en train de froncer férocement les sourcils.

— Il a dit qu'il était lui-même sur le point de presser la détente quand les trois premières balles ont atteint Babineaux à la poitrine. La sienne n'a fait que blesser à l'oreille un Babineaux qui titubait en arrière comme un poivrot sous les impacts. Puis, d'après son récit, il a dû plier rapidement bagage pour ne pas que les types de l'Agence lui tombent dessus. Il n'a donc pas eu le temps de voir l'autre fine gâchette.

Oh, merde. Oh, *merde*. Une autre fine gâchette ? Qu'est-ce que...

— Vous p... (R.D. dut ravaler sa salive avant de reprendre.) Vous pensez que c'était le Nettoyeur ?

— Pourquoi ? Pour quelle raison voudrait-il éliminer Babineaux ?

— Pour s'assurer que Rock porte le chapeau pour les meurtres, évidemment.

Le silence se fit à l'autre bout de la ligne. Le cœur de R.D. se mit à battre la chamade.

— Si c'est le cas, alors il est sans doute décidé à ne laisser aucun témoin susceptible de dire le contraire.

Oui. Soit exactement ce que craignait R.D....

— Minute ! Attendez une minute !

Becky avait coupé la parole à Boss qui s'apprêtait à poser une question. Rock se tourna vers elle. Le bâton d'une sucette dépassant du coin des lèvres, elle affichait une moue perplexe.

— Pourquoi quelqu'un a-t-il fait tuer ces types ? D'accord, je comprends qu'on puisse estimer qu'ils méritaient de mourir mais...

Sans le savoir, Becky venait d'apaiser l'appréhension de Rock par cette simple phrase.

— ... si tu as obtenu des aveux enregistrés, pourquoi ton contact – le fameux Rwanda Don – n'a-t-il pas simplement livré les enregistrements à la police ? Histoire de les envoyer face à la justice ?

— Aucune chance ! répondit Ozzie sans que Rock ait le temps d'ouvrir la bouche. Des aveux obtenus sous la contrainte ne valent pas mieux que du pipi de chat. Je veux dire, comment la police aurait pu savoir que Rock n'avait pas torturé le mec pour l'obliger à admettre tout ce qu'il voulait ?

— Tu ne les as pas torturés, si ? demanda Becky en dévisageant Rock, les yeux écarquillés.

— *Non*. Bien sûr que non.

Il n'avait pas eu besoin d'employer la force. La CIA lui avait enseigné le moyen d'explorer la psyché humaine jusqu'à dévoiler les couches les plus profondes de l'esprit d'un homme. De s'y immiscer, à force de cajoleries ou d'insistance, jusqu'à ce que l'individu interrogé le supplie presque d'entendre ses aveux.

— Pour être sûr que j'ai bien compris, reprit Boss, es-tu en train de me dire que ce *Projet* constituait une opération officielle du gouvernement pour assassiner des criminels américains trop insaisissables ou trop prudents pour être arrêtés à l'aide des méthodes policières habituelles ? C'est bien ça ?

— En gros, oui. Même si, comme je te l'ai dit, je n'ai su qu'ils avaient été assassinés qu'après avoir été mis en accusation.

Mais il ne s'était pas montré très curieux. Pour tout dire, après avoir plongé au cœur de leurs cerveaux dégénérés, il n'avait eu qu'une hâte : oublier leur existence !

— Parfois, ces types ne sont morts que des mois, voire un an, après l'interrogatoire.

— Putain !

Boss secoua la tête tandis que Spectre lâchait un grognement et Ozzie un chapelet de jurons.

— Quoi ? demanda Becky en les regardant à tour de rôle. Qu'est-ce qu'il y a de si grave là-dedans ? S'il y avait eu un moyen de prouver leur culpabilité – et en fonction de l'État où ils habitaient – ils auraient sans doute fini avec une injection létale dans le bras, non ?

— Le *Posse Comitatus* est un document qui interdit l'usage de troupes fédérales à l'intérieur des États-Unis. Or Rock en faisait indéniablement partie lors de son engagement chez les SEAL, expliqua Boss. Sans parler, bien sûr, de notre Constitution qui interdit au gouvernement d'engager une quelconque action contre les citoyens en dehors de ce qui peut être prouvé par la loi.

— Ce que vous voulez dire, c'est que ce Projet était... quoi ? Illégal ?

— D'après ce que je sais de notre système judiciaire, oui, affirma Boss.

— Mais ces types étaient ignobles, rétorqua-t-elle. Meurtres ? Traite d'êtres humains ? Prostitution infantile ? C'étaient des ordures ! Et encore, je reste polie, ajouta-t-elle en secouant la tête, sa queue-de-cheval blonde balayant ses épaules.

— Ce n'est pas moi qui te dirais le contraire, lâcha Boss.

De nouveau, Rock sentit se desserrer l'étau d'anxiété qui lui comprimait le cœur. De tous les Black Knights, Boss était celui dont la réaction comptait le plus pour Rock. Car même si Boss était connu pour sa manière très personnelle de suivre les règles, il était rare qu'il les enfreigne.

Le Projet, par contre... À son grand dam, le Projet avait enfreint toutes les règles...

— Ce qui nous amène à la question de savoir pour qui exactement tu bossais au sein de la CIA, lança Ozzie.

On touchait là au cœur de l'un des plus gros problèmes de Rock. Car la vérité était que...

— Je ne sais pas, admit-il.

Boss fronça les sourcils, le front plissé par de profondes rides.

— Tu ne sais pas ? Mais alors qui préparait les salles d'interrogatoire ? Qui t'aidait à capturer tes cibles ? Ils étaient tous pleins aux as, non ? Leurs mesures de sécurité devaient être super strictes.

— La salle d'interrogatoire m'était indiquée dans le dossier. Toujours au sein d'un bâtiment abandonné et prête à m'accueillir quand j'en avais besoin. Quant aux kidnappings...

Il haussa les épaules.

— Tu m'as toujours dit que j'étais foutrement insaisissable. Je prenais simplement mon temps, m'immisçais dans leur entourage le plus proche et m'emparais d'eux quand ils s'y attendaient le moins.

Il avait bien failli se faire prendre à quelques reprises.

— Bon sang, Rock... souffla Boss en secouant la tête, incrédule.

Oui, parfois Rock lui-même avait du mal à y croire. Et quand il en parlait à voix haute, la situation lui paraissait encore plus invraisemblable.

— D'accord, reprit Boss. Dans ce cas, qui est ce dénommé Rwanda Don dont tu nous as parlé ?

Une fois de plus, Rock n'avait qu'une réponse :
— Je ne sais pas.
Boss se passa une main dans les cheveux en laissant échapper un grognement.
— Bon. Reprenons depuis le début. Comment la CIA t'a-t-elle recruté pour ce... ce Projet ?
Nous y voilà. L'heure était venue de raconter l'histoire triste, compliquée et tordue de son existence.

Rock prit une profonde inspiration, posa ses mains jointes sur la table et se lança dans un récit auquel lui-même avait parfois du mal à croire. Parce que c'était le genre de truc que l'on trouvait dans les films d'espionnage de série B et les très mauvais romans policiers. Sauf que, dans son cas, c'était la vérité...

— Après m'être inscrit à la formation des SEAL, j'ai été contacté au téléphone par un type de la CIA qui se faisait appeler Rwanda Don, expliqua-t-il. Sa voix était modifiée par l'un de ces appareils qui te fait une voix de survivant au cancer.

L'espace d'une seconde, il tourna les yeux vers Vanessa. Elle affichait toujours une expression de confiance absolue. Même après ce qu'il venait de leur dire, on ne lisait ni reproche ni jugement dans ses beaux yeux. *Non*. Elle était absolument convaincue que ce qu'il avait fait était juste.

Mon Dieu, *quelle femme !* ne put-il s'empêcher de penser de nouveau.

Et il aurait voulu... Franchement, il ne savait plus ce qu'il voulait. Puis l'image de Lacy s'imposa à son esprit. L'apparence qu'elle avait durant les derniers jours, si malingre et chétive. Son cœur se durcit.

Non. *Oublie tes doutes*, mon ami. *Tu sais le prix à payer quand on aime quelqu'un. Et tu ne peux pas imposer un tel poids, une telle souffrance, à quelqu'un d'autre.*

Car son poste au sein des Black Knights – sans parler de sa participation au Projet – garantissait presque à coup sûr qu'il connaîtrait une mort précoce. Il se refusait à laisser quelqu'un qui l'aimerait connaître les tourments qu'il avait traversés à la mort de Lacy. Cette idée lui était tout bonnement insupportable.

Il secoua la tête avant de poursuivre :

— Bref, on m'a demandé si je pouvais me rendre à un entretien.

— Où ça ? s'enquit Boss.

— C'est bien le truc. Ça s'est fait sur place, à Coronado. Ce n'était ni Langley, ni le Pentagone, ni même quelque part à Washington. Je me suis rendu jusqu'à un immeuble désaffecté où l'on m'a montré plusieurs insignes officiels de la CIA. Puis deux mecs portant des masques m'ont fait asseoir dans une petite pièce. J'y ai été questionné par Rwanda Don et quelques autres personnes, tous assis de l'autre côté d'un miroir sans tain, avec leurs voix trafiquées. J'avais entendu dire que les mecs de l'Agence pouvaient se conduire de manière bizarre au moment de recruter des agents pour de nouveaux projets, donc j'ai joué le jeu et répondu aussi honnêtement que possible à toutes leurs questions.

— Et qu'est-ce qu'ils voulaient savoir ? demanda Ozzie en se levant.

Il se rapprocha de la table de réunion et tira un siège pour se joindre au groupe, non sans poser d'abord devant lui un ordinateur portable aussi fin qu'une lame de rasoir.

— Les trucs habituels, admit Rock.

Il repensa à cette journée, à la nervosité qu'il avait ressentie. C'était la première fois qu'il était mis en face de la réalité un peu dingue – en tout cas difficile à croire – de l'univers des forces spéciales.

— On m'a demandé d'expliquer les raisons derrière mon engagement chez les SEAL. Mon avis sur certaines politiques gouvernementales. Ce que je ressentais face à la possibilité de prendre une vie dans l'exercice de mes fonctions, bla-bla. Et puis c'est devenu bizarre.

— Bizarre ? C'est-à-dire ? demanda Becky après avoir croqué dans sa sucette.

— Ils ont commencé à m'interroger à propos de la disparition de mes parents. De ce que je ressentirais si je découvrais qu'ils n'étaient pas morts dans un accident. Sur ce que je ferais à l'homme qui les avait tués si je pouvais mettre la main sur lui.

— Attends ! Attends ! s'exclama Boss, main levée. Je croyais que tes parents étaient morts dans un accident de bateau quelque part en Louisiane.

— *Oui*, répondit Rock avec un hochement de tête. C'est aussi ce que j'ai cru pendant très longtemps. Mais durant cet entretien, ils m'ont montré des informations qui désignaient l'entreprise Halsey Chemical comme responsable.

Ozzie pianota rapidement sur le clavier de son portable.

— Halsey Chemical... D'où je connais ce nom ?

— Sans doute parce qu'ils ont fait les gros titres il y a quinze ans, puis de nouveau trois ans après, répondit Rock. En fait, Halsey avait déversé des déchets dans le bayou près de chez mes parents pendant des années. Tous les habitants du coin le savaient. Un recours collectif avait été lancé contre l'entreprise pendant que j'étais en formation chez les SEAL.

— Il y a eu deux recours, précisa Ozzie, les yeux rivés sur son écran.

Sans doute avait-il déjà trouvé des tombereaux d'informations à propos de Halsey Chemical et des procès en question.

— Je parle du premier, précisa Rock.

— Qui a été remporté par les plaignants.

— *Oui*. Quelques cadres régionaux de la boîte ont admis être au courant du déversement de produits chimiques dans les eaux locales et ont été assez lourdement condamnés. L'entreprise a payé des dommages et intérêts aux familles ayant souffert de maux physiques mais, bon...

Rock haussa les épaules. Son cœur battait presque douloureusement à l'intérieur de sa cage thoracique, comme chaque fois qu'il repensait à l'infâme injustice qui s'était déroulée en Louisiane.

— Comment peut-on mettre un prix sur une vie ? termina-t-il.

Et pour la première fois depuis qu'ils s'étaient rassemblés dans la salle de réunion, personne ne tenta de répondre à une question posée. Sans doute parce que la réponse était évidente.

C'était impossible. On ne pouvait pas mettre de prix sur une vie. Tout simplement...

Après un long silence, Rock reprit dans un murmure le fil de son récit.

— Mon meilleur ami, B.B. Fournier, faisait partie de ceux qui sont tombés malades. Après plusieurs traitements de chimiothérapie, l'amputation d'un bras et un paquet de radiations, B.B. a fini par succomber à la maladie que ces salopards en costard de chez Halsey avaient causée par leur incurie. Puis il y a eu mon oncle Leon, ma cousine Jenna et... et Lacy...

Lacy, douce et adorable, qui lui avait promis de l'attendre jusqu'à la fin de son engagement dans l'armée, lequel lui permettrait d'aller à l'université avec une bourse militaire. Lacy, qui était morte depuis longtemps, victime d'une tumeur au cerveau aussi rare qu'agressive qui s'était étendue jusqu'à ses poumons et son foie avant le terme des quatre années de Rock au sein de la Navy.

— Qui était Lacy ? demanda Becky à mi-voix.

Tournant son regard vers Vanessa, Rock vit une lueur de compréhension s'allumer dans ses grands yeux sombres.

— Ma fiancée, murmura-t-il.

— Nom d'un chien, Rock ! Pourquoi tu ne nous as jamais rien raconté de tout ça ? tonna Boss.

Probablement parce qu'il n'aimait pas beaucoup en parler. Tous ceux qu'il avait un jour aimés moisissaient dans une crypte humide et sombre aux limites du bayou. Mais plutôt que de l'admettre à voix haute, il préféra hausser les épaules.

— Sans doute parce que, comme disait mon père, remuer le passé ne rapporte que des emmerdes.

— Peut-être, admit Boss, mais quand même...

— Je n'avais ni besoin ni envie qu'on me prenne en pitié. On ne peut rien y changer. Mes proches et ma fiancée sont tous morts, c'est comme ça.

Une chose néanmoins lui restait sur l'estomac, après toutes ces années : les familles des victimes de la négligence et des malversations de Halsey se retrouvaient avec pour seuls souvenirs de leurs proches quelques vieilles photos et une compensation financière à coup sûr déjà épuisée aujourd'hui.

— Bref, je pensais avoir réglé mes comptes avec Halsey, reprit-il en chassant le souvenir de la chevelure rousse et des yeux bleus de Lacy.

L'amour qu'ils avaient partagé était aussi jeune et peu mature qu'une fraise encore verte, mais pas moins authentique pour autant. Et la mort de Lacy avait transformé Rock, avait fait de lui l'homme qu'il était à présent. Un homme endurci. Un homme... implacable. Vanessa aurait même pu le qualifier de sans-cœur et il n'était pas certain d'avoir les arguments pour s'en défendre.

— Mais il s'est avéré que Halsey n'avait pas cessé de répandre ses produits chimiques. Mon père a découvert ce qu'ils faisaient et s'est adressé à Martin Halsey en personne. Celui-ci a fait mine d'être choqué et de s'indigner. Il a assuré à mon père qu'il mènerait l'enquête. Deux jours plus tard, mes parents sont morts. Leur bateau était encastré dans un cyprès et on a mis près d'une semaine à repêcher leurs corps perdus dans les eaux du bayou.

Et le temps qu'on les retrouve, ils n'avaient plus grand-chose de reconnaissable. Si l'ADN n'avait pas attesté de leur identité, Rock serait toujours en train de se demander ce qui leur était arrivé...

— Martin Halsey, murmura Boss en revenant à la première page du dossier.

Il haussa un sourcil en découvrant que ce nom apparaissait en deuxième position sur la liste.

— Oui, confirma Rock. Il a été le deuxième à me confesser ses péchés qui, je vous le promets, allaient bien au-delà de l'ordre d'assassiner mes parents. En plus d'empoisonner consciemment et délibérément les habitants de Terrebonne, il faisait également du trafic dans le Golfe. Drogues... et filles.

Il secoua la tête au souvenir de la lueur d'excitation perverse qui s'était allumée dans les yeux du vieil homme au moment d'avouer.

— Des gamines de treize ou quatorze ans... Il les vendait au marché noir pour des sommes rondelettes. Avec Halsey, on n'avait pas affaire à la lie de l'humanité. Lui, c'était plutôt la moisissure qui se nourrit de la merde qui se forme sous la lie.

— Qu'est-ce qui lui est arrivé ? s'enquit Becky.

Rock haussa les épaules.

— Je l'ignore, dit-il. J'ai remis mon enregistrement de l'interrogatoire. Le temps a passé. Puis j'ai entendu des rumeurs affirmant que la police locale enquêtait sur lui pour kidnapping et abus sexuel sur mineurs.

Boss avait ouvert le dossier concerné.

— D'après ce qui est écrit ici, il avait trop bu et serait tombé de son hydroglisseur avant de croiser la route d'un alligator.

— Ouais, dit Rock. Et même si à l'époque j'étais en rogne qu'il n'ait pas comparu devant la justice avant de mourir, j'ai trouvé une certaine satisfaction à cette fin qui lui correspondait si bien.

— C'est-à-dire ? demanda Becky.

— Un meurtrier de sang-froid bouffé par un reptile à sang froid.

Même si, à bien y réfléchir, la prison aurait pu s'avérer préférable. Les détenus avaient une manière impitoyable de punir les violeurs d'enfants...

Le silence se fit autour de la table.

— Puis, bien sûr, poursuivit Rock, il ne s'est pas écoulé beaucoup de temps avant que l'entreprise de Halsey se fasse de nouveau prendre à déverser ses produits chimiques dans l'eau. Le deuxième procès qu'Ozzie a mentionné. Cette fois, ils ont fermé. J'ai toujours pensé que mon interrogatoire avait été utile dans cette affaire.

— Donc, au final, c'était une victoire pour les gentils, commenta Ozzie.

— Mais il y a une chose que je ne comprends pas, dit Eve.

Rock s'aperçut brusquement qu'il avait complètement oublié sa présence. Que les Black Knights sachent ce qu'il avait fait était une chose, mais Eve ? Qu'allait-elle penser de tout cela ? Il retint son souffle en attendant qu'elle termine son propos.

— Je ne vois pas comment c'est possible de ne pas savoir pour qui tu travaillais à la CIA ?

Sérieusement ? Après qu'il eut avoué avoir kidnappé, séquestré et soumis des hommes à un interrogatoire poussé, c'était *ça*, sa question ?

Il haussa les épaules avec une petite grimace.

— Parfois, dans le monde de l'espionnage tel qu'organisé par notre gouvernement, les choses sont volontairement maintenues dans l'ombre. Par exemple, durant toutes mes années de formation, quand j'étais détaché de mon boulot chez les SEAL, les seules personnes avec lesquelles j'entrais en contact – à l'exception du personnel administratif, je veux dire – portaient des masques noirs. Moi aussi, je portais un masque. À l'époque, j'ai estimé que c'était censé protéger tous ceux qui étaient impliqués dans le Projet. Parce que, souviens-toi, j'étais entraîné à kidnapper et interroger des citoyens américains. Si cela s'était ébruité...

Il laissa échapper un sifflement et secoua la tête.

— Ensuite, une fois la formation achevée, j'ai reçu un message m'informant que le Projet avait été suspendu et que je devais attendre de nouvelles instructions. Quelques mois plus tard, Rwanda Don m'a contacté et donné pour mission d'interroger le premier homme sur la liste. Et Rwanda Don est resté mon seul contact à Langley depuis.

— Alors comment tu te faisais payer ? demanda Ozzie. Il y a forcément un moyen de remonter la piste financière jusqu'à un département spécifique de l'Agence.

Rock se tourna vers lui et lui sourit.

— Je ne me faisais pas payer, *mon frère*.

— Quoi ?!

Ozzie ne fut pas le seul à réagir. Au moins trois autres voix avaient lancé la même exclamation.

— Selon moi, il n'y avait aucun moyen de me rémunérer parce que mon travail était techniquement illégal. De toute façon, je ne me serais jamais fait payer pour ce type d'opération.

— Pourquoi toi ? demanda Vanessa. Pourquoi t'avoir choisi, toi ?

— Pourquoi ils ont choisi de me mettre tout ça sur le dos ?

— Non…

Elle secoua la tête et ses cheveux glissèrent pardessus ses épaules. Une longue mèche d'un noir d'encre vint s'enrouler de manière sensuelle autour de son sein droit. Un sein absolument parfait. Et, *merde*, le mononeurone se redressa d'un coup, tel un caporal réprimandé par son supérieur.

— Pourquoi t'ont-ils recruté au départ ? s'enquit-elle.

— Je t'ai dit que j'avais étudié la psychologie à l'université, répondit-il. Plus particulièrement la psychologie criminelle. J'avais donc déjà une bonne idée du fonctionnement d'un esprit corrompu. Par ailleurs, mes évaluations psychologiques durant l'entraînement des SEAL avaient dû montrer que j'étais soucieux de justice et enclin à jouer personnellement un rôle dans l'exercice de ladite justice si la situation le justifiait. Bien entendu, j'imagine que le fait que je vienne d'une ville décimée par le genre d'homme visé par le projet était un plus. Ajoutons à cela que je n'avais plus de famille, rien qui m'empêche de m'impliquer à corps perdu dans l'affaire, et on obtient le candidat idéal pour ce boulot.

— Et tout s'est bien passé jusqu'à Fred Billingsworth, dit Boss d'une voix pensive.

— Tout à fait, opina Rock. De tous les hommes de la liste, c'était le seul innocent. Et je savais qu'il l'était. Il ne m'a pas fallu plus de trente minutes pour m'en rendre compte.

— Alors pourquoi est-il mort comme les neuf autres mecs sur la liste ? demanda Ozzie.

Rock secoua la tête. La graine d'amertume qui avait pris racine dans son ventre six mois plus tôt et s'était développée jusqu'à faire la taille d'un épi de maïs menaçait à présent de l'étouffer.

— Si je connaissais la réponse à cette question, je pense que je saurais aussi qui m'a trahi. Après avoir interrogé Fred et établi son innocence, j'ai tenté de prendre contact avec Rwanda Don. Fred était différent. Il n'était pas coupable, contrairement aux autres. Et je voulais m'assurer que je n'avais pas merdé quelque part. Mais à peine avais-je commencé à chercher le moyen de prévenir Don que j'ai appris la mort de Fred. Prétendument parce qu'il se serait endormi au volant avant de faire une sortie de route.

« Ça m'a rappelé deux autres hommes que j'avais interrogés et qui étaient eux aussi censés être morts de cause naturelle. J'ai commencé à me demander si le Projet n'était pas seulement un moyen de rassembler des informations et des preuves contre ces types, mais aussi une façon de les éliminer. Vous savez tous ce que j'ai découvert.

Il désigna du menton l'épais dossier que Boss tenait toujours entre les mains.

— Ce document dit tout. Bien sûr, après avoir appris le décès des mecs de la liste, j'ai commencé à poser sérieusement des questions. Ce n'était pas du tout ce pour quoi je m'étais engagé, n'est-ce pas ? lança-t-il avec une moue de dégoût. Moins de quatre heures après mon premier coup de fil à Langley, un avis de recherche a été lancé contre moi, m'accusant d'être un traître à la patrie.

— Alors la vraie question qu'il faut se poser est la suivante, dit Ozzie. Sur quoi Billingsworth enquêtait-il pour que ce fameux Rwanda Don, ou celui pour qui il travaille, devienne nerveux au point de tourner le dos à tout ce que le Projet représentait auparavant – l'élimination de criminels de haut niveau – pour s'en prendre à un innocent ?

— D'après mes infos, Billingsworth enquêtait sur les candidats de l'élection à venir, répondit Boss.

— Tu penses qu'il a été tué pour des motifs politiques ? demanda Ozzie. Qu'il aurait découvert quelque chose à propos de l'un des candidats et que le responsable du Projet au sein de la CIA aurait ordonné à Rwanda Don d'éliminer Billingsworth ? Et que lorsque Rock a mis son nez là-dedans, ils ont décidé de lui faire la peau à lui aussi ?

— Disons que le scénario me semble assez crédible, répondit Boss.

Rock ne pouvait qu'être d'accord. C'était la possibilité qu'il avait tenté d'explorer par lui-même. En vain : il était à court de pistes depuis déjà plusieurs semaines...

Tous restèrent silencieux pendant un long moment, occupés à digérer les ramifications de ce qui venait d'être dit. Ce fut de nouveau Eve qui rompit le silence en demandant d'une voix douce :

— Si tu ne sais pas qui est Rwanda Don, alors comment faisais-tu pour lui remettre les enregistrements ?

281

De toutes les questions posées jusqu'à présent, c'était celle pour laquelle la réponse était la plus simple.

— Avant chaque mission, je recevais un appel de Rwanda Don qui, toujours avec sa voix modifiée, me donnait l'adresse ou le numéro d'une boîte postale, d'une consigne de gare ou d'un lieu du même genre. Je m'y rendais, je récupérais le dossier et je me chargeais ensuite d'obtenir les aveux. Ceci fait, je déposais l'enregistrement des confessions à l'endroit où j'avais pris le dossier et je rappelais le numéro. Lequel changeait à chaque fois, d'ailleurs. Je laissais sonner deux fois avant de raccrocher. Fin de la mission.

— Donc impossible de retrouver ce Rwanda Don de cette manière ? commenta Eve, pensive.

C'était tout le problème. Pour autant que Rock puisse en juger, il n'y avait *aucun* moyen de remonter jusqu'à Rwanda Don.

— Je propose qu'on s'intéresse de très près à tous ceux sur lesquels Billingsworth enquêtait, lança Ozzie. À mon avis, c'est la clé de tout.

— Je suis d'accord, acquiesça Steady. Et, Rock, si tu pouvais m'indiquer où se trouvaient ces consignes de gare, et me fournir tout autre détail dont tu pourrais te souvenir, je vais passer quelques coups de fil pour voir si je peux découvrir qui les a louées. Quelqu'un d'autre a une idée de piste à suivre ? demanda-t-il au groupe.

Le silence retomba tandis que chacun réfléchissait. Au bout de deux minutes, cependant, comme personne ne proposait quoi que ce soit, Boss fit claquer sa main sur la table. Sa manière habituelle de faire savoir que la réunion était terminée.

— Bon, tonna-t-il, je dirais qu'on tient déjà deux pistes sérieuses. Mettons-nous au travail et voyons ce qu'on pourra dégoter.

Alors que les Black Knights se levaient, tous bien décidés à l'aider à s'extraire du pétrin, Rock ne put s'empêcher de secouer la tête, à la fois pris de court et impressionné. Il avait peut-être perdu ses parents et

Lacy en Louisiane, mais les Black Knights constituaient l'équivalent d'une nouvelle famille. À défaut d'être liés par le sang coulant dans leurs veines, ils l'étaient par celui qu'ils avaient versé sur le champ de bataille.

Au moment de quitter son siège, il avait la gorge serrée par l'affection et la gratitude.

20

Vanessa souleva l'oreiller qu'elle s'était posé sur la tête et jeta un coup d'œil vers les chiffres rouges et lumineux de son réveil.

Deux heures du matin.

Et Rock n'était toujours pas monté se coucher. Elle le savait car elle avait passé les trois dernières heures à guetter le cliquetis aisément reconnaissable de ses bottes de cow-boy sur les marches métalliques de l'escalier. Mais si elle avait bien compté les allées et venues, tout le monde à l'exception de Rock – et d'Ozzie – avait depuis longtemps rejoint Morphée, pressé de pouvoir dormir quelques heures au terme de cette journée infernale et frustrante. Car même à eux tous, ils n'avaient rien trouvé qui permette de disculper Rock. L'idée était donc de réexaminer le problème dès le lendemain, avec un regard neuf.

Mais Vanessa avait d'abord quelque chose à régler avec Rock. *Ce soir.* Si ce fichu Cajun voulait bien monter dans sa chambre et...

Des bruits de pas interrompirent le fil de ses pensées. Elle se figea, l'oreille aux aguets.

Non, ce n'était pas Rock. Ces claquements mats évoquaient plus la paire de baskets d'Ozzie que les talons en bois de santiags. Ceci dit, Ozzie pouvait avoir des informations...

Bondissant hors de son lit, elle s'avança pieds nus jusqu'à la porte et l'ouvrit pile au moment où Ozzie passait devant. Dans un réflexe de surprise, il tendit la main vers le pistolet XD-45 qu'il ne quittait jamais. Puis, voyant que c'était elle, il se détendit et s'appuya nonchalamment contre le montant en haussant l'un de ses sourcils blonds.

— Hé, c'est pas trop tôt ! dit-il avec un grand sourire. Je me demandais quand tu allais recouvrer tes esprits et m'inviter dans ta chambre pour...

Elle roula des yeux et lui posa un doigt sur les lèvres.

— Je t'arrête tout de suite, dit-elle en secouant la tête.

Ozzie draguait tout ce qui passait. L'incarnation parfaite du queutard.

— Qu'as-tu trouvé à propos des individus sur lesquels Billingsworth enquêtait ? demanda-t-elle avec impatience.

La piste des casiers et autres boîtes postales s'était avérée être une impasse : sans surprise, celui qui les avait loués avait payé en liquide et utilisé un faux nom. Ozzie s'était donc démené pour rassembler un maximum d'informations quant à l'enquête de Billingsworth. C'était désormais leur seul espoir.

Un espoir qui s'évanouit pour Vanessa quand Ozzie secoua sa tête hirsute.

— Pas grand-chose. Je sais qu'il avait été embauché pour déterrer des secrets à propos des candidats mais en dehors d'un divorce difficile, d'un enfant illégitime et d'une arrestation durant une manifestation anti-avortement devant une clinique, aucun des candidats ne semble avoir trempé dans des trucs louches. Et j'imagine mal l'un d'entre eux faire assassiner Billingsworth pour le genre d'histoire que je viens de citer.

— Merde.

— Comme tu dis.

— Tu as prévenu Rock ?

Ozzie hocha la tête.

— Je viens de le faire.

— Comment l'a-t-il pris ?
— Comme on pouvait s'y attendre. On dirait vraiment qu'il a la poisse. T'étais au courant de ce qui est arrivé à sa famille ?

Elle secoua la tête. Non. Elle n'était pas au courant. Mais elle aurait dû le deviner. Car c'était logique. Tous ces moments où Rock laissait son regard se perdre dans le lointain, quand il pensait que personne ne l'observait. Ou ces occasions où il enchaînait les blagues et les piques avant de se taire brusquement. Et puis, évidemment, la promesse qu'il lui avait faite que jamais il ne tomberait amoureux d'elle...

Et même si une petite part d'elle s'inquiétait à l'idée que c'était peut-être parce qu'il aimait encore sa fiancée décédée, elle imaginait surtout qu'il avait bâti une muraille autour de son cœur dans le but de se protéger. Et comment lui en vouloir ? Tous ceux qu'il avait aimés étaient morts, comment aurait-il pu vouloir affronter de nouveau la possibilité d'une telle souffrance ?

Vanessa comprenait sans mal le raisonnement. Après tout, elle aussi avait connu la perte et le désespoir. Après le décès de ses parents, elle avait plusieurs fois envisagé l'idée de ne plus tisser de liens intimes avec quiconque.

— Mais ne t'inquiète pas, dit Ozzie en lui posant une main sur l'épaule.

Au même moment, un éclair illumina la fenêtre de la chambre et un grondement de tonnerre retentit au-dessus du bâtiment. Le ciel s'ouvrit presque immédiatement et le crépitement de la pluie sur le toit assourdit la suite des propos d'Ozzie :

— On va trouver un truc, affirma-t-il. Quand on s'y met tous, rien n'est impossible aux Black Knights.

En effet, cela s'était toujours vérifié par le passé... Mais cette fois-ci ? Eh bien, Vanessa était en proie au doute. Ce qui voulait dire que Rock aussi devait douter. Ce devait être absolument affreux pour lui.

— Bon... Et sinon, tu m'invites à entrer ou quoi ? demanda Ozzie avec un haussement de sourcil suggestif.

Vanessa inclina la tête sur le côté et le gratifia d'un grand sourire. Il était impossible de ne pas apprécier Ozzie.

— Hum... Je crois que je vais opter pour « ou quoi », dit-elle.

Il se plaqua une main sur le cœur et tituba en arrière comme si elle venait de le transpercer d'une flèche.

— Femme égoïste et sans cœur, souffla-t-il.

— Bonne nuit, Ozzie, répliqua-t-elle avec ironie.

— Bonne nuit, ma belle. Mais tu sais où me trouver si jamais cet orage te fait peur, lança-t-il avec un clin d'œil.

Elle laissa échapper un petit bruit moqueur et le regarda s'éloigner d'un pas nonchalant vers sa chambre au bout du couloir. Après qu'il eut refermé sa porte, Vanessa se précipita vers sa table de chevet. Elle ouvrit la boîte qu'elle y avait rangée et y préleva quelque chose avant de se tourner pour examiner son reflet dans le miroir au-dessus de la coiffeuse.

Hum, ça craint...

Pour commencer, sa chevelure était en vrac, en partie à cause des coupes barbares que Rock lui avait infligées durant la traversée de la jungle. Ensuite, elle avait assez de valises sous les yeux pour un tour du monde sans escales...

Quelques coups de brosse rapides lui permirent de dompter un peu sa crinière. Les cernes ? Impossible d'y faire quoi que ce soit. Elle se contenta d'un geste exaspéré à l'intention de son reflet puis sortit de sa chambre sur la pointe des pieds pour descendre l'escalier vers le premier étage.

Il faisait sombre, l'obscurité uniquement troublée par l'éclat des lampes fluorescentes suspendues au plafond au-dessus du deuxième étage pour éclairer l'atelier au rez-de-chaussée.

Mais, aussi incroyable que cela puisse paraître, les ténèbres ne l'effrayaient plus, même quand un grondement de tonnerre fit trembler les vitres et déclencha des vibrations jusque dans sa poitrine.

Un petit miracle pour lequel elle n'avait qu'un homme à remercier : Rock.

Mais d'abord…

Arrivée au niveau de la rampe, elle se pencha pour regarder en contrebas. Immédiatement, son regard se posa sur les fesses de Rock, toujours aussi joliment moulées dans son Levi's usé. Il était penché sur sa Harley et polissait les chromes, une peau de chamois à la main. La moto était plus simple que beaucoup des modèles réalisés dans l'atelier. Peu d'accessoires et de gadgets, mais une magnifique peinture personnalisée bleu, blanc et rouge – la bête était d'ailleurs baptisée « Patriote » – mise en valeur par une fourche allongée et beaucoup, beaucoup de chromes.

Certains détails de l'engin attestaient également de l'identité de son propriétaire : le cuir de la selle était en peau d'alligator et le cache de batterie portait la mention « Laissez les bons temps rouler[1] ». Une ode à l'héritage cajun de Rock, de même que les petites écrevisses gravées sur les pots d'échappement chromés.

Et puis il y avait le système hydraulique.

Contrairement à la plupart des motos, Patriote ne s'appuyait pas sur une béquille. Oh non. D'une simple pression sur un bouton, elle s'abaissait jusqu'au niveau du sol pour reposer sur son cadre robuste. Elle en devenait pratiquement impossible à renverser. Étant donné la complexité de la peinture, on comprenait sans mal que Rock fasse tout pour éviter la moindre éraflure sur sa monture.

Vanessa adorait cette moto.

---

1. Expression souvent employée par les Cajuns de Louisiane, équivalente à « Que la fête commence ! ». (*N.d.T.*)

Les lignes épurées et la peinture travaillée lui avaient fait si forte impression que lorsque Becky l'avait sollicitée pour discuter du design de sa propre moto, elle avait décidé de s'inspirer des choix de Rock. Avec l'envie de concevoir quelque chose d'aussi séduisant par sa simplicité que par sa réalisation artistique.

Tu ferais mieux d'y aller avant de te dégonfler, chuchota la petite voix agaçante dans un coin de sa tête.

Des propos ponctués par la foudre qui illumina brièvement le premier étage.

Cette fois, Vanessa décida de suivre le conseil. Ne serait-ce que parce que si elle restait là à le dévorer des yeux, elle n'allait pas tarder à fondre et se liquéfier en une flaque d'œstrogène que les Black Knights seraient obligés de ramasser à la pelle au petit matin.

Parce que... waouh... ces larges épaules qui étiraient son tee-shirt, cette imposante boucle de ceinture reposant sur son ventre plat, cette moue concentrée encadrée par sa barbe virile tandis qu'il contournait la moto pour essuyer la fourche... C'était trop pour elle.

Avec une petite tape sur les pochettes qu'elle avait glissées sous son soutien-gorge, elle descendit l'escalier vers l'atelier tandis que le tonnerre résonnait au-dessus de leurs têtes. Ses narines furent assaillies par des effluves d'huile de moteur et de métal récemment poncé. Mais, au fil des mois passés au sein de BKI, elle s'était habituée à ces odeurs. Mieux, elle avait appris à les apprécier. Cela lui rappelait tout ce qu'elle aimait : son métier, les Black Knights... Rock...

Le froid du sol en ciment sous ses pieds nus n'apaisait en rien le feu qui couvait dans son cœur. Elle savait désormais pourquoi Rock l'avait tenue à l'écart, pourquoi il lui avait assuré que jamais il ne tomberait amoureux d'elle.

Mais pour dire les choses franchement, c'était n'importe quoi ! Et Vanessa était bien décidée à le lui démontrer. Ce soir. Ce soir, elle passerait outre les défenses dont il s'entourait, abattrait toutes ses cartes et jouerait le tout pour le tout.

— Rock ?

L'entendant murmurer son nom, il releva la tête derrière la fourche. Ses yeux brillaient dans la lumière des plafonniers, ses cheveux courts dressés en mèches rebelles, sans doute à force d'y avoir passé les doigts. Dieu qu'il était sexy !

Sexy, têtu et tellement, tellement dans le déni.

— Qu'est-ce qui se passe, *chère* ? demanda-t-il, inquiet. Tu n'arrives pas à dormir ? L'orage t'a réveillée ?

Elle secoua la tête. Elle avait l'impression que sa langue avait triplé de volume. Tout en mouvements fluides et muscles bandés, Rock se redressa et fit le tour de Patriote pour la rejoindre.

— Tu n'as pas fait de cauchemars à cause de notre équipée dans la jungle, si ?

Il fronça les sourcils et plissa son nez parfait.

— Je savais que je n'aurais jamais dû...

— Non, l'interrompit-elle. Ce n'est pas ça.

Elle était elle-même surprise d'arriver à parler avec cette langue gonflée.

Alors qu'est-ce que c'est ?

Elle s'attendait à ce qu'il pose cette question, ce qui lui donnerait l'occasion d'embrayer sur sa proposition.

Malheureusement, et à sa grande frustration, il demeura coi, haussant simplement un sourcil alors qu'un éclair fendait les cieux derrière les hautes fenêtres, illuminant les couleurs de ses tatouages et les lignes fermes de ses biceps.

Bon, très bien. Très bien. Elle allait donc devoir employer la manière forte... ou douce, selon la façon dont on voyait les choses.

— Je veux te faire l'amour, lâcha-t-elle au moment où le tonnerre résonnait au-dehors.

Elle comprit tout de suite, à la manière dont Rock plissa les yeux et inclina la tête sur le côté, que le bruit avait couvert ses paroles.

Merde. Trouver le courage de prononcer ces mots une fois était une chose... mais devoir les répéter ? Bon sang, c'était comme si la Mère Nature lui jouait volontairement un tour cruel. Maudissant silencieusement l'humeur farceuse de l'univers, Vanessa prit une profonde inspiration et fit une seconde tentative :

— Je veux faire l'amour avec toi, Rock.

Ouais, cette fois, il l'avait bien entendue...

Oh, comme elle aurait aimé avoir un appareil photo ! L'expression du visage de Rock était à mourir de rire. Il n'aurait pas eu l'air plus décontenancé si elle lui avait annoncé qu'elle voulait le badigeonner d'huile et le rouler dans les paillettes avant de le fesser avec un filet de poisson cru.

— Tu te souviens de notre discussion dans la jungle... dit-il.

Sa voix profonde était encore plus grave que d'habitude ; Vanessa en percevait les vibrations le long de son échine avec autant d'intensité que le tonnerre.

— Sur le fait que tu avais des étoiles dans les yeux et que je ne voulais pas te faire de mal ? lui rappela-t-il.

— C'est des conneries ! répliqua-t-elle. Parce que malgré ce que tu crois savoir de moi, je n'attends pas que tout ça se termine dans un grand mariage en blanc sous les fleurs d'oranger. C'est beaucoup plus simple : j'ai du désir pour toi. Je te désire depuis la seconde où je t'ai vu.

Elle secoua la tête.

— Non, ce n'est pas vrai.

Rock redressa le menton et un soupçon de sourire apparut au coin de ses lèvres.

— Surtout ne prends pas de gants avec moi, *ma belle*.

— Hé ! Tu es plutôt mal placé pour m'apprendre à faire preuve de tact, répondit-elle, mains sur les hanches.

Car elle se souvenait très bien de sa promesse brutale pendant qu'ils se cachaient dans la jungle. « Jamais je ne tomberai amoureux de toi. »

— Je ne t'ai pas désiré dès que je t'ai *vu*, mais dès que je t'ai *entendu* parler.

Elle se mordilla la lèvre avant de chantonner d'une voix exagérément vibrante :

— « Quand il me parle tout bas, je vois la vie en rose… »

Elle sentit que, malgré le sérieux de leur conversation, il avait du mal à se retenir de sourire. C'était l'effet désiré ; remettre une touche de légèreté dans l'atmosphère par trop électrique.

Il serait plus facile de forcer la main de Rock – car, oui, c'était ce qu'elle était en train de faire – si son humeur était légère.

— Tu sais que tu me tues ? demanda-t-il, les yeux étincelants.

Elle secoua la tête.

— Je ne veux pas te tuer, je veux te faire l'amour. Et j'en ai assez de tes excuses.

Et sur ces mots, elle abandonna toute prudence et fit un pas vers lui. Suivi d'un autre, et d'un autre…

Mon Dieu. Elle s'approchait de lui comme une lionne en chasse et s'il n'agissait pas rapidement, il se retrouverait baisé. Métaphoriquement et littéralement.

Oui, il devenait de plus en plus difficile de la dissuader… et de ne pas céder. D'autant que le mono-neurone s'était raidi, prêt à l'action, en découvrant Vanessa nu-pieds sur le béton, vêtue d'un tee-shirt rouge vif et de ce pantalon de yoga noir capable, à lui seul, de vous offrir un orgasme visuel.

Levant la main pour l'arrêter, il constata avec amertume que ses doigts tremblaient. Mais, heureusement, Vanessa s'immobilisa.

— Je ne veux pas faire ça, *chère*, affirma-t-il.

Elle le dévisagea. Tout chez elle, la lueur dans son regard, le haussement de ses sourcils et le pli sexy du coin de ses lèvres si délicieuses, réfutait ses paroles.

Elle baissa alors les yeux pour contempler ostensiblement la bosse qui déformait la braguette de Rock.

— Tu mens, souffla-t-elle de cette voix de téléphone rose qu'elle avait affectée au moment de lui faire sa proposition.

C'était vrai. Car en vérité, il en avait envie. Très envie, même. Comme il n'avait jamais eu envie de quoi que ce soit dans toute sa chienne de vie. Mais ce n'était pas une bonne idée. Il avait été entraîné à découvrir ce que cachaient les gens, à déceler leurs véritables motivations. Et même si Vanessa affirmait avoir simplement du désir pour lui, elle était en réalité motivée par une croyance insensée qui lui soufflait que si elle parvenait à le faire succomber physiquement à ses charmes, les sentiments viendraient.

Ce qui n'arriverait pas. Ce qui ne pouvait pas arriver.

Car alors ce serait elle qui succomberait à ses émotions, plus qu'elle ne l'avait déjà fait. Et Rock devrait vivre avec la certitude que lorsqu'il mourrait – et le danger était loin d'être écarté – elle se retrouverait écrasée de deuil et de chagrin. Il ne pouvait pas lui faire ça. Il ne pouvait pas...

Il tenta de faire non de la tête, mais tout le haut de son corps semblait comme paralysé.

— Je sais de quoi tu as peur, dit-elle en s'avançant encore un peu plus.

Elle finit par se tenir juste devant lui, assez près pour qu'ils puissent se toucher. Assez près pour pouvoir s'agripper et s'embrasser. Assez près pour que les ongles rouge cerise de ses orteils frôlent l'extrémité des bottes en alligator de Rock. Et après cette journée particulièrement merdique – bon, inutile de se mentir : après ces *six mois* particulièrement merdiques – elle sentait assez bon pour lui donner envie de la croquer. Un parfum propre et frais, légèrement mentholé et très, très féminin.

Le mono-neurone au creux de son entrejambe appréciait clairement cette proximité. Il se mit à tambouriner contre sa braguette comme un prisonnier cognant les barreaux de sa cellule.

— Je n'ai peur de rien du tout, parvint-il à dire malgré le ballon de plage qu'on venait subitement de lui enfoncer dans la gorge.

— Encore un mensonge, murmura-t-elle.

Elle tendit la main pour faire courir un doigt – un seul petit doigt fin et délicat – le long de son bras, qui se couvrit de chair de poule.

— Ça s'entend dans ta voix, dit-elle. Tu crains que si tu t'offres à moi, si tu me laisses m'offrir à toi, alors cette muraille que tu as érigée autour de tes émotions les plus... douces risque de s'effondrer.

— Tu te trompes, gronda-t-il en lui saisissant la main pour faire cesser ces caresses qui menaçaient de lui faire tourner la tête. Ce ne sont pas mes émotions qui m'inquiètent, ce sont les *tiennes*. Je refuse absolument de te faire du mal, *chère*.

— Ce n'est qu'une excuse. Tu te caches derrière l'idée honorable que tu dois me protéger de moi-même. Mais la vérité, c'est que tu as peur que j'aie raison et toi tort.

— Je n'ai pas tort.

— Prouve-le. Déshabille-toi.

Elle avait prononcé ces mots d'un air déterminé, sans la moindre hésitation, et ce ton autoritaire fit vibrer quelque chose chez Rock. À cet instant précis, il n'eut aucun mal à l'imaginer vêtue d'une combinaison de cuir et de talons hauts, marchant vers lui en faisant claquer un fouet aux lanières de satin au creux de sa paume... tandis qu'il était lui-même attaché aux montants du lit par des menottes recouvertes de fourrure rose, bien sûr.

Mon Dieu, *cette fois, je suis vraiment dans le pétrin*.

— Vanessa... commença-t-il sur un ton d'avertissement.

Mais elle l'interrompit :

— Tes actes contredisent tes paroles, Rock. J'ai envie de toi. Je sais que tu as envie de moi. Tu m'as plusieurs fois mise en garde. Et pourtant, je suis toujours là. Alors… déshabille-toi.

Il ouvrit la bouche mais, avant qu'un seul mot n'en émerge, Vanessa y plongea sa langue.

Sans qu'il ait le temps de la voir venir, elle se retrouva soudain dans ses bras, dressée sur la pointe des pieds, ses paumes fraîches plaquées sur le visage de Rock et ses lèvres pulpeuses écrasées sur les siennes pour mieux cartographier de sa langue agile les moindres détails de sa dentition.

Et c'est à ce moment que tout bascula.

Le peu de maîtrise de soi et d'abnégation qui lui restaient s'évanouirent. Quitte à se maudire par la suite, il allait accepter ce qu'elle lui offrait. Car elle avait raison : il avait fait de son mieux pour l'en dissuader, mais il avait fini de réprimer ses propres envies, ses propres désirs. Il avait fini de se battre contre elle.

Saisissant à deux mains ses fesses magnifiques, il s'appuya contre la selle de Patriote et la souleva pour la plaquer contre lui.

Bon sang…

Il perçut sa chaleur à travers le pantalon de sport, un embrasement qui l'enveloppait et laissait deviner la volupté qu'il ne manquerait pas de trouver entre ses cuisses.

Il l'embrassa de toute sa fougue. Il adorait l'embrasser. La sensation était à vous couper le souffle, comparable aux instants précédant un orgasme. À ceci près qu'ils avaient encore tous leurs vêtements.

À bien y réfléchir, c'était tant mieux : sans cela il se serait sans doute déjà enfoncé en elle jusqu'à la garde… alors qu'il leur manquait un accessoire essentiel.

Arrachant ses lèvres aux siennes, il entreprit de dire quelque chose, mais oublia complètement de quoi il s'agissait quand elle remonta à coups de baisers jusqu'à son oreille et lui mordilla le lobe avant de le sucer avec délice.

Le regard de Rock se troubla et il sentit ses orteils se recroqueviller au fond de ses bottes. Comment avait-elle su que cela lui faisait de l'effet ? Comment était-elle... ?

Il dut rassembler toute sa volonté pour la saisir par les épaules et la repousser en arrière. Et lorsqu'elle releva vers lui ses yeux mi-clos où se lisait son triomphe – car, oui, elle avait gagné cette bataille et lui était perdu, incapable de se battre plus longtemps –, il faillit de nouveau oublier ce qui l'avait poussé à s'interrompre. Mais comme elle se rapprochait en se frottant contre son érection douloureuse, il retrouva une lueur de raison qui dissipa suffisamment les brumes de la passion et alluma assez de synapses pour lui faire cracher un mot entre ses dents serrées :

— Capote.

Puis, alors que l'essentiel de ses facultés mentales était monopolisé par l'endroit où leurs corps s'alignaient, il se demanda – lucide – s'il tiendrait suffisamment longtemps pour avoir même besoin d'une capote. Car, *merde*, l'avoir ainsi dans ses bras, toute en peau soyeuse et courbes exquises, féminine dans tous les sens du terme, affolait déjà totalement ses sens.

Comme hypnotisé, il la regarda porter la main à son décolleté. Il fut presque surpris de ne pas se mettre à baver, langue pendante et yeux exorbités tel un personnage de dessin animé, quand elle tira d'entre ses seins une rangée de préservatifs pliés en accordéon.

Le bel ange était venu tout équipé, semblait-il. Et par tous les saints, l'idée que Vanessa soit prête à cacher des capotes dans son soutien-gorge tant elle était décidée à le séduire propulsa le désir de Rock vers de nouveaux sommets. Ce qu'il n'aurait pas cru possible étant donné qu'il était déjà plus excité qu'il ne l'avait jamais été de sa vie. Mais la lenteur délibérée et provocatrice avec laquelle elle sortit les préservatifs de son haut le laissa le souffle coupé et les jambes flageolantes.

Par chance, il était soutenu par le cadre solide de Patriote, sans quoi il aurait pu tomber à genoux et laisser voir à quel point il était à sa merci, à quel point elle le rendait fou.

— *Merde*, Vanessa, souffla-t-il, c'est peut-être le truc le plus sexy que j'aie jamais vu.

Cela lui rappelait la fois où elle avait tiré un pistolet d'un étui sanglé le long de sa cuisse, sous sa jupe. C'était lors d'une planque dans un hôtel et il s'était dit, à l'époque, qu'on pouvait difficilement imaginer plus excitant.

Comme il avait eu tort !

Un sourire apparut sur les lèvres de Vanessa alors qu'un nouvel éclair illuminait le garage. L'air autour d'eux était plus électrique que jamais. Rock sentit se dresser les poils sur ses bras et les cheveux sur sa nuque quand Vanessa se pencha pour lui murmurer :

— Oh, mon chéri, tu n'as encore rien vu...

Elle fit un pas en arrière, se débarrassa d'un geste de son tee-shirt et passa les bras dans son dos pour défaire son soutien-gorge. Rock eut à peine le temps d'apercevoir d'excitantes dentelles rouges avant qu'elle le jette par-dessus son épaule. Puis elle fit glisser son pantalon le long de ses jambes lisses et bronzées.

Et comme si la manœuvre nécessitait un accompagnement symphonique, le tonnerre gronda au-dessus d'eux, point d'exclamation formidable au spectacle effarant qui se déroulait sous les yeux de Rock.

Il avait envie de se prosterner à ses pieds en jurant allégeance à l'éternel féminin. Car elle était l'image même de la féminité : hanches rondes, seins ronds, cul rond et ferme. Son sexe – entièrement exposé, par tous les saints ! – était rebondi et bien en chair. En la contemplant, Rock ne pouvait s'empêcher de se sentir gauche et dégingandé, tout en angles aigus et aplats durs. L'exact opposé de l'onctueuse générosité de Vanessa Cordero.

Il était si bouleversé par sa beauté, par la tentation qu'elle représentait rien qu'en se tenant devant lui, qu'il fut surpris de pouvoir encore parler.

— Tu es magnifique*, parvint-il néanmoins à articuler.

C'était la première fois depuis qu'il avait quitté le bayou qu'il prononçait ces mots sans avoir à les traduire.

— Mais tu veux qu'on fasse ça... ici ? demanda-t-il en arrachant son regard à sa silhouette pour parcourir des yeux l'atelier puis le balcon de l'étage plongé dans l'ombre.

— Oui, juste ici, souffla-t-elle.

Elle se rapprocha de lui, referma ses bras autour de son cou et pressa de nouveau ses lèvres sur les siennes.

21

Le cœur de Vanessa battait à tout rompre, si fort qu'il étouffait même les coups de tonnerre qui résonnaient au-dessus de la ville trempée. Elle avait réussi ! Elle avait vaincu les défenses de Rock, elle était dans ses bras et...

Oh, et quelles sensations ! Le torse solide de Rock était comme un mur contre lequel elle pressait ses seins, ses mains puissantes l'ancraient à lui tandis qu'elle caressait de ses doigts les muscles anguleux de son dos.

Ils étaient proches, très proches, peau contre peau. Mais elle avait envie d'une proximité plus grande encore, de l'absorber entièrement en elle. À défaut, elle se contenta de saisir l'ourlet de son tee-shirt et, relâchant brièvement ses lèvres, de le lui passer par-dessus la tête. Laissant le vêtement retomber au sol, elle se cramponna de nouveau à Rock en savourant le frottement de ses pectoraux durs et chauds contre ses mamelons dressés et le contact de son ventre plat contre les douces courbes du sien. Puis elle reprit possession de sa bouche délicieuse.

Qu'est-ce qu'il embrassait bien ! Échanger des baisers avec lui était plus agréable que beaucoup des expériences sexuelles qu'elle avait connues. Elle ne voulait pas que ça s'arrête. Plus jamais. Elle y fut pourtant contrainte : elle n'arrivait pas à comprendre comment l'on défaisait sa fichue ceinture.

Arrachant ses lèvres aux siennes, elle baissa les yeux, sourcils froncés, vers l'accessoire récalcitrant.

— C'est quoi, ce truc ? Il faut un code pour la déverrouiller ou quoi ?

Le rire de gorge haletant qu'émit Rock fit courir le long de son échine un frisson de plaisir qui explosa au creux de son ventre. Elle aurait pu passer des jours entiers à l'écouter rire ainsi. Et s'il le faisait tout en étant en elle... ?

Ce qui, évidemment, impliquait de retirer cette satanée ceinture !

Saleté de...

— Attends.

Les longs doigts bronzés de Rock écartèrent gentiment les siens et elle observa, pour s'en souvenir plus tard. Apparemment, Vanessa s'était acharnée en tirant la grosse boucle dans la mauvaise direction. La ceinture défaite, ce fut son tour de repousser les mains de Rock.

— Laisse-moi faire, dit-elle.

Avec des gestes lents, précis, elle déboutonna le haut du Levi's et abaissa la fermeture Éclair, cran par cran. Après quoi elle baissa le jean et le boxer sur les cuisses de Rock, libérant son érection massive au gland gonflé et humide, d'un rouge presque colérique.

— Ah, te voilà, souffla-t-elle.

— Me voilà... répondit-il d'une voix rauque comme elle refermait ses doigts sur lui.

Chaud. Il était si chaud qu'elle eut l'impression que sa main la brûlait et que son cerveau s'enflammait, son regard fixé sur le va-et-vient rotatif de ses doigts.

— *Non, chère*, dit-elle en lui écartant la main. Je ne tiendrai pas si tu recommences à faire ça.

— De quoi tu parles ?

Elle quitta des yeux la hampe effrontément dressée pour savourer la vision de ses plaques de chocolat et des muscles en V au niveau de ses hanches. Quelques touffes de poils s'épanouissaient au centre de son torse pour former une ligne allant s'amenuisant vers son ventre. Des marques à vif étaient visibles sur ses pectoraux, sans doute dues aux explosifs – du plastic, rien que ça ! – employés par les Black Knights pour simuler sa mort. Un tatouage décorait son cœur, les mots « Se souvenir pour toujours » en grandes lettres cursives élaborées.

Elle l'avait déjà vu auparavant, évidemment. Mais à présent qu'elle savait ce que cela signifiait ? Qu'elle était consciente de toutes les épreuves qu'il avait traversées ? Il était temps de sortir la combinaison et les bouteilles de plongée parce qu'elle se retrouvait submergée par l'émotion, elle n'avait plus pied. Touchée, coulée.

Et elle refusait de penser à ce qui se passerait, à quel point elle souffrirait, si elle découvrait le lendemain matin que Rock n'avait pas été emporté par la même vague qu'elle. Mais non ! Le bonheur. Le bonheur qu'elle ressentait, cette allégresse, cette passion, était tout ce sur quoi elle pouvait se concentrer.

Il est si beau. Avec son pantalon baissé sur ses bottes en alligator, sa virilité largement exposée, ses cheveux en bataille et ses yeux noisette brillant de désir, il semblait sorti d'un calendrier d'athlètes sexy. Oh, comme elle avait envie de le toucher de nouveau, de le sentir palpiter au creux de sa paume...

— De ce truc que tu fais qui m'envoie en orbite, grommela-t-il, lui rappelant au passage qu'elle lui avait posé une question.

D'accord, il n'était pas d'humeur à répéter ce qui s'était passé dans la jungle. Aucun problème pour Vanessa. De toute façon, elle aussi voulait plus que ça. À vrai dire, elle voulait tout. Vite. Et fort. Et tout de suite...

— Caresse-moi, souffla-t-elle.

Elle n'avait jamais eu à ce point envie d'être touchée. Rock avait des mains si puissantes, si expertes...

— Avec plaisir, *chère*, dit-il.

Elle s'attendait à cette réponse... mais pas à ce qu'il fit ensuite !

Oh, mon Dieu !

Il la fit pivoter jusqu'à ce qu'elle se retrouve culbutée au-dessus de Patriote, son ventre blotti contre la selle en peau d'alligator, une main sur le garde-boue arrière, l'autre sur le gros réservoir. Et ses fesses ? Eh bien, ses fesses étaient exposées. Et la vision devait plaire à Rock car il inspira de manière audible avant de laisser échapper un grondement grave qui chatouilla les tympans de Vanessa. Elle aurait pu jurer l'avoir ressenti vibrer jusque dans son entrejambe moite et palpitant.

Lorsqu'il se pencha pour passer une main caressante sur son derrière, elle sentit son érection effleurer sa hanche. Il était dur, très dur, et si brûlant qu'elle eut l'impression d'être marquée au fer rouge. Elle aimait cette idée. Elle avait envie d'arborer sa marque. D'appartenir à Rock.

Tant pis pour le mouvement féministe : à cet instant, elle était heureuse d'être une femme et qu'il soit un homme, plus grand, plus fort et capable de la soumettre à sa volonté. Si sa volonté consistait à la voir se cambrer au-dessus de sa moto, en tout cas...

— Ma pauvre, susurra-t-il en passant une paume rugueuse sur ses fesses. Tous ces bleus sur ce cul magnifique...

Jusqu'à ce qu'il en parle, elle avait oublié. Oublié que ses fesses étaient endolories, sa peau constellée d'hématomes. Elle avait tout oublié à l'exception des sensations hypnotiques des mains de Rock, des pulsations de désir qu'elles faisaient naître au creux de son ventre.

— S'il te plaît, Rock... Touche-moi ! supplia-t-elle.

Et il savait ce qu'elle attendait car il lui écarta un peu plus les jambes de son pied botté et...

Oh, c'est dingue !

Sa main glissa une dernière fois sur la courbe de ses fesses avant de descendre plus bas, jusqu'aux lèvres gonflées de son sexe qu'il prit au creux de sa paume. Puis, alors qu'elle s'apprêtait à lui demander d'aller plus loin, il tendit deux doigts pour presser ses lèvres charnues contre son clitoris gonflé. Les yeux de Vanessa roulèrent dans leurs orbites et elle laissa retomber sa tête en gémissant.

C'était tellement bon. Tellement bon et presque assez. Presque.

— Rock... haleta-t-elle. Encore...

Elle se cambra contre sa paume. Elle en voulait plus. Il lui en fallait plus. Et, merveilleux homme qu'il était, il se servit de sa main libre pour lui attraper le sein et titiller son mamelon dressé du bout de son pouce calleux. De l'autre, il écarta ses lèvres et appuya pour entrer – très lentement mais très sûrement – en elle.

Il ne fallut que trois allers-retours. Trois allers-retours puissants de ses doigts en elle pour lui faire perdre la tête.

L'orgasme fut fulgurant, ses muscles internes contractés et palpitants autour de lui. Avec l'impression que ses cheveux se dressaient sur sa tête, que des étoiles dansaient derrière ses paupières closes, elle s'abandonna à la vague de plaisir, à l'ivresse que procure le corps humain au sommet de la jouissance sexuelle.

Et quand vint le spasme ultime, quand la vague retomba, elle prit conscience que le gémissement aigu qui n'avait cessé de résonner sous son crâne n'était autre que le sien.

Par tous les dieux !

Rock n'avait jamais connu de femme capable de jouir aussi vite. Il devait admettre que l'expérience méritait le détour. Car voir Vanessa partir de manière si explosive chaque fois qu'il la touchait était hyper sexy. Trop sexy, même... Il n'avait plus qu'une seule idée en tête : entrer en elle. Là, tout de suite.

Il la prit par la taille et la souleva pour l'installer face à lui sur la selle de Patriote. Puis il s'avança entre ses cuisses tandis qu'elle posait ses pieds nus sur les pots d'échappement chromés.

Elle reprit l'initiative en l'agrippant d'une main tout en employant l'autre – et ses dents ! – à déchirer la pochette métallisée d'un préservatif.

Une seconde plus tard, le sexe de Rock était couvert et Vanessa s'en servait comme d'un sex-toy pour se caresser. Elle frotta le gland douloureusement gonflé sur toute la longueur de sa fente avant d'en enfoncer l'extrémité en elle.

Malgré sa vision qui se brouillait sous l'effet de l'extase, Rock ne put détourner le regard de ce qu'il voyait. S'il s'était émerveillé de la voir jouir sous ses caresses, ce n'était rien à côté du spectacle de sa hampe qui disparaissait lentement en elle, centimètre par centimètre.

Si chaude, si moite, si serrée...

— J'ai envie de...

Elle referma ses jambes sur les fesses de Rock et l'attira contre elle afin qu'il s'enfonce jusqu'à la garde.

— Ahhh... haleta-t-il.

— Oh, que c'est bon, répondit-elle.

Bon ? C'était bien plus que ça. C'était transcendant. Elle l'enserrait avec force tout en se liquéfiant autour de lui. Il avait l'impression de voir tous ses fantasmes prendre vie sous ses yeux. Car elle se cambrait de nouveau, une main sur le réservoir et l'autre sur le garde-boue, la tête renversée, ses seins ronds dressés vers lui.

Il se pencha pour sucer l'un d'eux et le goût, combiné avec son parfum frais et mentholé, faillit bien déclencher l'orgasme qui enflait à la base de son échine. Il sentit ses testicules se contracter alors même qu'ils s'écrasaient contre les globes lisses de ses fesses.

Il fit alors quelque chose qu'il n'avait pas fait depuis des années.

Il oublia toute notion de finesse, de cadence, de maîtrise. Plaquant simplement une main au creux du dos de Vanessa afin d'incliner son bassin vers lui, il entreprit de la pilonner de toute sa fougue. Un rythme brutal, puissant, animé d'une unique envie : assouvir son désir. Et celui de Vanessa.

Chaque coup de reins faisait naître son nom sur les lèvres de la jeune femme, chaque retrait déclenchait un halètement. Et puis elle jouit de nouveau, en gémissant et en se contractant autour de lui. Il abandonna son mamelon pour mieux serrer les dents et résister au plaisir qui montait irrémédiablement.

Trop tôt. Il voulait que ça dure, mais...

Un chapelet de jurons en français lui échappa et il jouit à son tour, sans s'arrêter, pendant qu'au-dehors la tempête rugissait.

Bon Dieu !

La jouissance lui parut à la fois sans fin et trop courte. C'était le meilleur orgasme de sa vie et il aurait voulu que cela dure toujours, ne jamais avoir à rompre cette étreinte, ne jamais voir retomber le plaisir.

Il finit cependant par redescendre sur terre, au terme de longues, longues secondes.

Et quand le monde cessa de tournoyer et sa tête de flotter quelque part au niveau du plafond, il se recula et vit que Vanessa l'observait en se mordant la lèvre inférieure. Un sourire prudent vint plisser les coins de ses yeux. Et, pendant un bref instant, Rock resta interloqué.

Car cette femme, cette femme incroyable, merveilleuse, intelligente, belle, drôle et sensuelle le désirait de nouveau. Cela se lisait sur son visage, dans son regard interrogatif.

— Tu es insatiable, déclara-t-il avec un petit rire incrédule.

Il était encore pantelant, comme s'il venait de courir un cent mètres, son corps toujours parcouru de frissons à la suite de l'incroyable orgasme qui venait de l'emporter. Et déjà elle voulait recommencer.

Elle secoua la tête et se contracta autour de lui comme pour appuyer son propos :

— Hé, si tu ne dois abaisser tes défenses que pour une nuit, je tiens à en profiter pleinement, dit-elle.

Elle était audacieuse, impossible de lui enlever ça. Et toujours aussi honnête.

— Bon, que dirais-tu d'en profiter pleinement à l'étage, dans mon lit ? proposa-t-il.

Au même moment, un chatouillement à l'arrière de la jambe lui fit froncer les sourcils.

— Que... C'est quoi ? C'est ton orteil ? demanda-t-il, le front adorablement plissé.

— Hein ?

— Sur mon mollet ?

Elle le dévisagea comme s'il avait soudain perdu la tête. Comme pour bien souligner leur position du moment, elle resserra les jambes autour de lui afin de lui rappeler deux choses. Un : ils étaient toujours fermement joints l'un à l'autre – *mon Dieu* qu'elle était serrée, moite et délicieuse ! – et deux : elle avait croisé les chevilles dans son dos, juste au-dessus de ses fesses à lui.

Alors...

— Qu'est-ce que je sens, là ? demanda-t-il.

Il avait presque peur de regarder. Vanessa se pencha par-dessus son épaule pour jeter un coup d'œil derrière lui puis se rassit sur la moto, le sourire aux lèvres et une lueur rieuse dans le regard.

Rock aspira entre ses dents et haussa un sourcil.

— C'est la langue d'un chat ?

Elle hocha la tête, mais ne put cette fois retenir un reniflement amusé qui se changea en gloussement puis en rire hoquetant.

Baissant les yeux, Rock découvrit Cacahuète, le chat de gouttière le plus laid, le plus gros et le plus malodorant du monde – et mascotte officieuse des Black

Knights – en train de lui lécher la jambe tout en agitant joyeusement sa queue toute tordue.

— Fiche-moi la paix* ! lui lança-t-il.

Il tenta d'écarter Cacahuète et sa langue râpeuse du bout de sa botte. Mais sa position, jambes écartées et pantalon sur les chevilles, ainsi que l'étau des cuisses de Vanessa autour de sa taille rendirent son geste inefficace. Puis cet idiot de chat fit empirer les choses en se redressant sur ses pattes arrière – un exploit pour une bête aussi lourde – afin de lécher l'arrière du genou de Rock.

Vanessa craqua. Elle éclata d'un grand rire et, s'il n'avait pas été victime des assauts d'un chat de gouttière trop zélé, Rock aurait sans doute apprécié la façon dont cela contractait son fourreau moite et chaud autour de son membre.

En l'état, la situation était un peu trop bizarre. Il avait déjà élaboré des fantasmes assez étranges, dont un qui impliquait des bonbons multicolores et un plumeau. Rien, toutefois, qui mette en scène un gros chat avec une langue en papier de verre. C'était trop, même pour lui.

— J'apprécierais un peu d'aide, grommela-t-il en se tournant vers Vanessa afin d'être certain que son ton et son expression témoignaient clairement de son déplaisir.

Elle prit l'air innocent et battit des cils d'une manière qui la rendait incroyablement sexy, avec ses cheveux ébouriffés et ses joues rosies par le plaisir.

— Quoi ? demanda-t-elle. Je pensais que tu aimais les minous…

Il lui écrasa un doigt sur les lèvres et secoua la tête.

— Pas un mot de plus ! ordonna-t-il.

Elle se contenta de sourire d'un air fripon derrière son doigt. Dehors, les crépitements de la pluie sur les vitraux à l'étage avaient brusquement cessé. Typique du Midwest : les orages s'évanouissaient aussi vite qu'ils étaient arrivés. Sans pouvoir dire que l'électricité dans l'air avait été la cause de leurs étreintes, elle les avait indéniablement rendues plus intenses encore.

C'était en tout cas ce que Rock choisissait de croire. Car l'autre possibilité, l'idée que c'était de très loin la meilleure expérience sexuelle de toute sa foutue vie, était trop dangereuse. Il ne pouvait pas se permettre de penser ainsi. Pas maintenant. Sans doute jamais. Car il avait très peur d'admettre la véritable raison derrière cette expérience incroyable. *Oui*, l'avoir fait à l'arrière de sa moto avait quelque chose de super excitant, mais il suspectait sérieusement qu'un tel niveau d'excitation et de plaisir avait moins à voir avec le côté fantasmatique de la situation qu'avec le fait qu'il s'agissait… eh bien, de Vanessa.

— Le gros méchant agent secret serait-il déboussolé par un peu d'amour félin ? lança-t-elle, taquine, quand il retira son doigt.

Son ton frivole et ses yeux moqueurs allégèrent le poids des inquiétudes de Rock. Pour toute réponse, il l'agrippa par les hanches et se renfonça en elle. Avec force.

Le résultat fut tel qu'espéré. Vanessa inspira vivement et son air amusé s'évanouit.

— On monte ? proposa-t-elle après une longue seconde haletante à le regarder droit dans les yeux.

— Absolument.

C'était reparti.

Il s'écarta d'elle et se baissa pour chasser Cacahuète avant de remonter son jean et de retirer le préservatif usagé. Vanessa sauta au bas de Patriote et se pencha en avant – *quelle vue !* – pour récupérer ses vêtements avant de sprinter vers l'escalier.

Intrépide qu'elle était, elle fila vers le premier étage sans se préoccuper d'être en tenue d'Ève. Rock s'élança derrière elle, prêtant à peine attention au miaulement déçu de Cacahuète. Arrivé à l'étage, il la poursuivit autour de la table de la salle de réunion et se délecta de son rire malicieux tandis qu'elle se précipitait vers les chambres du troisième étage. Il ne put qu'admirer, captivé, les rebonds de ses fesses rondes et les rares aperçus de ses seins libérés de toute entrave.

Il tenta de l'attraper dans l'escalier – impossible de résister à ce corps nu et bronzé – mais elle échappa à sa prise et il ne put que tituber à sa suite.

Une fois arrivés dans sa chambre, il jeta le préservatif usagé à la poubelle puis saisit Vanessa par la taille et la souleva pour la déposer sur le lit.

Elle atterrit avec les cuisses écartées, sa moiteur chaude et féminine parfaitement exposée, et il bondit sur elle pour venir se nicher entre ses jambes magnifiques. Elle s'empara immédiatement de sa bouche pour l'embrasser avec fougue et... l'aspirer. Il avait l'impression d'avoir inséré sa langue dans un aspirateur. Imaginer les sensations que cela lui procurerait si elle s'attaquait à son membre lui retourna le cerveau.

— Tu comptes garder tes bottes, cow-boy ? demanda-t-elle, taquine, comme il embrassait son cou parfumé.

Il releva les yeux vers elle et Joyeux Drille déforma de nouveau sa braguette.

Bon sang qu'elle était belle !

— Ça dépend ? répliqua-t-il. Est-ce que ça te ferait envie ?

Elle se mordilla la lèvre inférieure et hocha la tête, une lueur joueuse dans ses yeux sombres.

— Mais enlève le jean, d'accord ?

— Tout ce que tu voudras.

Il captura l'un de ses mamelons bruns entre ses lèvres et gloussa en sentant qu'elle passait ses doigts dans ses cheveux.

— Oh, Rock...

Oui, ma petite, *c'est Rock qui te donne tout ce plaisir, qui t'enflamme, qui t'embrase de l'intérieur*.

C'est là qu'une fois de plus elle fit quelque chose qui le laissa pantois, le souffle coupé ; elle glissa un doigt sous son menton et le força à lâcher son délicieux mamelon pour relever les yeux vers son joli visage.

— Richard ! dit-elle, et l'usage de son nom lui fit l'effet d'un foudroiement. Je t'ai dit de retirer ton jean !

L'instant d'après, il avait battu le record du monde de déshabillage éclair.

Deux choses réveillèrent Vanessa.

En premier lieu, malgré les chiffres rouges du réveil annonçant qu'il était neuf heures, la chambre de Rock était plongée dans le noir total.

Il avait dû éteindre par inadvertance la lumière de la salle de bains qui était restée allumée durant les trois – oui, c'est ça, trois, et le dernier sous la douche aurait même dû compter double – corps-à-corps amoureux qu'ils s'étaient offerts. Cet homme était un véritable prodige. Ils avaient testé toutes les possibilités imaginables... et deux ou trois qu'elles n'auraient jamais imaginées.

Qui aurait cru qu'incliner la tête en arrière, les talons appuyés sur la tête de lit tandis que Rock la chevauchait, presserait ses cuisses l'une contre l'autre, permettant par ricochet à son pénis de caresser... exactement le bon endroit ?

Ce qui l'amenait à la deuxième chose qui l'avait réveillée. La sensation de l'érection de Rock, chaude et palpitante contre sa hanche. Elle sourit dans l'obscurité et se tourna vers lui puis baissa la main vers sa hampe si douce au toucher. Il s'éveilla immédiatement, son souffle régulier brusquement interrompu.

— Oh, merde... dit-il.

— Pas vraiment la réaction que j'espérais.

Vanessa suspendit le geste de sa main, sourcils froncés.

— *Non, non, chère.* Pas ça. Je parlais de la lumière. Je n'ai pas fait exprès de l'éteindre. C'est une habitude.

— Ne t'inquiète pas pour ça, répondit-elle.

Elle reprit ses caresses en savourant la façon dont il se cambrait vers elle avec un hoquet de plaisir.

— Après la conversation que nous avons eue dans la jungle...

Caresse. Torsion. Caresse.

— Je n'ai plus peur. Étonnant comme j'ai facilement pu surmonter ma crainte une fois que j'ai compris d'où elle venait.

— Ravi de l'entendre.

La voix endormie de Rock lui faisait l'effet d'une langue brûlante remontant le long de son échine. Elle n'y tenait plus : il fallait qu'elle l'embrasse ! Mais l'haleine matinale était toujours un souci. Elle se contenta donc de se pencher vers lui pour déposer une série de baisers remontant depuis son cou jusqu'à son oreille.

Caresse. Torsion. Caresse.

Elle maintint cette cadence qui, à l'en croire, l'enverrait en orbite, sans cesser de lécher et titiller son lobe entre ses dents.

— Mmm... dit-il.

Elle sourit de savoir qu'elle lui faisait perdre l'usage des mots. C'est du moins ce qu'elle s'imaginait. Mais, la seconde suivante, il demanda de sa voix rauque et grave :

— Viens un peu par ici, *ma petite*.

— Capote ?

— Pas la peine, murmura-t-il. Je veux te donner du plaisir avec ma bouche.

Malgré elle, malgré tout ce qu'ils avaient fait ensemble, et tout ce qu'ils s'étaient fait mutuellement, cette proposition lui fit monter le rouge aux joues. Car cela impliquait d'adopter une position vraiment vulnérable. Vulnérable et en même temps pleine de force. Mais Rock lui inspirait une confiance absolue, plus que n'importe quel autre homme. Mieux, elle avait envie de lui faire plaisir, de l'aider à comprendre à quel point ils pouvaient être bien ensemble, à quel point ils l'étaient déjà.

Elle repoussa les couvertures et se redressa à genoux. Puis elle passa une jambe par-dessus lui – cognant son genou contre la tête de lit au passage, *aïe !* – et s'installa à califourchon au-dessus de ses larges épaules. Elle oublia bien vite son genou endolori quand il ordonna :

— Tourne-toi !

— Tourne... ? Oh.

Elle se sentit rougir, mais fit ce qu'il lui demandait. Il posa les deux mains sur ses fesses et, l'instant d'après, elle perçut la caresse de son souffle chaud.

Immédiatement, un désir moite envahit son entrejambe.

Après quoi une vague de sensations indescriptibles la traversa tandis qu'il enfonçait en elle sa langue aussi agile que brûlante. Et lorsqu'il se mit à gronder, un son rauque et grave... *Mon Dieu, ces vibrations !*

Elle faillit perdre la tête.

Mais c'était censé être un échange de bons procédés, « fais-moi du bien et je te le rendrai », tout ça, tout ça... Alors elle se pencha et, une main calée contre le matelas et l'autre refermée autour de son membre, le prit en bouche.

Il avait un goût salé, viril. Il sentait le sexe.

Elle se retrouva instantanément au bord de l'orgasme. Et quand il inclina le menton pour saisir son clitoris gonflé entre ses lèvres douces et le titiller doucement du bout de la langue, elle sut qu'elle n'en avait pas pour longtemps. Le moment était venu d'employer ses doigts et sa bouche pour lui faire ce « truc » qu'il semblait tant aimer.

Elle fut récompensée en le sentant se cabrer sous elle. *Oh oui...*

Une fois de plus, Rock ne la déçut pas. Sans cesser de lécher la petite bille de nerfs au sommet de son sexe, il inséra son pouce en elle. Alors qu'elle se contractait de plaisir autour de lui, elle sentit une pulsation monter à toute vitesse au creux de sa paume.

Et puis ce fut la jouissance. Pour tous les deux. Incroyablement sensuelle, terriblement sexy. Le monde se réduisit à leurs seules personnes. Ils étaient reliés l'un à l'autre par le plaisir qu'ils offraient et recevaient, les visions, les sons et les arômes de leurs orgasmes fusionnant pour former un immense kaléidoscope de sensations.

Ils restèrent longuement dans cette position inversée, bouches soudées à l'intimité de l'autre. Puis Rock lui donna une tape sur les fesses et elle se redressa et tourna la tête pour le foudroyer du regard. Ce qui était idiot puisqu'elle ne voyait pas plus loin que le bout de son nez.

Alors qu'elle ouvrait la bouche pour le sermonner, on frappa à la porte. Et avant que l'un ou l'autre ait le temps de réagir, et encore moins de se cacher sous les draps, le battant s'ouvrit, éclaboussant le lit d'une lumière violente.

— Nom d'un chien !

C'était la voix de Bill. Vanessa ne pouvait pas le voir parce que, d'une, elle était aveuglée par le soudain changement de luminosité et, de deux, elle était trop occupée à voler à travers les airs. Rock l'avait saisie par la taille pour la projeter de l'autre côté du lit avant de balancer les couvertures sur elle.

— Qu'est-ce que tu fous, mec ? s'exclama Rock.

Ouais, Vanessa avait envie de poser la même question à Bill.

— Désolé. Purée... Désolé, mon pote.

L'embarras était audible dans la voix de Bill, mais Vanessa détectait aussi... oui, une pointe d'amusement. Parfait. Non, vraiment, c'était parfait...

— Je ne savais pas.

Bill s'interrompit et, même sans le voir, elle était sûre qu'il essayait de réprimer un sourire.

— Heu... Apparemment, il y a un mec à l'entrée qui raconte une histoire de fous à ton sujet. Donc je me suis dit...

— Je descends dans cinq minutes, grommela Rock.

313

La lumière s'amenuisa, Bill refermait déjà la porte.
Merci, mon Dieu !
Mais avant de refermer tout à fait le battant, Bill risqua une ultime question :
— Mec, t'as vraiment gardé tes bottes ?

22

Posté à la fenêtre à l'arrière du quartier général de BKI, dissimulé par le verre teinté et pare-balles, Rock vit Boss passer le portail extérieur avec l'individu qui déclarait avoir des informations à son sujet. Les Black Knights considéraient la discrétion comme une part essentielle de leur activité. Pour cette raison, personne n'était autorisé à entrer dans leur QG à moins d'une nécessité absolue. Ce qui voulait dire que cette petite fête aurait lieu dans la cour.

Les Black Knights déjà sur place étaient installés autour du brasero entouré de meubles de jardin multicolores et dépareillés. Ils étaient tous vêtus de cuir et se comportaient – tout à fait intentionnellement – comme les membres d'une bande de motards rustres et plus ou moins menaçants. Leur expression allait de la simple curiosité à la franche suspicion.

Rock se situait quelque part entre les deux. Puis son regard se posa sur Vanessa, toujours dans son pantalon de yoga super sexy, assise sur les coussins verts d'une méridienne. Elle ne s'intéressait pas au nouveau venu qu'accompagnait Boss, mais gardait les yeux braqués vers le sol.

En la voyant, Rock oublia tout le reste pour se remémorer la façon dont elle ondulait sous lui... ou au-dessus de lui, ou encore à côté de lui. Elle s'était montrée si sensuelle et si douce, si généreuse dans son abandon. Et il allait devoir lui briser le cœur...

Car même si la nuit précédente était plus importante pour lui qu'il n'aurait voulu l'avouer – il allait s'en souvenir pour le restant de ses jours ! – cela ne changeait rien à leur situation, ils vivaient toujours dans un monde dangereux où la mort pouvait frapper à tout moment.

Ce qui le ramenait à la cruelle nécessité de lui briser le cœur. Car elle avait eu beau jouer la carte de la dure à cuire la nuit précédente, en le mettant au défi de céder à ses envies et en affirmant qu'elle comprendrait si cela ne changeait rien à ses sentiments, elle se racontait des histoires.

Et la seule solution que Rock entrevoyait à présent consistait à tuer cette histoire dans l'œuf avant qu'elle aille plus loin, avant que l'attirance grandissante qu'elle éprouvait à son égard se change en véritable sentiment amoureux.

C'était possible. Rock avait été amoureux par le passé et il savait en reconnaître les signes avant-coureurs. Chez Vanessa. Chez lui.

Mon Dieu... Car il n'était pas assez bête pour croire qu'elle était la seule concernée. Il tomberait amoureux d'elle en un clin d'œil s'il se laissait aller.

— Asseyez-vous, dit Boss à l'inconnu.

De quoi interrompre le fil des pensées de Rock et recentrer son attention sur le groupe dans la cour. Malgré la distance et la fenêtre à peine entrouverte derrière laquelle il se tenait, Rock entendit clairement la réponse bourrue de l'homme :

— Si ça ne vous fait rien, je préfère rester debout.

Puis l'inconnu pivota légèrement. Quelque chose dans son visage réveilla une sensation inattendue dans le cortex cérébral de Rock qui retint son souffle l'espace d'une nanoseconde.

S'agissait-il d'un souvenir ? D'un étrange sentiment de reconnaissance vis-à-vis d'un frère d'armes ? Les deux ?

Boss croisa ses bras massifs et demeura debout, lui aussi.

— Comme vous voudrez, dit-il. Mais avant que vous disiez quoi que ce soit à propos de Rock, je préfère vous avertir. Nous ne croyons pas aux accusations dont il faisait l'objet. Donc si vous êtes venus pour salir sa mémoire...

— Vous faites bien de ne pas y croire, l'interrompit l'étranger. Ce sont des conneries, purement et simplement.

Le cœur de Rock fit un bond dans sa poitrine.

— Qu'est-ce qui vous fait dire ça ? s'enquit Ozzie, assis sur un fauteuil en cèdre rouge.

Comme à son habitude, il avait un ordinateur portable dernier cri en équilibre sur un genou.

— Parce que c'est *moi* qu'on a envoyé tuer ces hommes.

Vanessa laissa échapper un hoquet, les yeux braqués sur le visage plutôt banal du mystérieux inconnu. Cheveux bruns, yeux marron et un profil qui, sans être déplaisant, n'avait vraiment rien de remarquable. Mais ses propos, eux, étaient tout sauf ordinaires. Elle sentit les cheveux se dresser sur sa nuque et ne put s'empêcher de glisser un coup d'œil vers la vitre teintée derrière laquelle se trouvait Rock.

Nom d'un chien !

Le cœur avait dû lui remonter dans la gorge en entendant cela. C'était en tout cas ce qu'elle ressentait. Pour tout dire, elle dut se forcer à déglutir, deux fois, avant de pouvoir respirer normalement. Si toutefois on pouvait qualifier de normal ce halètement de chien en pleine canicule...

— Vous les avez tués ? demanda Boss.

Toujours debout, il faisait penser à un gigantesque point d'exclamation humain.

— Pourquoi auriez-vous fait un truc pareil ? demanda-t-il.

— Parce que c'est ce pour quoi j'ai été entraîné. Et ce que l'on m'a ordonné de faire, répondit l'homme.

La profonde tristesse audible dans sa voix poussa Vanessa à détourner les yeux, mal à l'aise. Scrutant les alentours, elle remarqua que la cour était toujours humide à la suite de l'orage nocturne. De petites flaques persistaient dans les minuscules irrégularités du sol en ardoise et les tuiles des bâtiments environnants étaient encore luisantes. L'air, quant à lui, était à la fois moite et électrique. Comme si une nouvelle tempête menaçait. Quelque chose de massif, de dangereux et de bien trop mystérieux.

Vanessa frissonna.

— C'est quoi votre nom, déjà ? demanda Boss.

— Jonathan Dunn. Connu comme le Nettoyeur au sein du Projet.

Ce simple mot fit danser des étoiles dans le champ de vision de Vanessa.

Était-il possible... ? Après tout ce temps, étaient-ils vraiment sur le point de disculper Rock ? de pouvoir le ramener à la vie ? Ou ce M. Dunn ne racontait-il que des bobards ? Et s'il s'agissait d'un agent de la CIA chargé de jouer avec leurs nerfs ?

Mais il était au courant de l'existence du Projet. D'un autre côté, peut-être en était-il l'instigateur ? Peut-être s'agissait-il de Rwanda Don lui-même, l'insaisissable adversaire qu'ils traquaient. Peut-être que...

Houlà. Il était temps de se calmer et de respirer lentement, car la tête lui tournait.

Les coudes appuyés sur les genoux, elle laissa sa tête retomber entre ses bras et se concentra en s'efforçant d'inspirer et expirer à fond.

— Asseyez-vous, monsieur Dunn, insista Boss. On dirait que vous avez une histoire à nous raconter. Et nous sommes tous impatients de l'entendre.

C'était le moins que l'on puisse dire.

Le crissement des semelles de Dunn suivi du raclement de pieds de chaise métalliques sur l'ardoise firent comprendre à Vanessa qu'il avait enfin obtempéré. Puis il se mit à parler, à parler, à parler...

Au bout de cinq minutes passées à écouter son récit très semblable à celui de Rock, elle estima avoir repris le contrôle de sa respiration et chassé le risque d'évanouissement. Elle releva donc la tête.

Dunn était assis sur le rebord de son siège, les avant-bras appuyés sur ses cuisses et les mains jointes, une expression de tristesse peinte sur ses traits. D'après son récit, il avait travaillé dans le bureau du FBI de la ville d'Albany et, dix ans plus tôt, s'était vu confier une enquête sur un réseau criminel. Apparemment, l'affaire l'avait fait connaître du parrain local, un homme tel que Rock les avait décrits, qui dirigeait les choses de loin, protégé par suffisamment de paravents pour qu'aucune preuve ne l'implique jamais directement. Suite au travail d'investigation de Dunn et à l'arrestation de plusieurs membres de la famille du parrain en question, celui-ci avait mis à prix la tête de la femme et de la fille de Dunn. Mais, comme pour le reste de ses activités, il avait pris toutes les précautions pour que ces assassinats ne lui soient jamais imputés. Ce qui avait laissé Dunn avec le cœur brisé et consumé par le désir de vengeance.

C'est alors qu'étaient intervenus la CIA, le Projet, Rwanda Don et la promesse d'une occasion d'exercer une partie de cette vengeance...

— Honnêtement, j'ignore pourquoi on a attribué la mort de ces hommes à votre ami Babineaux, déclara Dunn avec son accent new-yorkais. Je me suis longtemps demandé comment un simple motard et mécanicien pouvait servir de bouc émissaire. Puis l'un de mes amis au FBI m'a informé de la véritable nature de vos activités. Je me suis dit qu'il avait peut-être contrarié quelqu'un de haut placé qui aurait voulu le piéger. Puis j'ai découvert la vérité à propos de la dernière victime...

Ces derniers mots étaient chargés d'une telle angoisse que sa voix se brisa.

— Qu'en est-il de cette dernière victime ? demanda Boss.

— C'était un homme innocent.

Bam, bam, bam ! Vanessa eut presque l'impression d'entendre une trompette résonner sous son crâne et elle retint son souffle. Tant pis pour les étoiles qui s'étaient remises à clignoter dans son champ de vision.

Steady, qui jusqu'à présent s'était ostensiblement concentré sur le nettoyage en règle de son calibre 45 Smith & Wesson (les Black Knights n'étaient pas contre une certaine théâtralité, surtout quand cela permettait d'avertir un élément extérieur de ce qu'il risquait s'il tentait quelque chose contre eux), releva vers Dunn un regard orageux :

— Comment savez-vous qu'il était innocent ?

Dunn porta la main à la poche de son blouson et Vanessa capta le mouvement discret des mains de ses compagnons. Les armes dissimulées des Black Knights étaient prêtes à jaillir au grand jour si Dunn sortait de sa poche quelque chose de plus gros qu'une carte de crédit.

Par chance pour lui, il s'agissait d'une simple clé USB.

— Ceci contient l'enregistrement audio de l'interrogatoire de Fred Billingsworth. À l'écoute, il semble qu'il confesse une série de crimes ignobles, tout comme…

Dunn secoua la tête, lèvres pincées, et son regard se perdit dans le vague.

— Comme les autres, termina-t-il. Mais cet enregistrement n'est pas comme les autres. C'est un faux. Ce qui m'a été confirmé par un spécialiste du laboratoire audio de Quantico quand j'ai cherché à comprendre pourquoi mes actions étaient attribuées à Babineaux. J'ai commencé à tout remettre en cause, je lui ai demandé de vérifier les fichiers audio de toutes les cibles. Mais seul celui concernant Billingsworth avait été altéré. Je... J'ignore pourquoi, mais Rwanda Don m'a menti à propos de Fred. Et le résultat...

Il se tut de nouveau ; il avait besoin de quelques instants pour se ressaisir.

— Le résultat est que je l'ai tué.

Le silence s'abattit sur la cour ; on n'entendait plus que l'écoulement ralenti de la gouttière bouchée de l'une des dépendances. Puis Dunn secoua la tête avant de lâcher, dans un murmure :

— Non. Ce n'est pas vrai. J'ai tué ces autres hommes. Mais Billingsworth, je l'ai assassiné.

Un acte qui, de toute évidence, le hantait. Les neuf autres individus étaient des monstres. Dunn s'était sans doute convaincu qu'à défaut d'être juste, ce qu'il faisait était au moins nécessaire. Mais Billingsworth ? Billingsworth était innocent...

Ce qui faisait de sa mort un événement injuste et atroce.

Vanessa avait passé toute sa carrière à travailler avec des hommes dont le métier consistait à avoir du sang sur les mains. Et si elle devait en retenir une chose, c'était la suivante : ils supportaient l'idée de tuer tant que c'était juste et justifié. Mais quand ce n'était pas le cas ? Alors, ils avaient tendance à avoir de gros problèmes. Car la force intérieure qui les rendait si honorables et fiables les poussait aussi à se montrer extrêmement exigeants et impitoyables envers eux-mêmes face à ce qu'ils percevaient comme un échec personnel. Surtout quand cet échec avait coûté la vie à un innocent.

— Pourquoi êtes-vous venu nous dire tout ça ? s'enquit Boss.

— Car je ne supportais pas l'idée que vous, les amis et les collègues de Babineaux, puissiez croire qu'il était responsable du sort de ces hommes alors qu'en réalité c'est ma faute.

— Dans ce cas, pourquoi ne pas vider votre sac auprès des autorités ? demanda Becky depuis son siège à côté de Boss. Pourquoi ne pas témoigner publiquement et disculper Rock ?

Ouais ? Pourquoi pas ? Si vous vous sentez tellement coupable...

Dunn leva les mains et fit un signe de dénégation.

— Quelles autorités ? Je ne sais même pas pour qui je travaillais au sein de la CIA.

Nous y revoilà. Ce fameux Rwanda Don était un vrai fantôme. Malheureusement.

— Je n'ai aucune idée de qui contacter car je ne sais absolument pas qui m'écouterait. Et je n'en saurai rien tant que je n'aurai pas trouvé Rwanda Don.

« Bonne chance ! » eut envie de lui dire Vanessa.

Car entre les contacts de Boss au sein de la communauté du renseignement et l'incroyable talent d'Ozzie pour infiltrer et décrypter n'importe quel système, les Black Knights retrouvaient presque toujours ceux qu'ils avaient dans leur viseur. Et pourtant, ils avaient jusqu'à présent fait chou blanc dans leur quête de Rwanda Don. Rien. Zéro. Nada.

— Je le retrouverai ! déclara Dunn avec véhémence. Et quand ce sera fait, je lui demanderai pourquoi il...

Il parut de nouveau avoir besoin de quelques instants pour se ressaisir.

— Pourquoi il a fait de moi un instrument de meurtre et de destruction alors que c'était exactement le genre d'hommes que nous avions juré de combattre.

Dunn les dévisagea les uns après les autres sans détourner le regard.

— Je vous le jure, après avoir retrouvé Rwanda Don et obtenu la preuve de l'existence du Projet, et donc du fait que je ne suis pas fou, je laverai la réputation de Babineaux.

Boss jeta un coup d'œil vers Ozzie.

— Son histoire se tient ? demanda-t-il.

Ozzie contemplait son écran, l'air concentré.

— Tous les trucs à propos du FBI, de ce dossier et de sa famille sont des faits reconnus.

Boss hocha la tête et coula un regard en direction de la fenêtre derrière laquelle se cachait Rock. Puis il se tourna vers Spectre. Sur un simple geste du menton, le tireur d'élite des Black Knights quitta son siège pour se diriger en silence – ce type était d'une discrétion incroyable ! – vers l'auvent rétractable que les Black Knights gardaient en général roulé contre le mur de l'atelier. D'une pression sur un bouton, Spectre déclencha l'ouverture de l'immense auvent. Arrivé à mi-chemin, au maximum de sa capacité d'extension, le bras mécanique s'immobilisa. Spectre et Steady déroulèrent le reste de l'épais tissu imperméable qu'ils tendirent avant de sangler les coins à des piquets installés à cet effet à chaque coin de la cour. Le résultat ? Un toit en vinyle qui recouvrait toute la zone, protégeant les occupants de la cour d'éventuels regards indiscrets aux alentours.

Puis la porte de derrière s'ouvrit et Rock apparut. Il avait l'air massif et puissant dans son jean délavé, son tee-shirt Pearl Jam et sa casquette de base-ball usée. Une tenue qui révélait l'homme derrière l'agent secret surentraîné. L'homme qui avait tourneboulé l'esprit de Vanessa, l'homme qui lui avait volé son cœur.

Son visage affichait une expression indescriptible, mélange d'espoir, d'inquiétude et de circonspection. Mais, par-dessus tout, on y lisait de la pitié. Car s'il se sentait responsable du terrible destin de Billingsworth, un poids cent fois plus lourd pesait sur les épaules de Dunn.

Quel cauchemar.

Vanessa aurait voulu étrangler ce fichu Rwanda Don pour avoir ainsi perverti les aspirations de ces hommes honorables, dévoués et patriotes. Pour les avoir détournés de ce pour quoi ils avaient signé.

Entendant les bottes en alligator de Rock claquer sur l'ardoise, Dunn jeta un regard par-dessus son épaule puis se releva d'un bond, comme si son pantalon avait pris feu.

323

— Bordel ! Vous êtes vivant ! s'exclama-t-il.
— On dirait bien, *mon ami*, répondit Rock de sa voix suave.
Dunn se laissa retomber sur son siège comme si ses jambes s'étaient dérobées sous lui.
— Pas possible... souffla-t-il.
Très pâle, il secoua la tête sans quitter Rock du regard, incrédule.
— C'est vous, dit-il. Vous êtes l'Interrogateur. Je reconnaîtrais cette voix entre mille.

Rock s'assit sur le siège voisin de celui de Dunn et contempla son visage blême. Oui, la sensation qu'il avait éprouvée plus tôt tenait d'une forme de reconnaissance. Non pas qu'il l'ait déjà vu auparavant ; il était certain que ce n'était pas le cas. Mais il y avait néanmoins chez lui quelque chose de familier. Sans doute parce que Rock pouvait s'identifier à cette aura de chagrin, de deuil et de détermination qui semblait l'envelopper.

Ils étaient de la même étoffe, tous les deux. Deux patriotes habités par un profond sens du devoir. Deux hommes frappés par d'intenses remords après la mort de Billingsworth. Deux agents abusés par la CIA et Rwanda Don.

À ce moment précis, Ozzie se gratta la tête et se mit à pianoter frénétiquement sur son clavier. Le bruit des touches était si audible que Rock reporta son attention sur le petit jeune.

— Qu'est-ce qui se passe, *mon frère* ?

Il avait déjà vu cette expression à une ou deux reprises sur le visage d'Ozzie. C'était ce qu'il appelait son « air de limier ».

— Donne-moi une seconde, maugréa le jeune homme, sourcils froncés. Quand Dunn a dit que tu étais l'Interrogateur et lui le Nettoyeur, ça m'a rappelé un truc. Je crois que je...

Il secoua sa chevelure hirsute, avec une grimace de mécontentement.

— Va te faire voir, base de données de la CIA. Tu te crois maligne avec tes algorithmes de cryptage et tes défenses anti-intrusion, mais à ce jeu, c'est toujours Ozzie qui gagne !

Dunn haussa un sourcil interrogateur à l'intention de Rock.

— *Oui*, confirma celui-ci avec un sourire. Il parle à ses ordinateurs comme s'ils étaient vivants. Croyez-moi, ceci dit, ce gamin a bien toute sa tête. S'il existe un moyen de...

— C'est bon ! s'exclama Ozzie.

Il leva une main vers Eve assise à côté de lui. La jeune femme – qui, depuis leur retour du Costa Rica, ouvrait des yeux grands comme des soucoupes, au point que Rock se demandait comment elle faisait pour qu'ils ne se dessèchent pas plus vite qu'une carcasse de grenouille sous le soleil estival – tourna la tête vers son bras levé.

— Tape-m'en cinq, cocotte ! lança-t-il.

Son sourire illuminait toute la cour. Rock connaissait aussi cette expression-là. Ozzie avait découvert quelque chose.

Était-ce possible ? Avait-il vraiment trouvé... ?

— Oh...

Eve se hâta de lever le bras pour faire claquer sa main sur la sienne, mais il n'avait pas l'intention de s'en contenter. Bien décidé à fêter sa victoire – et sans se soucier de Rock qui attendait impatiemment d'entendre la bonne nouvelle – il passa un bras autour du cou d'Eve et lui planta un baiser sonore sur les lèvres. Lorsqu'il la relâcha, la pauvre était rouge comme une pivoine. Malgré la frustration et la fébrilité qui lui embrumaient l'esprit, Rock perçut un grondement sourd. Il mit quelques instants à comprendre qu'il s'agissait de Wild Bill.

Ozzie aussi avait dû l'entendre, car il se fendit d'un grand sourire avant de faire la moue et de souffler un autre baiser en direction de Bill.

— T'inquiète pas, mon petit Billy, dit-il en agitant ses blonds sourcils. Il y a assez d'Ozzie pour partager. Si tu veux venir m'embr...

— Bon, putain, Ozzie ! tonna Boss. Qu'est-ce que t'as trouvé ?

— Oh...

Ozzie fit pivoter son ordinateur dont l'écran affichait une sorte de rapport. De nombreuses lignes du document étaient barrées et, même sans les imprécations du gamin à l'encontre de la CIA, Rock n'aurait eu aucun mal à reconnaître un document de l'Agence rien qu'au nombre de paragraphes passés au noir. Personne n'était plus efficace ni prompt à censurer les informations que ces gens-là.

— Qu'est-ce que c'est ? demanda Boss.

Tout le monde, Rock compris, se pencha vers l'écran pour tenter de déchiffrer le peu de mots encore lisibles.

— Il s'agit d'une thèse, écrite il y a une dizaine d'années par une psy en herbe de la CIA, expliqua Ozzie. D'après le peu d'infos que j'ai pu rassembler en lisant ce qui n'a pas été censuré, elle proposait une méthode pour neutraliser un individu ou un groupe nuisible – j'ai pensé qu'on parlait de terroristes, mais ça pourrait aussi s'appliquer aux méchants bien de chez nous – en divisant les tâches d'enquête, d'interrogation et d'élimination au sein d'un trio d'agents. En gros, le texte expose un procédé pour tuer les ennemis de notre pays, pas ceux qu'on élimine à l'aide de bombes ou de drones, mais les individus que l'on capture sans forcément pouvoir les faire comparaître en justice par des moyens... heu... traditionnels. Le tout sans placer la responsabilité de ces actes sur les épaules d'un unique individu. Cette thèse suggère qu'une équipe de trois agents, chacun entraîné dans un domaine particulier, pourrait être employée pour annihiler ces menaces.

Le cœur de Rock s'emballa comme celui d'un cheval de course lancé au grand galop, sans cavalier pour le maîtriser. Un coup d'œil sur le côté lui montra que Dunn aussi avait le souffle court et les yeux rivés sur Ozzie, avec sur le visage un mélange d'espoir et d'effroi.

— Mais voilà le plus fort, ajouta Ozzie en aspirant entre ses dents, l'air ravi. Devinez comment cette thèse nomme les trois rôles en question ?

— L'Enquêteur, l'Interrogateur et le Nettoyeur, chuchota discrètement Vanessa.

Rock se tourna vers elle pour découvrir qu'elle le regardait avec les larmes aux yeux, ses traits marqués par un début d'espoir.

Oui, ma petite, ça pourrait être ça. On tient peut-être la piste que nous attendions...

— Ding, ding, ding ! s'écria joyeusement Ozzie. La demoiselle a gagné un filet garni !

— Mais pourquoi trois hommes ? demanda Boss. Pourquoi ne pas laisser un seul type faire tout le sale boulot ?

— Parce que d'après cette thèse, répondit Ozzie en ramenant l'écran vers lui, ce genre d'opération secrète s'accompagne d'effets psychologiques sévères. En gros, une personne normale, sympa et dotée d'une bonne santé mentale finira, à force, par devenir au mieux un sociopathe, au pire un psychopathe. La thèse affirme qu'en divisant les tâches de façon que celui qui mène l'enquête ne rencontre jamais la cible, que celui qui l'interroge n'en voie jamais les conséquences et que celui qui l'exécute n'ait jamais la possibilité de la voir autrement que comme un monstre, on protège la psyché de chacun. Une sorte d'équilibrage des comptes intellectuel et émotionnel, si l'on veut.

— Eh ben, souffla Boss en se passant une main dans les cheveux. L'Enquêteur, l'Interrogateur et le Nettoyeur, hein ?

— Ouaip, confirma Ozzie. Et pour ma part, je ne crois pas aux coïncidences. En tout cas pas quand c'est aussi énorme.

Rock pensait la même chose.

— Putain, soupira Boss. Donc maintenant on sait sur quel ramassis de conneries psychologiques est basée cette affaire. Reste à trouver qui au sein de l'Agence a initié le truc.

— Ouais, dit Ozzie, sourcils froncés.

Une idée traversa l'esprit de Rock.

— Qui a écrit cette thèse ? demanda-t-il.

— Heu...

Du bout du doigt, Ozzie fit défiler les informations à l'écran.

— Une certaine Dr Donna Ward, d'après ce qui est écrit.

— Qui est-ce ? insista Rock.

Son intuition lui soufflait qu'il tenait quelque chose d'important, sans toutefois pouvoir tout à fait mettre le doigt dessus.

— Attends une seconde...

La langue entre les dents, Ozzie pianota frénétiquement sur son clavier. Quand il releva la tête, ses yeux brillaient.

— Elle est mariée au gouverneur Ward. L'un des politiciens sur lesquels enquêtait Billingsworth. Bon sang, on tient vraiment une piste, là !

— C'est plus que ça, affirma Rock, dont le cerveau était en ébullition.

On aurait pu entendre une mouche voler. Même les sirènes de police dans le lointain, le clapotis discret de la rivière Chicago derrière le mur d'enceinte et le bourdonnement de la circulation sur la voie express toute proche semblaient incapables de troubler le silence qui s'était abattu sur le groupe.

— Qu'est-ce qui se passe ? demanda Boss en dévisageant Rock. Qu'est-ce que tu viens de comprendre ?

— Je sais qui est Rwanda Don.

23

Eve scruta tour à tour les visages durs des Black Knights réunis dans la cour. Elle avait du mal à en croire ses oreilles.

Nom d'un chien ! Ils étaient dingues. Complètement, totalement fous. À vrai dire, elle s'en doutait déjà depuis le Costa Rica...

— Vous n'allez tout de même pas interroger l'épouse du gouverneur de Virginie Occidentale, si ? demanda-t-elle.

Mais s'il existait une expression personnifiant la détermination, c'était celle que tous les Black Knights arboraient à présent.

D'accord, donc j'imagine que vous allez bel et bien interroger l'épouse du gouverneur de Virginie-Occidentale.

Ozzie lui lança un regard qui semblait dire que c'était elle qui avait perdu la tête.

— Ce n'est pas seulement la femme du gouverneur, lui dit-il. C'est aussi Rwanda Don !

Car comme Rock l'avait fait remarquer, Rwanda Don était l'anagramme de Donna Ward. Une coïncidence bien trop improbable aux yeux des Black Knights. Par ailleurs, une fois que Rock et le nouveau venu – le tueur ! – avaient commencé à comparer leurs expériences et leurs entraînements respectifs, ils en étaient arrivés à la conclusion que, oui, à bien y réfléchir, Rwanda Don employait souvent des mots et des formules plus usités par le beau sexe.

En toute honnêteté, Eve ne voyait pas de quoi ils pouvaient parler. Ou peut-être était-ce l'absence notable de termes comme « connard », « enculé » et « couilles molles » qui incitait Rock et M. Dunn à tirer ce genre de conclusions...

Il y avait également le lien entre le gouverneur et l'enquête de Billingsworth. Ce qui suffisait pour pousser les Black Knights à l'action. Eve ne put que secouer la tête, consternée.

— Bon, alors comment on fait pour obtenir des invitations pour ce truc ? demanda Boss à Ozzie.

Celui-ci était de nouveau penché sur son clavier, tel un pianiste virtuose.

Que l'on choisisse d'y voir un signe du destin, une histoire de karma ou simplement un bon vieux coup de chance, il s'avérait que Donna Ward et son mari, le gouverneur Ward, étaient en ville, à l'hôtel *Peninsula*, à l'occasion d'une collecte de fonds.

Et – ô surprise ! – le père d'Eve était censé y participer. Ravie, pour une fois, de faire partie d'une famille si influente, Eve prit la parole :

— Je... Heu... Je pourrais nous avoir des invitations. Mon père est l'un des plus gros donateurs de la campagne. Il nous fera entrer.

Ozzie releva la tête.

— Nous tous ?

— Dites-moi simplement combien de tickets il vous faut, répondit-elle.

— Rappelle-moi de t'embrasser une deuxième fois ! lança-t-il avec un clin d'œil et un haussement suggestif des sourcils.

— Essaie donc et je te garantis que t'auras du mal à marcher normalement pendant un mois ! gronda Billy.

— Oh, monsieur est susceptible ! répondit Ozzie en lui tirant la langue.

Eve ressentit le besoin de secouer vivement la tête, comme un chien qui s'ébroue. Qui aurait pu croire qu'elle serait un jour impliquée dans une histoire pareille ?

Pas elle, en tout cas. Et, si terrifiée soit-elle, elle devait admettre qu'une petite partie de son être, une partie dont elle n'avait jamais suspecté l'existence, trouvait tout cela particulièrement excitant.

Franchement ! Je suis sur le point d'aider un groupe d'espions à questionner l'épouse d'un gouverneur des États-Unis !

Difficile de faire plus James Bond. Quoique, s'ils lui donnaient une arme, elle pourrait s'imaginer en James Bond girl. Peut-être qu'en demandant à Billy...

Boss interrompit le fil de ses pensées.

— Très bien. Maintenant, comment on va lui mettre la main dessus ? Peu probable qu'elle accepte de nous suivre. Et ce genre d'événement bénéficie de grosses mesures de sécurité. Aucune chance de pouvoir l'emmener avec nous sans avoir la moitié de l'univers aux trousses.

— D'après ce que j'ai pu lire sur certains forums de potins politiques... commença Ozzie.

— Des forums de potins politiques ? On aura tout vu... maugréa Spectre.

— Oh, tu serais surpris de voir toutes les infos qu'on trouve sur Internet, répondit Ozzie. J'ai lu un message à propos du maire de Newark qui...

— Épargne-nous tes digressions, Ozzie, gronda Boss

— Oh, ouais, d'accord... Bref, d'après les forums, le Dr Ward aime bien se fumer discrètement une cigarette après chaque gala de collecte de fonds. Dans une ruelle ou des toilettes un peu à l'écart. Hors de vue des gens bien sous tous rapports, quoi.

— Ça n'a pas l'air très secret vu qu'on en parle sur Internet, commenta Spectre.

— Les secrets sont difficiles à garder de nos jours, répondit Ozzie avec un grand sourire. On pourrait la

331

choper à ce moment-là, ajouta-t-il. Je désactiverai les caméras de surveillance de la ville sur tout le pâté de maisons. Au cas où l'on devrait agir d'une manière, disons, pas tout à fait légale.

Mon Dieu, songea Eve. *Ils sont prêts à agir dans l'illégalité.*

— On n'aura qu'à garer le Hummer derrière, si jamais on a besoin de se tirer en vitesse.

On risque de devoir se tirer en vitesse.

La tension artérielle d'Eve semblait grimper un peu plus à chaque phrase sortant de la bouche d'Ozzie.

— Et si jamais elle ne va pas fumer ? demanda Becky.

— Dans la mesure où même les plans les mieux étudiés ne survivent jamais à la rencontre avec l'ennemi, on fera simplement ce qu'on sait faire de mieux, répondit Ozzie.

— C'est-à-dire ? l'interrogea Dunn.

— Improviser, répondirent d'une seule voix Ozzie et Steady.

— D'accord, dit Boss en faisant claquer une main sur sa cuisse. Donc, si possible, on va la trouver dans les toilettes ou dans la rue. Sinon, on choisira le meilleur endroit en fonction des circonstances. En croisant les doigts pour que Rock parvienne à la faire parler avec ses foutus talents de psy.

Il se tourna vers l'intéressé.

— Je la ferai craquer, lui assura Rock, le regard dur.

— Donna Ward n'aura aucune chance, ajouta Vanessa avec un délicieux sourire à l'intention de Rock.

Eve vit l'expression du Cajun s'adoucir et, sauf erreur de sa part, une lueur d'affection apparaître dans ses yeux noisette. Puis, comme s'il s'apercevait qu'il laissait paraître bien trop de choses, il secoua la tête et détourna le regard.

— Merci, *chère*, souffla-t-il.

Il se leva et se dirigea vers l'atelier, mais se figea devant la porte de derrière et se retourna vers le groupe.

— Vous êtes bien sûrs de vouloir faire ça ?

Impossible de ne pas percevoir son hésitation et... oui, ses traits trahissaient une véritable anxiété.

— Vous pourriez avoir de gros ennuis si les choses dérapaient, ajouta-t-il.

Précisément ce qu'Eve pensait depuis le début.

— Et vous avez tous... vous avez tous déjà pris tellement de risques, termina Rock après une profonde inspiration.

— Arrête avec ça, *pendejo*, grogna Steady. Même si t'étais mort sur cette terrasse au Costa Rica, on serait tous en train de nous démener pour te disculper à titre posthume. Un pour tous et tous pour un. Hoo-ah ?

— Hoo-ah ! s'écrièrent les Black Knights à l'unisson, faisant violemment sursauter Eve.

Mince ! Elle recommençait à réagir de manière ridicule...

Ça t'apprendra à t'imaginer que ça y est, tu as du cran...

Après avoir brièvement passé en revue quelques détails logistiques, les Black Knights se séparèrent. Alors qu'Eve s'apprêtait à quitter son siège, Billy l'arrêta en posant sa paume chaude et rugueuse sur son épaule. Elle leva les yeux vers lui. Avec les mèches couleur de chocolat noir qui lui retombaient sur le front et ses yeux d'un marron chaleureux qui la dévisageait avec intensité, il ressemblait beaucoup au garçon rieur et doué pour embrasser qui lui avait tant appris des années plus tôt.

Mais lorsqu'il prit la parole, la dureté de son ton fit voler en éclats le fantasme d'un retour à cette époque insouciante.

— Tu crois vraiment pouvoir assurer ce soir ?

Elle sentit un début de colère s'allumer en elle.

— Je suis bien plus solide que tu n'imagines, déclara-t-elle en s'empressant de se lever pour qu'ils soient à peu près face à face.

Elle s'était toujours lamentée d'être aussi grande, d'avoir un cou de girafe et des jambes de gazelle, mais elle avait aussi appris à s'en servir. La plupart des hommes étaient intimidés face à une amazone.

Malheureusement, Billy n'avait jamais ressemblé à la plupart des hommes. Il lui prit le bras avec fermeté.

— Ce qui va se passer ce soir est très important, Eve. Des vies sont en jeu.

— Lâche-moi, espèce de brute !

Elle retira son bras et le fusilla du regard.

— Et tu peux arrêter de t'inquiéter pour moi. Après tout, c'est dans mon univers qu'on va plonger. Tu ferais mieux de te demander comment *toi* tu vas t'en sortir.

Sur ces mots, elle tourna les talons et s'éloigna en direction de l'atelier. Sachant pertinemment qu'il ne la quittait pas du regard, elle fit de son mieux pour ne pas laisser voir à quel point son absence totale de confiance en elle la blessait.

— Tu sais où est Rock ? demanda Vanessa en haussant le ton pour se faire entendre par-dessus la mélodie de *Wanted Dead or Alive*[1] de Bon Jovi.

Elle ne doutait pas qu'Ozzie était responsable de ce choix musical. Son sens de l'humour était souvent très noir.

Tout autour d'elle, le garage de Black Knights Inc. était en pleine effervescence. Tout le monde, y compris Jonathan Dunn, se préparait en vue du gala. Des vestes de smoking étaient suspendues au dos des chaises, une paire de talons hauts argentés reposait sur la table de réunion et Becky, dans une robe en mousseline d'un rouge pétard, était postée devant la rangée d'ordinateurs et observait Ozzie occupé à rassembler le maximum d'informations sur le Dr Donna Ward dans un

---

1. Littéralement, « recherché mort ou vif ». (*N.d.T.*)

dossier. Eve se tenait derrière elle, dans une robe de soirée bleue à tomber, et terminait de nouer ses cheveux en un chignon sophistiqué.

— Je... heu...

Becky aussi dut crier pour couvrir la musique.

— Je crois qu'il est remonté dans sa chambre. Pour se vider un peu la tête.

C'était logique.

Ce serait sans aucun doute l'interrogatoire le plus important de sa vie. Il allait devoir se montrer plus subtil et plus retors que l'esprit qui avait conçu le Projet, et ce dans un laps de temps très court. Car ils n'auraient sans doute pas l'occasion d'interroger longuement Donna Ward avant que quelqu'un se lance à sa recherche.

Vanessa hésita un bref instant à le déranger.

Oh, et puis tant pis, j'y vais ! décida-t-elle.

— Merci ! cria-t-elle à Becky.

Soulevant le bas de la longue robe à dos nu pailletée que Becky et Eve avaient sélectionnée pour elle durant leur récente séance de shopping en urgence, elle monta pieds nus les marches menant au deuxième étage. Elle n'enfilerait ses escarpins que lorsque ce serait absolument nécessaire.

Arrivée sur le palier, elle se mit un doigt dans l'oreille pour s'assurer que celle-ci ne saignait pas.

Ozzie avait réglé le volume de sa chaîne sur « concert de rock » et Vanessa s'étonnait qu'il n'ait pas déjà les tympans perforés.

Deux étages au-dessus, elle n'avait aucun mal à entendre Jon Bon Jovi se décrire comme un cow-boy monté sur un cheval d'acier – *hum, l'image est plutôt appropriée* – mais elle n'avait plus l'impression d'être écrasée par un mur de son. Ce qui signifiait qu'elle pouvait de nouveau s'entendre penser.

Et à quoi pensait-elle, à votre avis ?

Rien de neuf à l'horizon : elle pensait toujours à Rock. À cette lueur d'incertitude qu'elle avait lue dans son regard lorsqu'ils avaient proposé qu'il se charge d'interroger Donna Ward...

Ce n'était vraiment pas le moment pour Rock de douter de lui-même et de remettre en cause ses capacités. S'il avait besoin d'un discours de motivation, Vanessa était celle qu'il lui fallait. Après tout, elle avait passé des mois à se remotiver au sujet de Rock...

Elle frappa à sa porte et attendit de l'entendre murmurer un « entrez » avant de tourner la poignée et de pénétrer dans sa chambre.

Il était là, occupé à gratter sa guitare, assis au bord du lit. Ce grand lit en désordre avec son édredon vert sauge dans lequel ils avaient fait tant de choses délicieusement coquines. Rien qu'en le voyant, Vanessa sentit son cœur tambouriner contre sa poitrine.

Il avait si belle allure, toujours aussi sexy et délicieux. Carrément craquant, quoi. Peut-être était-ce le jean et les bottes ainsi que la grosse boucle de ceinture brillante, ou alors la casquette de base-ball qu'il avait mise à l'envers. Mais en le regardant, elle songea qu'il aurait été tout à fait à sa place sur un tracteur, dans une ferme, ou occupé à siroter du thé glacé tout en se balançant sur son rocking-chair. Elle se remémora une chanson de Waylon Jennings que son père avait l'habitude de jouer sur sa platine vinyle. Une histoire d'homme toujours sur la brèche dont il était préférable de ne pas trop s'approcher ; une fois qu'il était dans vos pensées, votre cœur s'en trouvait à jamais transformé...

Là-dessus, Waylon, on peut dire que vous ne vous êtes pas trompé.

Car depuis qu'elle avait rencontré Rock, son cœur avait adopté un rythme différent, toujours prompt à s'envoler pour un rien et à zigzaguer dans tous les sens comme un oiseau bourré.

— Tu es superbe, commenta-t-il en faisant courir ses yeux sur sa silhouette moulée par le tissu pailleté.

Vanessa eut l'impression de sentir physiquement son regard glisser sur elle.

— Merci, murmura-t-elle d'une voix soudain devenue rauque. Toi aussi.

Il haussa un sourcil, un sourire au coin des lèvres. Ouais, c'était nul comme réponse.

— Alors, quoi de neuf, *ma petite* ? demanda-t-il.

Heureusement qu'il était là pour la ramener au présent et à la raison de son intrusion.

— Je... heu... Je voulais seulement...

Elle se racla la gorge en se tordant les mains. À présent qu'elle était face à lui, elle se sentait soudain très bête de s'être imaginé pouvoir le rassurer.

Rock n'était pas surnommé ainsi par hasard. Il était solide comme un roc, fiable, infatigable. Ce qui signifiait qu'il n'avait sans doute aucun besoin de l'entendre lui débiter des platitudes encourageantes. Il devait au contraire avoir envie d'un peu de tranquillité pour gratter sa guitare et réviser mentalement la stratégie qu'il emploierait face à Rwanda Don.. heu... Donna Ward.

Et elle l'avait dérangé.

Il fallait néanmoins qu'elle dise quelque chose car, à la façon dont il la regardait en plissant les yeux, elle voyait bien qu'il était en train de se demander si elle n'était pas un peu dingue. Pour tout dire, il avait probablement raison : elle était effectivement dingue. De lui.

Bon sang, Van. Ressaisis toi !

— Je voulais que tu saches que tu vas obtenir ces aveux, lâcha-t-elle sans réfléchir.

Malgré une furieuse envie de lever les yeux au ciel face à sa propre inanité, elle se força à poursuivre :

— Tu la feras admettre qu'elle fait partie du Projet. Tu découvriras avec qui elle travaille et pourquoi ils ont voulu te piéger. Et tu te disculperas.

Rock hocha la tête et fit pivoter la visière de sa casquette vers l'avant.

— Je sais, dit-il. J'ai étudié toutes les informations que nous avons récoltées à son sujet et, en plus d'un complexe de supériorité assez costaud, elle semble obsédée par l'idée de faire le bien, de triompher des méchants et de laisser son empreinte sur le monde. Quand je la mettrai face au caractère indéniablement criminel de ses actes, elle voudra se défendre. De manière très véhémente, à mon avis. Ceci dit...

Il inclina la tête sur le côté et plissa les yeux. Il donnait l'impression de pouvoir lire en elle comme dans un livre.

— Mais ce n'est pas vraiment pour ça que tu es venue, si ?

Nom d'un chien ! Il ne se contentait pas d'explorer la psyché de Donna Ward ; il était aussi entré dans celle de Vanessa. Mais comment faisait-il ?

Jusqu'à ce qu'il l'interpelle, elle n'avait pas eu conscience que la véritable raison pour laquelle elle était montée le voir était qu'*elle* avait besoin d'être rassurée. De recevoir un signe de sa part que la nuit passée comptait à ses yeux. Que malgré ce qu'il avait dit, il y avait plus entre eux qu'un désir brûlant.

— À propos de la nuit dernière... commença-t-elle, hésitante.

— Oui, quoi ?

Pour la première fois de sa vie, Vanessa fut incapable de déchiffrer l'émotion derrière le ton employé. Sans doute parce qu'il s'était exprimé d'une voix neutre. Plus neutre qu'un banquier suisse. Neutre, neutre, *neutre*.

Cette fois, le cœur de Vanessa se mit à cogner dans sa poitrine pour une toute nouvelle raison : à ses yeux, il n'y avait qu'une explication possible à cette absence d'inflexion.

Non ! eut-elle envie de lui crier. *Ne dis pas que ça ne comptait pas pour toi ! Ne dis pas que tu n'as pas été touché !*

Elle s'apprêtait à le lui dire – une erreur colossale qui lui aurait valu le titre de reine des casse-couilles en manque d'affection – mais l'arrivée de Spectre lui sauva la mise. Très élégant dans son smoking, il toqua à la porte.

— Désolé de vous déranger, dit-il.

Ses yeux noirs parurent capter chaque détail de la scène, des joues rougies de Vanessa au regard vide d'expression de Rock. Celui-ci secoua la tête et reposa sa guitare.

— Pas de souci, dit-il. C'est l'heure ?
— Ouais, confirma Spectre. Enfile ton costume de pingouin, mon pote. Il est temps de monter en selle.
— Je descends dans deux minutes, dit Rock.

Spectre hocha la tête et s'éloigna sans que ses chaussures de ville noires fassent le moindre bruit dans le couloir.

— Rock, je...
— *Chère*, l'interrompit-il. Ce n'est pas le bon moment pour ça.

Elle en avait bien conscience, mais était incapable de se raisonner. Il fallait qu'elle sache ce qu'il ressentait, quelles pensées s'agitaient sous ce crâne têtu et trop prompt au déni.

— Je sais, mais je...
— Rock !

Cette fois, c'était la voix de stentor de Boss.

— Ramène tes fesses ! cria-t-il. On n'a pas de temps à perdre !

Un petit sourire plissa le bouc de Rock qui secoua la tête.

— Becky l'accuse souvent de beugler comme un taureau. Je ne lui donne pas tort.

Comme il se levait de son lit, Vanessa décida de ravaler ses questions. Pour le moment.

Mais une fois que tout serait terminé, elle lui demanderait des comptes. Elle en avait assez d'être gentille et patiente. Ils régleraient cette histoire entre eux, d'une manière ou d'une autre...

24

Hôtel Peninsula, Chicago

Entrouvrant la fenêtre des toilettes, Donna Ward prit soin de retirer ses escarpins fatals – qu'elle surnommait ainsi parce qu'ils étaient à la fois hyper féminins et mortels pour ses pieds – avant de se hisser sur les carreaux couleur pêche du large rebord de fenêtre. Une fois installée, elle sortit l'unique cigarette et le petit briquet BIC qu'elle rangeait dans sa pochette.

Oui, oui, diplômée en médecine ou non, elle savait très bien qu'elle n'aurait pas dû fumer. Mais rien ne l'apaisait plus que d'aspirer longuement sur une Marlboro. Raison pour laquelle elle s'autorisait ce minuscule, tout petit vice. Coinçant le filtre entre ses lèvres, elle jeta un coup d'œil vers la porte pour s'assurer qu'elle était seule avant d'actionner la roulette du briquet. Une flamme orange apparut. Et ensuite ?

Le paradis...

La première bouffée était toujours la meilleure, le goût fumé du tabac, le petit frémissement à l'arrière de son crâne. Elle inhala avec lenteur, savourant chaque seconde, puis étira son cou de gauche à droite pour tenter de se délasser.

Marcus a fait du bon travail ce soir.

Il avait fière allure, debout sur l'estrade, déclamant son discours. Le mâle américain dans toute sa splendeur. C'était ce qui avait attiré Donna à l'origine, des années plus tôt, ce visage d'enfant de chœur et cette impeccable coupe de cheveux de politicien. Bien entendu, cette attirance n'avait duré que parce qu'il s'était montré ambitieux et bien décidé à imprimer sa marque sur le monde.

Marcus était la seule personne de sa connaissance à se montrer encore plus déterminé qu'elle. Et elle aimait à penser qu'elle l'avait aidé à arriver là où il en était. Et mieux, qu'elle l'aiderait à atterrir dans le Bureau ovale.

Marcus était convaincu de la viabilité et de la nécessité du Projet au moment où elle avait écrit sa thèse. Et il s'était montré tout aussi déçu qu'elle lorsque la CIA avait retiré les crédits qui y étaient alloués.

Bien sûr, il n'aurait jamais approuvé qu'elle prenne les choses en main toute seule pendant toutes ces années, mais ce que Marcus ignorait ne pouvait pas lui faire de tort. Il aurait été furieux de découvrir qu'elle avait utilisé certains des fonds qu'elle s'était appropriés – elle n'aimait pas parler de vol ; le terme avait une connotation criminelle, ce qu'elle n'était certainement pas – afin de financer ses campagnes. Mais l'élimination de Rock et Billingsworth garantissaient qu'il n'en saurait jamais rien.

C'est terrible d'avoir dû en arriver là, songea-t-elle en tirant une nouvelle bouffée. *Mais la vie de ces deux hommes ne représente rien par rapport à toutes celles que je sauverai quand Marcus sera au pouvoir et qu'il relancera officiellement le Projet. Un sacrifice au nom du bien commun.*

Après la mort de son frère, elle avait tout fait au nom du bien commun. Et tout ce qu'elle prévoirait à l'avenir le serait pour la même cause. Mais il fallait d'abord qu'elle aide Marcus à accéder à la Maison Blanche. Et sans les fonds du Projet pour soutenir sa candidature à la nomination au sein du parti, Marcus devait briller plus que jamais pour obtenir l'argent nécessaire. Et en tant qu'épouse, elle devait briller à ses côtés. En évitant, entre autres, d'être surprise en train de fumer dans les toilettes comme une lycéenne.

Elle s'autorisa une dernière bouffée qu'elle garda longuement dans ses poumons afin de savourer pleinement la sensation avant de souffler la fumée par la fenêtre. Puis elle redescendit de son perchoir, écrasa la cigarette dans le lavabo et arrosa d'eau le mégot avant de le jeter. Sourcils froncés, elle remit ses escarpins, vérifia sa coiffure dans l'élégant miroir doré qui surmontait la longue rangée de lavabos, s'aspergea l'intérieur de la bouche avec un spray mentholé et se tourna vers la porte.

Elle ressortit dans le couloir en rangeant dans sa pochette le petit spray pour l'haleine. Raison pour laquelle elle ne vit pas l'homme qui s'avança derrière elle et lui plaqua sur la bouche une main aussi massive qu'un gant de base-ball.

Une vague d'adrénaline la traversa mais, avant qu'elle ne puisse se débattre, un groupe d'individus en tenue de soirée la repoussa en arrière vers les toilettes.

— Emmenez-la dans le fond, ordonna une voix grave et suave qu'elle aurait reconnue entre mille.

Le cœur battant à tout rompre, elle scruta les traits des inconnus en face d'elle, lesquels formaient un mur humain qui la forçait à reculer le long des cabines alignées. Elle perdit une chaussure sur les dalles en travertin et lâcha son sac en essayant de s'échapper. Impossible, toutefois, de se libérer de l'étau de chair qui lui retenait les bras.

Et puis...

Il apparut. Rock Babineaux. Vêtu d'un smoking cintré. Bien vivant.

Fichue CIA ! Infoutus de faire quoi que ce soit ! pensa-t-elle immédiatement.

Ils avaient merdé en cessant de financer le Projet. Ils avaient merdé en la licenciant. Et à présent ils avaient merdé en ne tuant pas Rock.

Mais toutes ces réflexions furent vite balayées par une unique question qui lui glaçait le sang.

Mon Dieu, mais comment m'a-t-il retrouvée ?

— Tu peux retirer ta main, Boss, dit Rock.

Il vint se placer juste devant elle, ses compagnons toujours déployés derrière lui.

« Boss » ? Les Black Knights. Il était venu avec les Black Knights...

De glacé, son sang était passé au zéro absolu. Son corps se couvrit de chair de poule.

Les doigts plaqués contre ses lèvres desserrèrent leur prise, mais le bras qui l'immobilisait ne bougea pas d'un pouce.

— Vous... souffla-t-elle.

Elle prit heureusement conscience de son erreur avant de dire quoi que ce soit de plus. Secouant la tête, elle affecta un air de confusion.

— Qui êtes-vous ?

— Arrêtez les conneries, Rwanda Don, siffla Rock.

Il se pencha vers elle jusqu'à ce que son nez ne soit plus qu'à deux ou trois centimètres du sien, si près qu'elle distinguait les éclats d'émeraude dans ses beaux yeux noisette.

Rwanda Don... Comment diable avait-il fait le rapprochement ? Elle en avait les tripes nouées, la gorge serrée.

— Qui... ?

Elle déglutit bruyamment, secoua de nouveau la tête, les yeux écarquillés. Si elle parvenait à jouer la carte de l'ignorance jusqu'à ce qu'une aide extérieure arrive, elle pourrait ensuite prendre le temps d'analyser la situation, de découvrir comment ils l'avaient identifiée puis d'établir la meilleure manière de détruire les preuves qu'ils avaient trouvées et de les discréditer tous. Elle avait des amis très haut placés, après tout.

— Qui est Rwanda... Rwanda Don ?

Une expression écœurée passa sur le visage de Rock et il soupira lourdement avant de se redresser.

343

— J'imagine qu'on va devoir employer la manière forte, c'est ça ? dit-il en secouant la tête.
— Je... je ne sais pas de quoi vous parlez, murmura-t-elle.

Une larme terrifiée s'échappa du coin de son œil pour lui couler sur la joue. À quoi pouvait ressembler la manière forte ? Elle n'osait même pas l'imaginer...

Rock contemplait la femme qui avait ruiné sa réputation et tenté de le faire tuer. Il avait du mal à voir en elle le mystérieux Rwanda Don. La chevelure impeccable d'un blond cendré, le front botoxé, les discrets rangs de perles qui ornaient la peau légèrement ridée de son cou... Tout chez elle évoquait l'épouse de politicien guindée. Mais l'expression de son regard ?

On y lisait de la panique, de la peur... et une indéniable compréhension.

C'était bien Rwanda Don. Pas de doute. Il ne lui restait plus qu'à le lui faire admettre. Et il savait précisément comment s'y prendre.

Il prit une profonde inspiration, humant dans l'air un mélange de nettoyant industriel, de parfum de luxe et de fumée de cigarette, et commença par dire :
— Nous avons lu votre thèse.
— Q... Quoi ?

Son numéro de femme d'âge mûre timide était très convaincant. Sans doute parce que malgré son diplôme en psychologie, son mari célèbre et sa vie d'agent top secret, elle demeurait réellement une femme d'âge mûre timide.

Une femme d'âge mûre timide souffrant également d'un gros complexe de supériorité et d'un déséquilibre psychique plus que prononcé. Elle ne faisait pas le poids face à quelqu'un d'aussi doué et entraîné que lui.

— Celle qui décrit les rôles de l'Enquêteur, de l'Interrogateur et...

Il claqua des doigts. Le signal convenu pour que Dunn se détache du groupe derrière lui. C'était la première partie de sa stratégie.

— ... du Nettoyeur, termina-t-il.

Elle reporta son attention sur Dunn qui vint se placer juste à côté de Rock. Celui-ci remarqua une légère palpitation des narines de sa proie.

Oui, tu sais très bien qui il est.

Elle ouvrit de grands yeux bleus larmoyants.

— Ces informations sont censées être confidentielles, murmura-t-elle. Je ne sais pas qui vous êtes ni comment vous avez obtenu...

— Vous savez exactement qui nous sommes, Rwanda Don, l'interrompit Rock. Hum... On ne peut pas dire que c'était très malin comme choix de nom de code. Donna Ward. Rwanda Don. Une bête anagramme dénuée de toute subtilité.

Cette fois, ses narines palpitèrent nettement.

Ah, la deuxième partie de la stratégie de Rock semblait porter ses fruits. Le complexe de supériorité de cette femme supportait mal les critiques de son acuité intellectuelle.

— Nous savons également que Fred Billingsworth a été éliminé après avoir, selon toute vraisemblance, découvert quelque chose de déplaisant à propos de vous, de votre mari ou peut-être de votre implication dans une opération hautement illégale appelée le Projet.

Malgré ses efforts pour se contrôler, sa respiration s'était accélérée. Pour un observateur ordinaire, elle aurait toujours eu l'air apeurée et perdue. Mais pour Rock ? Jackpot ! Il avait employé les bons leviers.

Dans son dos, les Black Knights, bénis soient-ils, demeuraient aussi silencieux et immobiles que des apparitions. Ils formaient un mur de soutien pour lui et d'opposition contre Donna Ward.

— Mais peu importe la raison exacte pour laquelle Billingsworth a été tué, reprit-il. La seule chose qui compte, c'est de savoir pour qui vous travailliez. Car même si vous avez orchestré la mort de Billingsworth pour couvrir un scandale vous concernant, vous ou votre mari, votre patron a dû décider d'intervenir en votre faveur dès l'instant où vous avez orienté la CIA vers ma boîte postale...

Il regrettait vraiment de ne pas avoir détruit ces dossiers, ou au moins de s'être sérieusement assuré qu'il n'était pas suivi lorsqu'il effectuait un dépôt dans la boîte en question.

— Dès l'instant où l'ordre de me neutraliser a été relayé, poursuivit-il, c'était la fin du Projet.

Une lueur s'alluma de nouveau dans le regard de Donna Ward et la peau de ses joues se tendit. Rock en fut troublé. Était-ce... ? Il y avait quelque chose. Quelque chose sur lequel il n'arrivait pas à mettre tout à fait le doigt.

— J... Je ne sais pas de quoi vous parlez, réitéra-t-elle d'une voix tremblante.

Rock se retint de lever les yeux au ciel.

— Oui, j'ai écrit cette thèse, dit-elle. Mais je ne sais rien à propos de tout ceci.

— Ozzie ! lança Rock.

Le gamin s'avança d'un pas.

— Tu veux bien nous lire le document contenant les détails du renvoi de la CIA de Rwanda Don ? demanda Rock.

L'usage systématique de son nom de code constituait la troisième étape de sa stratégie. De son côté, cette information lui avait fait l'effet d'un coup de poing dans le ventre. Lui-même avait été recruté par la CIA, entraîné par la CIA. Mais qui diable avait dirigé ses opérations durant toutes ces années ? Qui diable avait recruté Donna Ward après que l'Agence l'avait virée ? Et qui diable avait ordonné qu'on le neutralise ? La NSA ?

Quand Ozzie entreprit de lire à haute voix le contenu du dossier qu'il tenait à la main, Rock vit le regard du Dr Ward se porter vers l'épaisse liasse de documents.

— Par la présente, le Dr Donna Ward est congédiée de la Central Intelligence Agency pour conduite inacceptable. Ses idées et ses théories sont considérées comme subversives et destructrices. Elle ne témoigne d'aucun respect pour l'autorité de cette institution et, en conséquence, est jugée inapte au maintien de son emploi. Ses habilitations en matière de sécurité sont révoquées dès à présent. Elle doit être considérée...

— Ça suffira, annonça Rock en captant la légère décoloration des joues de Donna Ward.

Sa tension artérielle était en train de grimper. Son éviction de la CIA l'avait vraiment vexée.

— Nous savons donc que vous ne faites plus partie de l'Agence. Ils n'étaient pas assez bêtes pour vous garder. Ils avaient compris que vous étiez ingérable.

Appuyer à répétition là où ça faisait mal. Exactement comme on le lui avait enseigné.

— Mais cela pose une question, enchaîna-t-il. Pour qui travaillez-vous désormais ? La NSA ? Qui est assez dingue pour vous embaucher et...

Il la vit céder avant même qu'elle tente d'échapper au bras de Rock, vit l'expression de son visage passer de l'innocence éperdue au rictus de colère repoussant.

— Qu'est-ce qui vous fait croire que j'ai besoin de l'aide du gouvernement ? siffla-t-elle, les yeux exorbités, le cou si tendu qu'on pouvait y compter les veines. Quand ces idiots de la CIA ont retiré les crédits alloués au Projet et mis fin à mon emploi, j'ai continué toute seule en menant moi-même les opérations. J'ai tout fait toute seule ! Et c'était du bon travail ! Ces hommes devaient mourir. Ce n'étaient que des pourritures ! Des...

Elle s'était mise à hurler. Sur un signe de Rock, Boss lui plaqua une paume sur la bouche tandis qu'elle continuait de vomir ses insanités. Mais en dehors de ses jurons étouffés, les toilettes étaient plongées dans le silence.

Personne ne bougea ; personne ne dit rien. Tous étaient sous le choc de cette déclaration.

Elle n'avait pas mené ces opérations hyper secrètes au nom d'une branche ultra clandestine du gouvernement. *Non*. En kidnappant et interrogeant des citoyens américains, Rock avait obéi aux ordres d'une psychologue civile et complètement timbrée. Ce qui signifiait qu'il était exactement ce qu'on l'avait accusé d'être : un agent agissant seul, un traître. La seule différence était qu'on l'avait dupé pour lui faire endosser ce rôle.

Mon Dieu. Il n'arrivait plus à respirer ; tout semblait tournoyer autour de lui. Mais alors il sentit une main rassurante se poser au creux de son dos. Vanessa. Il comprit qu'il devait se ressaisir. Il restait beaucoup de questions sans réponses.

L'esprit lancé à toute allure, il avala sa salive et demanda :

— Auprès de qui avez-vous obtenu vos informations concernant ces hommes ? Vous n'avez pas pu obtenir ces dossiers par vous-même.

Boss haussa un sourcil et Rock opina du menton pour l'autoriser à retirer sa main.

— Tous les membres de l'Agence ne jugeaient pas mes idées subversives et destructrices, murmura Donna Ward.

Elle avait cessé de lutter. Ils la tenaient et elle le savait. Il était donc temps d'exploiter sa deuxième faiblesse, son intime conviction que son action était juste et justifiée.

— Vous aviez un complice ?

— Je préfère le voir comme un partenaire, répondit-elle.

— C'est lui qui m'a tiré dessus au Costa Rica ?

Rock sentait déjà sur ses épaules le poids écrasant des conséquences de sa participation à ce complot dément. Mais il s'en soucierait plus tard. Pour l'heure, il devait lui soutirer le maximum d'informations.

Elle secoua la tête.

— Non, affirma-t-elle. Il avait embauché un tueur à gages. Mais c'était pour l'intérêt général, Rock.

Elle tourna vers lui un regard implorant. Visiblement, son délire était sans limite.

— Vous comprenez, n'est-ce pas ? J'étais contrainte de faire le ménage, de faire le nécessaire pour que le Projet ait une chance de continuer un jour. Vous savez bien à quel point cette lutte est cruciale, qu'il faut continuer à combattre ces monstres.

Elle secoua la tête et une nouvelle larme roula sur sa joue.

— Si seulement Billingsworth ne s'était pas entêté à me questionner à propos de l'argent et si vous n'aviez pas posé de questions sur Billingsworth, rien de tout cela ne serait arrivé.

Ça le rendait malade. Son rôle au sein du raisonnement spécieux de cette femme le rendait malade.

— Quel argent ? demanda-t-il en ravalant la bile qui lui était remontée dans le gosier.

Elle se renfrogna.

— Mon partenaire, le membre de la CIA qui identifiait les cibles pour le Projet, ne s'est pas engagé à nous aider parce qu'il croyait en notre cause.

Sa façon d'associer Rock à son délire à coups de « nous » lui donnait envie de vomir.

— En réalité, il visait l'argent que ces horribles individus avaient dissimulé sur des comptes secrets. J'ai évidemment donné mon accord parce que j'avais besoin des renseignements qu'il pouvait collecter, mais je n'ai jamais envisagé d'utiliser un centime jusqu'à ce que Marcus ait besoin d'une petite rallonge pour lancer une campagne télévisée.

D'un seul coup, les raisons qui se cachaient derrière cette machination sordide devenaient beaucoup plus claires.

— Billingsworth a découvert l'origine de l'argent employé pour renflouer la campagne de votre mari. Il aurait fini par découvrir l'existence du Projet, donc vous l'avez fait tuer.

— Il allait tout gâcher ! gémit-elle. Je ne pouvais pas le laisser faire. Vous pouvez bien le comprendre, non ?

Cette femme était sérieusement allumée. Le fait qu'elle puisse exercer en tant que psychiatre était si flippant que Rock préférait ne pas y penser.

— Vous ne voyez pas que sa vie ne valait rien par rapport à celles que nous avons sauvées en débarrassant le monde du genre d'hommes qui ont tué vos parents et la famille de Jonathan ?

Elle tourna les yeux vers celui-ci avant d'ajouter :

— Et mon frère…

Oui, Rock avait découvert l'événement qu'il imaginait être à l'origine de l'écriture de cette thèse tant d'années auparavant. L'histoire concernant le frère jumeau de Donna Ward. Il avait semble-t-il été surpris au lit avec la maîtresse d'un baron de la drogue local et celui-ci l'avait fait abattre d'une balle dans la tête. Comme beaucoup de caïds, il avait chargé un tiers du sale boulot et n'avait jamais fait de prison.

Rock se souvenait d'autant mieux de ce criminel que c'était la première cible qu'il avait interrogée. Rodrigo Vasquez.

— Mais c'était un innocent, chuchota Vanessa, visiblement incapable de se taire plus longtemps.

Dieu merci, sa main n'avait pas bougé, toujours appuyée contre le dos de Rock. Contact minuscule mais rassurant malgré tout ce qu'elle apprenait à son sujet et concernant son emploi secret.

— C'était le seul moyen, répondit Donna Ward en guise d'explication.

Dunn bondit. Si Steady ne s'était pas tenu juste derrière lui, Rock ne doutait pas qu'il aurait saisi Donna Ward à la gorge. En l'occurrence, Steady parvint à passer les deux bras sous les épaules de Dunn et le tira en arrière vers la porte des toilettes pendant que Dunn s'écriait d'une voix rauque :

— Vous avez fait de moi un meurtrier ! Un assassin !

— Ça suffit, dit Rock. On a tout ce qu'il nous fallait.

Il glissa la main sous sa veste de smoking pour éteindre le magnétophone qu'il y avait glissé.

— Et qu'est-ce qu'on fait d'elle, maintenant ? demanda Ozzie. On ne peut pas la laisser partir et aller demander des comptes à son patron, comme on l'avait prévu. Cette folle n'a pas de patron !

— Je ne suis pas folle, rétorqua Donna Ward avec de grands yeux brillants qui disaient tout le contraire. Je ne suis pas...

Boss lui plaqua de nouveau une main sur la bouche.

— On l'emmène avec nous et on la livre au général Fuller, annonça Steady.

Une idée qui déplaisait souverainement à Rock, mais il savait que c'était la seule option viable. Comme en attestèrent les propos suivants de Steady :

— On ne connaît pas l'identité de son complice au sein de la CIA. On ne sait pas ce qu'elle serait capable de faire si on la relâchait. Sans compter qu'elle irait sans doute se terrer quelque part, bien cachée, comme un lapin blessé. Non. Il faut qu'on l'emmène.

Rock ne pouvait pas le contredire. Donna Ward se débattait de nouveau contre la prise de Rock. Ses yeux roulaient dans leurs orbites comme des billes de flipper.

— Et la police locale ? demanda Eve à mi-voix.

Eve, auprès de qui Rock serait éternellement redevable de leur avoir procuré le moyen d'entrer. La mission aurait été mille fois plus difficile, leur marge de manœuvre quasiment nulle, sans les badges indiquant « Sécurité » qui ornaient leurs vêtements.

— Vous ne pouvez pas simplement la leur livrer en même temps que l'enregistrement que vous venez de faire ?

Boss répondit pour Rock :

— Les flics locaux ne sauraient pas comment se dépêtrer d'une affaire pareille. Par ailleurs, tout ça part d'une opération illégitime de la CIA, et l'Agence est connue pour savoir effacer ses traces. Donc, vu qu'on ne sait pas qui est son complice et qu'on voudrait éviter à Rock et Dunn de finir en repas pour les poissons au fond du lac Michigan, le mieux est de s'adresser directement au sommet de l'échelle.

Il se tourna vers Rock.

— J'appelle le général Fuller pour le prévenir de ton arrivée.

Rock hocha la tête. Regrets et remords lui comprimaient la poitrine au point qu'il avait du mal à respirer.

— La voie est libre jusqu'à la sortie dans la ruelle arrière, annonça Spectre qui montait la garde près de l'entrée. Si vous voulez l'emmener, c'est maintenant.

25

Rock balaya du regard le groupe rassemblé dans l'atelier de BKI, leurs tenues de soirée tellement peu à leur place au milieu des outils et des machines du garage. Il avait l'impression de revenir d'une de ces épuisantes missions de soixante-douze heures au cœur des montagnes de l'Hindou Kouch. Le genre d'opérations auxquelles il avait pris part durant ses années chez les SEAL, entre autres missions à la con consistant à ratisser grottes et bunkers à la recherche de rebelles talibans.

Son corps subissait le contrecoup d'un trop-plein d'adrénaline et son esprit celui de l'interrogatoire de Donna Ward, le plus perturbant qu'il ait jamais mené. Après les révélations qu'elle leur avait faites, la vision qu'il avait de l'homme qu'il était et de ce qu'il avait accompli s'écroulait comme un château de cartes.

Mais peut-être aurait-il dû voir les choses du bon côté : cet interrogatoire était sans doute le dernier qu'il aurait jamais à mener. Après tout, il avait participé cinq ans durant à des activités illégales et absolument hors de tout cadre gouvernemental et il allait devoir en payer le prix. D'une manière ou d'une autre...

— Vous avez tout ce qu'il vous faut ? lui demanda Boss, les traits marqués par l'inquiétude.

— *Oui*, confirma Rock avec un hochement de tête.

Il se tourna vers Dunn, assis sur les marches conduisant à l'étage. Rock et lui étaient les seuls à s'être changés à leur retour. Leur plan prévoyait que Dunn ramène Donna Ward à Washington dans son 4 × 4 tandis que Rock les suivrait au guidon de Patriote. Un smoking ne constituait pas la tenue la plus adaptée pour ça.

— Tu es certain que ça te convient comme ça ? demanda-t-il à Dunn. Parce que je peux toujours monter avec vous...

— Surtout pas, répondit Dunn en faisant non de la tête. J'ai des coups de fil à donner, des choses à arranger. Et puis, comme ça, tu t'offres une dernière chevauchée.

Rock opina de nouveau du chef. Il avait un énorme respect pour cet homme décidé à se rendre. Car les conséquences pour Dunn étaient potentiellement pires encore que pour lui. En définitive, c'était lui qui avait effectivement tué leurs cibles...

— T'es sûr que c'est une bonne idée ? s'enquit Boss. Les Fédéraux ne vont pas tarder à passer le pays entier au peigne fin pour retrouver le Dr Ward. On pourrait demander à Fuller de prendre un vol jusqu'ici.

Rock secoua la tête.

— Dunn a des vitres teintées. Quant à moi, tout le monde me croit non seulement mort mais carrément enterré. Donc il ne risque pas d'y avoir un avis de recherche à mon encontre. J'aimerais vraiment faire cette ultime chevauchée, Boss. Impossible de dire si...

— Attends une minute ! l'interrompit Vanessa, les yeux écarquillés. Qu'est-ce que tu veux dire quand tu parles d'ultime chevauchée ? Tu n'imagines quand même pas que tu vas être tenu pour responsable de quoi que ce soit ? Tu as été trompé ! Et vous aussi ! ajouta-t-elle en se tournant vers Dunn.

— Peu importe ce qu'on croyait, répondit celui-ci.

Il ne regardait pas Vanessa, son regard était focalisé sur Rock. Un regard où se lisait une tristesse si profonde que Rock en eut le cœur serré. Ce que Donna Ward avait fait de lui... Le palpitant de Rock était aussi lourd qu'une enclume.

— L'ignorance n'est pas une excuse, termina Dunn.

C'était vrai, n'est-ce pas ? Il aurait fallu qu'ils posent plus de questions. Il aurait fallu, ils auraient pu... Il était trop tard à présent.

— Boss...

Rock s'en voulait de voir son vieil ami aussi tourmenté. Il aurait tellement préféré ne pas lui faire subir une telle épreuve et, plus encore, il aurait tant voulu ne pas salir ainsi la réputation de Black Knights Inc. Impossible toutefois de revenir sur le passé. Le mieux à faire consistait donc à agir de manière juste pour l'avenir de BKI.

— Je voudrais que vous nous laissiez à peu près onze heures pour faire la route, dit-il. Ensuite seulement, appelle Fuller. Dis-lui de me retrouver à notre ancien point de rendez-vous près du fleuve Potomac.

Soit la vieille bicoque campagnarde au bord de l'eau où Boss et lui avaient pour la première fois exposé l'idée de Black Knights Inc. au militaire.

— Tu pourras attendre jusque-là ? demanda-t-il.

— Évidemment, répondit Boss, mâchoires crispées. Mais j'aimerais qu'on puisse faire autrement.

— Il n'y a pas d'autre solution. Tu le sais, *mon frère*.

Boss opina sèchement du menton, les yeux inhabituellement brillants.

Mon Dieu...

Pour Rock, qui avait déjà du mal à garder pleinement son sang-froid, voir Boss perdre le sien – même un peu – était aussi violent qu'un coup de poing dans le ventre.

— Attendez ! s'exclama Vanessa, affolée. Attendez ! Qu'est-ce que vous êtes en train de dire ? Que Rock va aller en prison pour ça ?

Elle secoua vivement la tête.

— Non ! affirma-t-elle. Non ! C'est injuste ! C'est impossible !

Ah, voilà me lionne, intrépide et fière.

— *Mon ange*, dit-il, j'imagine qu'à ton âge, tu sais qu'il n'y a rien de juste dans cette vie.

Il se sentait tellement navré... pour tout.

Elle se précipita vers lui et l'angoisse qu'il lut sur ses traits lui brisa le cœur.

— Rock... Richard ! supplia-t-elle en posant une main implorante sur son bras ; un geste qui ne rendait les choses que plus difficiles. Tu n'as pas à faire ça. Ils te croient mort. Tu pourrais simplement le rester ! lança-t-elle d'une voix haletante et anormalement aiguë.

Elle avait apparemment oublié qu'ils n'étaient pas seuls. Les Black Knights les regardaient, mal à l'aise et tristes pour eux. Mais Rock s'en moquait. Sa seule préoccupation était d'apaiser les émotions de la jeune femme.

— Tu pourrais prendre un nouveau nom, reprit-elle. Déménager vers un autre pays. Je t'accompagnerai !

Mon Dieu, elle allait le tuer.

— Je changerai d'identité, moi aussi ! promit-elle. Je n'ai plus de racines ici. Plus de parents. Ma tante est morte l'année dernière. On pourra...

— Arrête, *chère*.

Il la saisit par les bras et la secoua avec gentillesse. Mais cela eut pour seul résultat de faire jaillir les larmes qu'elle retenait de justesse.

— Il faut en passer par là, assura-t-il.

Elle secoua sa chevelure noire.

— Non ! Non, pas du tout. Tu pourrais simplement t'enfuir. Partir, Rock...

— Ce ne serait pas honorable.

— On s'en fout de l'honneur ! gémit-elle.

Cette fois, elle pleurait vraiment.

— Et la vie ? demanda-t-elle. On pourrait vivre ensemble. Toi et moi. Je t'aime, Rock !

Elle passa les bras autour de son cou et – *oh, Dieu !* – soudain elle ne fut plus la seule à pleurer. Il sentit une larme désobéissante s'échapper de son œil droit et couler le long de sa joue pour atterrir dans les cheveux de Vanessa qui avait blotti son visage contre lui.

Elle l'aimait. C'était ce qu'il avait craint – et peut-être secrètement espéré – depuis le début...

Assis sur les marches, Dunn se leva pour rejoindre son véhicule garé à l'entrée de l'atelier (Donna Ward s'y trouvait déjà, ligotée sur le siège arrière). Les Black Knights se dirigèrent vers l'escalier avec l'idée de laisser à Rock et Vanessa un semblant d'intimité. Mais Rock capta le regard de Boss et secoua discrètement la tête pour lui signaler son intention.

Reste, mon ami. J'ai besoin de ton aide.

Faisant signe qu'il avait compris, Boss demeura au bas de l'escalier tandis que les autres membres du groupe disparaissaient vers l'étage.

Rock s'autorisa un bref instant pour serrer Vanessa contre lui, pour savourer son odeur de menthe sucrée, pour presser sa chaleur, sa sensualité et, oui, son amour contre son cœur. Puis il fit ce qu'il devait faire. Pour lui-même, pour sa santé mentale, mais surtout pour le cœur merveilleux, courageux et bien trop généreux de Vanessa.

Il ne pouvait pas agir en sachant qu'elle pleurerait son départ, sa perte, comme lui l'avait fait pour Lacy. Il devait s'assurer que si elle souffrait, ce serait de la façon la plus brève et limitée possible.

Il la prit donc par les épaules et la força doucement à reculer. Le visage de Vanessa était rouge, ses yeux gonflés, ses joues striées de larmes... Et elle était si fabuleusement belle qu'il faillit tomber à genoux.

— Tu te souviens de ce que je t'ai dit dans la jungle, annonça-t-il d'une voix dénuée d'agressivité mais assurée et déterminée. Ça n'a pas changé.

Elle secoua la tête en reniflant.

— Ne dis pas ça ! Ce n'est pas vrai. Pas après la nuit dernière. Pas après que nous…

— C'est toujours vrai, insista-t-il avec fermeté.

Mais la réponse de Vanessa lui montra qu'elle n'écoutait pas.

— Ils ne pourront pas t'enfermer très longtemps, affirma-t-elle en s'essuyant les joues d'une main tremblante. Tu n'as tué personne. Tu n'as fait que les interroger. De quoi va-t-on t'accuser ? De séquestration ? Tu seras forcément sorti dans quelques années et je serai ici, à t'attendre. Je serai ici…

— Vanessa…

Il la secoua de nouveau, sans violence. Il suffoquait, comme si l'air de ses poumons avait pris feu. Car même s'il avait pris le risque de changer d'avis, même s'il avait été assez stupide pour s'autoriser à craquer pour elle, il n'y avait plus rien à faire à présent. Elle ne pouvait pas perdre sa vie à l'attendre. Elle devait continuer à vivre. Elle rêvait d'une famille, d'un mari et d'enfants. Autant de choses qu'il n'était pas en mesure de lui offrir. Pas maintenant. Il allait donc lui donner ce qu'il pouvait…

Sa liberté.

— Je ne suis pas amoureux de toi, dit-il en inclinant le menton.

Il soutint son regard humide de larmes tout en sachant que le sien l'était sans doute autant.

— Je ne t'aime pas, tu comprends ? Tu n'as donc aucune raison de m'attendre. Tu dois tourner la page. Te trouver quelqu'un d'autre.

Pourtant, cette simple idée le rendait malade.

Vanessa secoua la tête.

— Non ! hoqueta-t-elle, sa voix montant dans les aigus. Je ne te crois pas ! Tu mens !

Il se tourna vers Boss. Celui-ci arborait une expression terriblement peinée, mais il hocha la tête et s'approcha pour écarter Vanessa des bras de Rock. Celui-ci dut faire appel à toute sa volonté pour la laisser partir.

— Non ! cria-t-elle. Ne fais pas ça, Rock !

Il fallait qu'il sorte de là, au plus vite, avant de faire quelque chose de complètement stupide, indigne et contraire à toute éthique. Avant d'accepter sa proposition de s'enfuir avec elle.

La véritable responsable du meurtre de Fred Billingsworth devait être traduite en justice. Dunn et lui étaient les seuls à pouvoir s'en assurer.

— Rock, non ! gémit Vanessa.

Impossible de rester plus longtemps, sans quoi il risquait de ne jamais pouvoir partir. Il courut vers Patriote, saisit son blouson en cuir posé sur la selle. L'écusson cousu sur son dos indiquait « Black Knights Incorporated – Que la route jamais ne prenne fin ».

Une boule se forma dans sa gorge. Ce serait son dernier jour en tant que Black Knight. Et demain ? Demain, il était probable que la route s'arrête pour lui... au moins pendant un long, très long moment.

Il enfila son blouson, enfourcha la moto et saisit le casque accroché au guidon. Malheureusement, même une fois en place, le casque ne fit rien pour étouffer les cris de Vanessa. Chacun de ses sanglots, chacune de ses suppliques, lui faisait l'effet d'une flèche en plein cœur. Une souffrance insupportable.

Il actionna le système hydraulique pour relever Patriote mais, avant de démarrer, il lança un regard vers Boss.

— Ce fut un honneur, *mon ami*, dit-il, une main plaquée sur son cœur battant.

Boss acquiesça, sa pomme d'Adam mue par l'émotion.

— Tout l'honneur était pour moi, mon pote.

Rock inclina la tête en tâchant d'ignorer que les fondations mêmes de son existence étaient en train de s'effondrer. Il se tourna vers Vanessa qui se débattait comme une tigresse contre la prise du colosse. En vain.

— *Chère*, dit-il.

Elle cessa de se tortiller et leva vers lui des yeux rougis et implorants, sa poitrine oscillant au rythme de ses halètements.

359

— Vis ta vie, lui dit-il. Une belle vie. Et sache que je chérirai à jamais les moments que nous avons partagés.

Avant qu'elle ne puisse répondre, il se détourna et mit le contact, faisant rugir le gros moteur de Patriote tout en appuyant sur la commande au guidon qui ouvrait la porte du garage. Celle-ci se releva avec un ronronnement mécanique à peine audible derrière les grondements sourds de Patriote.

Sans un regard en arrière – il ne supportait pas de voir ce qu'il laissait derrière lui –, Rock suivit le 4 × 4 de Dunn et s'éloigna du garage. Il quittait des gens qu'il avait appris à adorer pour se livrer à ceux-là mêmes qui avaient tenté de le tuer.

26

Trois semaines plus tard...

— Il faut que tu viennes voir ça ! lança Becky, visiblement alarmée, en surgissant sur le seuil de la chambre de Vanessa.

— Qu'est-ce qui se passe ? demanda Vanessa, occupée à faire son lit.

La routine était chaque jour la même : elle se levait, faisait son lit, allait travailler et faisait comme si son cœur n'était pas brisé en mille morceaux sanguinolents. Et chaque jour les Black Knights la traitaient avec mille précautions et prenaient des gants avec elle, agissant comme si l'un d'entre eux n'était pas responsable de ce cœur brisé en mille morceaux sanguinolents.

— Donna Ward et son partenaire de la CIA ont été retrouvés morts dans une chambre d'hôtel ce matin, dit Becky. Tués d'une balle dans la tête.

— Mon Dieu...

Vanessa abandonna son lit pour suivre Becky jusqu'à la salle vidéo.

— Je ne peux pas dire que leur mort me peine particulièrement, ajouta-t-elle. Donna Ward était une folle dangereuse et j'imagine que son partenaire ne valait pas mieux. Mais quand même... Mon Dieu !

— Et ce n'est pas tout, la prévint Becky.

Elles entrèrent dans la salle où tous les Black Knights s'étaient rassemblés autour du grand écran large qui diffusait les nouvelles matinales.

Deux semaines durant, on les avait maintenus dans l'ignorance quant au sort de Rock. Le général Fuller était resté affreusement silencieux malgré les dizaines de coups de fil de Boss réclamant des réponses. Puis, le vendredi précédent, Fuller avait finalement annoncé que Rock et Dunn allaient être libérés, que Donna Ward faisait l'objet d'une évaluation psychologique et que son complice à l'intérieur de la CIA se voyait retirer toutes ses responsabilités et habilitations de sécurité.

— Les autorités ont pris une décision, avait annoncé Boss au groupe.

Et lorsqu'il parlait des autorités, il faisait en réalité référence à la plus haute autorité qui soit.

— Il serait trop préjudiciable à la réputation de la communauté du renseignement d'organiser un procès, ce qui obligerait à exposer les origines du Projet et l'implication de départ de la CIA.

— Et Billingsworth ? avait demandé Ozzie.

— Dommage collatéral, avait succinctement répondu Boss. Son assassinat est officiellement classé comme non résolu.

Une terrible injustice aux yeux de Vanessa, mais elle travaillait depuis trop longtemps pour le gouvernement pour en être réellement surprise.

Rock avait été totalement disculpé et son casier judiciaire rendu à une blancheur virginale. Dunn avait reçu pour ordre de reprendre son poste au sein du FBI comme si de rien n'était. Et Donna Ward ? Vanessa avait croisé les doigts pour que cette fameuse évaluation psychologique la juge inapte à réintégrer la société et qu'elle se retrouve internée en psychiatrie pour le restant de ses jours.

Sauf que, à en croire ce flash d'info, elle avait fini par être libérée :

— ... durant la nuit dernière. Il semble que le Dr Ward et l'ancien agent de la CIA Dennis Wheeler aient été abattus d'une balle dans la nuque avant que leur agresseur, un homme encore non identifié, retourne l'arme contre lui, déclara une jolie journaliste blonde à la caméra. La police locale suspecte...

Vanessa sentit son cœur se serrer.

— Un homme encore non identifié ? De qui parle-t-elle ?

Bien qu'officiellement libéré, Rock n'était pas rentré. Il avait appelé Boss pour annoncer qu'il repartait à Terrebonne, en Louisiane, pour remettre de l'ordre dans ses idées. Vanessa pensait qu'il allait surtout se recueillir sur les tombes de ses parents et de Lacy. Après tout ce qui s'était passé, les tours et les détours qu'avait pris sa vie à la suite des événements entourant leur décès, elle imaginait qu'il avait besoin de prendre du recul.

Était-il néanmoins possible qu'il ait décidé que Donna Ward et l'agent de la CIA doivent être...

Non. Rock n'est pas un tueur, se dit-elle pour se rassurer. *Et encore moins du genre à retourner son arme contre lui.*

Puis une lumière s'alluma dans son esprit et elle répondit à sa propre question :

— C'était Dunn, c'est ça ?

— Ouais, confirma Boss qui se tenait au milieu de la pièce, bras croisés et jambes écartés.

Sans détourner les yeux de l'écran, il ajouta :

— Pour moi, il s'agit de Dunn.

— Mon Dieu... chuchota Vanessa.

Trois fois la même imprécation en autant de minutes. Elle songea qu'elle aurait besoin d'enrichir son vocabulaire.

Becky se rapprocha de Boss et lui passa un bras autour de la taille.

— Jonathan Dunn supportait l'idée d'être un tueur, dit-elle d'une voix songeuse. Mais pas d'être un meurtrier. Et il n'a pu laisser vivre l'homme et la femme qui avaient fait de lui un meurtrier. C'est tellement… tellement absurde et triste.

— Tu as raison, acquiesça Boss en se penchant pour l'embrasser sur la tempe. À tous les niveaux.

Vanessa se détourna. Depuis le départ de Rock, l'amour évident que se portaient Boss et Becky – sans parler de leurs témoignages d'affection constants – étaient… Elle avait honte de le dire, mais cela lui faisait mal, lui rappelait ce qu'elle avait trouvé puis perdu en jouant le tout pour le tout face à Rock.

— Hé, ça va ? lui chuchota Steady en lui passant un bras sur les épaules pour la serrer gentiment contre lui.

Il lui tendit un mug de café si épais qu'on aurait pu y planter une cuillère. Voilà. Toujours à prendre des gants…

Bon sang, je suis vraiment un cas, songea-t-elle.

Un cas de pauvre fille triste et abattue qui en devenait mesquine.

— Je pense que tu connais déjà la réponse, lui dit-elle.

Elle prit la tasse et huma l'arôme riche et profond du café. Sa dernière once de fierté ayant disparu lors de sa scène dans l'atelier, il ne servait à rien de mentir.

— C'est un idiot, dit Steady.

— Non.

Elle secoua la tête avant de boire une gorgée, suivie d'une grimace due non à la chaleur mais à la force du breuvage, capable de décaper de la rouille.

— Pas un idiot, reprit-elle. Il est simplement têtu et prudent. Il ne veut pas se placer en situation de souffrir à nouveau. Et il refuse que je prenne le risque de souffrir comme lui a souffert.

— Dans ce cas, c'est un foutu lâche qui n'a rien compris, siffla Steady.

Avant qu'elle ne puisse ouvrir la bouche pour défendre Rock, un vrombissement sourd leur parvint du rez-de-chaussée. La porte du garage de l'atelier s'ouvrait.

Boss se détourna de l'écran de télévision.

— On attendait le retour d'un des gars ?

La question était adressée au groupe, mais ce fut Ozzie qui répondit :

— Non. Le seul dont le retour est prévu pour bientôt est Mac. Et ce ne sera pas avant demain.

— Quelqu'un s'est absenté hier soir ? s'enquit Boss.

Il n'était pas rare qu'un ou plusieurs Black Knights couchent *ailleurs* lorsqu'ils étaient en ville.

— On est tous là, répondit pourtant Steady.

D'un seul coup, tous comprirent qui était de retour. Ce fut la course pour voir qui arriverait le premier au bas de l'escalier. Une course qui excluait néanmoins Vanessa et Steady. Le médecin des Black Knights resta auprès d'elle, le bras toujours posé sur ses épaules, tandis que le café se changeait en acide dans l'estomac de Vanessa.

— Tu n'as pas à descendre si tu ne le sens pas, dit-il en lui reprenant le mug.

C'est à ce moment qu'elle s'aperçut que ses doigts tremblaient et qu'elle risquait de renverser sa boisson sur le sol récemment ciré.

— T'as le droit de te retrancher dans ta chambre jusqu'à ce que tu te sentes prête à le voir.

Elle prit une profonde inspiration et secoua la tête.

— Non. Mieux vaut en finir tout de suite.

Avec un sourire d'encouragement et un petit pincement rassurant au menton, Steady retira son bras et se dirigea vers la porte. Elle l'arrêta en posant la main sur son poignet.

— Steady ? Je veux que tu saches que Rock ne m'a jamais menti. Il m'avait dit qu'il ne pourrait jamais m'aimer. Mais je… je n'ai pas voulu le croire.

Elle baissa la tête pour contempler ses pieds.

— C'était… Je crois qu'on peut dire que c'était arrogant de ma part.

— Ou peut-être que tu gardais simplement espoir, répondit Steady.

Relevant les yeux vers son beau visage basané, elle lut dans son regard une grande compréhension. Compréhension et bienveillance. Elle songea que le jour où il déciderait d'arrêter de faire les quatre cents coups, il aurait tout pour rendre une femme très heureuse.

— Ouais, souffla-t-elle malgré la boule qui s'était formée dans sa gorge. Ouais... Peut-être que je gardais espoir.

Rock recula Patriote jusqu'à sa place réservée dans l'atelier, actionna le système hydraulique et éteignit le moteur grondant. Sa place...

Bon Dieu...

Lorsqu'il était parti, trois semaines plus tôt, c'était avec la certitude de ne jamais revoir sa place. Mais les événements s'étaient précipités depuis. Et d'autres n'avaient pas eu lieu. Car après deux semaines au sein de la CIA à voir chacune de ses missions pour le Projet disséquée et analysée au microscope, on l'avait simplement laissé repartir. Avec ordre d'emporter ce qu'il savait de Donna Ward et du Projet dans la tombe, sans quoi il pourrait bien recevoir une nouvelle visite des fameux Chinooks furtifs.

Heu, non merci, ça ira !

Les croiser une fois dans une vie était largement suffisant.

— C'est pas trop tôt, le Cajun ! tonna Boss. Ça fait plaisir de te voir !

Il dévala les escaliers, le reste des Black Knights sur les talons, aussi discrets qu'une horde de bisons. Sauf que...

Où est Vanessa ?

— J'ai à la fois l'impression d'être parti hier et d'avoir été absent pendant un an, répondit-il.

Il retira son casque et l'accrocha au guidon avant de descendre de selle. Il se retrouva immédiatement au centre d'un attroupement où chacun tentait de l'étreindre.

— Ozzie, retire ta main de mon cul ! gronda-t-il.

— Oh, c'était ça que j'ai senti ? gloussa l'intéressé tandis que tout le groupe se reculait.

Ils étaient là. Tous ces gens qu'il en était venu à aimer. Oui, *aimer*. Impossible de le nier plus longtemps. Car, malgré la résistance qu'il avait pu opposer à cette idée, ces hommes et ces femmes constituaient sa famille et il les adorait. Dommage qu'il ait fallu quasiment les perdre pour accepter de voir à quel point il s'était montré stupide et borné.

Et puisqu'on parlait d'être stupide et borné...

— J'imagine que t'as appris pour Dunn ? demanda Boss.

Rock inspira longuement avant de laisser échapper un soupir las. Il n'avait pas côtoyé Dunn très longtemps, mais assez pour ressentir un profond respect à son égard. Et même s'il n'aurait jamais approuvé un suicide, il comprenait comment Dunn avait pu en arriver à la conclusion erronée que le monde tournerait mieux sans lui. Après tout, il avait été psychologiquement programmé pour l'élimination des meurtriers. Et après la mort de Billingsworth, il en était devenu un lui-même. C'était affreusement triste. Si Rock avait compris ce qui se jouait dans l'esprit de Dunn au moment où ils avaient été relâchés, il aurait fait tout ce qui était en son pouvoir pour l'arrêter. Malheureusement, il n'en avait rien su.

— J'ai entendu la nouvelle, dit-il. C'est vraiment malheureux.

— Ouais, acquiesça Boss.

Le groupe observa un temps de silence impromptu en l'honneur de Dunn.

Puis Rock posa la question qui le rongeait de l'intérieur depuis qu'il était entré dans le garage.

— Où est Vanessa ?

— Ici.

Elle avait répondu elle-même, depuis l'escalier.

Quand il leva les yeux pour la voir descendre lentement les marches derrière Steady, il sentit son palpitant prêt à bondir hors de sa poitrine. Elle était si belle. À la fois sexy, mystérieuse, courageuse, intelligente et merveilleuse. Tout ce dont il n'avait jamais osé rêver, et qu'il était si loin de mériter. Tout ce qu'il ne ferait désormais plus semblant de ne pas désirer.

— Si vous voulez bien m'excuser, dit-il en s'adressant au groupe qui l'entourait, j'ai une affaire urgente à régler.

Les Black Knights s'écartèrent devant lui comme la mer Rouge devant Moïse. Il atteignit l'escalier en deux secondes et prit Vanessa par la taille avant qu'elle ait descendu la dernière marche. Sans prévenir – il n'aurait pas osé la prévenir, de peur de recevoir la volée de bois vert qu'il méritait indéniablement – il l'attira à lui et l'embrassa. Et lorsqu'elle entrouvrit les lèvres sous l'effet de la surprise, il lui offrit un authentique baiser.

Pendant deux interminables secondes qui lui firent craindre d'avoir gâché les choses de manière irréparable, elle se raidit entre ses bras, aussi droite qu'un I. Puis il se produisit quelque chose de merveilleux...

Elle l'embrassa en retour. Elle enroula ses bras autour de son cou, passa une jambe derrière la sienne, plaqua son corps souple et sexy contre le sien et lui *rendit son baiser*.

Quelqu'un applaudit – Steady, peut-être ? – et Rock redressa la tête pour sourire à Vanessa.

— Rock ?

Une question se lisait dans ses grands yeux noirs. Une question à laquelle il était plus que prêt à répondre.

— J't'aime, mon amour*, lui dit-il.

— Oh, Rock, lâcha-t-elle dans un souffle.

Elle blottit son visage contre son épaule, mais pas avant qu'il ait vu les larmes aux coins de ses yeux.

— Chut, tout va bien, lui murmura-t-il en lui passant une main derrière la tête.

— Je... dé... déteste pleurer dev... devant tout le monde, sanglota-t-elle à mi-voix contre son blouson de motard. Je su... suis censée être... une co... coriace.

— *Chère*, lui susurra-t-il en lui embrassant l'oreille, tu es la personne la plus solide et la plus courageuse que je connaisse.

Elle secoua la tête, son visage toujours blotti contre son épaule.

Rock se tourna vers le groupe et leva les yeux pour désigner l'étage d'un petit geste du menton.

— On... heu... On va monter...

— Ouais, l'interrompit Boss. Filez donc ! On en a déjà marre de voir ta grosse trogne barbue.

Rock acquiesça avec un petit rire puis se baissa pour soulever Vanessa et la serrer contre sa poitrine. Elle poussa un petit cri de protestation, mais il n'y prêta aucune importance, trop pressé de gravir l'escalier quatre à quatre pendant que les Black Knights applaudissaient et sifflaient derrière eux.

Un peu plus tard...

— Hmmm, c'était bon, souffla Vanessa, béate, en roulant à côté de Rock, en sueur et encore haletante.

— Bon ? demanda-t-il en relevant la tête, sourcils froncés. Simplement « bon » ?

— Délicieusement bon, précisa-t-elle avant de lui mordiller le lobe d'oreille.

— Hmmm.

Il laissa retomber sa tête sur l'oreiller et se tourna pour lui faciliter l'accès à son oreille. Elle aimait quand il faisait ça. Elle l'aimait, lui. Et, miracle des miracles, lui aussi l'aimait. Si elle avait été plus heureuse, elle aurait sans doute explosé dans un nuage de chocolats de la Saint-Valentin. « Pouf ! »

— C'est ce que tu me fais là qui est bon, dit-il en lui passant un bras sous les épaules pour l'attirer à lui.

Ils se pelotonnèrent ainsi l'un contre l'autre en plaisantant pendant quelques minutes. Puis Vanessa s'écarta et se redressa sur un coude, le menton appuyé au creux de sa paume.

— Rock ?

— Appelle-moi Richard, murmura-t-il.

Il avait les yeux fermés et l'ombre de ses cils dessinait une sorte d'éventail sur chacune de ses joues. Il lui caressa paresseusement la hanche avant d'ajouter :

— J'adore quand tu m'appelles Richard.

Elle se mordit la lèvre en souriant.

— Richard ? reprit-elle.

— Oui, *chère* ?

— Qu'est-ce qui t'a fait changer d'avis ?

— À quel sujet ?

— Au sujet de ton amour pour moi.

À ces mots, il ouvrit les paupières et la dévisagea. Elle sentit son pouls s'accélérer et se hâta de poursuivre :

— En fait, je pensais que tu étais reparti en Louisiane pour te prouver de nouveau qu'aimer quelqu'un était trop douloureux. Que me laisser t'aimer finirait par *me* faire du mal. Je t'imaginais debout face à la tombe de Lacy et...

Il lui posa un doigt sur les lèvres et hocha la tête.

— *Oui*, je suis retourné en Louisiane et j'ai visité la tombe de Lacy. Et peut-être ai-je agi ainsi pour renforcer ma position vis-à-vis de l'amour.

Le cœur de Vanessa ne se contentait plus de battre fort, il martelait littéralement dans sa poitrine.

— Mais tu sais ce qui s'est passé tandis que je me tenais là, sous le soleil, au milieu des arbres couverts de mousse espagnole, des oiseaux qui chantaient et des écureuils ?

Elle secoua la tête, incapable de détourner le regard de ses yeux brillants.

— Je me suis rendu compte que tous mes souvenirs étaient des bons moments, des instants de joie. Avec Lacy, avec mes parents. Et j'ai pris conscience que, même si leur décès était une souffrance, je n'aurais renoncé pour rien au monde à tout ce que j'ai partagé avec eux. Les instants de douceur, les moments emplis d'amour, justifient tout le reste de ce que la vie nous réserve, y compris les souffrances liées à la perte. Et c'est là que j'ai compris à quel point je m'étais montré stupide. Car, vois-tu, je n'ai pas changé d'avis à propos de mon amour pour toi, Vanessa. Depuis le début, je t'aime.

Oh ! Aux oreilles de Vanessa, c'étaient les mots les plus doux jamais prononcés par qui que ce soit.

— Là où j'ai changé d'avis, c'est en acceptant de l'admettre. Et de te laisser, toi, m'aimer.

— C'est une très bonne réponse, approuva-t-elle avec un sourire si radieux qu'elle en eut mal aux joues.

Il pivota sur le flanc et son expression se fit plus sérieuse.

— Je suis navré de t'avoir fait du mal, *chère*.

Elle passa les doigts dans les cheveux courts de Rock puis se pencha pour déposer un baiser sur ses lèvres.

— Ah, chuchota-t-elle, mais comme tu l'as dit, tous les bons moments à venir, toutes les heures d'amour qui vont suivre, compenseront largement tout ça.

— J'espère bien que oui, marmonna-t-il en empoignant ses fesses pour la faire rouler au-dessus de lui. Et je ne t'ai jamais remerciée d'être partie à ma recherche, mais je tiens à le faire maintenant. Je serais mort si tu n'avais pas agi ainsi. C'est grâce à toi si je suis ici aujourd'hui.

Vanessa secoua la tête et se mit à rire.

— Alors ça ! commenta-t-elle.

— Quoi ?

— Boss m'avait promis qu'un jour tu me remercierais, mais je ne l'ai pas cru. Apparemment, j'aurais dû. Il se trompe rarement, hein ?

— J'ai pas envie de parler de Boss, répondit Rock.

Elle laissa échapper un hoquet en le sentant, dur et palpitant, entre ses cuisses.

— Ah non ? murmura-t-elle.

Elle se lova un peu plus contre lui en savourant le contact de son membre érigé.

— Alors parlons plutôt de la façon dont tu peux me remercier de t'avoir sauvé la mise.

— Que penses-tu de ceci ? proposa-t-il en tentant de lui croquer les lèvres.

Mais elle l'esquiva.

— Tu peux me remercier en m'emmenant quelque part. Un vrai rendez-vous.

— Je t'emmènerai carrément sur la Lune si c'est ce que tu veux, *mon ange*. Maintenant, embrasse-moi.

— Non.

Elle secoua la tête et gloussa en le voyant se renfrogner.

— Ce n'est pas la Lune que je vise, dit-elle.

— *Merde*, grogna-t-il. Tu vas m'obliger à m'habiller en pingouin pour t'emmener dans un endroit classe, c'est ça ? Genre *Alinea* ? Ou ce resto italien branché que Christian adore ? *Spiaggia* ?

— L'équipe des Cubs sera en ville la semaine prochaine, répliqua-t-elle.

Elle réprima un sourire en le sentant se figer contre elle, immobile à l'exception d'une main qui lui caressait machinalement les fesses.

— Tu aimes le base-ball ?

L'espoir et l'enthousiasme dans sa voix étaient aussi audibles que le tocsin d'un clocher.

— Pas toi ?

— Épouse-moi ! s'exclama Rock.

Elle ne put s'empêcher d'éclater de rire.

— Si on commençait par aller voir un match avant de penser à la suite ? proposa-t-elle avant de gémir de plaisir tandis qu'il remontait le long de sa gorge à coups de petits baisers.

— C'est un plan génial, *chère*, murmura-t-il en s'emparant de ses lèvres.

Dans son for intérieur, elle savait déjà que Rock et elle se retrouveraient un jour devant l'autel.

Oh, quelle belle histoire ils auraient à raconter à leurs petits-enfants ! L'histoire d'une femme terrifiée par l'obscurité et d'un homme terrifié par l'amour qui s'étaient alliés pour vaincre leurs peurs...

AVENTURES & PASSIONS

―― **07 octobre** ――

Eloisa James
Les duchesses - 4 - Lady Isidore
Inédit

Mariée par procuration à douze ans, lady Isidore n'a jamais rencontré son mari, lord Simeon. Lasse de l'attendre, Isidore invente un stratagème pour faire revenir son aventurier d'époux au bercail. Elle se rend aux fêtes libertines organisées par lord Strange dans son domaine de Fonthill…

◆

Victoria Alexander
Secrets de famille - 2 - Un séducteur de rêve
Inédit

Après l'incendie qui a détruit une partie du manoir familial, Winfield se charge de recruter une entreprise pour effectuer les travaux de rénovation. C'est une femme qui se présente, une femme au charme irrésistible. Et pour la première fois, Winfield, fiancé à trois reprises, tombe enfin amoureux.

◆

Sabrina Jeffries
Les demoiselles de Swan Park - 1 - Le bâtard

Griffith Knighton est directeur de la Knighton & Co. Malheureusement, ses ambitions se heurtent à son statut de bâtard. Le comte de Swanlea, un cousin éloigné sur le point de mourir, lui propose de lui fournir le certificat de mariage de ses parents, s'il épouse une de ses filles. Griffith se rend donc à Swan Park toutes affaires cessantes. Pour autant, il n'a pas l'intention de céder au chantage du vieux filou. C'était ce qu'il envisageait avant de croiser le regard de lady Rosalind.

◆

Leda Swann
Les sœurs Clemens - 4 - Passion épistolaire
Inédit

Beatrice Clemens est infirmière et envisage de se marier. Elle correspond avec le capitaine Perceval Carterton, qu'elle n'a jamais rencontré. Les lettres qu'elle lui envoie, courtoises au début, deviennent peu à peu plus tendres et même érotiques. À dix mille kilomètres l'un de l'autre, c'est sans risques. Jusqu'au jour où il rentre à Londres et vient la voir.

---

21 octobre

Brenda Joyce
Une enquête de Francesca Cahill - 8 - Un suspect si proche
Inédit

Une enquête plus personnelle attend Francesca Cahill. Daisy Jones, l'ancienne maîtresse de son fiancé Calder Hart, est retrouvée assassinée. Tout porte à croire qu'il est le meurtrier. Pourtant, Francesca le sait innocent, même si elle se doute qu'il lui cache quelque chose. Mais elle ne reculera devant rien pour retrouver le vrai tueur.

♦

Mary Wine
Terres d'Écosse - 3 - La fierté d'une femme
Inédit

Dès l'instant où il l'a vue, Quinton Cameron est tombé amoureux de la fière Deirdre Chattan qui, déshonorée, s'est réfugiée dans un couvent. Ni l'un ni l'autre n'ont rien à perdre. Ensemble, ils vont s'unir pour protéger leur pays et leur roi.

♦

Julie Garwood
Le maître chanteur

Si lady Gillian veut libérer son oncle du félon Alford, il lui faut retrouver le trésor qu'il convoite et aller en Écosse où une guerre oppose Anglais et Highlanders. Brodick, chef du clan Buchanan, admire le courage de Gillian et veut qu'elle soit sienne. Mais la jeune fille a une mission à accomplir à tout prix.

BEST FRIEND

---— 21 octobre ---—

Rachel Lacey
Briser les chaines
Inédit

Cara, en rémission d'une leucémie depuis huit ans, a mis sa vie sentimentale entre parenthèses car, pour pouvoir s'estimer « guérie », il lui faut encore attendre deux ans. Elle met toute son énergie à s'occuper de chiens malheureux qu'elle recueille et soigne dans son jardin. Son voisin, intrigué par ce défilé, frappe un jour à sa porte. Matt, ancien marine, revenu blessé d'Afghanistan, reconverti en détective privé, la soupçonne de les entraîner pour des combats illégaux ! Autour d'animaux en détresse, deux êtres fragilisés par les épreuves vont faire face pour s'ouvrir à la vie et au bonheur.

CRÉPUSCULE

---— 21 octobre ---—

Kresley Cole
Les Daces - 1 - Le prince d'Ombre
Inédit

Connu comme le prince d'Ombre, Trehan Daciano, un être froid et discipliné, a passé sa vie à servir les humains. Il n'a jamais rien désiré pour lui-même, faisant passer sa mission avant tout le reste. Mais tout bascule lorsqu'il rencontre Bettina, une sorcière destinée à devenir la reine d'un royaume voisin. Trehan veut sa main, et pour cela, il va devoir se battre lors d'un tournoi qui opposera tous les prétendants de la belle...

--- 21 octobre ---

Cindy Gerard
Black OPS - 7 - Impétueuse
Inédit

L'agent spécial Joe Green, des Black OPS, est déterminé à traduire en justice celui qui a causé la mort de Bryan Tompkins. Il est convaincu que l'embuscade qui a tué son ami était préméditée. Joe décide alors de s'éloigner de ses coéquipiers et de Stephanie, la sœur de Bryan. Pourtant lorsqu'il se retrouve soupçonné de meurtre et emprisonné, elle se précipite à sa rescousse. Ensemble, ils vont devoir faire éclater la vérité et retrouver le véritable coupable…

PROMESSES

--- 7 octobre ---

Tracy Brogan
Magiques remèdes

À Bell Harbor, tout le monde est d'avis qu'Evelyn Rhoades devrait trouver un mari. Evelyn a 35 ans. Elle est chirurgien, sérieuse et rigoureuse. Avec l'aide de deux amies, elle établit une liste des critères requis pour entrer dans la case « mari parfait » et s'inscrit sur un site de rencontres. Hélas, les quelques rendez-vous qui s'ensuivent sont très décevants. Lorsqu'un soir elle est appelée en urgence pour soigner un jeune homme blessé, ses émotions vont entamer une lutte impitoyable avec sa raison. Car Tyler est beau, charmant et séduisant. Oui, mais elle est beaucoup trop âgée pour lui. L'amour l'emportera-t-il sur la logique ?

Passion intense

―――― **7 octobre** ――――

Maya Blanks - Karin Tabke - Sylvia Day
Avec ou sans uniforme...
Inédit

Jessie a passé une nuit avec deux détectives, qu'elle ne pensait pas revoir. Pourtant, lorsqu'elle devient la cible d'un fou à lier, ces hommes font tout pour la ramener dans leurs bras... saine et sauve.

Engagé comme garde du corps, Colin Daniels doit veiller sur l'épouse d'un chef de la mafia. Or, la présence rapprochée de la sensuelle Sophia le distrait tant qu'il en vient à mettre sa carrière et sa vie en danger...

Témoin sous haute protection, Layla Creed doit aller témoigner au tribunal de San Diego. Elle n'a que trois jours pour s'y rendre, escortée par Brian Simmons, le Shadow Stalker qu'elle désire depuis des années...

―――― **21 octobre** ――――

Beth Kery
Séquences privées - 3 - Accord secret
Inédit

Maquilleur professionnel pour les studios hollywoodiens, Seth s'est promis de ne jamais sortir avec une actrice. Aussi, après qu'il a passé une nuit auprès d'une certaine Gia Harris, qui se révèle être une star, il ne la rappelle pas. Mais quand Gia doit aller au tribunal pour témoigner d'un meurtre, les talents de Seth sont requis : il va devoir la maquiller afin que les médias ne la reconnaissent pas. Cette soudaine proximité réveillera-t-elle leur désir ?

Et toujours la reine du roman sentimental :

Barbara Cartland

« Les romans de Barbara Cartland nous transportent dans un monde passé, mais si proche de nous en ce qui concerne les sentiments. L'amour y est un protagoniste à part entière : un amour parfois contrarié, qui souvent arrive de façon imprévue.
Grâce à son style, Barbara Cartland nous apprend que les rêves peuvent toujours se réaliser et qu'il ne faut jamais désespérer. »
Angela Fracchiolla, lectrice, Italie

Le 7 octobre
La beauté trahie